認識大陸作家系列

中國現代詩論三十家

潘頌德・著

同題可以作出好文章

——《中國現代詩論三十家》序

前年，古遠清同志出版了《中國當代詩論五十家》，它以豐富的材料，鮮明的文藝觀點，比較公允的科學態度，贏得讀者的好評。當然，極少數細節也有可再斟酌之處。但該書比較全面地論證了當代的五十家詩論，是有著首創意義的。

今年，又讀到孫琴安同志的著作——《現代詩四十家風格論》，覺得雖有現代，當代之分，在取材方面，與古著有同有異，但寫作風格上，卻令我有標新之感。作者的這種獨特性格，引起了我的注意。我與孫琴安同志，不但未謀一面，連一函也未通過，可說完全陌生。我對他的書，都頗感興趣。商討問題，函件往來，新交有如故舊了。

最近，又收到潘頌德同志的書稿《中國現代詩論三十家》，要我過目，寫點意見。我與頌德同志幾年來時通音問，早知道他在從事「詩人論詩」的寫作，並且已在各報刊上陸續發表了一部分，而今收得全書，獲「先讀」之快。首先，頗得我心的是，他的文藝立場與觀點比較正確。不隨風亂轉，不以今日的目光強求於前人。他對每位詩論家，不管成就大小，就「論」而論之。譬如對聞一多，綜合論述了他的格律論形成的三階段及其在新詩發展史上的重要意義與地位，但也指出他對《蕙的風》的太不合理而低級趣味的諷嘲，是錯誤的。這種就事論事、講道理的態度，是很可取的。

我不願對上述三位識與不識的詩論家朋友們的論著做比較，因為，我已八十有四，無此精神，也無此能力。但我想，同一題目，是

可以寫出不同的文章來的，優勝之處及其缺點，讀者會去評說的。有
識之士會把各家彼此不足之處加以考察、對照，加以修改、補充，使
它們成為更加完美的一個個整體。

　　有比較、有競爭，才能出優質產品。文藝創作如此，文論、詩論，
也應如此。

中國寫作學會會長　　臧克家

一九八八年十一月一日

目　次

胡適

　　胡適是中國新詩運動的拓荒者、先驅者之一。這不但是因為他的《嘗試集》是中國第一部新詩集，而且還在於他在「五四」時期發表了許多詩論，不遺餘力地倡導創建新詩。胡適「五四」時期的詩論、詩作，對於新詩起了催生助長的作用。他對新詩的創建和發展，作出了巨大的貢獻。

　　長期以來，由於「左」的政治路線和思想路線的影響，我們對胡適在「五四」文學革命中所起的作用及對《嘗試集》的評價，沒有能貫徹辯證唯物主義和歷史唯物主義的原則，一筆抹煞他在「五四」文學革命中所起的作用，談到《嘗試集》，也是全盤否定。實際上，《嘗試集》中的不少詩篇體現了反對封建主義，提倡個性解放，歌頌民主政治和民主自同的「五四」時代精神。與此同時，胡適通過《嘗試集》的創作實踐，與劉半農、俞平伯、周作人等初期白話詩人一起，開創了新詩史上第一個詩歌流派——白話詩派。由於胡適的詩論、詩作在形成這一新詩流派中起過重大作用，因此白話詩派又稱為「胡適之體」。胡適在創建新詩過程中的發軔之功是不可抹煞的。

　　中國舊體詩詞格律嚴謹，在反映社會生活和抒情寫意方面，存在許多侷限性。隨著社會與語言的發展，現實生活的日益豐富多彩，它的侷限性顯得更突出。晚清譚嗣同、黃遵憲等人提倡「詩界革命」，他們的「新體詩」內容有所革新，注入了近代民主主義的新思潮，語言也比較富有生活氣息，因而有力地抨擊了以「同光體」為代表的晚清詩壇的擬古風氣。因此，他們的革新精神具有進步意義，應當給予充分的肯定。但是，他們認為「革命者當革其精神，非革其形式」，主張「以舊風格含新意境」[(1)]，因此「詩界革命」並沒有突破詩歌舊形式

的束縛，沒有最終實現詩體的解放。辛亥革命前後，一班守舊文人由於在舊軌道上走慣了，提筆作詩時，依然撿拾古人的陳詞濫調，無病呻吟，將舊體詩詞的格律視作金科玉律，照舊走著押韻合轍的老路，整個詩壇死氣沉沉，奄奄一息。

　　胡適一九一〇年至一九一七年間在美國留學。在這段時間裏，意象派詩歌運動正在美國蓬勃展開。意象派主張「運用日常會話的語言」[2]，創作節奏新穎、形式活潑的自由詩。這對胡適產生了一定的影響。《嘗試集》第二編中〈關不住了〉一詩就是他翻譯的一首美國意象派詩歌。他的留學日記中也抄錄了美國羅威爾《意象派宣言》[3]。這些都說明了美國意象派詩歌引起了他的注意。此外，從十九世紀後半期起，歐美各國的象徵派、未來派、表現派都毫無例外地提倡衝破舊格律的束縛，注重詩的口語化。胡適曾經自述，在美國留學期間，他雖不曾專治文學，「但也頗讀了一些西方文學書籍，無形之中，受了不少的影響」[4]。胡適自然受到了世界詩壇這股自由詩體詩歌潮流的影響。這就促成了他自一九一六年開始創作白話新詩並在「五四」前後在理論上大力提倡。

　　首先，胡適揭示了舊體詩詞「以文勝質」的弊病，指明了創建白話新詩的必要性。舊體詩詞講究平仄、對仗、押韻，有格律上的種種束縛。詩詞作者為遵守其格律，常常削足適履，造成「以文勝質」的弊病。胡適指出：「那些用舊調舊詩體的人有了料，須要截長補短，削成五言，或湊成七言；有了一句，須對上一句；有了腹聯，須湊上頸聯；有了上闋，須湊成下闋；有了這韻，須湊成下韻」，往往顧此失彼，其結果造成「以文勝質」的弊病[5]。胡適揭露其弊病道：「文勝質者，有形式而無精神，貌似而神虧之謂也。」要克服這種「文勝質」的弊病，胡適認為「當注重言中之意，文中之質，軀殼內之精神」[6]。這就闡明了衝破舊體詩詞格律的束縛，創建白話新詩的必要性。

　　其次，胡適以進化論觀察中國古典詩歌史，形成了歷史的文學進化觀念，揭示了詩體解放的必然性。早在一九一六年四月五日的日記

中，他就寫下了他以歷史的進化觀念考察中國古典詩歌史後得到的認識：「三百篇變而為騷，一大革命也。又變為五言七言之詩，二大革命也。賦之變為無韻之駢文，三大革命也。古詩之變為律詩，四大革命也。詩之變為詞，五大革命也。詞之變為曲，為劇本，六大革命也。」[7]三年半之後，他在〈談新詩〉一文中，也曾以歷史的進化觀念考察中國古典詩歌的變遷，概述了從詩經到新詩其間詩體由詩經到離騷、漢賦，由騷、賦到五七言詩，由五七言詩到詞曲，由詞曲到新詩的四次解放。胡適認為，詩史上詩體的歷次解放，是一種自然趨勢。他指出：「自然趨勢逐漸實現，不用有意的彭吹去促進他，那便是自然進化。自然趨勢有時被人類的習慣性守舊性所阻礙，到了該實現的時候均不實現，必須用有意的鼓吹去促進他的實現，那便是革命了。」胡適在以進化論考察中國古代詩歌史，發現了詩體解放的自然趨勢後指出：「文學革命的運動，不論古今中外，大概都是從『文的形式』一方面下手，大概都是先要求語言文字文體等方面的大解放。」而「詩的進化沒有一回不是跟著詩體的進化來的。」中國詩史的趨勢，正是隨著歷史的發展，「作詩更近於作文，更近於說話」。正是這樣，胡適旗幟鮮時的提出了「文當廢駢，詩當廢律」[8]，「要做真正的白話詩」的理論主張[9]，揭示了詩體解放的必然性。

最後，胡適闡明了創建白話新詩的可能性。首先，他從詩歌史上尋找這種可能性。他在〈建設的文學革命論〉一文中，考察了中國古代詩歌史後指出：〈木蘭辭〉、〈孔雀東南飛〉、〈石壕吏〉、〈兵車行〉等優秀詩篇，都是用白話做的，「從三百到於今，中國的文學凡是有一些價值有一些兒生命的，都是白話的，或是近於白話的。其餘的都是沒有生氣的古董，都是博物院中的陳列品！」胡適這番話，當然失之偏頗，即以格律謹嚴的舊體詩詞來說，其中不乏真實地反映了歷代社會生活而藝術性又高的優秀作品。不過胡適通過肯定歷史上的白話詩篇來倡導創建白話新詩，順應了「五四」文學革命的歷史潮流，卻是應當肯定的。其次，他通過評論初期新詩來論證創建白話新詩的可能性。

在〈談新詩〉一文中，他通過簡略分析自己的詩作〈應該〉、康白情的〈窗外〉、傅斯年的〈深秋永定門晚景〉、俞平伯的〈春水船〉等詩篇，說明無論抒情，還是寫景，白話新詩比起舊體詩詞來，在內容方面都有了進步，並呈現了樸素真實的風格。

中國最早的一批新詩人，大都是從舊式詩、詞、曲中脫胎出來的，因此初期新詩大都帶著詞或曲的意味與音節。其中康白情、俞平伯受到舊式詩、詞、曲的影響較小，他們在新詩創作中，衝破舊體詩詞束縛的勇氣又大，因此他們「五四」時期創作的新詩，舊體詩詞的氣息，相對來說較少。因此胡適認為，他們在新詩創作中，詩體的解放「比較更容易」，因而「自由（無韻）詩的提倡，白情平伯的功勞都不少」[10]。一九二二年，康白情的《草兒》出版。胡適在評論《草兒》的文章中肯定了康白情解放詩體的貢獻，指出「白情只是要『自由吐出心裏的東西』；他無意創造而創造了，無心於解放然而他解放的成績最大」[11]。是年，「湖畔」詩人汪靜之的詩集《蕙的風》出版。汪靜之比起康白情、俞平伯來，受到舊體詩詞的影響更少，因此他的詩語言更顯得活潑自然。胡適在為《蕙的風》寫的序中認為他的愛情詩雖然有些稚氣，然而充滿著一種新鮮風味。

胡適的上述新詩評論，既闡明了創建白活新詩的可能性，又推動了新詩的建設和發展。

胡適倡導創建白話新詩的理論主張，有力地抨擊了舊體詩詞僵化的格律對於表現現代生活的嚴重束縛，揭露了晚清以及辛亥革命前後詩壇的種種弊病，闡明了創建白話新詩的必要性、必然性與可能性，提高了詩人們創作白話新詩的自覺性、積極性，促進了新詩的誕生。因此，對於胡適「五四」前後創建白話新詩的理論主張，我們應當給予充分的肯定。

如前所述，中國舊體詩詞有種種格律上的束縛，胡適主張從「文的形式」方面下手，廢除這種種格律，創建白話新詩。長期以來，人們總是批評胡適的文學革命主張陷入形式主義。胡適當年似乎也看到

了自己的理論主張有被譏為形式主義的可能性。他有一段話，正可以看作對人們這類批評責難的回答。他說：「新文學的語言是白話的，新文學的文體是自由的，不拘格律的。初看起來，這都是從『文的形式』一方面的問題，算不得重要。卻不知道形式和內容有密切的關係。形式上的束縛，使精神不能自由發展，使良好的內容不能充分表現。」因此，他認為：「若想有一種新內容和新精神，不能不先打破那些束縛精神的枷鎖鐐銬。」也就是說，只有廢除舊體詩詞平仄、對仗、押韻等種種格律上的束縛，實現詩體的解放，「豐富的材料，精密的觀察，高深的思想，複雜的感情，方才能夠跑到詩裏去」。而「五七言八句的律詩絕不能容豐富的材料，二十八字的絕句絕不能寫精密的觀察，長短一定的七言五言絕不能委婉表達出高深的理想和複雜的感情」。因此他主張新詩「不但打破五言七言的詩體，並且推翻詞調由譜的種種束縛；不拘格律，不拘平仄，不拘長短；有什麼題目，做什麼詩；詩該怎樣做，就怎樣做」[12]。任何事物，都是內容決定形式，文學創作也不例外。但是，形式也能反作用於內容。當著形式阻礙內容的表達時，那麼，衝破原有形式的束縛，建設新的形式，就成了解決矛盾的關鍵。胡適既看到了舊體詩詞僵化的形式無法表現豐富複雜的社會生活，又看到了詩的形式對於內容的反作用，才提倡衝破舊體詩詞形式上的束縛，創建白話新詩的。因此，將胡適從語言文字入手創建新詩看作形式主義，是不正確的。

胡適主張新詩要「言之有物」，強調詩歌要有高遠的思想與真摯的情感。為此，他早在一九一六年十月就提出了文學革命要從八事入手，其中就有「須言之有物」的要求[13]。第二年一月，他將八個方面的次序作了調整後，寫進了〈文學改良芻議〉，並逐條作了具體的解釋，這就是著名的「八不主義」。調整後的「八事」，原先的最末一條「須言之有物」被列為頭條，反映了他對文學作品內容的重視。他並且具體解釋說，「言之有物」的「物」，包括情感與思想兩個方面。胡適指出，情感是文學的靈魂，文學作品如果無情感，好像人無靈魂，不過是木

偶、行屍走肉。至於思想，胡適認為包括詩人的見地、識力、理想三者。他指出晚清及辛亥革命前後詩壇，舊派詩人「沾沾於聲調字句之間，既無高遠之思想，又無真摯之情感」。他要求新詩「寫情要真，要精，要細膩婉轉，要淋漓盡致」(14)。這反映了胡適正確地把握了詩歌的本質特點。

在詩歌的創作方法上，胡適提倡現實主義。他認為：「唯實寫今日社會之情狀，故能成真正文學」(15)。因此他主張擴大文學作品材料的區域，認為晚清批判現實主義作家採用的官場、妓院與齷齪社會三個區域，對於新文學來說，絕不夠採用。貧民社會、男女工人、人力車夫、農民商販以及社會上的一切痛苦情形，都應該在新文學中佔一個位置。他還指出，當新文化運動深入開展、新舊文明激烈衝突時，「一切家庭慘變，婚姻苦痛，女子之位置，教育之不適宜……種種問題，都可供文學的材料」(16)。針對封建文人向壁虛構、閉門造車的違背現實主義原則的創作現象，他指出：真正文學家的材料都以「實地的觀察和個人自己的經驗」作為基礎，「不能作實地的觀察，便不能做文學家；全沒有個人的經驗，也不能做文學家」(17)。胡適在「五四」文學革命初期提倡現實主義創作方法，起了引導詩人反映社會現實生活、規避無病呻吟頹風的作用，有利於新詩在現實主義的道路上健康發展。

胡適雖然提倡現實主義創作方法，但他對現實主義作了浮淺、表層的理解。他將現實主義理解為反映現象的「真實」，將文學反映社會現實看作現實生活的簡單摹寫。他強調「詩的經驗主義」，在〈夢與詩〉一詩的跋語中說：「做夢尚且要經驗做底子，何況作詩。現在人的大毛病就做沒有經驗做底子的詩。」重視生活經驗是對的，但創作若停留在社會現象的簡單摹寫上，那麼，勢必難以揭示社會生活的本質。因此有人稱「五四」時期的詩為自然主義(18)。這與胡適對現實主義的偏狹理解有關。

胡適現實主義詩論的形成，與他從小受到中國古代現實主義詩歌的薰陶有關。他曾自述他讀杜甫詩歌的時候，「唯讀〈石壕吏〉、〈自京

赴奉先詠懷〉一類的詩」[19]。這些真實地反映了唐代社會現實生活的詩篇對於胡適形成現實主義詩論無疑起了一定的作用。

主張詩歌創作要有獨創性。一九一六年十月，他在〈寄陳獨秀〉中提出：「不用陳套語」、「不模仿古人」。在〈文學改良芻議〉中他語氣更堅決地提出「務去爛調套語」。這些都是針對著舊體詩詞中相當數量的作品因襲模仿，缺乏獨創性而發的。他在文中批評清末民初的古文家們「下規姚、曾，上師韓、歐，更上則取法秦漢魏晉」的作法，認為這樣類比古人寫出來的作品「不過為博物院中添幾許『逼真贗鼎』」，絲毫沒有獨創的藝術價值。

胡適認為，要杜絕爛調套語，除了寫自己「親見親聞親身閱歷的事物」外，還要發揮獨創性，「一一自己鑄詞以形容描寫之」。他在〈文學改良芻議〉一文中舉了胡先驌在美國留學時所寫的一首詞為例來說明。胡先驌人在美國，卻在詞中撿拾中國古典詩詞的陳詞套語，在反映自己在美國生活情況的詞中寫上「熒熒夜燈如豆」、「繁霜飛舞」的詞句。胡適認為這樣就陷入了因襲模仿的泥沼。

胡適提出了新詩懂得性、逼人性的審美原則。他認為「文學有三個要件：第一要明白清楚，第二要有力能動人，第三要美」[20]。追求明白清楚，目的是要使作品具備「懂得性」。就詩來說，就是要用通俗易懂的語言，「把情或意，明白清楚的表達出來，使人容易懂得」，「絕不會誤解」；追求「有力能動人」，目的是要使作品具備「逼人性」，有動人藝術魅力；而美就是「『懂得性』（明白）與『逼人性』（有力）二者加起來自然發生的結果」[21]。注意明白清楚，對於廓清辛亥革命後直至「五四」前後舊派詩人由於規唐模宋而造成的迂晦、艱澀的陳腐詩風，造成通俗易懂、樸實清新的詩風，是有作用的。但是，由於一味強調明白清楚，而且追求「明白清楚之至」，這就導致初創時期的大多數新詩缺乏含蓄蘊藉的藝術風致。

新詩衝破了舊體詩詞平仄、對仗、押韻等格律的束縛，以白話為工具，不講平仄、對仗，沒有嚴格的韻律要求，首無定句，句無定字，

7

呈現了清新活潑的藝術風采。但是，正由於它沒有格律的束縛，初期新詩人創作時又缺乏可供借鑒的範本，因此，初期不少新詩難免缺乏音節，不同程度上出現了散文化的傾向。為了提高新詩的藝術性，胡適在新詩誕生後的第二年，就及時地總結了初期新詩的經驗教訓，提出了新詩要講究音節的理論主張。

詩的音節是為表情達意服務的。因此胡適指出：「詩的音節是不能離開詩的意思而獨立的」，它「必須順著詩的自然曲折，自然輕重，自然高下」(22)。

那麼，新詩如何造成優美的音節？胡適認為，新詩的音節「全靠兩個重要分子：一是語氣的自然節奏，二是每句內部所用字的自然和諧」。至於被舊體詩詞視為金科玉律的平仄和押韻，胡適則認為都是不重要的事，「語氣自然，字句和諧，就是句末無韻也不要緊」(23)。

「五四」時期，有的詩人在新詩創作中自覺地借鑒舊體詩詞雙聲疊韻的藝術手法，如沈尹默的〈三弦〉第二節「旁邊有一段低低的土牆，擋住了個彈三弦的人，卻不能夠隔斷那三弦鼓蕩的聲浪」這一長句中，除了「旁、邊」，「有、一」各為雙聲外，「段」、「低」、「低」、「的」、「土」、「擋」、「彈」、「的」、「斷」、「蕩」、「的」，這十一字都是雙聲，用來描寫三弦聲響，十分傳神。胡適肯定它音節諧美，認為「可算是新詩中一首最完全的詩」。但他認為要增強新詩的音節美，除借助於雙聲外，主要是造成自然的音節。他認為「音」是指詩的聲調，新詩的聲調「一是平仄要自然」，「二是用韻要自然」。由於白話沒有固定不變的平仄，因而「白話的聲調不在平仄的調劑得宜，全靠這種自然的輕重高下」。「節」就是「詩句裏面的頓挫段落」，由於新詩的句子長短並不劃一，因此新詩的節奏是「依著意義的自然區分與方法的自然區分來分析的」。胡適對新詩的用韻也提出了自己的看法，認為新詩用韻有三種自由：第一、用現代的韻，不拘古韻，更不拘平仄韻。第二，平仄可以互相押韻……第三，有韻固然好，沒有韻也不妨。新詩的聲調在骨子裏，——在自然的輕重高下，在語氣的自然區分——故有無韻

腳都不成問題」[24]。胡適認為依靠新詩內部的組織——層次、條理、排比、章法、句法，是造成新詩自然的音節最重要的方法[25]。在新詩剛剛誕生才兩年的時候，胡適就及時地總結了提高新詩藝術質量的經驗和方法，這對新詩的逐步發展、成熟，無疑是有很大幫助的。胡適這些主張，在當時產生了很大的影響。朱自清曾指出：胡適的這些主張「大體上似乎為《新青年》詩人所共信；《新潮》、《少年中國》、《星期評論》，以及文學研究會諸作者，大體上也這般作他們的詩。〈談新詩〉差不多成為詩的創造和批評的金科玉律了」[26]。可見胡適的〈談新詩〉一文在中國新詩理論批評史上具有深遠的影響。

胡適於一九二〇年九月由亞東圖書館出版《嘗試集》後，就很少創作新詩了。但他繼續關注著新詩的發展。一九三二年七月發表在《詩刊》第四期上給徐志摩的論詩信就集中體現了胡適三十年代的詩論。

二十年代中期，聞一多、徐志摩等新月派詩人針對初期新詩散文化的傾向，為了提高新詩的藝術性，倡導現代格律詩。但是，由於他們提倡的新詩格律過嚴，例如聞一多在〈詩的格律〉一文中要求一首詩中每一行詩音尺的總數相等，結果導致新詩的格式流於「麻將牌式」，因而陳夢家編選的《新月詩選》一九三一年九月出版後，現代格律詩派漸趨衰落。胡適肯定新月詩派勇於探索詩藝的精神，認為「只有不斷的試驗，才可以給中國的新詩無數的新路，創無數的新形式，建立無數的新風格」。這位新詩的先驅並不因為現代格律詩派建立現代格律詩的主張與他「五四」時期創建自由體新詩的主張有所不同，而對他們的主張有所非議。應該說，胡適在這一點上的態度是通達的，他的看法也是正確的。

梁實秋在一九三一年一月出版的《詩刊》創刊號上發表了〈新詩的格調及其他〉一文，認為「五四」時期的新詩「實際就是中文寫的外國詩」，而「詩的藝術當然是以外國的為模仿對象」，因此他主張新詩「要明目張膽的模仿外國詩」，並說「取材的選擇，全篇內容的結構，韻腳的排列」，從外國詩方面「都不妨斟酌採用」。胡適在上述給徐志

摩的論詩信中說他自己「五四」時期並不希望新詩成為「中文寫的外國詩」。他說：「我當時希望——我至今還繼續希望的是用現代中國語言來表現現代中國人的生活思想情感的詩，這是我理想中的『新詩』的意義，——不僅是『中文寫的外國詩』，也不僅是『中文來創造外國詩的格律來裝進外國式的詩意』的詩。」（著重號為原文所有——引者按）他指出：「中國文學有生氣的時代是勇於試驗新體裁和新風格的時代；從大膽嘗試退到模仿與拘守，文學便沒有生氣了。」所以他贊同梁實秋上述文中提出的詩人應當「創造新的合於中文的詩的格調」的主張，明確表示自己不主張模仿外國詩的格調。針對有的新月派詩人模仿英國詩人寫作十四行詩，胡適在信中指出，十四行詩是拘束很嚴的體裁，容易產生湊字的毛病。任何一個國家，要發展自己的文學，無疑應該借鑒其他國家的文學。但是，這種借鑒應該是在比較鑒別的基礎上，有選擇地從其他國家文學作品中吸取對於發展本國文學有用的東西，既不應該是全盤照搬，也不應該照樣模仿。因此，梁實秋主張新詩從取材、結構到韻腳的排列，都模仿外國詩歌，無疑是錯誤的。

胡適從創造適合於中文的新詩格調的主張出發，認為「我們剛從中國小腳解放出來，又何苦去裹外國小腳呢？」這一看法，既與他「五四」時期提倡自由詩的主張一致，也與中國三十年代新詩形式美學探索的總體趨勢同步。胡適說，他理想中的新詩是：「用現代中國語言來表現現代中國人的生活思想情感的詩。」這一觀點，曾經給現代派詩論主張的形成以一定的影響。一九三三年十一月，施蟄存在他和杜衡編輯的《現代》第四卷第一期上發表〈又關於本刊中的詩〉中說：「《現代》中的詩是詩。而且是純然的現代的詩。它們是現代人的現代生活中所感受的現代情緒，用現代的詞藻排列成現代的詩形。」施蟄存這裏關於「現代詩」的提法，無疑受到了上述胡適觀點的影響，至少是借用了胡適提供的語言資料。

我們這裏肯定胡適三十年代初期的詩論主張，但是，應當指出，給新詩壇以重大影響的，還是他「五四」時期提出的詩論主張。朱自

清說中國新文學第一個十年詩壇上有自由派、格律詩派、象徵詩派這樣三個詩歌流派[27]。胡適「五四」時期的新詩理論，正是初期新詩自由詩派主要的理論支柱，並對後來新詩的發展產生了一定的影響。當然，胡適「五四」時期的詩論，也有明顯的不足之處，既沒有涉及「五四」文學革命的一個根本問題，即新詩如何為反帝反封建鬥爭服務，又只是將詩歌革命侷限在語言文學工具的改良。他雖然認為「一時代有一時代之文學」，但他將文學的時代性僅僅停留在語言文字的革新上，沒有看到任何時代的文學革命，總是內容的推陳出新，帶動文字工具的解放齊頭並進。此外，胡適「五四」時期的詩論也反映了他在「五四」新文化運動中作為資產階級右翼代表的妥協性。一九一六年七月，他在覆任叔永的信中表示：「吾自此以後，不更作文言詩詞」。但他在一九一七年十一月給錢玄同信中卻又說：「不必排斥固有之詩詞曲諸體，要各隨所好，各相題而擇體」，對文言詩詞又捨不得丟掉了。雖然這樣，但他作為新詩創作和新詩理論建設的拓荒者、先驅者對創建新詩和新詩美學作出的貢獻，卻是不可抹煞的。應該給胡適在中國新詩史，中國新詩理論批評史上以足夠的歷史地位。

註 1 ：《飲冰室詩話》。

註 2 ：《意象主義詩人（1915）序》，《意象派詩選》158 頁，裘小龍澤，灕江出版社，1986 年 8 月第 1 版。

註 3 ：《藏暉室札記》卷 15，1916 年 12 月 26 日，《胡適留學日記》1071 頁。

註 4、8、19：〈我為什麼做白話詩──《嘗試集》自序〉，《新青年》第 6 卷第 5 號，1919 年 5 月。

註 5 ：〈新文學問題之討論・胡適致任鴻雋〉，《中國新文學大系・文學論爭集》。

註 6、9、13、14、16、17：〈寄陳獨秀〉，《中國新文學大系・建設理論集》。

註 7 ：《逼上梁山》，同註 6。

註 10：〈《蕙的風》序〉。

註 12、23、24、25：《談新詩》，同註 6。

註 15：〈文學改良芻議〉，同註 6。

註 18、26、27：〈《中國新文學大系・詩集》導言〉。

註 20、21：〈什麼是文學，答錢玄同〉，同註 6。
註 22：《嘗試集》再版自序〉，同註 6。

郭沫若

　　郭沫若是中國新詩的奠基人。他的第一部新詩集《女神》以狂飆突進般的革命浪漫主義精神唱出了「五四」時期反帝反封建的時代最強音,從而為中國詩歌開闢了一個新紀元。

　　《女神》的產生不是偶然的,它既是「五四」文學革命孕育的結果,又是詩人獨具個性的詩論的產物。

　　任何文學作品,都是作家在一定的政治立場、哲學思想和文藝思想指導下產生的。同樣地,任何詩篇,也都是在詩人一定的詩歌學美觀指導下的產物。個性解放和泛神論,是郭沫若「五四」時期思想的核心。正是在個性解放和泛神論思想的指導下,「五四」時期的郭沫若形成了「自然流露」、「人格創造」、「形式絕端自由」、無目的論等重要詩論。二十年代中期以後,直到一九七八年逝世,郭沫若繼續撰寫和發表了許多詩論文章,雖然比起「五四」時期的詩論來,沒有多少明顯的個人特色,但是,隨著世界觀和文藝思想的轉變,他對自己「五四」時期的詩論,或則有所修正,或則有所補充,留下了辛勤探索的蹤跡。我們這裏要探討的是郭沫若建國前的詩論。這對我們理解他的詩歌,對我們總結中國現代詩歌理論批評史,無疑是有很大幫助的。

　　魯迅在談到「五四」時期文學革命的倡導者的思想時曾說:「最初(指「五四」時期──引者按)文學革命者的要求是人性的解放。」[1]「五四」時期的郭沫若從事文藝活動,也是以革命民主主義的個性解放思想為指導思想的。我們在他「五四」時期的詩文中隨處可以找到個性解放思想。他在詩劇《湘累》中借屈原的口喊出了自己的心聲:「自由地表現我自己。」[2]他在〈我們的文學運動〉一文中又提出:「我們

反對不以個性為根底的既成道德」,「我們反對否定人生的一切既成宗
教」[3]。

在西歐,個性解放思想曾經是十五、十六世紀處於上升時期的資
產階級反對封建主義的思想武器。隨著歷史的發展,資產階級逐步失
去了它的革命性。到了本世紀初,個性解放成了資產階級反對無產階
級革命的武器。在中國,「五四」新文化運動是一場無產階級領導的新
民主主義革命。它的任務是反帝反封建,因此,個性解放思想在「五
四」時期仍然具有一定的革命意義。「五四」新文化運動的先驅者們正
是將它作為反帝反封建的思想武器的。《女神》正是以衝決封建思想羅
網的個性解放思想為主旋律譜寫成的。

泛神論是郭沫若「五四」時期詩論的哲學基礎。一九四一年,周
揚在研究《女神》的力作〈郭沫若和他的《女神》〉中曾指出:郭沫若
「曾醉心過泛神論……這個神在他就是自我。……那是自我表現主義
的極致,個性主義之詩的誇張。」[4]泛神論否認上帝以及各種人造的
神祇,認為一切自然實體和自然都是神,因而自我也是神。郭沫若就
曾說:「泛神便是無神。一切的自然只是神的表現,自我也只是神的表
現。我即是神,一切的自然都是自我的表現。」[5]十分明顯,這種否
認上帝以及各種人造神祇的泛神論思想,在「五四」時期具有歷史的
進步性。而其「一切自然都是自我的表現」的觀點,與個性解放思想
也是相通的。

郭沫若從小就接觸了認為「天地與我並生,而萬物與我為一」的
莊子學說,在日本留學時期,又先後接觸了充滿了泛神論傾向的泰戈
爾、惠特曼、歌德和集泛神論思想之大成的斯賓諾莎,逐步形成了泛
神論思想。

郭沫若從個性解放思想和泛神論思想出發,主張詩的「自然流
露」說。他說:詩是詩人「心中的詩意詩境之純真的表現,生命泉
中流出來的 Strain(即旋律──引者按),心琴上彈出來的 Melody(即
曲調──引者按)」[6]。他認為:「詩不是『做』出來的,只是『寫』

出來的」[7]，「詩不是從心外來的，不是從心坎中流露出來的詩通不是真正的詩」[8]。詩「以自然流露的為上乘」，並將它視作「新體詩的生命」[9]。直至建國前夕，他在〈開拓新詩歌的路〉一文中仍說：「新詩本來是詩的解放」，因此必須要求「詩的感興自由流露」[10]。由此可見「自然流露」說是他一貫的詩論主張。

郭沫若主張詩的「自然流露」說，基於他對文藝特性的認識。他認為藝術「是建立在感情上的」[11]，而「詩的本職專在抒情」[12]。他對詩歌的這一特點的認識顯然受到了歌德的啟示。他在〈《少年維特之煩惱》序引〉中說到他翻譯歌德此書時曾和歌德的「主情」說產生了「共鳴」[13]。他要詩的感情真實，認為「詩的文字便是情緒自身的表現（不是用力去表示情緒的）」，也就是「自然流露」，「才有真詩、好詩的出現」[14]。「若是出以『矯揉造作』，不過是些園藝盆栽，只好供富人賞玩了。」[15]

這一「自然流露」說，是以義大利新黑格爾派學者克羅齊的直覺說為美學基礎的。郭沫若說：「詩不是『做』出來的，只是『寫』出來的。我想詩人的心境譬如一灣清澄的海水，沒有風的時候，便靜止著如像一張明鏡，宇宙萬類的印象都活動在裏面。這風便是所謂直覺，靈感，這起了的波浪是高漲著的情調。這活動著的印象便是徂徠著的想像。這些東西，我想來便是詩的本體，只要把它寫了出來，它就體相兼備。」他進而把詩歸納為如下公式：

詩＝（直覺＋情調＋想像）＋（適當的文字）[16]

郭沫若這個公式裏的「直覺」，來自於克羅齊。他在〈天才與教育〉一文中就曾徵引過克羅齊的直覺說：「文學家、藝術家便是屬於直觀的美的天才。」[17]這裏的「直觀」，即直覺，也就是自我表現。克羅齊說：「直覺是表現，而且只是表現（沒有多於表現的，卻也沒有少於表現的）。」[18]許多郭沫若研究者在分析郭沫若「五四」時期的文藝思想時，常常徵引上述郭沫若〈論詩三札〉中「詩人的心境譬如一灣清

澄的海水……宇宙萬類的印象都涵映在裏面」這段話，從而得出「五四」時期郭沫若文藝思想是唯物主義的結論。應該說，郭沫若用「直覺」說來解釋詩的產生使他「五四」時期的詩論蒙上了唯心主義的影子。

郭沫若「五四」時期的思想是非常複雜的。由於他早年接受的是傳統的封建教育，在日本留學時期，他雖然已開始接觸馬克思主義，但還沒有系統地掌握，還沒有實現世界觀的轉變，因而對各種資產階級文藝思想還不能作出科學的分析。因此，他當時所寫的文章，思想內容不免顯得蕪雜，觀點時有齟齬。他自己曾說：當時他的思想「相當混亂，各種各樣的見解都沾染了一些，但缺乏有機的統一」[19]。唯其如此，他一方面肯定「詩人與哲學家的共通點是在同以宇宙全體為對象」[20]，另一方面又主張「直覺」。這正是「五四」時期郭沫若在文藝思想、詩論方面的矛盾之處。

郭沫若的「自然流露」說，就其詩論淵源來說，是借鑒、繼承中外古典詩論而形成的。

就中國古典詩論來說，「自然流露」說明顯地受了南朝梁鍾嶸的《詩品》和唐代司空圖《詩品》的影響。郭沫若在〈我的作詩的經過〉[21]、〈我的學生時代〉[22]、〈序我的詩〉[23]等文中，曾講到他五、六歲發蒙時就熟讀過這兩本古典詩論。比較起來，他受到司空圖《詩品》的影響更大些。他在〈序我的詩〉一文中說：「唐人司空表聖（司空圖字表聖——引者按）的《詩品》讀得最早」，「我的關於詩的見解大體上還是受他的影響」[24]。在談到鍾嶸的《詩品》時，郭沫若一方面肯定他推重「自然英旨」，「古今勝語，多非補假，皆由自尋」的詩論，而對受到尊崇聲律、注重藻飾的時代風氣影響而偏重藻飾的曹植，是頗有微辭的，認為這顯示了鍾嶸「主張的不徹底」。他喜歡司空圖的《詩品》。司空圖認為詩的快感是自然流露出來的，「俯拾即是，不取諸鄰」，既能「著手成春」，抒寫出美好的詩篇來。他將感情的自然流露形象地比作「如逢花開，如瞻歲新」，如「幽人空山，過水採萍」，這是十分

貼切的。司空圖對「自然」風格的品評，顯然是郭沫若「自然流露」說的理論淵源之一。

郭沫若的「自然流露」說還受到英國消極浪漫主義詩人華茲華斯的影響。華茲華斯說：「詩是強烈感情的自然流露。」[25]郭沫若的這一理論主張受到華茲華斯的影響是十分明顯的。

根據「自然流露」說，他提出了詩的「內在韻律」說。他認為「詩之精神在其內在的韻律。」所謂「內在韻律」就是作詩不講究音韻與格律，而注重情緒的自然抒寫。他說：「內在韻律（或曰無形律）並不是什麼平上去入，高下抑揚，強弱長短，宮商徵羽；也並不是甚麼雙聲疊韻，甚至押在句中的韻文！這些都是外在的韻律或有形律」，「內在的韻律便是『情緒的自然消漲』」，它「訴諸心而不訴諸耳」[26]。正因為他注重詩的內在韻律，所以認為「表示它的工具用外在律也可，便不用外形律，也正是裸體的美人」[27]。

中國傳統詩論，以為「無韻者為文，有韻者為詩」，逮及「五四」時期，一班守舊文人「猶有兢兢於有韻無韻之論爭而詆散文詩人名為悖理者」，郭沫若對此是極為不滿的。他認定「詩是情緒的直寫」[28]，所以「詩的本質，不在乎腳韻的有無」，「可以有韻」，但「不必一定有韻。」[29]

如前所述，郭沫若認為「詩的本職專在抒情」，而情緒是「由感情加了時序的延長」，而形成的，因而情緒世界是一個「波動的世界、節奏的世界」[30]。因此郭沫若雖然主張「內在韻律」，但他注重詩的節奏，認為節奏既是詩的外形，又是詩的生命，自由詩「不借於音樂的韻語，而直抒情緒中的觀念之推移」，雖沒有「外形的韻律，但在自體是有節奏的」[31]。

正因為他注重詩的「內在韻律」說，所以對詩的形式方面主張絕端的「自由」、「自主」[32]，甚至認為「抒情的文字便不採詩形，也不失其為詩」[33]，所以他主張「打破一切詩的形式」[34]。他在一九四八年回顧新詩史、思考如何開拓新詩的道路時說：「新詩沒有建立出一種

形式來，倒正是新詩的一個很大的成就」，「不定型正是詩歌的一種新型」。因此他對二十年代中期新月派提倡新詩的格律化和四十年代馮至等寫十四行詩是不滿的，認為「不寫五律七律而寫外國商籟，是脫掉中國枷鎖而戴上外國枷鎖」，新詩的格律化也是在「追求枷鎖」。他甚至認為新詩人寫舊詩，是「下意識界的囚徒心理一時失掉控制的表露」(35)。這些看法，當然是失之偏頗的。

郭沫若的「內在韻律」說，對於反對舊體詩謹嚴的格律、對於新詩的創立和發展，無疑是有巨大的革命意義的。但是，他在反對舊體詩謹嚴的格律時，顯然把詩的形式否定得過了頭，造成了形而上學的錯誤。在文藝的內容與形式這一對矛盾中，內容固然是矛盾的主要方面。舊體詩僵化、呆滯的形式，妨礙內容更好地表達。隨著社會的發展，舊體詩與社會生活的矛盾越來越突出。因此，「五四」文學革命的先驅者們，在詩歌方面，從詩體解放入手。大膽衝破舊體詩形式的束縛，努力創建白話新詩，的確順應了時代的潮流和文學發展的規律。但是，我們在充分肯定郭沫若「內在韻律」說在衝破舊體詩呆滯形式的束縛、對於創建新詩的積極作用時，也應當看到它的侷限性和不足之處。形式是一種文學樣式區別於別一種文學樣式的重要因素。新詩在形式方面，比起小說、散文、戲劇來，有它自身必不可少的規定性，如分行書寫、注重音韻等等。如果無視詩的這些形式要素，實際上也必然取消了詩。

根據詩的「自然流露」說，郭沫若「五四」時期還提出了詩歌「無目的」的理論。他說：「文藝也如春日的花草，乃藝術家內在之智慧的表現。詩人寫出一篇詩，音樂家譜出一支曲子，畫家畫成一幅畫，都是他們感情的自然流露，如一陣春風吹過池面所生的微波，應該說沒有所謂目的。」(36)又說：「不過凡是一種社會現象發生，對於周遭必生影響。……文藝是社會現象之一，勢必發生影響於全社會。」「有人說文藝是有目的，此乃文藝發生後必然的事實。為藝術的藝術與為人生的藝術，這兩種派別大家都知道是很顯著的爭執著。其實這不過是

藝術的本身與效果上的問題。如一株大樹，就樹的本身來說並非為人們要造器具而生長的，但我們可以用來製造一切適用的器物。」[37]

郭沫若這兩段話的意思是，詩人在創作時，不應該懷有什麼目的，而詩篇一經產生，成為全社會的精神財富、廣大讀者欣賞的對象時，又必然產生一定的社會效果。所以他說：「我對於藝術上的功利主義的動機說，是有所抵觸的。」[38]他為什麼要反對藝術上的功利主義的動機說呢？因為他覺得「只抱個概念去創作，不從生活實踐出發，好像用力打破鼓，只能生出一種怪聒人的空響」[39]。也就是說：「假使創作家純全以功利主義為前提以從事創作，所發揮的功利性反而有限。作家慣會迎合時勢，他在社會上或者容易收穫一時的成功，但他的藝術的成就恐怕就很難保險」。而如果詩情「由真實生活的源泉流出，無論它是反射的或創造的，都是血與淚的文學」[40]。詩篇必然產生較好的社會效果。

從上述郭沫若對於詩歌「無目的」論的闡釋來看，我們應當透過字面瞭解其真意。應當看到，郭沫若的著眼點還是在於詩人要真情流露，切忌矯揉造作，無病呻吟，從而使詩篇產生動人的藝術魅力，同時，他注重的是尊重詩歌創作的客觀規律。他認為第一「要有生活的源泉」，第二要將儲積在胸中的無數感覺材料「經過一道濾過作用，醞釀作用」，而反對不從生活實踐出發的「只抱個概念去創作」[41]。

根據詩的「自然流露」說和客觀功利說，郭沫若還提出了詩人的人格創造問題。他認為詩歌對讀者的人格會發生影響，而只有真正詩人的詩才「足以增進我們的人格」。那麼，怎樣的詩人才是真正的詩人呢？他指出：「人格比較圓滿的詩人才能成為真正的詩人」。因此，「詩的創造是要創造『人』」，也就是「感情的美化」[42]。聯繫到自身的新詩創作，他說：「我的詩形不美的事實正由於我感情不曾美化的緣故」。所以他表示「今後要努力造『人』，不再亂作詩了」[43]。那麼，詩人怎樣進行人格創造呢？他認為宗白華在《新詩略談》中提出的「在自

然中活動」、「在社會中活動」、「美覺的涵養」、「哲理的研究」等都是必要的條件[44]。

一九二四年春夏之交，他用了將近兩個月的時間，翻譯了日本經濟學博士河上肇的《社會組織與社會革命》一書。同年八月，他在給成仿吾的信中說：「這書的譯出在我的一生中形成了一個轉換時期」[45]。的確，這本書的翻譯，是郭沫若一九二四年到一九二七年之間實現世界觀由前期的泛神論轉變為後期的馬克思主義的一個重要契機。他在信中說：「我現在對於文藝的見解也全盤變了。」

隨著世界觀、文藝觀的轉變，郭沫若自二十年代後期到建國前夕的二十多年裏，用馬克思主義來觀察詩歌問題，對自己「五四」時期的詩論或則用了修正，或則作了補充，從而使其詩論顯得更全面更豐富。當然，在他後來的詩論中，還是有些失之偏頗的論點。

關於人格創造問題。詩人「五四」時期提出的感情美化、人格圓滿的要求，不免失之籠統、浮泛。他在掌握了馬克思主義之後，對這個問題作出了具體的回答。他認為，所謂人格創造，要求詩人有正確的意識，而這正確的意識，「不僅是『正確的世界觀』」，還包括著思想、方法、立場[46]。綜觀他建國前關於這個問題的全部論述，我們覺得，可以歸納為三個方面：

一是詩人要「和時代合拍」。郭沫若說：詩人「要活在時代裏面」，「把時代的痛苦、歡樂、希望、動盪……要能夠最深最廣泛地體現於一身」，只有這樣，才能「鑄造時代的偉大的史詩」[47]。

二是要「以人民為本位」，樹立人民意識。郭沫若認為，詩人應當「確能代表時代，代表人民，以人民大眾的心為心，夠得上做人民大眾的喉舌」[48]。詩人要「以人民為本位，用人民的語言，寫人民的意識，人民的情感，人民的要求，人民的行動」[49]。他認為聞一多由新月派詩人成為人民詩人，其根本原因是從「絕端個人主義的玄學思想蛻變出來」，是「人民意識的獲得」[50]。

三是詩人應當有崇高的品質和精神。郭沫若指出：「魯迅的韌，聞一多的剛，郁達夫的卑已自牧」，是「文壇的三絕」[51]。所謂「卑已自牧」，意思是以謙抑的態度修身養性。郭沫若高度肯定魯迅、聞一多、郁達夫的崇高品質，啟示我們認識詩人的品質和精神對於詩作的密切關係。

關於靈感問題。郭沫若一九二〇年認為直覺和靈感產生詩[52]。將靈感和直覺並提，不免給詩的產生，同時也給靈感罩上了一層唯心主義的暈光。一九二六年，他認為詩「總當由靈感迸出」[53]。但是沒有具體闡述。四十年代初，他對靈感作了科學分析，指出靈感「並不是什麼靈魂附了體或是所謂『神來』」，「而是一種新鮮的觀念突然由意識強度集中了，或者先有強度的意識集中因而獲得了一種新鮮觀念。而又累積地增強著意識的集中的那種現象」。他聯繫自己的詩歌創作實踐，形象地描寫靈感來時的特徵：「可以使人作寒作冷，牙關發戰，觀念的流如狂濤怒湧，應接不暇」。因此，可以說靈感到來時是詩歌創作的最佳狀態。那麼，怎樣才能誘發靈感呢？郭沫若認為，這就要求詩人「忠於一種正確的思想即真理，以這為生活的指標，而養成自己的極端犀利的正義感，因而能夠極端真摯地憎與愛，這便是誘發靈感的源泉。」郭沫若並且指出：詩人的「生活範圍愈大」，「靈感的強度也就愈大」，而如能「以人民的生活為生活，人民大眾的感情為感情」，那麼，詩人的「靈感便是代表人民大眾的。」[54]這就廓清了前人關於靈感的種種陳腐舊說，對靈感作出了唯物主義解釋。

關於詩的韻律問題。「五四」時期，郭沫若主張詩的「內在韻律」，也就是注重「情緒的自然消漲」，沒有注意到詩的外在韻律（如平上去入、高下抑揚、強弱長短、雙聲疊韻、押韻等等）會增強詩的藝術效果。不久，他修正了這一主張。一九二五年七月，他在〈論節奏〉一文中說，有情調的詩，「加以聲調時（即是有韻律的詩），是可以增加詩的效果的」[55]。一九四一年，他指出：「詩劇和外在的韻如起了有機的化合，那倒是很理想的一件事情」[56]，並認為「有詩的內容而有

適當的韻語以表達，准同性質的物相加可以使效果倍增的合力作用的原則，故詩多有韻」[57]。由此看來，郭沫若自二十年代後期開始，在注重「五四」時期提出的詩的「內在韻律」的同時，逐漸同時注意詩的外在韻律的問題了。

在新詩的外在韻律方面，郭沫若提出了韻語、雙聲疊韻與連綿字以及平仄方面的問題。一九三六年，他在談到諷刺詩的寫作時說，諷刺詩的「表現手法是離不開韻語的」[58]。一九四二年他提出：「古詩愛用雙聲、疊韻，或非雙聲疊韻的連綿字，這種方法在新詩裏也是應該遵守的，尤其中國語文是在從單音轉化為複音的過程中，還要靠著這種方法以遂成其轉化」，同時「平仄的規定是不能廢的」[59]。這些提法，比起一九二〇年〈論詩三札〉中說的「詩應該是純粹的內在律」來，顯然要全面多了。

郭沫若後期注意詩的外在韻律，與他確立人民意識有密切關係。一九三五年夏，詩人陳子鵠寫信給郭沫若，信中說「希望詩歌能夠像音樂一樣給大眾朗誦」，郭沫若在覆信中對這一觀點表示讚賞，並說：「這也是我所懷抱的一種希望」。同時指出：「詩歌還是應該讓它和音樂結合起來；更加上『大眾朗誦』的限制，則詩歌應當是表現大眾情緒的形象的結晶。要有韻才能誦。要簡而短，才能接近大眾。」[60]由此可見，郭沫若後期認為新詩應當有韻，目的是為了讓新詩為廣大人民所喜聞樂見。

關於新詩向古典詩歌及民歌民謠學習的問題。「五四」時期新詩創作的先驅者們，由於當時的主要矛盾是要衝決舊體詩森嚴格律的羅網，不可能提出學習古典詩歌的優良傳統的命題，郭沫若也不例外。他在掌握了馬克思主義以後，揚棄了「五四」時期全盤否定古典文學的形而上學觀點。他說：「『五四』以後有些人過於偏激，斥一切線裝書為無用，這種觀點是應該改變的了」，「對於中國的書不讀是最要不得的」[61]。因此，他提出了學習古典詩歌的問題。一九三六年，他在談到寫作諷刺詩問題時，認為「利用舊式的詩形更可以增加效能」[62]。

比較起來。建國以前，他更重視向民歌民謠學習。郭沫若在總結了中國詩歌發展的規律之後指出：「一切的文學正宗差不多都導源於前一代的俗文學」[63]。其論據之一，便是屈原「採用了民歌的體裁來打破了周人的『雅頌』詩體的四言格調」，寫成《離騷》，從而「在中國的文學史上徹底地創立了一個體裁」[64]。他曾經在〈文藝與民主〉、〈屈原時代〉、〈革命詩人屈原〉、〈屈原研究〉、〈屈原的藝術與思想〉、〈從詩人節說到屈原是否是弄臣〉等許多文章中反覆談到屈原利用民間歌謠創立楚辭體所建樹的藝術勞績，啟示新詩作者向民間歌謠學習。

　　郭沫若一九四九年九月前的詩論豐富多彩，有待於我們深入研究。當前，詩歌創作相當活躍，相比之下，詩論方面比較沉寂。為了活躍和繁榮當代的詩歌理論批評和詩論建設，我們應當開發郭沫若豐富的詩論寶庫。

註 1：魯迅《且介亭雜文・〈草鞋腳〉（英譯中國短篇小說集）小引》。

註 2：《女神・湘累》

註 3：《文藝論集續集・我們的文學新運動》。

註 4：1941 年 11 月 16 日延安《解放日報》。

註 5、13、29：《文藝論集・（少年維特之煩惱）序引》。

註 6、7、9、12、14、15、16、17、20、26、27、32、33、42、44、52：《文藝論集・論詩三札》。

註 8：《沫若譯詩集・〈雪萊詩選・小序〉》。

註 10、35、49：〈開拓新詩歌的路〉，見《郭沫若談創作》，黑龍江人民出版社 1982 年版。

註 11、19、36、37：《文藝論集・前記》。

註 18：《美學原理》。

註 21：《沫若文集》第十一卷《集外・我的作詩的經過》。

註 22：《今昔集・我的學生時代》。

註 23、24、34：《沸羹集・序我的詩》。

註 25：《（抒情歌謠集）序言》。

註 28、30：《文藝論集・文學的本質》。

註 31、55：《文藝論集・論節奏》

註 38、39、40、41：《文藝論集・論國內的評壇及我對於創作上的態度》。

註 43：〈致宗白華〉（1920 年 2 月 16 日），《三葉集》。

註 45：《文藝論集續集・孤鴻——致成仿吾的一封信》。

註 46：《集外・七請》，《沫若文集》第 11 卷。

註 47、48、54、56：〈詩歌底創作〉，見《文學》第 2 卷 3、4 期合刊，1944
年。

註 50：《歷史人物・論聞一多做學問的態度》。

註 51：《天地玄黃・再談郁達夫》。

註 53：《三個叛逆的女性・寫在（三個叛逆的女性）後面》，上海光華書局
1926 年版。

註 57：《今昔集・今天的創作道路》。

註 58：《郭沫若詩作談・關於諷刺詩及其他》，《現世界》創刊號，1936 年
8 月。

註 59、61：《沸羹集・怎樣運用文學的語言》。

註 60：〈關於詩的問題〉，《雜文》第 3 期，1935 年 9 月 20 日。

註 63：《沸羹集・文藝與民主》。

註 64：《斷斷集・屈原時代》。

魯迅

　　一九三四年十一月，魯迅在給中國詩歌會會刊《新詩歌》的編輯竇隱夫的信中說：「要我論詩，真如要我講天文一樣，苦於不知怎麼說才好，實在因為素無研究，空空如也。」[1]「素無研究」，自然是魯迅的自謙之言。人們都知道，魯迅很早就開始了詩歌創作，一九〇八年他就寫了長文〈摩羅詩力說〉，第一個把歐洲浪漫主義運動和「摩羅詩人」介紹到中國。魯迅又是中國新詩運動的先驅者之一，他在「五四」時期先後創作發表了六首新詩。因此，我們有充分的理由說，魯迅文學活動是從詩歌的創作實踐和理論探討開始的。此後，他為保護新詩的健康發展，與詩壇的不良傾向，展開了長期鬥爭。與此同時，他積極探索新詩的形式，並就新詩的形式如何實現民族化、大眾化提出了經典性的意見。魯迅是中國現代傑出的新詩理論家和批評家。

　　作為詩論家，魯迅首先深刻揭示了詩的本質屬性。一九二五年一月，魯迅在〈詩歌之敵〉一文中指出：「詩歌是本以抒發自已的熱情的」。指出詩歌的這一本質屬性，既反映了他對中國傳統詩論的繼承，又體現了他對中國傳統詩論的匡正，從而反映了他對詩歌觀念的革新。

　　「詩言志」，這是中國古代大多數文論家、詩論家對詩的本質屬性的認識。朱自清認為它是古代詩論的「開山綱領」[2]。中國上古時代的《尚書》《堯典》篇說：「詩言志，歌詠言，聲依永，律和聲。」「詩言志」的「志」，其含意側重於指思想、抱負，自然，它也多少包含感情的意思。到了孔子，就確立了比較全面的詩論，他提出詩的「興、觀、群、怨」說。「興」是說詩用比興手法抒發感情，影響讀者的感情的意志；「觀」是說通過詩歌可以瞭解社會風俗的盛衰和政治的得失；

「群」是說詩可以溝通人們的感情，互相砥礪，培養合群觀念；「怨」
是說詩哥可以批評執政者，抒發對苛政的怨情。「興、觀、群、怨」說
揭示了詩歌的美感作用、認識作用和教育作用。但是，孔子重視詩歌
的作用，目的是為了「事父」、「事君」，因此，要求詩哥進行「溫柔
敦厚」的教化，將符合禮教的詩稱作「無邪」。「楚漢之際，詩教已
熄」[3]，人們開始衝破禮教的束縛來探討詩歌的本質屬性。漢代解釋
《詩經》的毛詩，在其〈大序〉中就指出詩歌言志抒情的特點：「詩者，
志之所之也，在心為志，發言為詩，情動於中而形於言。」從它情、
志並提來看，它比言志說前進了一大步，初步揭示了詩歌的本質屬性。
但是，為了鞏固地主階級統治，〈毛詩序〉要求詩歌「發乎情，止乎禮
義」，詩歌雖然可以從抒情出發，便仍被禮義緊緊地束縛著、禁錮著、
扭曲著。魏晉時期，抒情文學有了很大的發展，人們對詩歌的本質屬
性逐漸有了比較自覺的認識。魯迅曾經指出這個時代是「文學的自覺
時代」[4]。也就是說這時人們已經自覺地認識到了包括詩歌在內的文
學的抒情本質。陸機在〈文賦〉中就指出：「詩緣情而綺靡，賦體物而
瀏亮。」明確指出了詩歌的抒情特質，肯定了詩歌抒情化的發展方向。
自此以後，堅持詩歌的抒情特質的代有人在。齊梁時代的沈約、劉勰，
唐代的白居易，明代的李贄、湯顯祖、袁宏道、馮夢龍、徐渭，清代
的金聖嘆、李漁、黃宗羲、袁枚、龔自珍，乃至近代的梁啟超，無不
強調詩歌的抒情屬性，但是，他們大多著眼於詩歌抒發不受儒家禮義
束縛的感情，沒有能闡明感情來自於客觀現實生活，從而有著十分明
顯的侷限性。而魯迅則明確指出詩人是由於「感物」而「發為歌吟」
的[5]，說明感情來源於客觀現實生活。

　　誠然，在「五四」前後，指出詩歌的抒情本質的並非魯迅一人，
如郭沫若一九二〇年就指出「詩的本職專在抒情」[6]，康白情也認為
「詩是主情的文學」[7]。但是，魯迅關於詩的本質屬性的探索，早在
「五四」之前的十多年就開始了。

　　一九〇八年，魯迅在〈摩羅詩力說〉中說：「如中國之詩，舜云言志，而後賢立說，乃云持人性情，三百之旨，無邪所蔽。夫既言志矣，何持之云？強以無邪，即非人志。許自繇於鞭策羈縻之下，殆此事乎？然厥後文章，乃果輾轉不逾此界。」這裏說的「後賢」，指的是劉勰。劉勰承襲孔子「思無邪」論，在《文心雕龍·明詩》篇中說：「詩，持也，持人性情。三百之蔽，義歸無邪。」從這裏可以看出，青年魯迅不但對孔子的「思無邪」論和劉勰的「持人性情」說採取了否定態度，而且對齊梁以後歷代拘於儒家詩教的詩論採取了一概否定的態度，毫無保留的餘地。

　　在〈摩羅詩力說〉中，魯迅不但初步揭示了詩的抒情特質，而且將詩的這一特質從創作領域貫通到欣賞共鳴領域。魯迅認為：「蓋詩人者，攖人心者也。凡人之心，無不有詩，如詩人作詩，詩不為詩人獨有，凡一讀其詩，心即會解者，即無不自有詩人之詩。無之何以能解？惟有而未能言，詩人為之語，則握撥一彈，心弦立應，其聲沏於靈府，令有情皆舉其首，如睹曉日，益為之美偉強力高尚發揚，而污濁之平和，以之將破。平和之破，人道蒸也。」在魯迅看來，每個人心中都有詩，所以能受到詩的感染。優秀詩篇之所以能產生「心弦立應」的共鳴作用，是由於詩篇強烈的感情「沏於」讀者聽眾的「靈府」，產生了「令有情皆舉其首」的藝術效果。也就是說，共鳴是以詩篇的強烈感情為基礎的。而在讀者這一面，也必須有與詩篇相同、相近的感情。這後一方面，魯迅在「五四」時期就表述得更為顯豁。他說：「新主義宣傳者是放火人麼，也須別人有精神的燃料，才會著火；是彈琴人麼，別人的心上也須有弦索，才會出聲；是發聲器麼，別人也必須是發聲器。」[8]而如果「著作裏寫出的性情，作者的思想」，是讀者所沒有的，那麼就「不會瞭解，不會同情，不會感應，甚至彼我之間的是非愛憎，也免不了得到一個相反的結果」[9]。在指出詩的抒情本質的名篇〈詩歌之敵〉中，魯迅更明確地說：「詩歌不能憑仗了哲學和智力來認識，所以感情已經冰結的思想家，即對於詩人往往有謬誤的判斷和隔膜的

挪揄。」同樣的道理，如果只是「精細地鑽研著一點有限的視野，便絕不能和博大的詩人的感得全人間世，而同時又領會天國之極樂和地獄之大苦惱的精神相通。」將詩的本質屬性貫通到詩的欣賞共鳴領域，反映了魯迅對詩的本質屬性認識的深刻透徹。

魯迅不但深刻透徹地揭示了詩的抒情本質，而且揭示了新詩的詩情應有的幾種特性。

一是真實性。魯迅指出：「只有真的聲音，才能感動中國的人和世界的人」[10]。只有抒寫發自肺腑的真情實感，才能產生感人的藝術魅力。「五四」前夕，魯迅接到一位不相識的少年寄來的一首題為〈愛情〉的散文詩，它真實地抒寫了由父母之命撮合成的封建婚姻所帶來的沒有愛情的夫妻生活的痛苦。魯迅認為「這是血的蒸氣，是醒過來的人的真聲音。」因此他要求新時代的詩文「是黃鶯便黃鶯般叫，是鴟鴞便是鴟鴞般叫」[11]，也就是要求不掩飾、不做作，真實自然。

魯迅對歷代充斥虛情假意的文藝作品是極為不滿的。他指出：「中國人向來因為不敢正視人生，只好瞞和騙，由此也生出瞞和騙的文藝，由這文藝，更令中國人更深地陷入瞞和騙的大澤中，甚而至於已經自己不覺得。」[12]虛偽的人生態度必然產生瞞與騙的文學，而瞞和騙的文學一經產生，勢必產生極壞的社會效果，導致有些人染上弄虛作假、自欺欺人的痼疾。因此，魯迅既反對封建文人吟花弄月，也反對「五四」以後有些詩人脫離革命實踐，虛偽地讚頌鐵和血。他說：「倘以欺瞞的心，用欺瞞的嘴，則無論說 A 和 O，或 Y 和 Z，一樣是虛偽的」[13]。

二是崇高性。人的感情，有健康與庸俗、崇高與卑下之分。進步的、革命的詩歌應當抒發健康向上、進步崇高的感情。因此，魯迅讚賞民歌的「剛健、清新」[14]，他也欣賞無產階級革命詩人白莽（即殷夫──筆者）抒發革命感情的詩作。他在為白莽的詩集《孩兒塔》寫的序中高度評價他的詩，認為「這《孩兒塔》的出世並非要和現在一般的詩人爭一日之長，有別一種意義在。這是東方的微光，是林中的響箭，是冬末的萌芽，是進軍的第一步，是對於前驅者的愛的大纛，

也是對於摧殘者的憎的豐碑」。由於殷夫的詩與三十年代有些詩人講究「圓熟簡練」的技巧，鼓吹「靜穆幽遠」的境界，抒寫纏綿悱惻的頹唐感情的詩作迴然不同，所以魯迅說「這詩屬於別一世界」[15]。

對於抒發頹廢情緒的詩篇，魯迅是不滿的。未名社詩人韋叢蕪二十年代後期起漸趨消沉，後來陷入空想，最後沉溺宦海。一九三三年一月，胡愈之主編的《東方雜誌》新年特大號上，闢了一個「新年的夢想」專欄，韋叢蕪即以專欄標題為文題撰文說：「我夢想著未來的中國是一個合作社股份有限公司，凡成年人都是社員，都是股東，軍事、政治、教育均附屬其下，形成一個經濟單位，向著世界合作化股份有限公司走去。」純屬脫離實際的空想。一九三三年六月，魯迅在給臺靜農信中說：「立人（即韋叢蕪──筆者）先生大作，曾以一冊見惠，讀之既哀其夢夢，又覺其淒淒。昔之詩人，本為夢者，今談世事，遂如狂醒；詩人原宜熱中，然神馳宦海，則溺矣，立人已無可救。」[16]可見感情頹廢沒落是詩人的致命傷。

對於抒發反動的思想感情的詩作，魯迅採取批判否定的態度。三十年代初，「民族主義文學」派作家黃震遐在劇詩《黃人之血》中描寫由成吉思汗的孫子拔都元帥統領的黃色人種的西征「以消滅無產階級的模範」──「現在無產者專政的第一個國度」──「斡羅斯（俄羅斯）」為目標。在這派詩歌作者蘇鳳、甘豫慶、邵冠華、沙珊、徐之津等人的詩作中，滿篇充斥著「去把熱血鑄住賊子的槍頭」，「去把肉身塞住仇人的炮口」（甘豫慶〈去上戰場去〉）、「有堅卓的志願，有沸騰的熱血」（沙珊：〈學生軍〉）等詩句[17]。魯迅指出，這些貌似「發揚踔厲」、「慷慨悲歌」的詩句，「那任務是在送死人埋入土中，用熱鬧來掩過了這『死』，給大家接著得到『忘卻』」，也就是掩蓋反動派的賣國勾當。魯迅認為「他們將只盡些送喪的任務，永含著戀主的哀愁，須到無產階級革命的風濤怒吼起來，刷洗山河的時候，這才能脫出這沉滯蝸劣和腐爛的運命」[18]。魯迅在另一篇文章〈漫與〉裏也指出邵冠華等人的詩篇是「送死的妙訣」、「喪禮的收場」，他們不過是「從奴隸

生活中尋出『美』來，讚嘆、撫摩、陶醉」，「使自己和別人永遠安住於這生活」。這樣的詩篇，「分明的顯現了麻醉」的反動本質。對於這樣的詩篇，無產階級和革命人民理應進行徹底的否定。

三是時代性。社會在發展，時代在前進，人們的思想感情必然打上時代的烙印。魯迅曾經指出：「即使是從前的人，那詩人完全超於政治的所謂『田園詩人』，『山林詩人』，是沒有的。」[19]因此，魯迅一九二七年二月在香港青年會作題為〈無聲的中國〉的演講時，就提出詩文要反映「現代的聲音」。在漫長的封建社會裏，有些作家提倡摹擬古人，「文必秦漢，詩必盛唐。」在清朝，不少知識份子為了逃避殘酷的文字獄，「便只好起來讀經，校刊古書，做些古時的文章，和當時毫無關係的文章」，也就是所作詩文毫無時代氣息。一九三三年十二月，他接到詩歌作者王熙之的詩稿，雖然詩句朗朗上口，但感情陳舊。所以他在覆信中指出其詩「內容似乎舊一點，此種感興在這裏是已經過去了」[20]，也就是詩情缺乏時代性，沒有能反映出時代精神。

四是含蓄性。詩人應當有豐富熱烈的感情，但表現在詩中要含蓄蘊藉。中國傳統詩論注重含蓄，反對淺露。清代袁枚說：「詩無言外之意，便同嚼蠟。」[21]沈洋龍也認為：「含蓄無窮，詞之要訣。含蓄者，意不淺露，語不窮盡。句中有餘味，篇中有餘意，其妙不外寄言而已。」[22]魯迅指出：「詩歌較有永久性」，因此「造語必須含蓄曲折」[23]。一九二五年「五四」慘案以後，許廣平寫了一首猛烈攻擊鎮壓「五四」運動的反動派的詩，寄請魯迅批評。魯迅回信說：只有散文，如雜文，才適宜猛烈的攻擊，而詩歌一旦淺露，「即容易引起反感」。他認為，「五四」慘案後，《上海週刊》上發表的「極鋒利肅殺的詩，其實是沒有意思的」，因為「情隨事遷，即味如嚼蠟」。所以他在回信中提出了詩歌創作的一條重要美學原則：「我以為感情正烈的時候，不宜作詩，否則鋒芒太露，能將『詩美』殺掉。」[24]為什麼感情正烈時不宜作詩呢？因為感情正烈時，容易將詩寫得像散文，從而導致詩作概念化，缺乏含蓄凝煉、形象生動的風致。

　　魯迅除了揭示詩歌的抒情本質、新詩的詩情應當具備的幾種特性之外，並在總結了中國古典詩歌和民歌的優良傳統、發展規律，以及總結了「五四」以來新詩的創作和理論探求的基礎上，就新詩的形式如何實現民族化、大眾化提出了異常精當的意見。

　　一九三四年十月，中國詩歌會的會刊《新詩歌》的編輯竇隱夫去信魯迅，希望魯迅為該刊寫詩論文章，魯迅雖然沒有寄去詩論文章，但他在覆信中闡明了自己的新詩美學觀。他說：詩歌雖有「眼看的」和「嘴唱的」兩種，「但究以後一種為好」。他批評「五四」以來不少新詩「沒有節調，沒有韻，它唱不來；唱不來，就記不住；記不住，就不能在人們的腦子裏將舊詩擠出，佔了它的地位」，並且指出：「我以為內容且不說，新詩先要有節調，押大致相近的韻，給大家容易記，又順口，唱得出來。」[25]一九三五年九月，魯迅收到青年詩人蔡斐君的詩稿後，他又在覆信中指出：「詩須有形式，要易記、易懂、易唱動聽，但可格式不要太嚴。要有韻，但不必依舊詩韻，只要順口就好。」[26]

　　魯迅上述順口、易記、易懂、易唱的新詩美學觀，是俯視一部中國古典詩歌流變史，總結了古典詩歌和民歌的優良傳統及發展規律之後提出來的。

　　中國漢語、漢字有聲韻、格律的特色。南朝齊梁時代的周顒、沈約等人發現了漢語、漢字的這一特徵，並在理論和創作實踐中探索、應用四聲來增加詩歌的節奏、音調之美。經過南北朝、隋朝、唐初一百多年間許多詩人、詩論家的創作實踐和理論探討，才逐步形成了格律體的近體詩。近體詩在形式上的顯著特徵是每首有一定的句數，每句有一定的字數，講究平仄和押韻、講究節奏。在唐詩基礎上發展起來的宋詞、元曲的共同點是都有一定的調式、字數和韻腳。歷代民歌雖然不像唐詩、宋詞、元曲那樣講究嚴格的平仄、字數、調式、韻腳，但是它也有著講究節奏、富於音樂性的顯著特徵。魯迅在〈門外文談〉中談到詩歌的起源時，稱「杭育杭育」為最早的詩歌[27]。「杭育杭育」既是詩的節奏，又是音樂的節奏。《詩經》中的〈國風〉，原是民間歌

謠；漢魏樂府，也是音樂與詩歌相結合的產物。以後歷代在民間流傳的竹枝詞、山歌、民謠等，基本上都配有曲子，或者能夠配上曲子唱的。因此，魯迅提出的順口、易記、易懂，易唱的要求，既繼承了中國古典詩歌和民歌的優良傳統，又完全符合中國人民長期以來在詩歌鑒賞活動中積澱形成的審美心理。

魯迅給竇隱夫信中所說的「節調」，是指節奏、音調，也就是音樂性。節奏，從力度方面講，是指聲音的強弱；從時間方面講，是指聲音的長短。重讀與輕讀體現出聲音的強弱，音組（也稱作「頓」、「音步」）的劃分區分了聲音的長短。一首詩如能有規則地安排重讀與輕讀以及音組，就能增強詩的節奏。而音調則包括韻轍、疊字疊句、雙聲疊韻以及平仄協調等幾個方面。中國古典詩歌講究音節的強弱長短，注意音組的劃分、韻轍、雙聲疊韻和平仄協調。疊字疊句的表現手法更多地為民歌所採用。由此也就可以看出，魯迅重視詩歌的節調，也是對於古典詩歌、民歌成功的藝術形式和表現手法借鑒、繼承的結果。

魯迅提出的順口、易記、易懂、易唱的新詩美學觀，也是在總結了自「五四」以來十多年裏新詩成敗得失的經驗教訓和詩論成果之後提出來的。

「五四」時期，新詩的先驅者們勇敢地衝破舊體詩森嚴格律的束縛，嘗試創作自由體新詩。他們一般對新詩的形式都重視不夠。如郭沫若主張「自然流露」說，提出了「內在韻律」論。所謂「內在韻律」，就是認為作詩不必講究音韻與格律，注重感情的自由抒寫。他說：「內在的韻律（或曰無形律）並不是什麼平上去入，高下抑揚，強弱長短，宮商徵羽；也並不是什麼雙聲疊韻，甚至押在句中的韻文！」正因為他注重詩的「內在韻律」說，所以他在詩的形式方面主張「絕端的自由，絕端的自主」，甚至認為「抒情」的文字便不采詩形，也不失其為詩」[28]，所以他主張「打破一切詩的形式」[29]。胡適為了使詩歌成為「新思想、新精神的運輸品」，所以提倡「詩體的大解放」[30]。俞平伯則認為「詩是個性底自我——個人底心靈底總和——一種在語言文

字上的表現，並且沒條件沒限制的表現」[31]。這些新詩的拓荒者勇敢地衝破舊體詩整飭的形式，為創建自由體新詩建立了不朽的功績。但是由於他們著眼於衝破舊體詩的格律、實現詩體的解放，所以較多地強調感情的自然流露、格式的不受拘束，這就導致了初期不少新詩存在歐化、散文化的弊病，缺乏藝術感染力。因此從一九一八年一月《新青年》四卷一號首次發表新詩，經過四、五年的繁盛之後，漸趨中衰。「五四」之後不久，法國象徵派的詩歌理論和創作陸續被介紹到中國來，穆木天根據象徵派的詩論提出「詩的世界是潛在意識的世界」、「詩是要有大的暗示能」[32]，王獨清主張從「朦朧」中去尋找「明瞭」[33]。李金髮於一九二五年至一九二七年短短的三年間，先後出版了詩風怪異的象徵詩集《微雨》、《為幸福而歌》和《食客與凶年》。但是，由於象徵派詩「捨明顯而就冥漠，輕描寫而重暗示」[34]，因而顯得晦澀難懂，不為廣大人民所喜聞樂見。這時，聞一多、徐志摩、朱湘、饒孟侃、劉夢葦、于賡虞等人為了提高新詩的藝術質量，致力於探索新詩的形式。一九二六年四月，他們在北京《晨報副刊》創辦了《詩鐫》。聞一多在《詩鐫》第七號上發表了〈詩的格律〉一文，提倡詩的「音樂美」（音節）、「繪畫美」（辭藻）、「建築美」（節的勻稱和句的均齊）。由於這一格律理論豐富了新詩的藝術表現力、提高了新詩的藝術性，因此，可以說它給業已中衰的新詩注入了新鮮血液。但是，聞一多為了造成新詩的「建築美」、做到節的勻稱和句的均齊，要求每行音尺總數的相等，這就必然導致格式的千篇一律。因此，後來新月派的有些詩人，沒有靈感，沒有詩情，專在音節、辭藻、節的勻稱和句的均齊上下功夫，以致他們寫出來的的新詩像一個方塊，被人譏為「豆腐乾體」，「麻將牌式」。因此，當二十年代末期，戴望舒翻譯了法國後期象徵派詩人保爾·福爾、果爾蒙、耶麥的詩以後，接受了他們不注重詩的音樂美，只追求樸素、自由詩風的詩作、詩論的影響，於三十年代寫成的《望舒詩論》[35]，就針對聞一多的新詩「三美」說，提出了「詩不能借重音樂，它應該去了音樂的成分」、「詩不能借重繪畫的長處」，

「單是美的字眼的組合不是詩的特點」，並認為「韻和整齊的字句會妨礙詩情，使詩情成為畸形的」。戴望舒的這些話，顯然是對聞一多格律理論的反撥。無論是自由詩派、象徵詩派、格律詩派，還是在象徵詩派基礎上發展起來的現代詩派，它們對新詩的發展都作出了或大或小的貢獻，它們的詩歌理論探索都是有益的。但是，上述各派的詩論都有一定的侷限性。魯迅關於新詩形式問題的意見，正是在總結了上述各派的詩作、詩論之後提出來的。

上述魯迅論「詩須有形式」的那封著名論詩信的受信人蔡健（即蔡斐君）一九八〇年五月曾對徐州師範學院現代文學研究生談話時說，魯迅當年回他的這封信，是針對那時新詩過分散文化和過多運用標語口號兩種情況說的(36)。二十年代後期，郭沫若、將光慈的詩篇以及三十年代初期中國詩歌會一些詩人的詩作一定程上存在著過多運用標語口號的不良傾向。魯迅就曾指出，創造社、太陽社的一些作家，在詩歌中「填進口號和標語，自以為就是無產文學」，「但那是因為內容形式，都沒有無產氣，不用口號和標語，便無從表示其『新興』的緣故。實際上並非無產文學」(37)。

與此同時，魯迅也曾對受到聞一多格律過嚴的詩論影響寫出的「方塊詩」提出過批評。一九三四年二月，他在給姚克的信中，認為當時有些從南朝昭明太子蕭統編選的《文選》中選用華麗的詞藻、掩飾空虛內容與「每句子必一定，寫成一長方塊」的新詩都可歸入背離「文從字順」坦途而走向「難讀」歧路的一類。

魯迅提倡新詩順口、易記、易懂、易唱，目的是為了實現新詩的民族化、大眾化。對中國古典詩歌及歷代民歌，只有採取吸取其精華、揚棄其糟粕的正確態度，才能古為今用，推陳出新。魯迅指出：舊形式的採取，「正是新形式的發瑞，也就是舊形式的蛻變」，「這結果是新形式的出現，也就是變革」(38)。由此也可以看出，魯迅提倡「詩須有形式」，絕不是要走回頭路，重新將舊詩森嚴的格律套在新詩身上，也不是要鑄造新的枷鎖來代替舊的枷鎖。因此，他認為新詩「格式不要

太嚴」，在談到新詩「要有韻」時，認為「不必依舊詩韻，只要順口就好」[39]。這說明，魯迅不是形而上學地看待新詩的形式問題，而是運用辯證的觀點來看待新詩的形式問題的。

魯迅認為，要發展民族新文化，既要「擇取中國的遺產」，又要「融合新機」、「採取外國的良規」，加以發揮，使我們的作品更加豐滿[40]。因此，他指出「翻譯外國的詩歌也是一種要事」[41]。但是，他反對一味生搬硬套外來詩歌形式。一九二八年十一月，王獨清出版了長篇抒情詩〈II bec〉（〈十二月一日〉），這首詩「以『pon! pon! pon!p-on!』的槍聲開頭，並以它貫串始終，寫了廣州起義的一些表面現象，什麼『火』呀，『×旗』（即紅旗——引者按）呀，『標語』、『口號』呀，而且這些詞不斷重複出現，鉛字都逐漸大起來，一個『火字』，一個『pon』字，以至一個感嘆號，都要佔五行字的位置」[42]。魯迅對王獨清這種一味在詩的形式上摹擬勃洛克的反映十月革命的詩篇〈十二個〉的作法是不滿的。他指出：王獨清脫離革命實踐，他的「從上海租界裏遙望廣州暴動的詩，『pong pong pong』，鉛字逐漸大了起來，只在說明他曾為電影的字幕和上海的醬園招牌所感動，有模仿勃洛克的〈十二個〉之志而無其才」[43]。魯迅提倡的是「採取外國的良規」，並且要「加以發揮」，而不是簡單的模仿和機械的照搬。文學教條主義和政治上的教條主義一樣，也是沒有出息的、沒有前途的。

魯迅提倡順口、易記、易懂、易唱的新詩，並非要用某一種格式來統一整個詩壇。現實生活是豐富多彩的，不同層次的讀者對於詩歌的審美需要也是多種多樣的。因此，只有創作出形式、風格豐富多彩，各呈異彩的新詩，才能反映豐富的現實生活，滿足廣大讀者的審美需要。因此魯迅早在一九一九年〈對於『新潮』一部分的意見〉中就曾說：《新潮》裏的詩使人覺得「單調」。他指出「此後能多有幾種作風不同的詩就好了」。這就指明了新詩只有實現題材、體裁、形式、風格的多樣化，才能形成詩壇百花齊放的興旺局面。

　　新詩誕生六十多年來，經過無數詩人、詩論家長期的創作實踐和艱辛的理論探索，無論是詩作，還是詩論，都為繼續探索、不斷前進奠定了堅實的基礎。但是，新詩的民族化、大眾化問題還沒有很好的解決。我們應當在學習魯迅詩論的基礎上，通過創作實踐和理論探索，摸索出一條創作民族化、大眾化新詩的坦途來。

註 1、25：《魯迅全集》，人民文學出版社 1981 年版，第 12 卷 556 頁，1934
　　　　年 11 月 1 日致竇隱夫。

註 2：《詩言志辯》。

註 3：《漢文學史綱要》第六篇〈漢宮之楚聲〉，同註 1，第 9 卷 385 頁，

註 4：《而已集·魏晉風度及文章與藥及酒之關係》，同註，1 第 3 卷 504 頁。

註 5：同註 3，第一篇〈自文字至文章〉，343 頁。

註 6、28：《文藝論集、論詩三札》。

註 7：〈新詩的我見〉，《少年中國》1 卷 9 期。

註 8、9：《熱風·隨感錄五十九·聖武》，同註 1，第 1 卷 354 頁。

註 10：《三閒集·無聲的中國》，同註 1，第 4 卷 15 頁。

註 11：《熱風·隨感錄四十》，同註 1，第 4 卷 15 頁。

註 12：《墳·論睜了眼看》，同註 1，第 1 卷 240-241 頁。

註 13：同註 12，241 頁。

註 14：《且介亭雜文·門外文談》，同註 1，第 6 卷 95 頁。

註 15：《且介亭雜文末編·白莽作〈孩兒塔〉序》，同註 1，第 6 卷 494 頁。

註 16：《魯迅全集》第 12 卷第 192 頁，1933 年 6 月 28 日致臺靜農。

註 17：根據《二心集·民族主義文學的任務和運命》引詩摘引，同註 1，第 4
　　　　卷 317-318 頁。

註 18：同註 17，320 頁。

註 19：同註 4，516 頁。

註 20：同註 1，第 12 卷 307 頁，1933 年 12 月 26 日致王熙之。

註 21：《隨園詩話》卷二。

註 22：《論詞隨筆》。

註 23、24：《兩地書·三二》，同註 1，第 11 卷 97 頁。

註 26：同註 1，第 13 卷 220 頁，1935 年 9 月 20 日致蔡斐君。

註 27：同註 14，94 頁。

註 29：《沸羹集·序我的詩》。

註 30：〈談新詩——八年來的一件大事〉，《中國新文學大系·建設理論集》。

註 31：〈詩底自由和普遍〉，《新潮》第 3 卷第 1 號。

註 32：〈譚詩──寄沫若的一封信〉，《創造月刊》第 1 卷第 1 期。

註 33：〈再譚詩──寄給木天、伯奇〉，同上。

註 34：邢鵬舉《波多賴爾散文詩》譯者序，轉引自孫玉石《中國初期象徵派詩歌研究》46 頁，北京大學出版社 1983 年 8 月第 1 版。

註 35：《現代》第 2 卷 1 期。

註 36：見吳奔星選輯《魯迅詩話》70 頁的一條註釋，天津人民出版社 1981 年 10 月第 1 版。註 37：《二心集・「硬譯」與「文學的階級性」》，同註 1，第 4 卷 206 頁。

註 38：《且介亭雜文・論「舊形式的採用」》，同註 1，第 6 卷 24 頁。

註 39、40：《且介亭雜文・（本刻紀程）小引》，同上，48 頁。

註 41：同註 1，第 7 卷第 225 頁，1919 年 4 月 16 日致傅斯年。

註 42：金濤《長詩（IIDec）談起》，《魯迅研究百題》，348-349 頁，湖南人民出版社 1981 年 11 月第 1 版。

註 43：《三閒集・現今的新文學的概觀》，同註 1，第 4 卷 135 頁。

周作人

　　毛澤東曾說：「文化革命是在觀念形態上反映政治革命和經濟革命，並為他們服務。在中國，文化革命和政治革命同樣有一個統一戰線。」[1]「五四」新文化運動，就是由具有初步共產主義思想的知識份子、革命的小資產階級知識份子和資產階級知識份子三部分人組成的統一戰線。「五四」時期，周作人作為這個統一戰線的一員，從資產階級人道主義立場出發，積極投入了反對封建政治、禮法和倫理，反對舊文學、反對文言文，提倡人本主義、個性解放，提倡文學革命、提倡白話文的「五四」新文化運動。

　　周作人對「五四」文學革命的貢獻是多方面的，他不但在「五四」文學革命的理論建設方面頗多建樹，在文學革命初期的創作實踐中，在新詩、散文、雜文創作方面都取得了較大的成就。以新詩創作來說，他創作的第一首新詩是〈小河〉，發表在一九一九年二月《新青年》六卷二期上，被列為頭條。這是開《新青年》先例的。《新青年》自一九一七年二月開始發表胡適的新詩，在以後的兩年中，從未將新詩列為頭條。從中可以看出編者對它是何等重視了[2]。胡適後來在〈談新詩〉一文中，稱讚這首詩「有很好的聲調」，「是新詩中的第一首傑作」，並說「我所知道的『新詩人』，除了會稽周氏兄弟之外，大都是從舊式詩詞、曲裏脫胎出來的」[3]。周作人發表在《每週評論》上的詩〈背槍的人〉和〈京奉車中〉，曾被《新潮》第一卷第五號轉載，編者並且在按語中說，轉載這兩首詩，目的是為了讓寫詩的人「作個模樣」。以上情況說明，周作人在「五四」新詩壇上有著很高的地位。

談到周作人「五四」時期的詩歌理論批評活動，首先應當提到當青年詩人汪靜之的愛情詩集《蕙的風》於一九二二年九月出版後受到封建的衛道士胡夢華攻擊時，周作人和「五四」時期其他進步作家如魯迅、葉聖陶、朱自清、劉延陵等一起進行了反擊。

胡夢華在〈讀了《蕙的風》以後〉(4)中攻擊《蕙的風》「言兩性之愛的都流為墮落輕薄」，「有故意公佈自己獸性衝動和挑動人們不道德行為之嫌疑；而止少有一部分的詩，是染了無賴文人的惡習」，認為其結果會「引導人走上罪惡的路」。他並且認定汪靜之由於「未有良好的訓練與模仿」，「求量多而未計及質精」而導致失敗。周作人這時發表了〈情詩〉一文，揭露封建禮教「處處阻礙人性的自由活動」，「情也就沒有生長的餘地」，情詩自然得不到發展。他從詩的本質的角度說明詩中有情詩是自然的、正當的：「詩本是人情迸發的聲音，所以情詩佔著其中的極大地位，正是當然的」。周作人指出：「在這社會裏不能理解情詩的意義，原是當然的。」這是因為封建禮教在社會上還佔著統治地位。因此，要說情詩，「非先把這種大多數的公意完全排斥不可」，也就是必須在批判封建禮教的基礎上，才能確立愛情詩在新詩壇的地位。他認為評論情詩，「當先看其性質如何，再論其藝術如何」。就性質來說，周作人從個性解放的立場出發，認為「情詩可以豔冶，但不可以涉於輕薄；可以親密，但不可以流於狎褻；質言之，可以一切，只要不及於亂」。那麼，什麼叫「亂」呢？周作人解釋說，所謂「亂」，是指「過分，——過了情的分限，即是性的遊戲態度，不以對手當對等的人，自己之半的態度」。周作人根據這樣的認識，指出：「靜之的情詩即使藝術的價值不一樣，但是可以相信沒有『不道德的嫌疑』。」並認為「靜之因為為年歲與境遇的關係，還未有熱烈之作，但在他那纏綿宛轉的情詩裏，卻盡有許多佳句」，「彷彿是散在太空裏的宇宙之愛的霞彩」，「在放射微細的電光」。汪靜之大膽衝破封建禮教的藩籬，在《蕙的風》中「放情地唱」，周作人對此高度肯定，譽之為「詩壇解放的一種呼聲」。對於胡夢華等的「大驚小怪」，周作人認為「眼光未

免太短」。周作人對《蕙的風》的評論，從一個方面說明了他在「五四」時期思想解放運動中，是反封建的英勇戰士，對於「五四」詩壇上反對新詩的封建衛道士的陳腐說教，他是盡了批判反擊的戰士職責的。他對《蕙的風》的高度肯定與熱情讚揚，有力地保護了新詩壇像汪靜之這樣二十歲上下的文學青年，衛護了新詩在文學革命中的地位，有力地推動和促進了處於開創時期的新詩的發展。

其次應當提到的是他對「五四」時期小詩的發展作出的貢獻。

「五四」文學革命反映在詩歌創作方面，就是排斥和推倒格律謹嚴的舊體詩詞，實行詩體大解放。一九二一年至一九二四年前後，新詩壇上曾經盛行少至一兩行，多至四五行的小詩。這種小詩體的繁榮，與周作人翻譯、介紹日本俳句有很密切的關係。周作人曾先後寫了〈日本的詩歌〉、〈日本詩人一茶的詩〉、〈日本俗歌四十首〉、〈石川啄木的短詩〉等文，翻譯介紹了日本的小詩俳句。當小詩蓬蓬勃勃地發展時，周作人又發表了〈論小詩〉一文，支持小詩創作。

他分析了小詩興起的原因。他從詩的本質談起，認為詩的「本質以抒情為主」，而小詩「只是一種很普通的抒情詩」，而感情的程度是有種種差異，「情之熱烈切者，如戀愛的苦甜，離合生死的悲喜，自然可以造成種種的長篇巨製」，而另有一種感情，不如前者那樣「迫切」，只是反映「剎那剎那的內生活的變遷」，但「也一樣真實」，其表現形式是「忽然而起，忽然而滅，不能長久持續，結成一塊文藝的精華」，用詩的精練語言寫下來，就是小詩。他認為，循著「為內容去定外形」的原則，「固然不能用了輕快短促的句調寫莊重的情思，也不能將簡潔含蓄的意思拉成一篇長歌」，也就是說，小詩的興起是有它的必然性的。

他闡明了小詩的淵源和「五四」時期的小詩所受的外來影響。他認為小詩「自古以來便已存在」。第一，「傳說的周以前的歌謠，差不多都很簡單，不過三四句」，「《詩經》裏有許多篇用疊句式的，每章改換幾個字，重複詠嘆，也就是小詩的一種變體」。第二，「絕句的成立

與其後詞裏的小令等」，也都是「小詩這種自然的要求」的「結果」。第三，「從民歌裏變化出來的子夜歌、懊儂歌等」，則是「小詩的別一派」。他認為，中國的新詩在各方面都受歐洲的影響，「獨有小詩彷彿是例外」，「它的來源是東方」的印度與日本。他認為冰心的小詩便受到印度泰戈爾的影響。他在藝術上取寬容的態度，主張「無論對於什麼流派，都可以受影響」，只是「不可模仿」罷了。他贊成小詩的興起，而且「很有興趣的看著它的生長」。

關於小詩創作的原則，周作人指出作者首先要有「切迫的情思」，其次在表現方法上要求真實、簡練。在周作人看來，創作小詩之所以需要「切迫的情思」，是因為「一顆火須燃燒到某一程度才能發出光焰，人的情思也須燃燒至某一程度才能變成詩料」。關於真實，他要求小詩作者「將切迫地感到的對於平凡的事物之特殊的感興，迸躍地傾吐出來」，「幾乎是迫於生理的衝動」，那麼，這事物無論如何平凡，由於作者給予新的生命，因而一旦形諸筆墨，就能成為活的詩歌。至於簡練，他解釋說，「詩的效用本來不在明說而在暗示，所以最重含蓄，在篇幅短小的詩裏自然更非講字句的經濟不可了」。

他主張自由抒寫、大膽創新，反對對小詩責望太深的懷疑論。他認為：「作詩的人只要有一種強烈的感興，覺得不能不說出來，而且有恰好的句調，可以盡量的表現這種心情。」這樣抒寫出來的就是真正的詩。因而「最好任各人自由去做他們自己的詩。」他認為新詩「前進的路也不止一條」，「作詩的人要做怎樣的詩，什麼形式，什麼內容，什麼方法，只能聽他自己完全的自由」。這一不拘體式、自由抒寫的觀點，順應了「五四」文學革命時期詩體解放的潮流。除了小詩創作之外，周作人還就新詩創作的一系列問題闡明了自己的觀點。

他主張詩要有獨創性，要寫出個性，反對模仿、依傍。他認為假的、模仿的、不自然的著作，無論他是舊是新，都是一樣的無價值，還是因為「沒有真實的個性」。因而「創作不宜完全抹煞自己去模仿別人」[5]。他要求新詩「須用自己的話來寫自己的情思」[6]。他在為劉半

農的新詩集《揚鞭集》所作的序中，一方面主張新詩吸取外國詩歌的長處，另一方面又反對流於模仿。他說：新詩要有進步，「在於模仿與獨創之消長」。

他主張新詩最重含蓄。如前所述，這是他在〈論小詩〉一文中提出來的。他在《揚鞭集》序中批評當時有些新詩「像是一個玻璃球，晶瑩透徹得太厲害了，沒有一點兒朦朧」，缺少「餘香與回味」，就是太淺露而少含蓄。他在〈舊夢〉一文中批判劉大白的新詩集〈舊夢〉對於舊詩詞的情趣「擺脫的太多」，致使詩味清淡，也就是詩意直露，缺乏含蓄蘊藉的風致。

他主張新詩借鑒傳統詩歌的起興手法。他說：「新詩的手法，我不很佩服白描，也不喜歡嘮叨的敘事」，更反對枯燥的說理，而認為「『興』最有意思」。他認為「興」也可以說是象徵，既是最舊又是最新的寫法。在中國傳統詩歌的賦、比、興三種表現手法中，他認為「興」比起「賦」與「比」來，「更普通而成就亦更好」。他認為「興」並不是陪襯，而是「也在發表正意」，並且能夠取得浪漫主義的精意。他認為，運用起興手法，既順應了外國的新潮流，又繼承了中國的舊手法，這樣，就可以產生真正的中國新詩。

他主張學習與借鑒中外詩歌遺產。「五四」新文化運動的先驅者們，由於還沒有掌握辯證唯物主義和歷史唯物主義，對中外文化遺產，包括中外詩歌遺產，大多缺乏一分為二的觀點，常常不確當地全盤否定。比較起來，周作人對街中國詩歌遺產的態度，就顯得全面得多。他說：「我們若是將《詩經》舊說訂正，把國風當作一部古代歌衣去讀，於現在的歌謠研究或新詩創作上一定很有效用。」在創作的體裁上可以得到不少的幫助，同時，研究古代文學，還能「涵養創作力」[7]。因而他批評劉大白「富有舊詩詞的蘊蓄，卻不盡量的利用，也是可惜」[8]，認為舊體詩詞「圓熟的字句」在新詩裏是必要的。他認為新詩的進化「在於模仿與獨創之消長」，把中國文學固有的特質因了外來

影響而日益美化，不可只披了一件呢外套就了事[9]。周作人能夠在「五四」時期提出向中外文學遺產借鑒學習的觀點，是難能可貴的。

他呼籲新詩人不要半途而廢，應當堅守新詩陣地，以鞏固新詩的根基。「五四」退潮以後，新詩壇曾經一度消沉。周作人及時撰文，提醒新詩人：「詩的改造，到現在實在只能說到了一半，語體詩的真正長處，還不曾有人將他完全的表示出來，因此根基並不十分穩固」[10]。他指出，如果詩歌改造半途而廢，那麼，舊派詩人會佯裝熱愛新詩，而實則「將大權拿去，造成君師主義的王國」，詩歌革命會前功盡棄，「所以革新的人非有十分堅持的力，不能到底取勝」。他說：「新詩提倡已經五六年了，論理至少應該有一個會，或有一種雜誌，專門研究這個問題了」[11]。在新詩的第一個十年裏，只有葉聖陶等在一九二二年一月至一九二三年五月編輯出版過《詩》月刊，然而只出到第二卷第二期，歷時一年零四個月就停刊了，以後直到三十年代初才有革命詩歌團體中國詩歌會及其《新詩歌》的出現。作為新詩壇的先驅者，周作人關注新詩發展前途的心情的確是十分殷切的。

「五四」時期，周作人還對民歌作了比較全面的研究。

關於民歌的特質，周作人認為並不偏重在有精彩的技巧與思想，只要能真實地表現民間的心情，便是純粹的民歌[12]。從是否表現民間的心情來考察民歌，確是抓住了民歌的本質的。

關於民歌的價值，他認為民歌有民俗學的、教育的、文藝的三個方面的價值。關於民歌在民俗學方面的價值，他說：「歌謠是民族心理的表現，含蓄著許多古代制度儀式的遺跡，我們可以從這裏邊得到考證的資料」[13]。他還說過：「從民歌裏去考見國民的思想，風俗與迷信等，言語學上也可以得到多少參考的材料」[14]。關於民歌的教育作用，他說：「歌吟是兒童的一種天然需要」，民歌「供給他們整理的運用的材料，能夠收到更好的效果」[15]。但是他又說：兒歌的益處是「藝術的而非教育」，指出古代呂新吾作《演小兒語》，「想改作兒歌以教『義理身心之學』」，就將兒歌「白白的糟掉了」[16]。批判封建文人想通過

兒歌來對兒童進行封建教育，當然有反封建的進步意義，但認為兒歌對兒童的益處只是「藝術的而非教訓」，一方面與前述他承認包括兒歌在內的民歌的教育作用自相矛盾，另一方面又將問題絕對化了，陷入了形而上學的陷阱。關於民歌的文藝作用，他說：民歌可以「供大家的賞玩，供詩人的吟詠取材」[17]。此外，除了「可以供詩的變遷的研究」外，還因為它具有真摯與誠信的特色，所以可以作為新詩創作的參考，而它的感人的力量最足供新詩的汲取[18]。

關於民歌的分類，周作人將民歌分為六類：一、情歌；二、生活歌包括各種勞動的歌，以及描寫社會家庭生活者，如童養媳及姑婦的歌；三、滑稽歌、嘲弄諷刺的歌等；四、敘事歌，即韻文的故事，如〈孔雀東南飛〉以及〈木蘭辭〉等；五、儀式歌，如結婚的撒帳歌等，行禁厭時的祝語、占候歌訣、用歌謠形式誦唱的諺語等；六、兒歌，又分為事物歌、遊戲歌兩類[19]。

周作人對民歌之一的童謠也作了比較深入的研究。他批判了用封建迷信來解釋童謠的封建說教。中國古代有一種五行志派，認為童謠是熒惑星所編，教給兒童唱的。如《左傳》莊公五年杜預注說：「童齔之子，未有念慮之感，而會成嬉戲之言，似或有憑者。其言或中或否，博覽之士，能懼思之人，兼而志之，以為鑒戒，以為將來之驗，有益於世教。」《晉書‧天文志》又說：「凡五星盈縮失位，其星降於地為人。熒惑降為童兒，歌謠遊戲，吉凶之應隨其眾告」。直到一九二二年出版的《童謠大觀》一書的〈編輯概要〉裏還說著上述五行志一派的話，如說：「童謠隨著從兒童嘴裏唱出，自然能夠應著氣運；所以古來大事變，往往先有一種奇怪的童謠，起始大家莫名其妙，後來方才知道事有先機，竟被他說著了。這不是兒童先見之明，實在是一時間跟著氣運走的東西。」周作人認為，這樣有封建迷信來解釋童謠的產生是錯誤的。他針鋒相對地責問道：「什麼是先機？什麼是一時間跟著氣運走的東西？真是莫名其妙。雖然不曾明說有熒惑星來口授，但也確已說出『似或有憑者』一類的意思，而且足『以為將來之驗』了。」

他認為:「在杜預注左傳還不妨這樣說,現代童謠集的序文裏,便絕不應有推背圖、燒餅歌和『斷夢祕書』之類的,未嘗不堆在店裏,但那只應歸入『占卜奇書類』中,卻不能說是『新時代兒童遊戲之一』了。」周作人認為,《童謠大觀》編者的這種五行志派的意見,「不但不能正當理解兒歌的價值,而且更要引老實的讀者入於邪途」[20]。那麼,兒童歌謠又是怎樣產生的呢?早在一九一三年,他就在〈兒歌之研究〉一文中認為:「兒歌起源約有二端,或其歌詞為兒童所自造,或本大人所作而兒童歌之者。若古之童謠,即屬於後者,以具有關史實,故得附傳至於今日,不與尋常之歌同就淹沒也。」周作人的童謠形成說,一反千百年來加在童謠上面的封建迷信色彩。

周作人對民間歌謠之一的謎語也作了研究,認為字謎、難問等「在文藝上是屬於賦(敘事詩)的一類,因為敘事、詠物、說理原是賦的三方面,但是原始的製作,常具有豐富的想像、新鮮的感覺、醇璞而奇妙的聯想與滑稽,所以多含詩的趣味,與後來文人的燈謎專以纖巧與雙關及暗射見長者不同」。因此他認為「謎語是原始的詩,燈謎卻只是文章工廠裏的細工罷了」,並且認為「謎語體物入微,情思奇巧,幼兒知識初啟,考索推尋,足以開發其心思,且所述皆習見事物,象形疏狀,深切著明,在幼稚時代,不啻一部天物志疏,言其效用,殆可比於近世所提倡之自然研究歟?」[21]高度肯定了原始謎語的藝術特色和教育作用。凡這些,實際上是對勞動人民智慧和才能的讚揚。

如果說,在新文化運動中,周作人作為一個人道主義者,曾經對封建的意識形態展開過英勇的鬥爭,對新文學運動作出過一定貢獻的話,那麼,「五四」退潮以後,周作人逐步走上了下坡路。一九二一年春夏,他和人道主義作了告別。但是,這時他對馬克思主義還不是採取敵視的態度,甚至表面上還說過「喜歡尊重」的話[22]。到了一九二七年,他在下坡路上越走越遠,開始反對馬克思主義的階級鬥爭學說,認為「階級鬥爭難以解決一切問題」[23]而自己過去相信過的種種主義,包括人道主義在內,他則認為都「不大靠得住」[24]。消極頹廢思

想使他認為一切都沒有意義，詩歌也不例外。他說：「詩的創造是一種非意識的衝動，幾乎是生理上的需要，彷彿是性慾一般」[25]。這種詩歌創作無意識、無目的的理論，既違背詩歌創作的規律，又不利於詩歌作者的創作。

在現代文學史上，周作人是一個複雜的人物，不但在於他後來抗日戰爭中墮落成為可恥的漢奸，就是在他的早期，他自己也承認他心裏有兩個鬼──紳士鬼和流氓鬼，他既愛「紳士的態度」，又愛「流氓的精神」[26]，也就是既有反封建主義的一面，又有向封建主義妥協投降的一面。但是，實事求是地說，周作人在「五四」時期對新文化運動，對文學革命，對初期新詩，還是作出了一定的貢獻。對於他在五四時期包括詩論在內的業績，我們還是應當加以總結和借鑒。

註1：《新民主主義論》。

註2：《新青年》編者發表魯迅致錢玄同的覆信時，加了標題〈渡河與引路〉，見魯迅《集外集》。

註3：〈談新詩──八年來一件大事〉。

註4：1922年10月24日《時事新報‧學燈》。

註5：〈個性的文學〉。

註6：〈論小詩〉。

註7：〈古文學〉。

註8：〈舊夢〉。

註9：《揚鞭集》序〉。

註10、11：〈新詩〉。

註12：《江陰船歌》序〉。

註13、15、17、20：〈讀《童謠大觀》〉。

註14、16、18、19：〈歌謠〉。

註21：〈謎語〉。

註22：〈山中雜信〉之一。

註23：〈愛羅先珂君〉。

註24：〈與友人論國民文學〉。

註25：〈詩的效用〉。

註26：〈兩個鬼〉。

劉半農

在中國現代文學史上，一九一七年至一九二二、二三年之交的六、七年時間裏，曾經出現過新詩創作的第一次大繁榮，詩人眾多，風格紛呈，作品纍纍。這種興旺局面的出現，首先當然是「五四」思想解放運動衝破了封建文藝觀的束縛，促進了詩人們思想的解放；其次也與文學革命的先驅者們積極地從事新詩理論建設分不開的。進步的文學理論推動和促進文學創作，這在文學史上是屢見不鮮的。中唐時期詩人元稹、白居易的詩論，促進了當時的新樂府運動，就是一例。「五四」新文學運動中，胡適、劉半農、俞平伯、田漢、郭沫若、宗白華、康白情等新詩壇的健將，在積極從事新詩創作的同時，熱情地致力於新詩理論建設。他們的詩論推動了新詩創作，他們創作的新詩反過來又促進了新詩理論的建設。

魯迅在談到劉半農「五四」時期的業績時，曾經這樣稱讚道：「他跳出鴛蝴派，罵倒王敬軒，為一個『文學革命』陣中的戰鬥者。」[1]「他是《新青年》裏的一個戰士。他活潑、勇敢、很打了幾次大仗。」[2]充分肯定了作為「五四」新文化運動先驅者的劉半農對「五四」新文學運動的貢獻。的確，在「五四」新文學陣地上，劉半農是一位驍將，他既勇敢地從事理論建設，又辛勤地在新詩園地裏耕耘，而無論在理論方面，還是在新詩創作方面，都充分表現出他高度的獨創精神。

一九一八年一月《新青年》第四卷第一號首創發表新詩，刊登了胡適、劉半農、沈尹默等三人的九首新詩。這樣，劉半農就成為與胡適、沈尹默鼎足而三的新詩人，成為中國新詩運動的先驅者、拓荒者之一。

綜觀劉半農的文學活動，人們會發現，他探索文學理論（包括詩論）的時間比他從事新詩創作的時間還要早。「五四」前兩年，他就寫了〈我之文學改良觀〉[3]一文，對於胡適在〈文學改良芻議〉[4]一文中提出的八種改良，陳獨秀在〈文學革命論〉[5]一文中揭櫫的三大主義，錢玄同在〈寄陳獨秀〉[6]中所揭露的舊文學種種弊端，他都旗幟鮮明地「絕端表示同意」。在以後的一年多時間裏，他先後發表了〈詩與小說精神上之革新〉[7]、〈文學革命之反響——奉答王敬軒（通信）〉[8]、〈通俗小說之積極教訓與消極教訓〉[9]等文章，呼喚文學革命。其中，〈我之文學改良觀〉、〈詩與小說精神上的革新〉兩文，是中國現代文學史上最早的新詩理論文章。他在這兩篇文章及其後一些文章中，為新詩的發展提出了許多建設性的意見。

提倡「增多詩體」。中國舊體詩體裁不多，而且格律謹嚴，這樣，人們就難以運用詩歌這種樣式自由地抒情言志。劉半農在〈我之文學改良觀〉一文中剴切地指出：「詩律愈嚴，詩體愈少，則詩的精神所受的束縛愈甚，詩學絕無發達之望。」（著重號為原文所有，下同——引者按）為了說明這一點，他在文中將英、法兩國作了比較：英國由於「詩體極多，且有不限音節不限押韻之散文詩」，「故詩人輩出，長篇記事或詠物之詩，每章長到十數萬字，刻為專書行世者，亦多至不可勝數」；而法國詩歌由於「戒律極嚴」，詩人們「絕無敢變化其一定之音節，或作一無韻詩者」，長詩也很少，因此法國詩歌的成績，也就難以與英國比較。劉半農認為，這不是因為法國詩人的本領魄力不及英國詩人，而是因為法國詩歌謹嚴的格律束縛了詩人的手足，即使有本領有魄力的詩人，也難以發揮他的才能。因此，他在這篇文章中提出了「增多詩體」的主張，並提出了「增多詩體」的三條具體途徑：一、自造；二、輸入他種詩體；三、於有韻之詩外，別增無韻之詩。他認為這樣做了，不但可以打破不自由的局面，在形式方面。「可添出無數門徑」，而且在精神方面，也可收「一日千里之大速率」之效。對於「增多詩體」，他是充滿了信心的。他說：「彼漢人既有自造五言詩之本領，

唐人既有自造七言詩之本領，吾輩豈無五言七言之外，更造他種詩體之本領耶。」

劉半農這裏提出的無韻詩，就是自由詩。朱自清說新文學第一個十年新詩有三個流派：自由詩派、格律詩派、象徵詩派。而劉半農以他的詩論和詩作成了自由詩派的奠基人之一。

在新詩創作方面，劉半農實踐了自己提出的「增多詩體」的主張。他曾說：「我在詩的體裁上最會翻花樣的。」[10]檢視他的詩集《瓦釜集》[11]、《揚鞭集》[12]，體裁豐富多彩，既有押韻的詩篇，又有無韻之詩，散文詩，更有船歌、情歌、兒歌擬擬曲、童謠，乃至十四行詩等多種多樣的體裁。劉半農「增多詩體」的理論主張及其創作實踐，豐富了新詩的體裁，開創了新詩的一代新風，有力地推動了新詩的發展。

主張「破壞舊韻，重造新韻」。劉半農針對舊詩用韻非按古老的韻書不可的陳規舊矩。在〈我之文學改良觀〉中提出了這一主張。南朝齊梁時代沈約所造的《四聲譜》，一直沿用到「五四」文學革命前夕。然而，隨著社會生活的發展，語音也在不斷的發展變化之中。劉半農指出：沈約「絕無能力預為吾輩二十世紀讀者設想」，因此破壞舊韻重造新韻，「為事理之所必然」。他在文中提出了重造新韻的三種辦法：一、作者各就土音押譜；二、以京音為標準，由長於北京語音者編造一本新的韻書；三、希望國語研究會由調查所得，編定一本韻書，行之於世。劉半農的這一主張，衝破了詩壇上千百年來用韻拘於《四聲譜》的藩籬，使新詩的用韻更接近活的人民群眾的口語，從而有助於新詩反映當前的現實生活，使之富有時代氣息。

主張詩要寫得真實自然。劉半農認為：「文學多有精神之物，其精神即發生於作者腦海之中，故必須作者能運用其精神，使自己之意識情感懷抱，一一藏納於文中，而後所為之文，始有真正之價值，始有穩立於文學界中而不搖」，「否則精神既失，措辭雖工，亦不過說上一大番空話，實未曾做得半句文章也」[13]。具體到詩歌來說，他認為：

「作詩只是抒發我們個人的心情。」[14]因此，他在〈詩與小說精神上之革新〉一文中指出，「作詩本意，只須將思想中最真的一點，用自然音響節奏寫將出來，便算了事便算極好」。而在歷代封建社會中，不少騷人墨客，吟詩作文，無病呻吟，矯揉造作。劉半農認為他們「靈魂中本沒有一個『真』字，又不能在自然界與社會現象中，放些本領中去探出一個『真』字來，結果只能勉強胡謅幾句，自附風雅，於是真詩亡而假詩出現於世」。辛亥革命以後，一班遺老遺少吟風弄月，詩中充滿虛情假意。對此，他斥之為「假詩世界」。「五四」前夕，詩壇上有的人專講聲調格律，「拘執著幾平幾仄方可成句」；有的人一味地追求詞句的對得工巧；有的人雖能脫卻聲調格律的窠臼，而「專在性情上用功夫的，大都走錯了路頭」。劉半農認為這些人「明明是貪名愛利的荒傖，卻偏愛做山林村野的詩。明明是自己沒甚本領，卻偏喜大發牢騷，似乎這世界害了他什麼。明明是感情淡薄，卻偏喜做出許多極懇摯的『懷舊』或『送別』詩來。明明是欲障未曾打破，卻喜在空闊幽渺之處立論，說上許多可解不解的話兒，弄得詩不像詩，偈不像偈」。劉半農指出這種虛偽詩歌的惡劣社會效果是「與虛偽道德，互相推波助瀾，造出個不可收拾的虛偽社會來」[15]。徹底否定了違背抒寫真情實感原則的假詩。

在中國文學史上，勞動人民的歌謠與進步詩人的詩作，真實地反映了勞動人民的思想感情和社會現實生活。對這樣一些詩篇，劉半農一一加以肯定。他認為〈國風〉是中國「最真的詩」，因為它「能為野老征夫遊女怨婦寫照」，而又「描摹得十分真切」；陶淵明「能於自然界中見到真處」；白居易「能於社會現象中見到真處」。[16]

他還認為，詩歌的言詞、聲調、感情要自然。他說，人類之所以要唱歌，目的是為了「維持心靈的生命」，「借著歌詞，把自己的所感，所受，所願，所喜，所冥想，痛快的發洩一下，以求得心靈上之慰安」[17]。這就是說，詩歌是一個人感情的自然流露，而民歌正具有自然抒情的特色。他指出：歌謠是「感情的自然流露，並不像文人學士

們的有意要表現」。而「有意的表現，不失之於拘，即失之於假」。至於「自然的流露既無所用其拘，亦無所用其假」，「不求工而自工，不求好而自好」。劉半農認為，這是「文學上最可貴，最不容達到的境地」[18]。勞動人民唱歌謠，只是「在有意無意之間，將個人的情感自由抒發」。而情感的自然抒發，正是「文學上最重要的一個原素」。劉半農認為，歌謠正具有這個重要的原素，它的言詞、聲調、感情「最自然」，因此誦讀、吟唱歌謠「往往可以見到情致很綿厚，風神很靈活，說話也恰到好處的歌詞。」[19]

中國古代詩論歷來強調詩歌要真實、自然。以真實來說，明人薛瑄《讀書錄》指出「凡詩人皆以真意為主」。清人吳喬《圍爐詩話》提出「詩貴於自心」。又如自然，唐代皎然在《詩式》中提出的詩歌「六至」之一便是「至麗而自然」。清代徐增《而庵詩話》中力主「詩貴自然」[20]。劉半農精通中國古代詩話，他在〈詩與小說精神上之革新〉一文中論到詩要抒寫真情實感時就引了朱熹〈詩傳序〉、曹文埴〈香山詩選序〉及袁枚《隨園詩話》中有關詩歌是作者感情真實、自然流露的論述。由此可見，劉半農的上述詩論，是直接繼承借鑒了古代詩論家的詩論而提出來的。

重視詩的音節。他在一九二六年曾自述新詩的音節問題是他「自從一九二○年以來無日不在心頭的事」。而《揚鞭集》的按照寫作時間先後編排，也是為了將他在詩的音節上努力「留下一些影子」[21]。劉半農在新詩創作中刻意追求音節聲調之美。他在這方面所取得的藝術成就，為人們所稱道。著名語言學家趙元任稱讚他是「新詩人中對於音調上寫得特別流利的作家」[22]。如前所述，他主張詩歌要自然，音節也不例外。當時新詩壇上有人為了湊韻，將「那輪明月」改成「那輪月明」。劉半農對這種湊韻的作法，是不滿意的。而當時有的詩歌評論者居然還恭維這種作法。對此，他提出了批評[23]。「五四」時期，新詩處於草創階段，藝術上還不夠成熟，一部分新詩散文化的傾向比較嚴重。劉半農重視詩的音節，起了匡正時弊的積極作用。

重視民歌,主張向民歌學習。劉半農除了肯定民歌言詞、聲調、感情自然外,還指出它具有結構奇妙、氣息樸茂的藝術特色。他還認為,在思想內容方面,民歌中洋溢著「純潔」、「自由」的空氣,「有很超脫奇偉的思想」,反映出勞動人民「最大的無畏精神」[24]。因此,他提倡系統地搜集、整理、研究民間歌謠。他說「我覺得中國內地的歌謠中,美的分子,在情意方面或在詞句方面,都還是很豐富的。」[25]這段話中所蘊含著的期望新詩作者向民間歌謠學習、借鑒的意思是十分明顯的。

從一九一八年起,他就和沈尹默等一起倡導徵集歌謠。一九二〇年,他在故鄉江陰採集到二十首船歌,後在《歌謠》週刊第二十四期發表。一九二五年冬,他又採集了短歌四十三首,長歌兩首。他從創作實踐中體會到:「我們要說誰某的話,就非用誰某的真實的語言與聲調不可,不然,終於是我們的話。」[26]於是,他懷著「要試驗一下,能不能盡我的力,把數千年來受盡侮辱與蔑視,打在地獄底裏而沒有呻吟機會的瓦釜的聲音,表現出一部分」[27]的心情,於一九二〇年、一九二一年用江陰的方言,依江陰最普通的一種民歌──「四句頭山歌」──聲調,寫成了十八首歌謠體的詩歌,一九二四年又寫了三首,一九二六年集成《瓦釜集》,四月間由北新書局初版,當年就有人發表評論文章,認為劉半農「是中國文學上用方言俚調作詩歌的第一人,同時也是第一個成功的。」[28]在中國新詩運動剛剛興起的「五四」時期,自覺地創作民歌體詩歌,就只有他和劉大白兩人。他在當時就能大力倡導搜集、整理、研究民間歌謠,創作民歌體詩歌,這是開了風氣之先的,因而也是難能可貴的。

九十多年來,無數的詩人沿著劉半農等新詩的拓荒者的足跡,辛勤地在新詩園地裏探索、耕耘,新詩已經有了長足的進步。但是,為了進一步繁榮新詩創作,完善新詩理論,促進新詩批評工作,劉半農九十多年前提出的「增多詩體」、「破壞舊韻,重造新韻」、詩歌要寫得

真實自然、注重音節、重視音節、重視民歌和向民歌學習等主張，今天還是值得我們借鑒繼承的。

註1：〈趨時和復古〉，見《花邊文學》。

註2：〈憶劉半農君〉，見《且介亭雜文》。

註3、13：原載《新青年》第3卷第3號，1917年5月。

註4：同上，第2卷第5期，1917年1月1日。

註5：同上，第2卷第6期，1917年2月1日。

註6：同上，第3卷第1號，1917年3月。

註7、15、16：同上，第3卷第5號，1917年7月。

註8：同上，第4卷第3號，1918年3月。

註9：原載《太平洋》月刊第1卷第10號，1918年7月。

註10、14、24：《揚鞭集》自序。

註11：《瓦釜集》，北新書局1926年4月初版。

註12：《揚鞭集》上、中卷由北新書局分別於1926年6月及同年10月初版，下卷全為譯詩。

註17、18、19、24：(《國外民歌譯》自序)。

註20：以上均轉引自《歷代詩話詞話選》，武漢大學出版社1984年11月第1版。

註22：原載國立中央研究院《歷史語言研究所集刊》第4本第4分冊。

註23、26、27：(《瓦釜集》代自敘)。

註25：〈海外的中國民歌〉，見《半農雜文》第1冊，北平星雲堂書店1934年6月初版。

註28：渠門〈讀《瓦釜集》以後捧半農先生〉，原載《北新》週刊第9期，1926年10月16日。

俞平伯

　　俞平伯是中國現代著名的詩人、散文家、古典文學研究家。早在「五四」時期，他就和郭沫若、魯迅、胡適、周作人、劉半農等一起，積極地投入了創作新詩的運動，成為新詩的先驅者之一。他在北京大學讀書的時候，就在《新青年》第四卷第五號（1918 年 5 月）發表了第一首新詩〈春水〉。他於一九二二年五月出版的《冬夜》，是新詩歷史上繼胡適的《嘗試集》、郭沫若的《女神》之後的第三部新詩集。此後，他於一九二四年、一九二五年又先後出版了新詩集《西還》和《憶》。他又是新詩集《雪朝》的八位作者之一。他是新潮社的發起人之一，並擔任過該社第一任職員中的書記。他又是中國現代文學史上第一個新文學社團──文學研究會的重要成員。俞平伯對「五四」文學革命，對現代文學的繁榮、滋長是作出了一定的貢獻的。

　　「五四」前夕，俞平伯在熱情地創作新詩的同時，積極地從事新詩理論建設。一九一八年十月寫了〈白話詩的三大條件〉[1]。一九一九年十月發表了〈社會上對於新詩的各種心理觀〉[2]。一九二○年十二月先後發表了〈作詩的一點經驗〉[3]、〈從經驗上所得作詩的教訓〉[4]。一九二一年發表了〈詩的自由和普遍〉[5]，並為康白情的《草兒》作序。一九二二年一月發表〈詩的進化的還原論〉[6]，並在發表《憶遊雜詩》的同時，發表小序[7]，同年六月發表〈評「讀詩的進化的還原論」〉[8]。一九二三年六月，寫作〈讀「毀滅」〉[9]。一九二四年三月發表〈詩的方便〉[10]，四月作〈批評「羸疾者的愛」〉[11]，七月發表〈詩的新律〉[12]。短短的六、七年時間，俞平伯以文章、書信、

序言、演講的方式，發表了十多篇詩論，從而使他不但以詩人，而且
又以詩論家的雙重身份出現在「五四」新詩壇上。

俞平伯「五四」時期的詩論，涉及到新詩的創作和理論方面的許
多問題，推動了新詩創作的發展，促進了新詩的理論建設。

主張新詩必須表現、批評和描寫人生，引導人生向善，從而促進
人生。俞平伯認為文學家的唯一天職是「老老實實表現人生」[13]。聯
繫到新詩，他認為「新詩的大革命，就在含有濃厚人生的色彩上面」，
因此新詩必須「以關於人生的事物做主要材料」。[14]他在〈詩的進化
的還原論〉一文中更明確提出：「詩是人生的表現，並且還是人生向善
的表現」，「詩以人生做他的血肉，不是離去人生，而去批評，去描寫
人生的。」那麼，詩歌怎樣才能感人向善呢？詩歌不是倫理教科書，
它不應當也不可能像理論書那樣以理服人，而是以它豐富、真實的感
情去打動人心。俞平伯指出，詩歌必須「傳達人間的真摯、自然，而
且普遍的情感」，從而收到以情動人的藝術效果。「五四」時期的大多
數新詩真實地反映了現實人生各方面的問題，感情也真摯、自然，但
是也有一些詩篇，徒有新詩的形式，內容空洞，感情陳腐，背離文學
表現人生、反映現實的崇高歷史使命。俞平伯批評這部分新詩「離人
生很遠，有些只能代表局部的人生。」因此他指出，必須「挽回這個
『離魂』的惡征，使詩國建設在真實普遍的人生上面。」

文學表現人生，為人生服務，這樣一個現實主義、唯物主義的文
學命題，是「五四」時期進步的文學社團共同的文學主張。新潮社曾
說明它的辦社宗旨是「欲為未來中國社會作先導」，並「發願為人生作
前驅」[15]，其為人生的旨趣是十分明顯的。文學研究會在它的成立宣
言中更明確地宣佈：「將文藝當作高興時的遊戲或失意時的消遣的時
候，現在已經過去了。」「我們相信文學是一種工作，而且又是於人生
很切要的一種工作。」[16]俞平伯為人生的詩論，是與他參加的新潮社、
文學研究會的文學主張是完全一致的，它與「五四」時代進步的文學
思潮合拍，推動了「五四」時期現實主義新詩的發展。

提倡新詩的平民化。俞平伯認為：「平民性是詩的主要素質，貴族的色彩是後來加上去的」，因此詩應當還淳返樸，將詩的本來面目從脂粉堆裏顯露出來。他認為詩如果失去了平民性這一主要的素質，就會導致詩國的覆亡。因此他主張推翻詩的王國，恢復詩的共和國。為此，他提倡努力創造平民化的詩。

俞平伯平民詩歌的主張，是「五四」時期盛行的平民主義思潮的產物。平民主義理論強調「把政治上、經濟上、社會上一切特權階級，完全打破，使人民全體，都是為社會國家作有益工作的人，不須用政治機關以統治人身，政治機關只是為全體人民屬於全體人民而由全體人民執行的事務管理工具。凡具有個性的，不論他是一個團體，是一個地域，是一個民族，是一個個人，都有他的自由的領域，不受外來侵犯與干涉，其間全沒有統治與服屬的關係，只有自由聯合的關係。這樣的社會，才是平民的社會；在這樣的平民的社會裏，才有自由平等的個人。」[17]在平民主義思潮的影響下，周作人、茅盾等倡導平民文學。一九一九年一月，周作人率先倡導平民文學。他在〈平民文學〉一文中，認為「平民文學應以普通的文體」，記普遍、真摯的思想與事實以及「世間普通男女的成敗悲歡」，目的是「想將平民的生活提高，得到適當的一個地位」[18]。一九二〇年一月，茅盾在〈新舊文學評議之評議〉一文中說：進化的文學「為平民的非一般特殊階級的人的」[19]。俞平伯平民詩歌的主張正是「五四」時期平民文學理論在新詩領域中的具體化。

「五四」時期，在新詩人中，也有人對詩是平民的還是貴族的，存在一些模糊認識。如同樣是新詩先驅者之一的康白情，在〈新詩的我見〉[20]一文中就認為詩是貴族的。俞平伯則在〈詩的進化的還原論〉中分析當時的新詩不能感染大多數人的原因：「（一）文學的障礙不能消盡，讀者無從接近詩的內心。（二）教育的效力沒有普及，有許多較複雜的思想、情感，不容易瞭解。（三）社會制度的不公平，大多數人沒有時間閒暇去接近文學。（四）詩人的詩，留著貴族性的遺跡，不能

充分民眾化，還是少數人的娛樂安慰，不是大多數人的需要品。」這一分析，是符合當時的社會狀況和新詩的實際狀態的，有助於澄清詩是貴族的模糊思想。

提倡自由詩。初創期的新詩是以舊體詩詞的對立物的嶄新面貌出現於詩壇的，不但內容是新的，而且形式也自由活潑，衝破了舊體詩嚴謹格律的束縛。新詩的先驅者們在「五四」時期，都倡導自由詩，俞平伯也不例外。他在〈詩的自由與普遍〉中認為：「詩的動機只是很原始的衝動，依觀念的自由聯合發抒為詞句篇章」，「詩是個性的自我──個人的心靈的總和──一種在語言文字上」「沒條件及限制的表現」。正因為他認為新詩在表現形式上「沒條件沒限制」，因此他反對用固定的形式來束縛詩歌，厭惡音律句法的老譜。他認為所謂詩的解放是詩人個性的自由表現和創造。「五四」時代，是一個思想解放的時代，在詩歌方面，也是一個詩的觀念更新的時代。當守舊派拘守詩的舊觀念，攻擊不拘格律、自由抒寫的新詩不是詩時，俞平伯明確表示：「我們就自認做是散文，不是詩，也沒甚要緊。」他在〈詩的進化的還原論〉中認為：「嚴謹的格律，就好像『金枷玉鎖』，使詩的素質深深地埋藏著」，所以要「推翻詩的王國，恢復詩的共和國」，第一步就要打破「枷鎖」──即衝破嚴謹的格律，實現「詩的形貌的還原」──「用白話作詩」。他在《冬夜》序中表示「不願顧念一切作詩的律令」，「只願隨隨便便的，活活潑潑的，借當代的語言，去表現出自我」，「至於表現出的，是有韻的或無韻的詩，是因襲的或創造的詩，甚至於是詩不是詩，這都和我的本意無關」。既體現了堅定的文學革新精神，又反映出由於立意創建新詩而對詩的內容和形式的忽視。

俞平伯在新詩初創時期提倡自由詩，順應了新詩發展的潮流，對於衝破舊體詩嚴謹格律的束縛，確立自由體新詩在詩壇的地位，作出了他作為新詩先驅者的不可磨滅的貢獻。

隨著時間的推移，自由體新詩逐步呈現出散文化的弊病。一九二三年左右，田漢、陸志韋、徐志摩等人為了提高新詩的藝術性，克服

其散文化的弊端，開始探索新詩的格律，創作句式比較整齊、用韻較為繁多的新詩。俞平伯在〈讀「毀滅」〉中認為，他們用新格律是鐐銬鎖鏈，多少會妨礙創作的神思，因此他希望他們不要作繭自縛。他認為像徐志摩的〈哀曼殊斐兒〉那樣從詞、曲式西洋詩蛻化成的詩形，是一種遺形物，不是新詩的正當道路。應該指出，俞平伯在新詩經過六年左右時間的創作實踐，逐步呈現出散文化的弊病時仍強調自由詩，否定詩人們創建新格律詩的嘗試，是失之偏頗的。

俞平伯的可貴之處，就在於他並不固執自己的觀點而勇於糾正自己原先失之偏頗的觀點。他在發表〈讀「毀滅」〉的第二年，在〈詩的新律〉中就改變了原先一概抹煞新詩格律的觀點。他說，為了讓新詩便於吟詠，「律之為物在詩中應當有個位置」，而且「詩中有律不礙為自由，不礙為新，亦不礙創造的」。他將新詩與舊詩作了比較後指出，舊詩好記誦好諷詠，而新詩不便於記誦與諷詠，唯一原因就是缺乏必要的韻律。因此，他認為田漢等人創建新詩韻律的嘗試是有些意義的。在這篇文章中，他還就創建新詩格律提出了幾點意見：「一、句中之和應與句末之韻並重。二、句法的參差須有一個限度。三、詩一面有格律，一面仍能適應語法之自然。四、用韻處不可過多，押韻時不可牽強。五、造句不可拗澀，不當規定平仄四聲」。這些意見既反映了他的創作體會，又總結了廣大新詩人的經驗，因此有助於新詩格律的創建，我們從中也可以看出俞平伯詩論的發展。

探討如何提高新詩的藝術性。俞平伯先從詩歌的審美特性，即詩歌是「發揮人生的美」，是「發抒美感的文學」這一角度來闡明提高詩歌藝術性的必要。他認為，為了提高新詩的美感，詩人創作時要「力求其遣詞命篇之完密優美」。他還從鞏固新詩地位的角度來說明提高新詩藝術性的必要。他在〈社會上對於新詩的各種心理觀〉一文中針對守舊派反對新詩的現狀指出：「要求詩有堅固的基礎，先要謀他的發展；要在社會上發展，先要使新詩的主義和藝術都有長足完美的進步，然後才能夠替代古詩佔據文學上重要的位置。」因此，他提出「要增

加新詩的重量，不要增加他的數量」。這裏所謂「重量」，指的是詩篇的質量。他提出了提高新詩藝術質量的兩個辦法：多採取關於人生的事物做主要材料，但要加以選擇；多讀外國詩和中國古典詩歌，但不能依賴和模仿。他還提出要勉力做主義和藝術一致的詩。他認為，新詩作者「絕不能就形式上的革新以為滿足」，而要求「精神和形式兩面的革新」。他闡明了主義和藝術的辯證關係：「主義是詩的精神，藝術是詩的形式。新詩的藝術固然也很重要，但藝術離了主義，就是空虛的，裝飾的，供人開心不耐人尋味啟人猛省的。」這裏所謂「主義」，指的是導人向善的思想內容，既然主義是詩的精神，要導人向善，那麼新詩當然要抒寫新的感情，反映新的思想。因此他在這篇文章中強調「新詩萬不可放進舊靈魂」。關於新詩的藝術手法，他提出要注重實地的描寫、使用材料的調和、造句安章的錯綜、限制文言的運用，反對表現上的平鋪直敍和語言的迷離惝恍。此外，他還提出：「（一）用字要精當，做句要雅潔，安章要完密。（二）音節務求諧適。卻不限定句末用韻，（三）說理要深透，表情要切至，敍事要靈活。」

提倡嚴肅認真的創作態度，反對馬虎草率、裝腔作勢。「五四」時期，有些新詩作者僅從形式方面著眼，認為新詩不拘格律，自由成章，於是寫詩時極為草率，這就必然導致詩作缺乏藝術性，損害了新詩的聲譽。俞平伯指出，亂作詩，亂投稿，「對於新詩前途的發展，很有妨礙」[21]。他在〈讀「毀滅」〉中分析詩壇不振的原因是：「（一）大家喜歡偷巧，爭做小詩」。「（二）詩人非作詩不可」，而且又「希望成功太急切」。針對這種急於求成的創作態度和心理，俞平伯指出：為了保全白話詩的令名，「無益有損的詩盡可少做」，一旦做了，「不可亂付報紙日刊登載」。俞平伯還將創作態度問題深入一步，指出真要徹底解決怎樣作詩，「先得明白怎樣做人」。[22]他認為「說老實話是創作的第一義」，「凡好詩都是真的話語」，因此詩人必須具備「求誠的態度」。[23]這就要求詩人有高尚的人格、真摯的感情。他讚揚飄泊詩人白采的詩〈羸疾者的愛〉意境雄渾闊大、音節自然流利、章法重疊、靈感深美。

他認為這首詩之所以能收到瓊枝照眼、寶氣輝然的藝術效果，是由於詩人內蘊深厚，才能使詩情奔放到浩瀚、蒼茫的境地。如果詩人胸中沒有這樣高尚的人格、真摯的感情，那麼，枝枝節節，描頭畫角，一字一句的堆砌起來，以成長篇，那麼，失敗是必然的[24]。

俞平伯「五四」時期的詩論，除了上述幾個主要方面以外，他還曾批駁守舊派反對新詩的謬論，剖析新詩反對者的心理，從而堅定了詩人們創作新詩的信心。

像任何一場上層建築領域裏的革命一樣，「五四」文學革命當她以銳不可擋之勢，轟轟烈烈開展的時候，就遭到了一班封建的遺老遺少、守舊文人的反對。正如茅盾一篇文章標題所說，「四面八方的反對白話聲」[25]。新詩當她以嶄新的裝束登上詩壇時，由於舊體詩歷來被視為詩壇正宗以及新詩處於初創期，藝術上還不夠成熟，因此普遍地遭到守舊派的反對。俞平伯在〈社會上對於新詩的各種心理觀〉一文中分析了反對新詩的三種人的心理。他指出，第一種人裏有的是封建遺老、遺少和斗方名士，他們長期接受封建教育，受古典文學的薰染很深，他們罵新詩人，是不足怪的；有的是國粹派，從「王化之始」、「美人倫齊風俗壹教化」的封建詩教出發，反對舊體詩的改造。第二種人讀過一些外國詩，但是他們喜歡古董，從「中學為體西學為用」的資產階級改良主義出發，維護舊體詩。第三種人不是根本上反對新詩，而是認為當時的新詩人沒有詩人的天才，因此要靠他們來改造中國詩是不行的。俞平伯針對第三種人的心理說，「不能坐等天才出現」，應當「有一分力做一分事」，努力創作新詩。應當說，這種態度是積極進取的態度。只有這樣，新詩才能逐步成熟，在詩壇鞏固自己的地位。

俞平伯還分析了當時社會上不能容納新詩的原因。第一是白話文雖比文言便利，但還有不少缺點，「稍為關於科學哲學的名詞，都非『借材異地』不可」，同時當時的白話還不夠成熟，因此還「不是作詩的絕對適宜的工具」，新詩遭到非議，是難免的。第二是新詩尚處於萌芽狀態，表現形式還處於探索階段，因此藝術上比較幼稚。第三個原因，

也是主要的原因，是「現代社會實在沒有容納新文藝的程度」。就詩歌來說，句法、韻腳自由的新詩，不受死抱住傳統的詩的觀念的人歡迎是十分自然的。

俞平伯比較深入地揭示了「五四」時期反對新詩的種種心理，正確地分析了社會不能容納新詩的原因，批駁了反對新詩的謬論，這對人們認清遺老遺少、守舊文人反對新詩的本質，擊退氾濫一時的反對新詩的逆流，謀求新詩發展的途徑，都是有幫助的。

由於時代和認識的侷限，俞平伯「五四」時期的詩論也存在著一定的侷限性，論述上也有前後矛盾之處。俞平伯一方面認為「詩是人生的表現，並且還是人生向善的表現」，重視詩歌的社會功利作用，但另一方面又認為詩只是抒發情感、情緒，「智慧，思想似乎都不重要」，因而認為寫詩時「萬不可從知識或習慣上得來的『主義』、『成見』佔據我們的意識中心」，「要不考慮社會上的『毀譽』」，認為詩人是「真率的小孩子」，「酸綴綴的書呆子」，「詩的興趣即在本身，不可從本身以外求趣味」，認為「如果有學詩的人問做了詩為什麼？怎麼樣作詩？這是把功利的臭味，來玷污詩神，我們應該請他出詩人的範圍」(26)。這反映了俞平伯「五四」時期詩歌觀及文藝觀方面的矛盾、混亂。這種矛盾、混亂是「五四」時期社會上中國傳統詩論中民主性的精華和封建性的糟粕、西方十九世紀資產階級文藝觀中的積極因素和消極因素以及當時彌漫於文壇的超功利美學觀同時在俞平伯身上發生作用的結果。當然，中國傳統詩論中民主性的精華和西方十九世紀資產階級文藝觀中的積極因素對他的影響是主要的，因此，他在一系列詩論中較多地強調詩歌的社會功利作用。又如，俞平伯一方面說：「不能感人，簡直不能算詩。」(27)強調詩要為讀者所理解、理會，才能發揮感人向善的作用，產生普遍的社會價值。但另一方面又說：「作詩原是自己發抒所要說的，不得不說的話，博心理上一種痛快安慰」，因此，「有許多神祕的作品，但如能和作者的精神同化，便能感著一重很深的快樂」。因此，他得出結論說：「詩的好壞原不在瞭解的難易。」(28)這也

反映了他的詩歌觀上的矛盾。這後一方面的錯誤認識，導致他在三十年代片面地追求詩的朦朧美。[29]

俞平伯「五四」時期詩論中儘管有上述的的侷限性，但是，瑕不掩瑜，革命性、民主性的進步一面是主要的，在當時，對於處於襁褓中的新詩發揮了促其生長、發展的作用。今天，我們在研究中國新詩史、新詩理論批評史的時候，應當給俞平伯「五四」時期的詩論以一定的歷史地位。

註 1：〈白話詩的三大條件〉、《新青年》第 6 卷第 3 號，1919 年 3 月。

註 2、13、14、21：〈社會上對於新詩的各種心理觀〉，《新潮》第 2 卷第 1 號，1919 年 10 月。

註 3、26：〈作詩的一點經驗〉，《新青年》第 8 卷第 4 號，1920 年 12 月 1 日。

註 4：〈從經驗上所得作詩的教訓〉，《浙江第一師範十日刊》第 5 期，1920 年 12 月 12 日。

註 5、28：〈詩的自由和普遍〉，《新潮》第 3 卷第 1 號，1921 年 10 月 1 日。

註 6、27：〈詩的進化的還原論〉，《詩》第 1 卷第 1 期，1922 年 1 月 25 日。

註 7：〈《憶遊雜詩》序〉，同上。

註 8：〈評「讀詩的進化的還原論」〉，《文學旬刊》第 41 期，1922 年 6 月 21 日，署名頻初。

註 9：〈讀「毀滅」〉，《小說月報》第 14 卷第 4 期，1923 年 6 月。

註 10、23：〈詩的方便〉，載 1924 年 3 月 28 日上海《民國日報‧覺悟》。

註 11、24：〈批評「贏疾者的愛」一封信〉，載 1925 年 8 月 23 日《文學週報》第 187 期；收入《雜拌兒》文集時，改題目為〈與白采書〉。

註 12：〈詩的新律〉，載《我們的七月》，O‧M 編，亞東圖書館 1924 年 7 月發行。

註 15：〈《新潮》發刊旨趣書〉，載 1919 年 1 月《新潮》第 1 卷第 1 號。

註 16：〈文學研究會宣言〉，原載《小說月報》12 卷 1 期，1921 年 1 月。

註 17：李大釗〈平民主義〉。

註 18：周作人〈平民文學〉，《每週評論》第 5 號，1919 年 1 月。

註 19：1920 年 1 月《小說月報》11 卷 1 號。

註 20：1920 年 3 月 25 日寫，載《少年中國》第 1 卷第 9 期。

註 22：〈《冬夜》自序〉，《冬夜》，亞東圖書館 1922 年版。

註 25：《文學週報》107 期，1924 年 6 月 23 日出版。

註 29：〈詩的神祕〉，《雜拌兒之二》。

茅盾

　　茅盾不但是偉大的小說家，而且又是傑出的文藝理論家和文藝批評家。單就茅盾的文藝批評來說，他所涉及的領域是十分寬廣的，建樹是多方面的。新詩批評就是他文藝批評的一個十分重要的方面，他的新詩批評，推動了中國新詩的健康發展。

　　中國古典詩歌經過長期的發展，逮及唐代，到達了它的黃金時代。然而，由於到了唐代，詩歌的幾種形式均已經完備了，而且格律也日趨整飭，這樣，古典詩歌隨著藝術上的登上頂峰，而對於表達思想感情的束縛也就愈加繁多。因而宋、元、明、清的詩人，一面固然繼續運用這種形式寫作，自然也給我們留下了許多詩苑珍寶，一面另闢蹊徑，創制了詩餘、散曲、雜劇、傳奇諸種文學體裁。到了「五四」前夜，「五四」新文化運動的先驅者們為了運用文學武器實現思想解放，配合轟轟烈烈展開的反帝反封建運動，響亮地提出了「文學革命」的口號。在詩歌領域，「五四」新文化運動的先驅者們認為，為了適應表達新的思想內容的需要，在形式上必須衝破古典詩歌形式和格律的束縛，採用人民群眾生動、活潑的語言自由地抒發思想感情。一九一八年一月，《新青年》第四卷第一期第一次發表了胡適、沈尹默、劉半農等三人的九首白話新詩。在以後的短短四、五年時間裏，眾多的詩人創作了大量白話新詩，形成了一個新詩運動，但是，當新詩應運而生的時候，卻遭到了封建舊勢力的攻擊。俞平伯在〈白話詩的三大條件〉一文中概括這種情形說：「《新青年》提倡新文學以來，招社會非難，也不知道多少。……而其中獨以新體詩招人反對最力。」[1]他在另一篇〈社會上對於新詩的各種心理觀〉中說：「大約表示同感的人少懷疑

的人多。」[2]一九二二年三月，茅盾發表了〈駁反對白話詩者〉[3]一文，
先列舉了反對白話詩者的三條理由：

一、因白話詩沒有聲調格律，因「不能運用聲調格律以澤其思想，
但感聲調格律之拘束，復擷拾一般歐美人所謂新詩人之唾
餘……」，所以是不好。

二、因白話詩即拾自由詩的唾餘，而歐美的自由詩又是早為「通
人」所詬病。

三、因白話詩只為少年所喜，而提倡者有「迎合少年心理」之意。

茅盾所列舉的反對白話詩者的上述三條理由，第一、二條就出
自反對新文化運動的「學衡」派的代表人物胡先驌的文章〈評嘗試
集〉[4]。針對第一條反對理由，茅盾反問道：「思想怎樣可以運用聲調
格律來『澤』它？難道一有了聲調格律，不好的思想就會變成好的麼？」
並舉實例說，有些文句雖合聲調格律，但沒有多大意思，或者根本不
算詩句。舊體詩詞的格律束縛自由思想，而反對者反而說詩應該「運
用聲調格律以澤其思想」。所以茅盾反問：「試問天下豈有反以帶慣腳
鐐而亦能走路為更合理於不帶腳鐐走路者乎？」這就揭露了胡先驌反
對白話新詩到了顢頇無理的地步。針對第二條反對理由，茅盾說白話
詩採用自由詩的形式，是為了「破棄一切格律規式」，「並非拾取唾餘，
乃是見善而從」。至於第三點，茅盾說：「古人所立的規式格律，當然
是古人為表現自己的思想的方便而設，何能以之為詩的永久法式？」
他認為，當時的少年為要衝破舊式格律，「不屑徒為古人格律式的奴
隸」，當然是喜歡白話詩，根本不在「迎合少年心理」的問題。茅盾對
上述非難白話新詩帶有代表性的謬論的駁斥、回擊，掃除了新詩發展
道路上的障礙，促進了處於萌芽狀態的新詩的發展壯大。

如果說〈駁反對白話詩者〉是通過反駁非難白話詩的謬論為新詩的
誕生掃除障礙，鳴鑼開道，那麼，寫於抗戰前夕的《論初期白話詩》[5]
則是通過對初期白話詩的一些代表作的分析，對「五四」新詩的思想
內容和藝術技巧作了初步的總結，肯定了優點，指出了存在問題，為

新詩的發展指明了方向。他認為初期白話詩的第一個好處是「力求解放而不作怪炫奇」。茅盾以當時「最能脫離了舊傳統」的康白情的《草兒在前》為例來說明。認為康白情「不存心作怪炫奇」，因而「他所創造的新形式是有價值的」。從表現手法來看，《草兒在前》有七句一節的，也有四句一節的，有十字一句的，也有兩字一句的，在當時完全是嶄新的形式。茅盾認為，作者採用這種形式，完全是「依了新內容的要求而自然產生的，絕不是故意在形式上作功夫」，因而「自然得很」。當然，「五四」時期，新詩藝術上尚處於探索階段，還不可能達到完美無缺的地步。茅盾就曾指出：胡適的《嘗試集》中「嘗試的新形式頗有不甚完美者」。茅盾認為初期白話詩的第二個好處是「注意句中字的音節的和諧」。他舉新詩史上第一首長詩、周作人的〈小河〉以及沈尹默的〈三弦〉為例來說明。尤其是〈三弦〉，歷來被認為是新詩句中文字音節和諧的範例。茅盾認為這首詩第二段「旁邊有一段低低的土牆，擋住了個彈三弦的人，卻不能隔斷那三弦鼓蕩的聲浪」一句，「共三十二個字靠了二十多個舌音的，重唇音的，陰聲的和陽聲的雙聲疊韻字參錯夾用，既摹寫了三弦的聲響，又顯出了三弦的抑揚鼓蕩」。茅盾認為初期白話詩的第三個好處是寫實主義，他並且認為這一點是初期白話詩的「最主要的精神」，是它的「最一貫而堅定的方向」。他進而指出寫實主義表現在初期白話詩中，題材是社會現象和人生問題的大量抒寫，方法上是具體描寫而不用抽象的說法。茅盾深入考察了許多初期白話詩中以社會現象為題材的作品，認為比不上同期反映其他題材的作品。其原因，茅盾認為，從表現手法來看，是「病在說盡，少回味」，也就是「明快有餘而深刻不足」；從詩人的思想認識和感性態度來看，是詩人對社會現象「多半是印象的，旁觀的，同情的，所以缺乏深入的表現與熱烈的情緒」。因而這一類作品浮泛膚淺，缺乏打動人心的藝術魅力。茅盾將劉半農的〈學徒苦〉和艾青的〈大堰河——我的保姆〉作了對比。這兩首同是取材於社會人生的詩篇，前者「列舉了學徒工作繁重與待遇之不良，然而我們讀了並不怎樣感動」，

後者「用沉鬱的筆調細寫了乳娘兼女傭的生活痛苦」，因而贏得了茅盾的「喜歡」。這兩首詩藝術感染力所以有強弱高下之別，茅盾指出是由於兩人的生活經驗不同。茅盾對初期白話詩在創作方法上的三個特點亦即優點及其缺點的分析，切中肯綮，對「五四」白話新詩作了全面總結，對於其後的新詩創作，無疑有著很大的指導意義。

新文學運動初期的新詩，從體式上來看，都是篇幅短小的抒情詩。直到一九二六年四月，詩人朱湘才創作了新文學史上第一首敘事長詩〈王嬌〉，不過它不是取材於現實生活，而是取材於《今古奇觀》的〈王嬌鸞百年長恨〉。詩人們真正從現實生活中取材創作長篇敘事詩，卻是三十年代中期的事。這時，田間的〈中國‧農村的故事〉、臧克家〈自己的寫照〉、蒲風的〈六月流火〉等敘事長詩先後問世，時刻關注新詩現狀和發展前途的新詩批評家茅盾，抗戰前夕撰寫了〈敘事詩的前途〉[6]一文。茅盾在這篇文章中指出：中國新詩經過了十多年的發展歷程，這時「從抒情到敘事，從短到長」，是一個「新的傾向，可喜的現象」。茅盾認為，三十年代中期出現敘事長詩，有它的必然性，它是「新詩人們和現實密切擁抱之必然的結果」；「主觀的生活的體驗和客觀的社會的要求」，又迫使詩人們從抒情的短章轉向敘事長詩的創作。同時，三十年代初期，新詩壇一度曾充斥著「因求形式之完美而競尚雕琢，複以形式至上主義來掩飾內容的空虛纖弱，乃至有所謂以人家看不懂為妙的象徵派」，而取材於現實生活的長篇敘事詩，在茅盾看來，正是對象徵派詩歌的反動，因而茅盾認為，三十年代中期長篇敘事詩的出現，不能僅看作「只是新詩的領域的開拓」，它實際上是「新詩的再解放和再革命」，充分肯定了長篇敘事詩湧現的意義。

茅盾研究、比較了上述三位詩人的三部敘事長詩的風格，認為「各有各的作風」，「田間和臧克家作風最不相同，可以表示現有的長篇敘事詩的兩極，而蒲風則是兩極以外的又一作風的代表」。他仔細地比較了田間、臧克家兩位詩人各自的長篇敘事詩的優缺點。他認為田間〈中國‧農村的故事〉的優點是有「飛進的熱情，新鮮的感覺，奔放的想

像」，形成了他獨創的風格，田間還能夠大膽地完全擺脫新詩已有的形式，既能採取民謠長處，而又不為民謠的形式所限，不足之處則是「俏勁有餘而深奧醇厚不夠，有像木炭畫那樣渾樸的佳作，但也有只見勾勒未成間架的敗筆」，同時他還指出田間在這部長詩中過多地運用短句、疊句、章法疊奏的作法以及未能充分展開生活圖畫的缺點。關於臧克家的〈自己的寫照〉，茅盾肯定了他「謹慎地避免觀念化與說教，而努力求形象化」的表現手法，認為這部長詩「鑄詞練句，沒有什麼敗筆」，同時指出其缺點是缺少「壯闊的波瀾和浩浩蕩蕩的氣魄」，「作者的情緒太冷靜一點」，「寫軍校入伍與征西缺乏了激昂，寫東下被繳械缺乏了悲壯，寫回到北方以後的險阻缺乏沉痛」。茅盾認為，長篇敘事詩應當隨著故事情節波瀾起伏的展開而時而平緩、時而高昂。比如〈自己的寫照〉當寫到「我」在大革命時代武漢入軍校以及西征東下被繳械等經歷時，詩人應當將「調門提高，拍子加快」，也就是「應當換一副筆墨」，然而作者沒有變換情調，沒有加快節奏，這就使詩篇缺乏雄偉的氣魄。此外，長篇敘事詩對材料應當有所取捨，以便集中筆墨寫好重大材料、重要場面。茅盾認為〈自己的寫照〉對材料取捨不夠，「以致抽不出手來把緊要場面抓住全力對付而在全書中形成幾個大章法」。而田間的〈中國‧農村的故事〉「所以能飽有一種浩蕩的氣勢者，大半賴有那三部的大章法」。茅盾在分析了上述兩部長篇敘事詩的優缺點之後歸納說：「田間太不注意的地方就是臧克家太注意的地方」，「田間太把眼光放遠了而臧克家又太管到近處。」他認為，長篇敘事詩的前途就在「兩者的調和」，也就是說，既要對材料有所取捨，安排好章法，隨著情節的展開，詩人應當變換筆墨，以造成浩浩蕩蕩的氣勢，又應當具體、生動、形象地展示生活圖畫，研究鑄詞煉句，以形成醇厚的藝術風格。茅盾根據自己這樣的長篇敘事詩美學觀，他為敘事詩作者上一個「條陳」：「先佈置好全面的章法，一氣呵成，然後再推敲字句，章法不輕動，而一段一行卻不輕鬆放過。」由於茅盾對兩部代表性的敘事長詩作了深入的比較研究，因而他提出的這一「條

陳」——敘事長詩從構思、起草到修改的藝術勞作過程，應當說，是正確地揭示了敘事詩創作的藝術規律的。

關於長篇敘事詩的創作，他還結合新詩批評提出了許多寶貴意見。正因為茅盾認為敘事長詩要有浩蕩的氣勢、雄偉的風格，因而他比較滿意風度雍容、氣勢宏壯的「艾青體」。同時，他又要求敘事長詩要有句腳韻，因而又認為「柯仲平的沒有太成功的道路還是值得繼續的試探的」(7)。他認為「用『山歌小調』的格式來寫長詩」，「不大妥當」，這是因為「現存的民歌說不上怎樣莊嚴與雄偉」，但「長詩的題材卻非有莊嚴與雄偉的風格是不相稱的」，茅盾認為，這就是蒲風運用民歌的風格寫抒情小詩成功而柯仲平用民歌風格寫抗戰題材的長詩不怎麼出色的原因(8)。茅盾認為敘事長詩在故事的結構和表達情緒的詩句的節奏方面需要「抑揚起伏開合」(9)。他在評論一九三八年九月《詩時代》創刊號上李雷的三部曲敘事長詩《詩人》時指出：「第一、二部都是雄渾悲壯的」，作為全詩結構上頂點的第三部，「應當展開更奇魄壯烈的畫面，而有叱吒風雲吐納雷電的氣概」，然而作者在第三部中「太多抒情的成分，觀念的排界」，因而顯得薄弱。為了使長詩氣勢浩蕩雄壯，形式應當活潑一些，詩句應當有長短變化。他在評論《詩時代》創刊號上洪適的長詩《土地和種子》時說，「用每章句數劃一、每句長短相當整齊抒寫磅礡的情緒」，「就不大相宜」，同時由於「拉得太長」，「以致顯得思想空洞，冗雜無力」(10)。他在談到「可以弦歌的敘事詩」鼓詞時也說在創作新長篇鼓詞時，「短句長句可以成段的間隔使用，使形式活潑。」(11)茅盾所揭示的敘事長詩的上述藝術規律，對於現代敘事長詩的創作和研究，起了很大的指導和推動作用。

抗戰爆發後，現實鬥爭要求文學為抗日戰爭服務，喚醒人民起來投入抗戰的洪流。詩歌便於直接地抒寫感受，傳達人民的心聲，於是抗戰初期，詩歌創作出現了十分興旺的局面。正如茅盾所說，這一時期，詩人們「大膽地作了朗誦運動，大膽地作了街頭詩運動，大膽地採用了民謠的風格，大膽地寫長詩」，因而可以說這一時期的詩歌運動

「是對於白話詩的再解放」(12)。就以廣州來說，一九三六年冬由黃寧嬰、溫流等人發起組織了廣州詩壇社。第二年冬，該社根據詩人蒲風的建議，易名中國詩壇社，並集資創辦了詩歌出版社，第一批就出版了蒲風的《抗戰的三部曲》、林煥平的《新的太陽》、黃寧嬰的《九月的太陽》、李青鳥的《奴隸的歌》、雷石榆的《國際縱隊》、零零的《時代進行曲》、溫流的《最後的吼聲》、克鋒的《赴戰壯歌》等八種詩集。茅盾為中國詩壇社所取得的成績感到高興，立即撰文《這時代的詩歌》，認為這些詩集有著「步步接近大眾化」，「並不注意技巧而技巧自在其中」，「抒情與敘事熔冶為一」等優點。他在談到「並不注意技巧而技巧自在其中」這一優點時，居高臨下俯視一部新詩史，指出新詩在十多年迂迴曲折的歷程中，「一度為風靡一時之技巧第一主義論者所誤，而陷於纖巧，有形式無內容」的歧途。這是指的二十年代下半期、三十年代前期曾經一度流行的以李金髮、戴望舒為代表的現代派、象徵派詩歌。茅盾認為他們所謂的技巧只是「矯揉造作」，其作品雖然「悅耳娛目」，但「刻劃無鹽」，因而「彌覺可憎」。詩人們只有「為熱情所鼓舞，為大的時代所擁抱，耳目所接，心靈所感應，發自心聲，然後情緒與節奏，自然和諧」，達到「不求技巧而技巧自在其中」的化境(13)。茅盾的這些論述，指引著新詩朝著健康的坦途前進。

茅盾在新詩批評中，一再強調新詩應當向民間歌謠學習質樸、剛健的風格，生動、活潑的語言。他說：「歌謠是一切文學體制中最古老的一種」，它「紮根在廣大人民群眾中，為人民所喜見樂聞」，其基本特色是「質樸、剛健，有音樂性而又容易傳唱」。他高度肯定蒲風向民間歌謠學習所取得的成就，認為他是向民間歌謠學習「嘗試成功的第一人」(14)；他肯定抗戰期間柯仲平、田間在運用民間形式方面所作的努力(15)；他稱道抗戰勝利後「馬凡陀的胎息於『吳歌』的新詩」，並認為「一些青年詩人的『方言詩』亦有佳製」(16)；他肯定李季採用陝北民歌「信天遊」的調子創作的敘事長詩《王貴與李香香》，認為「它是一個卓絕的創造」，「民歌形式的史詩」(17)。

　　茅盾提倡新詩向民歌學習，並非要求詩人全盤繼承民間歌謠的形式。抗戰開始，作家們為著宣傳抗日和動員群眾，開始在創作實踐中重視民間形式。但是，在如何對待民間形式問題上，在理論和實踐兩方面都出現過偏差。向林冰在民族形式討論中，強調以民間形式為中心源泉，主張「將新內容盡可能的裝進或增入舊形式中」[18]，主張全盤接受民間形式。茅盾則認為，對待民間形式，一是應當「翻舊出新」，「去掉舊的不合現代生活的部份（這是形式之形式），只存留其表現方法之精髓而補充了新的進去」，二是應當「牽新合舊」，他以新詩創作為例說，「儘管用每行字數長短不一的新詩歌的形式，但須從民歌學習它的『比興』」。他總結這兩方面說：「『翻舊出新』和『牽新合舊』匯流的結果，將是民族的新的文藝形式，這才是『利用舊形式的最高的目標』。」[19]關於「翻舊出新」，茅盾在抗戰勝利後所寫〈民間、民主詩人〉一文中，根據解放區民間藝人在民間形式中注入了新的血液後產生新秧歌、「秧歌戲」等新形式的情況，指出：「一方面是進步的民間藝人對舊民間形式的改革，另一面是新詩歌的民族形式的確立。」[20]中國新詩已經歷了九十年的歷程，無數詩人為建立民族形式的新詩作了不倦的探求。茅盾提出的建立族形式的途徑，曾經啟示過並且必將啟示新一代的詩人繼續去探索建立民族形式的新詩道路。

　　在中國現代新詩批評史上，茅盾最先開創了詩人論這種新詩批評的形式。三十年代他先後寫下了〈徐志摩論〉[21]、〈冰心論〉[22]兩篇詩人論。以〈徐志摩論〉來說，茅盾先通過剖析徐志摩的第三部詩集《猛虎集》中一首〈我不知道風是在哪一個方向吹〉，指出在他整飭的章法、鏗鏘的音調中所流露出的是「感傷的情緒」，他是「中國布爾喬亞（英語「資產階段」的音譯——引者按）『開山』的同時又是『末代的詩人』」。接著，又回溯到他的第一部詩集《志摩的詩》，分析其中的〈嬰兒〉一詩，認為這首詩技巧雖然幼稚，然而內容卻是「言之有物」，而且「沒有感傷的色調」。茅盾進一步聯繫他的全部作品，指出徐志摩所謂的「嬰兒」是指「英美式的資產階級的德謨克拉西（英語「民主」

的音譯——引者按），他見了工農的民主政權是連影子都怕的」，揭示了徐志摩詩歌的思想實質。茅盾分析徐志摩從第一部詩集《志摩的詩》到第二部詩集《翡冷翠的一夜》，人思想由充滿「理想主義」和樂觀發展到「完全是頹唐失望的嘆息」的演變過程，指出徐志摩創作了詩集《翡翠的一夜》以後詩的產量「向瘦小裏耗」的原因是他「對於眼前的大變動不能瞭解而且不願意去瞭解」，於是徐志摩「由單純信仰而流入懷疑的頹廢」。茅盾將徐志摩的幾本詩集進行比較分析，又聯繫他的思想演變過程來分析他的詩篇，不但為讀者理解他的詩篇提供了一把鑰匙，也給現代文學研究者以方法論的啟示。毫無疑問，〈徐志摩論〉是新詩人論的一個範例。

茅盾一貫注意熱情扶持和培養文學新人，對詩壇出現的新人也不例外。一九三三年七月，青年詩人臧克家的詩集《烙印》在前輩詩人聞一多、王統照等的資助下自費出版。當年十一月，茅盾就寫了〈一個青年詩人的「烙印」〉一文[23]。肯定臧克家是「目今青年詩人中」「最優秀中間的一個」，為臧克家登上詩壇吶喊助威。在現代派朦朧晦澀的詩風遭到讀者厭棄的時候，臧克家運用嚴謹的現實主義創作方法寫成的詩集《烙印》「全部二十二首詩沒有一首描寫女人的『酥胸玉腿』，甚至沒有一首詩歌頌戀愛」，「也沒有什麼所謂『玄妙的哲理』以及什麼『珠圓玉潤』的詞藻」，肯定了詩人的「創作態度是夠嚴肅的」。同時茅盾指出臧克家由於思想認識的侷限，對於現實還沒有確切的認識，因而在詩中沒有能告訴讀者「『人生』的真義，『拼命』的對象又是什麼，而『美麗的希望』是怎麼樣一個面目」。這樣，他的詩就「缺乏一種『力』一種熱情」[24]。茅盾對《烙印》既滿腔熱情地肯定優點，又實事求是地指出不足之處的評論，給了臧克家以極大的鼓舞和鞭策。一九八一年三月，茅盾逝世以後，臧克家在悼念文章〈往事憶來多〉中滿含深情地回憶道：「我的處女作——詩集《烙印》，曾得到王統照、聞一多和茅盾先生三位文藝前輩的大力扶助、識拔，才得到出版，被讀者群眾所認識與鼓勵。《烙印》自印版剛出書不久，茅盾先生、

老舍先生，在當時影響很大的《文學》月刊同一期上，發表了兩篇評介文章，使我這個默默無聞的文藝學徒，一下子登上了文藝龍門。」「他大力讚揚我這本入門小書，也指出其中的二十二首詩在思想性方面的不足」，「尤其使我為之心折的是關於〈神女〉一詩的評論。這首詩是寫妓女的痛苦生涯的，我深深寄予同情。頭四句描寫了她的外表，括弧內的第五句，寫出了她內心的世界——真實的靈魂。茅盾先生一眼就看透了這一點，對這首小詩以及它的作者作了大力讚揚，使我感動，認為是知心！」[25]青年詩人臧克家正是在茅盾等前輩作家的鼓勵、引導之下，登上了三十年代新詩壇。

總之，一代宗師茅盾在新詩理論批評領域裏的貢獻是多方面的。他的新詩理論批評文章，既是他本人文學活動的一個重要組成部分，也是中國新詩理論批評史的重要篇章。稱茅盾為傑出的新詩批評家，他是當之無愧的。了為搞好新詩理論批評史的學科建設，繁榮社會主義新詩創作，促進今天的新詩理論批評工作和理論建設，我們應當全面地總結、整理和借鑒茅盾留給我們的新詩理論批評遺產。

註 1：《新青年》1919 年 3 月 15 日第 6 卷第 3 號《通信欄》。

註 2：《新潮》1 卷 4 期，1919 年 4 月出版。

註 3：《學衡》1、2 期。

註 4：《時事新報》附刊《文學旬刊》第 31 期，1922 年 3 月 11 日出版。

註 5：《文學》第 8 卷第 1 期，1937 年 1 月 1 日出版。

註 6：《文學》第 8 卷第 2 期，1937 年 2 月 1 日出版。

註 7、8、14：《文藝雜談》，原載《文藝先鋒》第 2 卷第 2 期，1943 年 2 月 20 日出版。

註 9：〈詩論管窺〉，原載《詩創作》第 15 期，1942 年 10 月 30 日出版。

註 10：〈《詩時代》〉，原載《文藝陣地》第 2 卷第 3 期，1938 年 11 月 16 日出版。

註 11：〈關於鼓詞〉，原載《文藝月刊》戰時特刊 8 期，1938 年 3 月 16 日出版。

註 12：〈為詩人們打氣〉，原載《中國詩壇》新 3 期，1946 年 4 月 20 日出版。

註 13：廣州《救亡日報》112 號，1938 年 1 月 26 日出版。

註 15、16、20：〈民間、民主詩人〉，原載《文藝叢刊》之一《腳印》，1947
　　　　年 10 月出版。

註 17：〈再談方言文學〉原載《大眾文藝叢刊》第 1 輯，1947 年 3 月 1 日出
　　　　版。

註 18：〈再答「舊瓶裝新酒」懷疑論者〉，原載《通俗讀物論文集》。

註 19：原載《文藝陣地》第 1 卷第 4 期，1938 年 6 月 1 日出版。

註 21：原載《現代》第 2 卷第 4 期，1933 年 2 月出版。

註 22：原載《文學》第 3 卷第 2 期 1934 年 8 月出版。

註 23、24：原載《文學》第 1 卷第 5 期，1933 年 11 月出版。

註 25：原載《十月》1981 年第 3 期，收入《憶茅公》一書、文化藝術出版社
　　　　1982 年 12 月第 1 版。

朱自清

　　在中國新詩史上，許多詩人一身而三任，既是詩人，又是詩論家、詩評家。朱自清便是其中之一。此外，他還是現代著名散文家、學者、民主戰士。他於一九一六年考入北京大學哲學系，在大學期間即開始寫作新詩，第一首新詩〈小鳥〉發表於一九一九年十一月二十日《晨報》副刊《新文藝》專欄裏，署名佩弦。一九二一年他與俞平伯、葉紹鈞（葉聖陶）、劉延陵等人組織了中國現代文學史上第一個新詩社團——中國新詩社，並出版了中國現代文學史上第一個新詩刊物《詩》月刊。一九二二年六月，出版了詩合集《雪朝》（與周作人等合著，商務印書館）。一九二三年三月，他在《小說月報》十四卷第三期上發表了最能代表他新詩創作水平的近三百行的抒情長詩〈毀滅〉。〈毀滅〉發表後，受到普遍的讚揚。俞平伯認為：「論它風格的宛轉纏綿，意境的沉鬱深厚，音調的柔美悽愴，只有屈子的《離騷》，差可彷彿。」[1]一九二四年出版了詩和散文合集《蹤跡》（亞東圖書館）。雖然朱自清對於新詩創作「民十五《詩鐫》出來後，早就洗了手了」[2]。但他仍密切地注視著新詩的發展，不斷地撰寫新詩理論批評文章。一九二九年至一九三三年間，他在清華大學首創開出《中國新文學研究》這門課程。在為開設這門課所撰的講義《中國新文學研究綱要》中，對於新詩十多年裏的作家作品、理論建設論述甚詳。一九三五年，他又編選了《中國新文學大系‧詩集》，並撰寫了〈導言〉，評述了新文學第一個十年裏新詩的流變。四十年代，他寫了十多篇新詩話，於一九四七年出版了《新詩雜話》一書。可以說，新詩理論批評是朱自清文學業績的一個重要方面。

一

朱自清開始從事新詩理論批評活動的時候,新詩如山洪般爆發的高潮即將過去。誕生於「五四」文學革命的新詩,由於倡導者們當初面臨的歷史任務是要衝破舊體詩謹嚴的格律,為此,他們提出的口號是「詩體的大解放」、「感情的自然流露」,因此「五四」時期的新詩,除了內容上強烈的反封建色彩,歌唱個性解放,抒寫對美好愛情的追求,反映工農的生活外,在形式上也給人新鮮活潑的感覺。但是,由於初期新詩藝術上缺乏錘煉,詩句過於散文化,在短短的四、五年高潮過去之後,新詩就漸漸呈現出一種衰落的趨勢。

現在所能見到的朱自清的第一篇詩論短文是〈《雜詩三首》序〉[3],它發表於一九二一年十一月。這時,新詩雖說還沒衰落,但其藝術上的弊病已顯露端倪。通過新詩創作已養成藝術敏感的朱自清自然已隱約覺察到了新詩所面臨的困境。於是,朱自清自覺地承擔了探討提高新詩藝術性的歷史任務。檢視朱自清二十年代的詩論,我們發現它有一個中心,那就是探討如何振興新詩,讓新詩人從衰落中奮起。

在〈《雜詩三首》序〉中,朱自清指出短詩「能將題材表現得更精彩些,更經濟些」,能造成「簡單雋永,平易近人」的藝術效果。可是,由於漢字都是單音字,因此短詩要具備「嗶緩和美節奏」就不容易。為此,他指出短詩的意境和音節都應當集中。但是,就音節來說,強調集中,不免導致迫促。因此朱自清同時指出短詩還應當「有些自由伸縮的餘地」。

初期新詩藝術上比較粗糙,其原因之一是有相當數量的詩歌作者創作態度不夠嚴肅認真。一九二二年一月,朱自清為俞平伯的新詩集《冬夜》寫的序就指出了這一點。他說:「五四」以來的新詩中「雖有鄭重將事,不苟製作的;而信手拈來,隨筆塗出,潦草敷衍的,也真不少」。他希望新詩「有些堅韌的東西」問世,也就是要求提高新詩的思想、藝術質量。朱自清在序中指明瞭俞平伯的新詩具有精煉的詞句

和音律、多方面的風格、迫切的情感等三種特色後指出，為了提高新詩的藝術性，應當講究自然的音律。在朱自清看來，自然的音律委細，因而感人深，而人工的音律雖然鏗鏘，但它簡直，因而感人淺。俞平伯新詩的音律所以能達到繁重、細膩、凝煉、幽深，用韻天然，不露痕跡這樣的精湛地步，是由於他有深湛的古典詩歌的修養，所以能在創作新詩時運用詞曲的腔調去短取長，「重以己意熔煉一番」，從而造成獨特的音律。「五四」新文學的勃興，主要是受到外國文學影響的結果，新詩受到外國詩歌的影響更為顯著。當著許多新詩人矚目於外國詩歌，著眼於向外國詩歌學習表現技巧的時候，朱自清在這篇序中以他對祖國語言規律特點的瞭解和把握，剴切地指出：「我們現在要建設新詩的音律，固然應該參考外國詩歌，卻更不能丟了舊詩、詞、曲」，這是因為「舊詩、詞、曲的音律的美妙處，易為我們領解、採用；而外國詩歌因為語言的睽異，就艱難得多了」。這是說得很正確的。提倡新詩向舊詩、詞、曲學習美好的音律，有助於增強新詩的藝術性，同時也有助於新詩的民族化。在輕視民族文化遺產成為普遍風氣的「五四」時期，朱自清提出要向古典詩歌學習，這是難能可貴的。

　　「五四」時期的新詩，篇幅都比較短小，其中一部分詩篇情調感傷、風格柔靡，有背於「五四」時代精神。朱自清在〈短詩與長詩〉[4]一文中，批評「五四」時期有些流行的短詩感傷的情調和柔靡的風格。因此他希望短詩能兼採日本的短詩與印度泰戈爾的短詩集《飛鳥集》的長處，培養新鮮的趣味，從而革除短詩單調的弊病。短詩的篇幅雖然短小，但要求通過短小凝煉的形式，抒寫深厚的感情，表現新鮮的感興，揭示深刻的哲理。朱自清在這篇文章中批評當時的一些短詩作者將短詩看得太簡單，毫不經意地寫作，用他的話來說，就是寫得「太濫」，其結果導致詩作平庸，沒有餘味，不耐咀嚼。朱自清指出：短詩「貴凝煉而忌曼衍」，「重暗示、重彈性的表現」，因此他要求詩人們以極自然而又極慎重的態度去寫短詩。

「五四」時期的新詩大多傾向於抒情一路，被朱自清稱為「新文學中第一首敘事詩」[5]的沈玄廬的〈十五娘〉也不過八十多行，新文學中第一首長詩，朱湘的〈王嬌〉一九二六年七月才問世，發表在《小說月報》第十七卷第七號上。朱自清在〈王嬌〉問世的四年前，就在〈短詩與長詩〉一文中率先探討了長詩的本質屬性，並且熱情呼喚長詩早日問世。他說：「我們的情感有時像電光的一閃，像燕子的疾飛，表現出來，就是短詩。」而情感「有時磅礴鬱積，在心裏盤旋迴盪，久而後出，這種情感必極其層層疊疊，曲折頓挫之致」。這樣的情感，只有繁音複節的長詩，才能盡態極妍，暢所欲發。朱自清分析了短詩、長詩各自的詩美特徵：「短詩以雋永勝，長詩以宛曲盡致勝。」然而，它們「都是灌溉生活的泉源，不能偏廢」，而長詩尤其能引起深厚的情感，因而長詩創作少了，情感將有萎縮、乾涸的危險。因此，他倡導多寫長詩，「以調劑偏枯的現象」。他要求自然地寫出長詩，反對情感本來簡單，卻存了長詩的觀念，勉強去找適宜的情感、竭力敷衍拉長的作法。

風格是一個作家創作成熟的標誌。就一個時代來說，在文學創作中必然有體現時代精神的主導風格，同時由於每一個作家出身、教養、經歷、文學修養等方面的不同，就某個作家來說，其作品的風格必然打上個人的印記。這就是風格的共性與個性。文藝批評應該倡導風格的時代特色，同時也應當鼓勵風格的多樣化。朱自清論詩，既推崇風格的多樣化，又引導詩人致力於風格體現時代特色，他在《冬夜》序中，肯定了俞平伯新詩風格的多樣化。他認為唯其俞平伯的新詩有質實、委婉、周至、活潑、美妙、激越、纏綿、悱惻、哀婉、飄逸、曲折、單純、真摯、普遍等等種種風格，從而形成了繁複、豐富的詩趣。

他在〈讀《湖畔》詩集〉[6]一文中具體分析了湖畔詩社四位詩人的不同風格：潘漠華穩練、縝密，汪靜之平正，馮雪峰自然、流利，應修人輕倩、真樸，並認為他們的總體風格是清新、哀婉、纏綿。朱自清指出他們在風格方面的不足之處是缺乏激昂慷慨。從上述朱自清

對俞平伯及湖畔詩社四位詩人風格的評論中可以看出，他既激賞新詩風格的多樣化，又主張個人風格不論如何多樣化，都應當體現出時代風格的共性。

如前所述，朱自清認為新詩衰落的原因之一是有些作者創作態度不夠嚴肅認真，潦草敷衍。他在〈新詩（上）〉中指出，生活的空虛也是新詩衰落的重要原因。他批評當時有些學生寫作新詩僅憑靈感。朱自清認為靈感「只是一泓無源之水，最容易枯竭的」。由於僅憑靈感寫詩，結果「墮入『花呀，鳥呀』『血呀，淚呀』『煩悶呀，愛人呀』的窠臼而不自知」(7)。這樣就導致新詩創作的公式化。「五四」時期，不少詩歌作者、讀者僅從形式新穎這一角度來看待新詩。在內容與形式這一對矛盾中，內容永遠起著主導的、決定的作用。在文學作品中也一樣。新詩的「新」，首先在於它的內容──新的感情，其次是與舊體詩迥然不同的新的形式。朱自清指出：「空有形式無用，沒有好的情思填充在形式裏，形式到底是不會活的。」他並且指出，如果僅從形式方面去看待新詩，必然會產生新詩容易寫作的想法，會助長粗製濫造之風(8)。

二十年代後期，著名語言學家趙元任曾嘗試唱新詩，他為鄭振鐸的新詩〈我是少年〉、劉半農的〈教我如何不想他〉，徐志摩的〈海韻〉等新詩譜上樂曲，並自己試唱，或由別人彈，自己唱。朱自清撰文認為「我們得多有趙先生這樣的人，得多有這樣的樂譜與唱奏」。他並且希望有人嘗試運用皮黃或大鼓書的音樂唱新詩或新的白話歌劇(9)。到了四十年代，他否定了自己的這一觀點。抗戰時期，朗誦詩蓬勃發展。朱自清在討論朗誦詩的文章中指出：「新詩不要唱，不要吟；它的生命在朗讀，它得生活在朗讀裏。」(10)從這裏可以看到朱自清的詩論隨時代和新詩的發展而發展的特色。

二

　　朱自清三十年代的詩論，一是總結新詩自誕生到三十年代初期的
發展歷程，二是探討新詩如何向歌謠學習。

　　一九二九年春季，朱自清在清華大學首創開出《中國新文學研究》
課程，並寫出講義《中國新文學研究綱要》。據王瑤憶述，朱自清開的
這門課，不但受到清華同學的歡迎，燕京、師大兩校的同學也請他去
開設這門課。只是不久由於受到壓力，一九三三年以後，他不教這門
課了[11]。朱自清的《中國新文學研究綱要》，塵封了半個世紀後，經
趙園整理後，已在上海文藝出版社出版的《文藝論叢》第十四輯上刊
出。王瑤認為，朱自清這份《綱要》，「可以說是最早用歷史總結的態
度來系統研究新文學的成果。」[12]這份《綱要》共八章，其中總論三
章，各論五章。在各論的五章中，論詩的一章分量最多，內容最為詳
盡。這一章對新詩從「五四」前夕產生到三十年代初的十多年裏，不
同風格、不同流派的詩人及其重要詩篇，從史的角度作了評述；對這
十多年裏的各家詩論他也作了全面的敘述和評價。朱自清在講這門課
時，密切注視著新詩的發展。例如青年詩人臧克家的《烙印》一九三
三年七月一出版，朱自清就將它補進講義，加以評述。所以王瑤指
出，朱自清這門課程，「既有文學史的性質，也有當代文學批評的性
質。」[13]這份《綱要》，對於我們研究中國現代文學史（包括新詩史），
至今還是一份富有學術價值的好教材。

　　一九三五年，朱自清又為良友圖書公司編選了《中國新文學大系・
詩集》。這部詩集，是新詩史上第一個十年（一九一七～一九二六年）
的第一部全面、系統的新詩選集。它選錄了五十九位詩人的四百零八
首詩，兼顧了新文學第一個十年裏有代表性的文學社團、流派的不同
體裁、不同風格的詩篇，為現代文學史、新詩史研究者提供了一部極
為重要、珍貴的新詩選本。朱自清還為這部選集寫了一篇五千多字的
〈導言〉。〈導言〉全面、系統地總結了新詩第一個十年的發展歷程，

對其中重要的詩人、詩篇、詩歌流派都作了比較客觀、公允的評價。收入《詩集》的〈編選用詩集及期刊目錄〉、〈詩話〉同樣為新詩史研究者提供了珍貴的材料。朱自清編選《中國新文學大系·詩集》，說明他是一個很好的新詩選家。

　　一九三二年九月，中國左翼作家聯盟詩歌組的穆木天、任鈞、楊騷等人發起在上海成立了中國詩歌會。第二年二月創辦了《新詩歌》旬刊。不久，朱自清在《文學》創刊號上發表了評論文章，大體上肯定了中國詩歌會的詩人學習歌謠所取得的成績，並認為石靈用奇玉筆名在《新詩歌》第二期上發表的歌謠體新詩〈新譜小放牛〉「比較好」，也指出了他們在學習歌謠創作新詩時出現的膚淺、散漫的缺點，也批評《新詩歌》上用新形式寫的自由詩「都是寫給一些受過歐化教育的人看的，與大眾相去萬里。」(14)不久，他又在〈答芙影〉(15)的關於新詩歌問題的通信裏，明確表示對於《新詩歌》旬刊上發表的〈回憶之塔〉一類「過分歐化的暗喻以及那些不順口的長句不滿意」。他也不滿意有些新詩的囉嗦和充滿洋味。

　　在評論《新詩歌》的文章中，朱自清闡明了新詩如何向歌謠學習的問題。他認為，歌謠的組織有三個重要的成分：一是重疊，二是韻腳，三是整齊。只要有其中的一種成分便可成為歌謠，也有些歌謠三種成分都有。新詩向歌謠學習，對於歌謠中徒歌可誦的一類七言四句的形式、俗曲中加襯字、疊字、虛腔以及十字句分三三四為三讀等形式，他認為都可試驗。他還指出，由於歌謠、俗曲的各種形式全帶韻腳，而韻腳又總是重讀，「雖有無韻句間隔而太少，篇幅短還行，長了就未免單調，」因此他提出用多換韻及將篇幅剪裁得短一些等辦法來補救單調的弊病。如果實在短不了的，他覺得可以採用英國的無韻體。但是，「不一定照英國規矩」，「每行得有相仿的音數與同數的重音，才能整齊，才能在我們的語言裏成功一首歌」(16)。這說明，朱自清既注重新詩向外國詩歌學習，又重視創作時遵循中國語言的規律，使詩篇

富有民族特色。朱自清的這些意見，對新詩如何向歌謠學習，無疑是十分寶貴而又有益的。

三

任何理論都來自實踐，而它一經從實踐中產生，又回過頭來指導實踐。只有密切注視日益發展著的實踐活動，研究實踐中產生的新問題，理論才能發展，也才能保其生命力。詩的理論也不例外。朱自清詩論的特色之一，便是及時探討新詩創作中產生的新問題，從而發展自己的詩論，賦予自己的詩論以實踐性和新穎性。抗戰時期，朱自清的詩論主要探討了下列幾個方面的問題。

論朗誦詩的性質、特徵和作用。抗戰爆發以後，詩人們為了用詩歌鼓舞人民投入抗戰，掀起了如火如荼的詩歌朗誦運動。朱自清指出：詩歌朗誦運動的興起，「起於迫切的實際的需要——需要宣傳，需要教育廣大的群眾」。他認為，朗誦詩不是傳統意義上的詩歌，「這是一種聽的詩，是新詩中的新詩」，它的大多數「只活在聽覺裏，群眾的聽覺裏」，反映群眾的憎恨、喜愛、需要和願望。針對詩壇上有一派詩論認為詩出於個人的沉思而歸於個人沉思，因此應該跟現實生活保持相當的距離的說法，朱自清指出，朗誦詩不止於表示態度，它更「要求行動或者工作」，因此必然「直接與現實生活接觸」。從而作為宣傳的工具、戰鬥的武器活躍在詩壇上。[17]他指出：「朗誦詩的作用是在諷刺或說教，說明或打氣」，因此它有諷刺、控訴和行動等三個主題。在這三個主題之中，特別應當強調諷刺和行動。[18]這就是要朗誦詩揭露和諷刺日寇野蠻的侵略行徑，歌頌廣大人民的抗日鬥爭，鼓舞廣大人民投入抗日洪流中去。

論朗誦詩的創作。既然朗誦詩直接訴諸群眾的聽覺，並使之產生揭露敵人、鼓舞人民的作用，那就要求它大眾化。事實上，抗戰時期的詩歌朗誦運動正是三十年代左聯詩人倡導的詩歌大眾化運動在新的歷史條件下的繼續和發展。朱自清正是這樣看的。他指出：「傳統詩的

中心是『我』，朗誦詩沒有『我』，有『我們』，沒有『中心』，有集團。」他認為，為了收到朗誦要求和指導行動的目的，因此朗誦詩需要散文化、雜文化、說話化。但是，為了防止朗誦詩庸俗、散漫，還是要求形象的新鮮，組織的經濟。同時為了使朗誦詩收到集中、完整的藝術效果，它應當簡短，靈活運用歌謠裏重疊等表現手法。他還指出，由於朗誦詩直接訴諸聽覺，「不容人們停下來多想，所以不宜於多用形象，碎用形象，也不宜於比較平靜的紀實」，而「要求說盡，要求沉著痛快」[19]。關於朗誦詩的語言，朱自清認為應當自然、樸素，摒棄貧乏、浮誇的語言[20]。為了使朗誦詩有更大的鼓舞作用，朱自清認為朗誦詩應當運用口語，而杜絕文縐縐的拖泥帶水的語言，它的對話必須乾脆，句逗不能長，並且得相當完整。在表現形式上，朗誦詩要求嚴肅，因此不能用熟滑的民間形式來寫，否則，就會顯得輕浮，效果也就不大[21]。朱自清還指出，為了使新詩民族化，應當取法山歌的長於創造譬喻和巧於複遝的表現特點。這樣，既利用了民族形式，又創作了一種新的民族化的詩歌[22]。針對「五四」以來一些詩人運用方言寫詩的情況，朱自清指出，新詩的語言不必像一種方言，因為「方言的辭彙和調子實在不夠用」[23]。為此，他指出新詩的語言應該比嘴裏說的豐富些，而且應該不斷豐富起來。

論新詩的形式。林默涵曾經指出：「沒有詩的形式，也就沒有詩，而就成別的藝術品種了。這當然不是說形式決定內容，而是予內容以界限，使內容得到充分的展現，或者相反，使內容的展現受到束縛。」[24]「五四」以來，詩人們嘗試著用多種形式實踐，在理論上作了大膽的探索。毫無疑問，廣大詩人的創作實踐，詩論家們的理論探索，都為建立新詩的完美的民族形式奠定了基礎。四十年代初期，朱自清通過回顧新詩史上詩人、詩論家探索新詩形式的歷程，提出「『勻稱』和『均齊』還是詩的主要條件」，認為「自由詩只能作為詩的一體而存在，不能代替『勻稱』、『均齊』的詩體，也不能佔到比後者更重要地位」[25]。

　　早在二十年代中期，聞一多就在〈詩的格律〉一文中提出了新詩「屬於視覺方面的格律有節的勻稱，有句的均齊」[26]。上述朱自清關於新詩必須「勻稱」、「均齊」的主張，顯然是在聞一多新詩格律理論的基礎上提出來的。但是，朱自清的主張並不是聞一多理論的重複。從他對「勻稱」、「均齊」的解釋來看，它包含著自己經過探索而後得出的獨創性的見解。聞一多為了使新詩造成節的勻稱和句的均齊，提倡新詩的建築美，強調每一行詩音尺總數相同，這就必然導致新詩形式上的豆腐乾體、麻將牌式。朱自清看到了聞一多新詩格律理論的侷限性，於是指出：「段的勻稱並不一定要各段形式相同。」這裏的「相同」，朱自清解釋說：「指的是各段的行數，各行的長度，和韻腳的位置等。」他認為「盡可甲段和丙段相同，乙段和丁段相同；或甲乙丙段依次跟丁戊已段相同。但間隔三段的複遝（就是甲乙丙丁段依況跟戊已庚辛段相同）便似乎太遠或太瑣碎些」。關於行的均齊，他認為「主要在音節（就是音尺）」。他指出，文言以單音和雙音節為主，白話以雙音節和三音節為主。他還根據詩人卞之琳的經驗，認為新詩最適當的長度每行為十個字左右，最多五個音節。為了防止新詩產生像新月詩派格律詩刀切一般整齊的弊病朱自清提出應當注重輕音字，如「我們」的「們」字，「鳥兒」的「兒」字，將它們作為半個音，這樣可以調整音節和詩行；詩行裏有了輕音字，就不妨多一、兩個字。如果詩行裏有點號，不妨少一、兩個字。至於各行音節的數目，朱自清認為「不必相同」，但是應當「勻稱的安排著」[27]。這裏可以看出他的主張與聞一多的主張有著明顯的不同。

　　關於新詩的押韻問題，朱自清認為「韻是一種複遝，可以幫助情感的強調和意義的集中」，它還能使詩歌「帶音樂性，方面記憶」，因此他主張新詩應當押韻。與此同時，他又指出，如果過分重視韻腳的增強音樂性、方便記憶這種次要的作用，「有時會讓音樂淹沒了意義，反覺得浮滑而不真切」。因此，他主張新詩不應當再像「柏梁體」的七言古詩那樣逐句押韻，一韻到底。他指出：「押韻的樣式得多多變化，

不可太密，不可太板，不可太響。」[28]關於韻腳的安排，他認為，除連韻、間韻外，如果能注意運用句中韻（內韻）、雙聲疊韻、陰聲陽聲、開齊合撮四呼等增強韻律的方法，那麼，對於造成詩篇鏗鏘的音韻，無疑是有很大幫助的[29]。此外，句式的整齊複遝，也可以使詩篇得到新鮮的和諧[30]。

抗戰爆發後，詩人們從象牙塔裏走上十字街頭，創作詩篇時注意普及，注意大眾化。朱自清指出，為著詩的大眾化，「注重明白曉暢，暫時偏向自由的形式」，「在組織和詞句方面容納了許多散文的成分」，這是十分自然的。他還指出，抗戰時期新詩的散文化趨勢與當時關於利用民間舊形式的討論有關。他認為，這一討論使文藝界產生了民間化的意念，「民間化自然得注重明白和流暢，散文化是必然的」，「而朗誦詩的提倡更是詩的散文化的一個顯著的節目」[31]。在指出詩的大眾化導致散文化的同時，他批評抗戰時期的新詩有過分散文化的地方[32]。當時，有些人僅僅看到提倡朗誦詩會導致新詩散文化的一方面，看不到朗誦對於新詩格律的促進。朱自清則精闢地指出：「民間形式暗示格律的需要，朗誦詩雖在散文化，但為了便於朗誦，也多少需要格律。所以散文化民間化同時促進了格律的發展。」[33]正是針對抗戰時期新詩過分散文化的趨勢，為了促進新詩格律的發展，他提出了上述段的勻稱和行的均齊的主張。

談到朱自清四十年代的詩論，還有一點必須指出，那就是他主張「將詩的定義放寬些」[34]，主張對新詩史上產生的不同風格、不同流派的詩採取寬容的態度。應該說，這種態度是有利於新詩的發展的。一九三五年八月，他在《中國新文學大系‧詩集》的〈導言〉裏，談到新詩第一個十年裏曾出現過的自由詩派、格律詩派、象徵詩派，但是按而不斷，未作評論。第二年，他在〈新詩的進步〉一文中就明確指出，這三個新詩流派，「一派比一派強」，「新詩是在進步著的」。他具體分析說：「自由派的語言大抵熟套多而創作少，境界也只是男女和愁嘆，差不多千篇一律」[35]；格律詩派的理想的愛情詩，在中國詩裏

是新的，他們的奇麗的譬喻，也增富了新詩的語言；而象徵派詩人能
夠發現事物間的新關係，並且用最經濟的方法將這關係組織成詩，將
一些聯絡的字句省掉，讓讀者運用自己的想像力搭起來。由於這些論
述抓住了這三個新詩流派的特點，因此據以得出的「新詩是在進步著」
的結論，也就令人信服。當時有人認為象徵派詩是一盤散沙，朱自清
則指出象徵派詩是有機體。對於青年詩人臧克家的以農村為題材的
詩，有些人從只有表現微妙的情境才是詩的偏狹的詩歌觀念出發，認
為不是詩。朱自清認為臧克家的詩有血有肉，反映了鄉村生活的實相，
在表現上知道節省文字，運用比喻，以暗示代替說明，肯定了臧克家
農村題材的詩篇。正是這種開放寬容的態度，使他在四十年代對新詩
史上聞一多、徐志摩、李金髮、姚蓬子、馮乃超、戴望舒、卞之琳、
馮至等人抒寫敏銳的感覺、表現平淡的日常生活和微細的瑣屑的事
物，藝術表現上比較講究形式，因此比較難懂的詩篇，都加以肯定[36]。
正是從這種寬容的態度出發，他一方面提倡朗誦詩，另一方面認為像
卞之琳、馮至、鷗外鷗等詩人致力於複雜精細的表現，不是一聽就能
懂的詩篇，也有它們存在的理由。他認為，這類詩也需要朗讀，不過
不宜於大庭廣眾，只是讀給自己聽，讀給幾個看著原詩的朋友聽，這
種朗讀是為了研究節奏與表現，自然也為了欣賞。他認為為己的朗讀
和為人的朗讀都該同時並進，詩才能有獨立的圓滿的進展[37]。實踐證
明，只有這種寬容的態度，才有利於新詩的發展。現實生活是豐富多
彩的，詩的表現手法是多種多樣的，詩人的藝術修養、興趣愛好也是
各不相同的，讀者對新詩的審美需要也是多方面的。因此，用單一的
詩的觀念、偏狹的態度來對待風格各異、流派紛呈的新詩，無疑是行
不通的。

註 1：俞平伯〈讀「毀滅」〉，《小說月報》14 卷第 8 號，1923 年 8 月 10 日。
註 2：朱自清《中國新文學大系·詩集·選詩雜記》。

註 3：〈《雜詩三首》序〉，《詩》第 1 卷第 1 期，1921 年 11 月 7 日。

註 4：〈短詩與長詩〉，1922 年 4 月 15 日作。此處引自《朱自清詩文選集》，人民文學出版社 1955 年 3 月第 1 版。

註 5：朱自清《中國新文學大系‧詩集‧導言》。

註 6：《文學旬刊》第 39 期。

註 7、8：〈新詩（上）〉、《一般》第 2 卷第 2 號，1927 年 2 月 5 日。

註 9：〈唱新詩等等〉，《語絲》第 154 期，1927 年 10 月 22 日。

註 11、12、13：王瑤〈先驅者的足跡——讀朱自清先生遺稿《中國新文學研究綱要》〉，見《文藝論叢》第 14 輯，上海文藝出版社 1982 年 2 月第 1 版。

註 14、16：《新詩歌旬刊》（書報述評），署名佩弦，《文學》創刊號，1933 年 7 月 1 日。

註 15：《文學》第 1 卷第 4 號，1933 年 10 月 1 日。

註 17、21：〈論朗誦詩〉，見《雅俗共賞》，觀察社 1948 年 5 月初版。

註 18、19、20：〈今天的詩——介紹何達的詩集《我們開會》〉，見《朱自清詩文選集》。

註 22：《新詩雜話‧真詩》。

註 23：《論雅俗共賞‧詩與話》。

註 24：林默涵〈讀毛主席談詩的信〉，《詩刊》1978 年第 1 期。

註 25、26、27、29：《新詩雜話‧詩的形式》。

註 28、30：《新詩雜話‧詩韻》。

註 31、33：《新詩雜話‧抗戰與詩》。

註 32：《新詩雜話‧詩的趨勢》。

註 34、35：《新詩雜話‧詩的進步》。

註 36：《新詩雜話‧詩與感覺》。

註 37：《新詩雜話‧朗讀與詩》。

聞一多

　　一九三五年八月，朱自清在為《中國新文學大系・詩集》寫的〈導言〉中，指出聞一多是「最有興味探討詩的理論和藝術的」。的確，聞一多不但是傑出的愛國詩人，而且是著名的新詩理論家。一九二六年四月一日，聞一多和徐志摩、朱湘、饒孟侃、劉夢葦、于賡虞等人一起在北京《晨報副刊》上創辦了《詩鐫》，作為探索和創造新格律詩的陣地。雖然在此之前，劉半農、陸志韋、錢玄同、周無等人曾對新詩的格律作過探索，但都既沒有系統的理論建設，也沒有創作出多少成功的作品。因此，梁實秋說：「這是第一次一夥人聚集起來誠心誠意的試驗作新詩。」《詩鐫》雖然只辦了兩個多月，到六月十日出版了第十一號後即宣告停刊，但它在中國新詩史上卻留下了一定的影響。聞一多在五月十三日《詩鐫》上發表的〈詩的格律〉一文，提出了新詩的音樂美、繪畫美、建築美的三美理論，給業已中衰的新詩輸入了新鮮血液，給新詩壇吹來了一陣新風，豐富了新詩的藝術表現力。聞一多在新詩創作上嚴格地實踐自己的三美理論，一九二八年出版的詩集《死水》，就是新詩三美理論的一個範本。同時以他為代表，形成了格律詩派，在新詩史上產生了深遠的影響。

　　一九二〇年七月，聞一多發表第一首新詩。第二年三月，他寫下了第一篇新詩理論批評文章〈敬告落伍的詩家〉。此後，他在創作新詩的同時，不斷地提起兼擅理論批評的筆，寫下了一篇篇理論批評文章。聞一多探索新詩美學的歷程，經歷了三個時期：以一九二二年〈《冬夜》評論〉為代表的探索期，以一九二六年〈詩的格律〉為標誌的建設期，以一九三〇年〈論《悔與回》〉為體現的發展期。

　　誕生於「五四」文學革命的新詩，是先驅者們衝破了舊體詩嚴謹的格律之後創建的。胡適主張「文當廢駢，詩當廢律」[1]。郭沫若強調「詩的創造貴在自然流露」，因而「厭惡形式」[2]。劉半農認為：「詩律愈嚴，詩體愈少，則詩的精神所受束縛愈甚，詩學絕無發達之望。」[3]俞平伯則反對「一切作詩底律令」，主張「隨隨便便」的作詩，甚至寫出來的「是詩不是詩」也不考慮[4]。繼起的湖畔詩社詩人，開始時大體上也抱著衝破詩律，解放詩體的態度躍上新詩壇，如應修人在一九二二年四月致潘漠華信中說：「情思是無限制的，自由的。形式上如多了一種限定則就給他以摧殘了。」[5]正因為新詩在它發軔的最初幾年裏，先驅者們本著打破舊的枷鎖，自由地抒寫情意的精神來創作新詩，因此對新詩的形式不甚注意。這就導致了新詩散文化、藝術上比較精糙的缺點。朱自清在《中國新文學大系・詩集》的〈導言〉中指出：「《流雲》出版後，小詩漸漸完事，新詩也跟著中衰。」宗白華的小詩集《流雲》是一九二三年十二月由亞東圖書館出版的。這就是說，一九二三年之前，新詩就面臨著一個如何建立民族形式、提高藝術質量的嚴峻的課題。

　　許多詩人都覺察了新詩缺乏完美的藝術形式的缺陷，應修人在寫上述信後的三個月所寫的一封信中就曾說：「像寫信，像記新聞地隨手寫上分成行子的幾行，就美其名曰詩，我實在懷疑得很」，「到底新詩裏不要顧到聽的愉悅呢，還是因為難，因為難恐要傷於雕琢而不敢的？」[6]新詩的產生是以詩的觀念的變革為前提的，現在懷疑「分成行子」的自由詩是不是詩，這說明詩的觀念又將再一次產生變革，詩人們已意識到新詩的形式的重要了。「以美為藝術之核心」[7]的聞一多，比起應修人來，更是清醒地認識到這時的新詩「已夠空虛，夠纖弱，夠偏重理智，夠缺乏形式的」[8]。於是，對新詩美學處在探索期的聞一多，對新詩的內容和形式提出了許多切中新詩時弊的見解。

　　注重詩的時代精神和民族特色。一九二一年八月，郭沫若出版了開一代詩風的《女神》。一九二三年六月，聞一多接連在《創造週刊》

第四號、第五號上分別發表了〈《女神》之時代精神〉、〈《女神》之地方色彩〉。在前一篇文章中，聞一多高度肯定《女神》「真不愧為時代底一個肖子」，認為它反映了二十世紀動的精神、反抗的精神，反映了全世界各民族之間密切的關係，它又「富有科學底成分」，科學的精神，抒寫了現代青年「血與淚，懺悔與奮興」。在後一篇文章中，他主張新詩要有地方色彩。他所說的「地方色彩」，實際就是民族特色。他認為新詩應該「不但新於中國古有的詩，而且新於西方固有的詩」，因此「不要作純粹的本地詩，但還要保存本地的色彩，他不要做純粹的外洋詩，但又盡量的吸收外洋詩的長處，他要做中西藝術結婚產生的寧馨兒」。這是因為，「詩同一切的藝術應是時代的經線，同地方緯線所編織成的一匹錦」，詩人的自創力來自於不忘「我們的『今時』同我們的『此地』」。他認為，新詩由於「一味的時髦是騖」，忘了「此地」兩字，因而缺乏民族特色。他分析《女神》缺乏民族特色的原因，是由於郭沫若當時生活在「盲從歐化的日本」。他批評郭沫若在《女神》中「夾用可以不用的西洋文字」。他指明了文學的民族特色的重要性：「將世界各民族底文學都歸成一樣的，恐怕文學要失去好多的美」，「只有各國文學充分發展其他方色彩，同時又貫以一種共同的時代精神」，才能促進世界文學的發展。最後，他指出了改變文學缺乏民族特色的途徑：恢復「對於舊文學底信仰」，「更應瞭解我們東方底文化」，只有這樣，才能創作出富有民族特色的新詩。

「五四」時期，一班倡導新文學的先驅者們，對於舊文學缺乏一分為二的歷史唯物主義態度，對舊文學採取了全盤否定的態度。聞一多在當時提出新詩要有民族特色，要恢復「對舊文學底信仰」，的確是難能可貴的。他之所以能在當時就重視祖國文學遺產，其中一個重要原因，就是他具有深厚的愛國主義思想。

注重詩的想像和情感。他在〈評本學年《週刊》裏的新詩〉中指出：「詩的真價值，在內的原素，不在外的原素。」所謂內的原素，是

指詩的想像和情感；外的原素，是指聲和色的描繪。在〈《冬夜》評論〉裏，他認為，比起聲和色的描繪來，幻想和情感是兩個更重要的質素。

聞一多所說的「幻想」，他有時又寫作「幻象」，大體上就是我們現在所說的「想像」。由於聞一多認為想像是詩的重要的原素之一，所以有否豐富的想像，是他衡量一首新詩好壞的重要標準。他批評《清華週刊》上有的新詩雖有超卓的思想，真摯的情感，但由於「詞略旨晦」，「幻想力甚薄」，因而「不能引起讀者渾身的明瞭真切的感覺，所以不能算完美的作品」；他也矚目於整個新詩壇，認為初期新詩的大多數「弱於或竟完全缺乏幻想力」，因而不少新詩「很少濃麗繁密而且具體的意象」，其結果是「讀起來總是淡而寡味，而且有時野俗得不堪」[9]。聞一多認為真詩從熾熱豐富的想像中產生，因而，他要求詩人在增強自身的感覺的基礎上，展開豐富的想像，「跨在幻想的狂姿的翅膀上遨遊，然後大著膽引嗓高歌，他一定能拈得開擴的藝術」[10]。

英國十九世紀浪漫主義詩人濟慈曾說：「我深知心靈中真情的神聖性和想像力的真理性——由想像力捕捉到的美的也就是真的」[11]聞一多在一九二二年十一月二十六日致梁實秋信中曾自述他受濟慈的影響，他的重視想像，當與受濟慈的影響有關。

郭沫若認為「詩的本職專在抒情」[12]，聞一多也認為「詩家的主人是情緒」[13]。郭沫若主張「感興的自然流露」[14]，聞一多雖然也認為「沒有感興不能作詩」[15]，但他同時還強調藝術錘煉。郭沫若的「自然流露」說對於反對封建主義的「文以載道」說和衝破舊體詩的森嚴格律具有很強烈的革命意義，但隨之而來，也就派生出來由於自由抒寫而缺乏藝術錘煉的弊病。聞一多與郭沫若不同之處在於，他既強調抒寫真情實感，又強調藝術錘煉。他認為：「詩是被熱烈的情感蒸發了的水氣之凝結，所以能將這種潛伏的美十足的充分的表現出來。」[16]因此，他指出「選擇是創造藝術的程式中最緊要的一層手續，自然的不都是美的，美不是現成的。」[17]以詩歌創作來說，「詩人胸中底感觸，雖到發酵的時候，也不可輕易放出，必使他熱度膨脹，自己爆裂

了，流火噴石，興雲致雨，如同火山一樣，——必須這樣，才有驚心動魄的作品」[18]。這是指感情要飽滿，即要有一定的力度、強度。所以他批評《清華週刊》上有的新詩是小小感冒，無病呻吟[19]。他也批評俞平伯《冬夜》中的詩「情感質素也不是十分地豐富」，雖有熱度，但未到「白熱」的程度，因而缺乏感人的力量[20]。

為了避免抒情詩直白淺露的弊病，聞一多注重感情的提煉。他聯繫自己的創作說：「我自己作詩，往往不成於初得某種感觸之時，而成於感觸已過，歷時數日，甚或數月之後，到這時瑣碎的枝節往往已經遺忘了，記得的只是最根本最主要情緒的輪廓。然後再用想像來裝成那模糊影像的輪廓。」[21]魯迅說：「感情正烈的時候，不宜作詩，否則鋒芒太露，能將『詩美』殺掉。」[22]也正是考慮到感情正烈時作詩，難免會導致詩的散文化、概念化。

注重詩的音節。聞一多認為詩的「形式之最要部分為音節」[23]。因此，他在〈《冬夜》評論〉裏仔細地分析了俞平伯《冬夜》音節的得失，認為俞平伯的新詩音節方面具有凝煉、綿密、婉細的特色，是他對新詩的一個貢獻。俞平伯對中國古典詩詞有著精湛的研究，因此，他的新詩吸收了詞曲音節的長處。所以聞一多說俞平伯新詩的音節本是從舊詩和詞曲裏蛻化出來的。他對俞平伯新詩裏詞曲音節的成分多，既有肯定，雙有批評：「優點是他音節的贏獲，劣點是他意境上的虧損」。他具體分析說：「因為太拘泥於詞曲的音節，便不得不承認詞曲的音節之兩大條件：中國式的詞調及中國式的想像。」這是因為詞曲的「音節繁促，則詞句必短簡，詞句短簡則無以載濃麗繁密而且具體的意象。」這樣，就因意象不能發展而帶來意境上的虧損。聞一多指出，由於俞平伯太拘泥於詞曲的音節，所以他的新詩的音節存在著破碎、囉唆、重複的弊病。因此他指出「詞曲的音節在新詩的國境裏並不全體是違禁物」，但又要經過「查驗揀擇」[24]。

胡適認為「詩的音節全靠兩個重要的分子：一是語氣的自然節奏，二是每句內部所用字的自然和諧。」所以他認為新詩音節的公共方向

是「自然的音節」[25]。聞一多則認為：「一切的藝術應以自然作原料，而參以人工，一以修飾自然的粗率，二以滲漬人性，使之更接近於吾人，然後易於把捉而契合之。」[26]他認為「所謂『自然音節』最多不過是散文的音節」，而「散文的音節當然沒有詩的音節那樣完美」[27]。也就是說，必須對自然音節進行加工提煉，使之成為詩的音節。

　　「五四」時期的許多新詩，除了語言不夠精煉，顯得散漫外，不押韻也是普遍存在的一個問題。聞一多指出：「用韻能幫助音節。」[28]為了使新詩有完美的音節，提高新詩的藝術性，他是主張新詩用韻的。

　　上述關於音節的理論，奠定了他後來新詩音樂美的理論基礎。

　　注重詩的色彩和廓線。一九二三年，他在〈泰果爾批評〉一文中提出：「泰果爾的詩不但沒有形式，而且可以說是沒有廓線。因為這樣，所以單調成了它的特性。我們試讀他的全部的詩集，從頭到尾，都彷彿不成形體，沒有色彩的 amoeba（意為變形蟲——引者按）式的東西。」作為生活的形象反映的詩，應當描繪出大自然各種事物的色彩，以造成色彩豐富的意象。此外，詩還應當勾勒出事物的輪廓，創造栩栩如生的藝術形象。

　　聞一多探索期提出的色彩與廓線的理論，是他後來建設期提出的新詩「三美」之一的繪畫美的理論基礎。到了〈詩的格律〉裏，他用「詞藻」來代替色彩和廓線，也就是說，應當運用詞藻來描繪色彩和勾勒廓線，從而使詩篇臻於繪畫美的藝術境界。

　　一九二六年五月十三日，聞一多在《晨報副刊》、《詩鐫》上發表了〈詩的格律〉一文，標誌著他的詩論進入了建設期。

　　這篇文章提出了詩的音樂美（音節）、繪畫美（詞藻）、建築美（節的勻稱和句的均齊）的理論。這一新詩格律理論的提出，既是聞一多個人一九二一年發表〈評本學年《週刊》裏的新詩〉以後幾年來探求新詩藝術的理論總結，又吸取了新詩誕生八、九年來許多詩論文章的理論營養。如宗白華在《新詩略談》中說：詩是「用一種美的文字……音律的繪畫的文字……表寫人底情緒中的意境。」「所以優美的詩中都

含著有音樂，含著有圖畫。」因此他要求從詩的文字中「聽出音樂式的節奏與諧和」以及「寫出空間的形相與彩色。」[29]這裏實際上已經提出了詩的音樂美和繪畫美的問題，不過還不夠具體。可以看出，聞一多的新詩音樂美、繪畫美的理論，借鑒、繼承、發展了宗白華的上述理論。

詩是語言藝術，語言在時間上是綿延的。黑格爾說：「在空間上並列的東西一目就可以瞭解，但是在時間上這一頃刻就剛來，前一頃就過去，時間就是這樣在來來往往中永無止境的流轉。就是這種游離不定性需要用節拍的整齊一律來表現，來產生一種定性和先後一致的重複。」[30]這種節拍又是詩歌所抒發的感情的節奏的反映。郭沫若曾指出：「抒情詩是情緒的直寫。情緒的進行自有抑揚相間，這表現出來便成了詩的節奏。」[31]這樣，詩歌作為一種時間藝術，通過誦讀，訴諸人們的聽覺，它和音樂有了共同之處，人們也就要求它具有悅耳動聽的音樂美。

在〈詩的格律〉中，聞一多指出，關於詩的音樂美，即屬於聽覺方面的「有格式，有音尺，有平仄，有韻腳」。音尺，或稱作頓、音組、音步。為了使新詩臻於音尺鏗鏘和字數整齊的美學原則，聞一多提出，音尺的字數構成必須一致，例如每行都是兩個「三字尺」（三個字構成的音尺之簡稱，下同──引者按）、兩個「兩字尺」。他認為：「沒有格式，也就沒有節的勻稱，沒有音尺，也就沒有句的均齊」，「整齊的字句是調和的音尺必然產生出來的現象。絕對的調和音節，字句必定整齊」。這實際上闡述了音樂美和建築美之間的關係，音樂美是建築美的基礎，建築美來自音樂美。

詩除了要求音節的諧和之外，還要求形象的鮮明、生動。別林斯基說：「敘事詩歌用形象和圖畫來表現存在於大自然中的形象和圖畫；抒情詩歌用形象和圖畫來表現構成人類天性的內在本質的虛無縹緲的、無定形的感情。」[32]這就要求詩歌具有繪畫美。

聞一多提倡詩的繪畫美,繼承了中國古典詩論。蘇東坡評王維的詩說:王維的詩「詩中有畫」[33]。另一方面,他又借鑒了西方的繪畫理論。他在一九二二年七月至一九二五年五月留學美國期間,曾先後進入芝加哥藝術學院、柯羅拉多大學美術系及紐約美術學生聯合會學習繪畫。他從新詩和美術的創作實踐中領悟到詩畫相通,於是將西方的繪畫理論引入新詩領域,提出了詩的繪畫美的美學原則。他曾說:「我是受過繪畫的訓練的,詩的外表的形式,我總不忘記。」[34]他在寫於〈詩的格律〉兩年之後的〈先拉飛主義〉(先拉飛派,今譯「拉斐爾前派」,英國十九世紀的一個美術流派——引者按)中說:「從來哪一首好詩裏沒有畫,哪一幅好畫裏沒有詩?」在〈詩的格律〉中,他指出詩的繪畫美,是指通過詞藻的運用,來達到描寫事物的色彩和廓線。例如被人們譽為聞一多實踐自己的新詩格律理論的典範之作〈死水〉一詩,其第二節是這樣的:「也許銅的要綠成翡翠,/鐵罐上鏽出幾瓣桃花;/再讓油膩織一層羅綺,/黴菌給他蒸出些雲霞。」詩人通過銅鏽與翡翠、鐵鏽與桃花、油膩與羅綺、黴菌與雲霞這些色澤截然相反的色彩的鮮明對照,形象地將半殖民地半封建的舊中國比作一泓污水池,表面的虛假的繁榮掩蓋不了腐朽醜惡的本質。詩中富有色彩的詞藻的運用,既成功地表達了題旨,又為讀者提供了一幅富於繪畫美的視覺畫面。

聞一多針對有些人以為提倡新詩要講究節的勻稱和句的均齊是復古、倒退的糊塗思想,在〈詩的格律〉中指明瞭具備音樂美、繪畫美、建築美的新格律詩與舊格律詩的三點區別:第一,「律詩永遠只有一個格式,但新詩的格式是層出不窮的」。第二,「律詩的格律與內容不發生關係,新詩的格式是根據內容的精神製造成的」。第三,「律詩的格式是別人替我們定的,新詩的格式可以由我們自己的意匠來隨時構造」。

作為一個詩論家,聞一多的可貴之外,不但在於他系統地提出了新詩的三美理論,豐富了新詩的表現力,開創了新格律詩,更在於他

不疲倦地探索，不斷地發展和完善自己的理論。如上所述，在〈詩的格律〉一文中，他提出詩的建築美，要求新詩節的勻稱和句的均齊，每行音尺總數的相等。遵循這些格律創作新詩，必然導致格式的千篇一律，也就是所謂「方塊豆腐乾式」、「麻將牌式」。同時，這樣形式上追求節的勻稱和句的均齊，必然影響感情的盡情抒發。儘管聞一多說：「越有魄力的作家，越是要戴著腳鐐跳舞才跳得痛快，跳得好。」但是，世上詩藝高超的詩人畢竟是不多的，這樣謹嚴的格律多少會妨礙詩人的表情達意。後來，他對自己創立的上述新詩格律理論有所發展。一九三〇年十二月，他在〈論《悔與回》〉一文中說：「長篇的『無韻式』的詩，每行字數似應多點才稱得住」，「句子似應稍整齊點，不必呆板的限定字數，但各行相差也不應太遠，因為那樣才顯得有分量些」。這就與上述節的勻稱和名的均齊的提法有了不同。可以看出，詩人從創作實踐中已經體會到建築美的提法，也就是節的勻稱和句的均齊的要求，不利於自由的抒情，因而改變了自己原來的看法。十多年後，他在一九四四年，更進一步提出：「我以為詩是應該自由發展的。什麼形式什麼內容的詩我們都要。」[35]所以他稱讚詩句簡短、詩風樸質的田間是「時代的鼓手」[36]，他也肯定文青的散文美原則指導下創作的新詩[37]。

聞一多之所以改變〈詩的格律〉中提出的新詩格律理論的某些提法，這是因為，就在〈詩的格律〉中，他就指出：「新詩的格式是根據內容的精神創造的」，是「相體裁衣」，他所追求的是「精神與形體調和的美」，所以這種改變是有他內在的詩歌美學思想為基礎的。同時，急劇變動的社會現實，尤其是抗戰時期，時代處在「民族歷史行程的大拐彎中」[38]，需要鼓手，這就需要節奏如鼓點般明快的自由詩。這是聞一多新詩格律論發展的客觀依據。

聞一多的新詩理論批評，也有欠妥的地方。對汪靜之詩集《蕙的風》的評價即是一例。一九二二年九月，汪靜之出版了愛情詩集《蕙的風》，率真而細膩地抒寫了青年人的戀愛心理。魯迅一九二一年寫給

汪靜之的信中肯定《蕙的風》說:「情感自然流露,天真而清新。」[39]
然而,《蕙的風》卻遭到了封建衛道士胡夢華的攻擊。他在〈讀了《蕙
的風》以後〉一文中說:「言兩性之愛都流為墮落輕薄」,「有故意公佈
自己獸性衝動和挑動人們不道德行為之嫌疑;而止少有一部分的詩,
是染了無賴文人的惡習」[40]。聞一多在致梁實秋信中說:「《蕙的風》
只可以掛在『一師校第二廁所』的牆上給沒帶草紙的人救急」,並說要
罵他「誨淫」[41]又在致聞家駟信中說《蕙的風》「不是詩」,並說胡夢
華的批評「講得有道理」[42]。這些看法,當然是錯誤的,反映了他頭
腦中比較嚴重的封建禮教思想。然而,白璧微瑕,聞一多對《蕙的風》
的錯誤評價,絲毫不影響他對探索新詩形式所作出的貢獻,以及他在
中國新詩理論批評史上的地位和作用。

　　新詩已經走過了漫長的九十年的歷程。當代新詩,對於形式還處
在探索之中。聞一多八十多年前繼承了古典詩論、借鑒了西方詩畫理
論,總結了初期新詩理論與創作正反兩方面經驗和教訓,而後提出來
的新詩音樂美、繪畫美、建築美的格律理論,對於正在繼續探尋新詩
形式、辛勤地從事創作的新時期詩人來說,是值得借鑒和繼承的。他
的孜孜不倦地從事新詩理論建設的探索精神,更值得當代詩人發揚
光大。

註1:《嘗試集・自序》。

註2、12、14:《文藝論集・論詩三札》。

註3:〈我之文學改良觀〉,原載《新青年》第3卷第3號,1917年5月。

註4:〈《冬夜》自序〉,《冬夜》,亞東圖書館1922年版。

註5:1922年4月20日致潘漠華,見《修人集》210頁,浙江人民出版社。
　　　1982年6月第1版。

註6:1922年7月31日致周作人,《修人集》262頁。

註7:聞一多1922年11月26日致梁實秋,見《聞一多論新詩》,武漢大學出
　　　版社1985年4月第1版。本文所引聞一多論詩的話均見此書,以下不
　　　再一一註明。

註8、13:〈泰果爾批評〉。

註 9、10、16、20、24、26、27：〈《冬夜》評論〉。

註 11：濟慈 1917 年 11 月 22 日致貝萊信中語，《十九世紀英國詩人論詩》 167-168 頁，人民文學出版社 1984 年 7 月第 1 版。

註 15、18、19：〈評本學年《週刊》裏的新詩〉。

註 17：〈《女神》之時代精神〉。

註 21：1928 年 2 月致左明。

註 22：《兩地書・三二》，魯迅 1925 年 6 月 28 日致許廣平，人民文學出版社 1981 年版《魯迅全集》第 11 卷 97 頁。

註 23：1926 年 4 月 15 日致梁實秋、熊佛西。

註 25：〈談新詩——八年來一件大事〉，見《中國新文學大系・建設理論集》。

註 28：1922 年 9 月 24 日致吳景超。

註 29：《少年中國》第 1 卷第 8 期，1920 年 2 月。

註 30：《美學》第 1 卷。

註 31：《文藝論集・論節奏》，《沫若文集》第 10 卷。

註 32：〈詩歌的分類和分科〉，《別林斯基選集》第 3 卷 8-9 頁。滿濤譯，上海 譯文出版社 1980 年 10 月第 1 版。

註 33：《東坡題跋》下卷〈書摩詰藍田煙雨圖〉，轉引自《中國美學史資料選 編》下冊 37 頁，北京大學哲學系美學教研室編，中華書局 1981 年 4 月第 1 版。

註 34：〈論《悔與回》〉。

註 35：〈詩與批評〉。

註 36、38：〈時代的鼓手〉。

註 37：〈艾青與田間〉。

註 39：汪靜之〈回憶湖畔詩社〉，《詩刊》1979 年第 7 期。

註 40：1922 年 10 月 24 日《時事新報・學燈》。

註 41：1922 年 11 月 26 日致梁實秋。

註 42：1923 年 3 月 25 日致聞家駟。

饒孟侃

　　在二十年代中期新月派詩人倡導現代格律詩的運動中，除了聞一多發表〈詩的格律〉一文系統地宣傳新月詩派的格律主張外，饒孟侃也積極撰文倡導現代格律詩。《晨報副刊・詩鐫》自一九二六年四月一日創刊到同年六月十日休刊，短短的七十天時間僅僅出了十一期。然而，在這短短的七十天時間裏，饒孟侃就先後在《詩鐫》第四號（四月二十二日）、第六號（五月六日）、第八號（五月二十二日）、第九號（五月二十七日）、第十號（六月十日）上發表了〈新詩的音節〉、〈再論新詩的音節〉、〈新詩話（一）・土白入詩〉、〈新詩話（二）・情緒與格律〉、〈感傷主義與創造社〉等五篇詩歌理論文章，熱情地倡導新詩格律化。因此，當《詩鐫》休刊時，徐志摩在《詩刊放假》中說：「在同人中賣力氣的要推饒孟侃與聞一多兩位。」因而可以說，饒孟侃是除聞一多之外，新月詩派的又一位詩論家。

　　徐志摩在為《詩鐫》創刊號所寫的〈詩刊弁言〉中宣佈他們辦《詩鐫》的宗旨是：「要把創格的新詩當一件認真事情做」，替新詩「構造適當的軀殼」，其中一項重要任務是發現新詩的新的音節。作為新月詩派的同人，饒孟侃也強調音節在詩歌中的重要地位。他認為，一首詩包含兩個要素：意義與聲音。這兩者缺一不可。只有意義，「沒有調和的聲音，無論其意思多麼委婉、新穎，那只能算是散文；而如果只是聲音和諧，而沒有意義，也只能算是一種動聽的音調」。因此，饒孟侃強調指出：「一首完全的詩裏面所包含的意義和聲音調和得恰到好處。」而要做到兩者的調和統一，就有賴於詩的音節。因此，饒孟侃認為「音節在詩裏面是最要緊的一個成分」。

那麼，什麼是音節。他指出，音節「包含得有格調、韻腳、節奏和平仄等等的相互關係。」他還分別對構成音節的這幾個成分作了闡述。他認為，所謂格調，是指一首詩裏面每段的格式。它是音節中最重要的一個成分。他批評初創時期的新詩格調不齊，每段沒有固定的格式，雖然許多詩中有好的詩句，但難以成為一首好詩。他認為詩歌沒有一定的格式，不但音節不能調和，不能保持均勻，就是全詩也免不了要破碎。他將有否一定的格式，作為詩歌的審美標準之一。聞一多的〈漁陽曲〉[1]全詩十三節，每節格式、句式相同。徐志摩一九二五年由現代評論社出版的第一部詩集《志摩的詩》收詩四十一首，除〈常州天寧寺聞禮懺聲〉、〈毒藥〉、〈白旗〉、〈嬰兒〉等四首詩為散文詩外，其餘三十七首詩大多格式整飭。因此，饒孟侃肯定〈漁陽曲〉和〈志摩的詩〉格調方面運用得很熟練。

饒孟侃除重視格調外，還重視韻腳的作用，認為它能把「每行詩裏抑揚的節奏鎖住，而同時又把一首詩的格調縫緊」。他還認為，詩有了韻腳，讀起來就能鏗鏘成調。

「五四」時期新詩的先驅者們，主張打破舊詩格律的束縛，運用白話自由地抒發詩情，主張不用韻腳，缺乏對詩歌藝術的自覺追求。饒孟侃和聞一多、徐志摩等新月詩派詩人本著提高新詩藝術性的守旨，自覺地探索新詩的格律，體現了他們對新詩先驅者們理論主張的超越。饒孟侃針對初期新詩在胡適「要須作詩如作文」[2]、郭沫若「詩不是『做』出來的，只是『寫』出來的」[3]理論主張影響下所出現的散文化傾向，批評初期新詩「大多像一匹擺脫了鞍轡的野馬，一點規律都談不上了」。饒孟侃的這一批評是正確的。

那麼，新詩如何押韻？饒孟侃認為新詩押韻「不必完全依照舊的韻府，凡是同音的字，無論是平是仄，都可通用；而發音的根據則以普通的北京官話為標準」。他認為只有在用土白作詩的時候，才可通融用土音押韻。這些關於押韻的意見是可取的。

　　至於節奏，饒孟侃認為它由兩方面產生，一方面是由全詩的音節當中流露出來的一種自然的節奏，它和詩的情緒自然吻合，一方面是作者依著格調用相當的拍子組合成一種混合的節奏。他認為後者是磨煉出來的，而在磨煉時，應當根據詩的情緒自覺地尋找某種節拍。他指出，過嚴的格律會妨礙詩情的自由抒發，但如果一任感情的噴發，不注意藝術的修飾，亦即詩的音節、段落、句子的形式的美化，勢必導致詩的散文化。形式取決於內容，詩行的節拍來之於詩的情緒。饒孟侃指出根據詩的情緒自覺地尋找某種節拍，反映了他對詩歌創作者的審美主體主觀能動性的認識。詩歌作者充分發揮審美主體的能動作用，自覺地追求詩的形式美，就能有效地提高詩的藝術性。但如果一味講究形式，就會導致形式主義。饒孟侃正確地指出：「拍子固然能把詩的音節弄得生動，而如果過分的注意拍子，就會導致音節和情緒失去了均勻。」他認為，徐志摩的〈蓋上張油紙〉、聞一多的〈大鼓師〉、〈漁陽曲〉等詩的節奏都是從全詩的音節當中流露出來的一種自然的節奏，而聞一多的〈死水〉每行都分作四個拍子，則是詩人依著格調用相當的拍子組合成一種混合的節奏。這樣結合具體詩篇指明新詩形成節奏的兩種方法，對於新詩作者提高詩作的藝術性，無疑是有幫助的。

　　自覺地利用漢字平仄的特點，有助於增強詩的音節。饒孟侃認為，平仄是漢字的一種特色，漢字的抑揚輕重完全是由平仄產生的。因此他認為如果拋棄平仄等於拋棄音節中的節奏和韻腳，如果沒有平仄，一首詩的音節就會顯得單調。這一看法顯然與「五四」時期新詩的先驅者們的看法有明顯的不同。例如胡適雖然也重視新詩的音節，但他認為新詩的音節一靠語氣的自然節奏，二靠每句內部所用字的自然和諧。因此「句末的韻腳，句中的平仄，都是不重要的事」[4]。這是因為，胡適等新詩的先驅者們面臨衝破舊體詩格律的束縛、不重視韻腳和平仄是十分自然的。新月詩派面臨著如何挽救處於衰落的新詩的命運的任務，因此就自覺地考慮借鑒舊體詩詞的藝術手段，包括重視韻

腳和平仄的作用。但是，新詩重視平仄並非要重蹈舊體詩「平平仄仄仄平平，仄仄平平平仄仄」，一味講究死板聲律的老路。饒孟侃精闢地指出：提出新詩要注意平仄，並非要恢復舊詩裏死板平仄的作用。他以朱湘的著名詩篇〈採蓮曲〉為例說明新詩注意平仄的必要性，認為詩中「楊柳呀風裏顛搖」一句由於平仄調和，因而誦讀起來就很悅耳動聽，而「荷花呀人樣嬌嬈」七個字中只有一個「樣」字是仄聲的，其他均為平聲字，由於平仄不協調，念起來就生硬[5]。

饒孟侃的〈再論新詩的音節〉進一步申述了他對新詩音節的看法。

首先，他指出新詩的體裁應當是極自由的。他認為新詩只要能夠「在相當規律之下把一種情緒和音節調劑得均勻，任你用那一種體裁都是可以的」。這是新月詩派詩人的共同主張。例如聞一多就說：「新詩的格式是相體裁衣」，因此「新詩的格式是層出不窮的」[6]。

其次，他提出了新詩格律化的目標。他指出：新詩講究的目標是恢復韻腳、講究格調的齊整，節奏的齊整與流利、平仄的調協。只有這幾個方面都做到了，「新詩在音節上才算是規模初具」。他提出的這些要求，實際上就是聞一多〈詩的格律〉一文中提出的詩的音樂美、建築美，不過聞一多還提出了詩的繪畫美。

饒孟侃認為，新詩從草創到成熟，要經過三個階段：一是混亂時期，二是入軌時期，三是成熟時期，並認為從「五四」時期到二十年代前期，屬於混亂時期，而他們提倡現代格律詩，就是為了使新詩「入軌」。草創階段的新詩，說它混亂，並不正確。任何事物，必然要經歷一個由不成熟到成熟的過程。「五四」時期的新詩，剛從舊詩中解放出來，作多種多樣的探索，原是十分正常的事，而且只有通過探索，才能走向成熟。「五四」時期的詩人，雖然沒有忘卻肩負的提高新詩藝術性的歷史使命，但沒有自覺地意識到衝破舊的格律之後，如何為新詩尋找新的格律。從這個角度講，新月詩派倡導現代格律詩，的確使新詩入了軌。

　　最後，饒孟侃認為要建立現代格律詩，新詩可以學習古典詩詞和
外國詩的音節。他認為舊體詩詞把「音節的可能縮小在平仄的範圍之
內」，而新詩的音節，「卻沒有被平仄的範圍所限制，而且還有用舊詩
和詞曲裏的音節同時不為平仄的範圍所限制的可能」。他還認為可以學
習外國詩的音節，如嘗試運用外國的駢句韻體、謠歌體、十四行詩等
形式。饒孟侃更精闢地指出，新詩應當脫離模仿舊體詩詞音節和外
國詩音節的作法。他也反對在新詩中使用外國文字和用外國典故。
如他曾批評王獨清〈吊羅馬〉一詩中羼入了許多外國文字和引用洋
典故[7]。

　　在中國新詩史上，不少詩人曾經嘗試運用方言土語寫詩。「五四」
時期新詩的先驅者劉半農就曾認為：「我們要說誰某的話，就非用誰某
的真實的語言與聲調不可；不然，終於是我們的話。」[8]於是，他嘗
試運用故鄉江蘇江陰一帶的方言土語，在一九二〇年、一九二一年創
作了近二十首歌謠體詩[9]。徐志摩也曾用他自己的家鄉浙江海寧硤石
土白創作了〈一條金色的光痕〉。對於土白入詩，褒貶不一，有人認可，
有人反對。饒孟侃撰文從理論上對土白入詩作了肯定。他認為土白詩
有一種特別的風味，這就是它能暗示一種內在的感覺，因而他相信有
土白入詩的可能，而且認為土白詩在新詩裏要佔一個重要的位置。但
他又辯證地指出。並不是新詩都應該用土白寫，因為土白詩不能普遍
地使人懂得，因而在新詩裏不過佔一個小部分。

　　他對如何創作土白詩也提出了自己的看法，認為創作土白詩，應
該「用純粹的土白去組合有節奏的詩句」。他還認為，除了非用別地的
土白不可外，他主張「都用北京的土白來寫土白詩」。這樣，就能「從
不普遍當中求得普遍了」，也就是讓更多的人能夠賞鑒。否則，過於冷
僻的土白，如劉半農運用江陰土白、徐志摩運用硤石土白，一般讀者
對詩中的土白詞語難以理解，就難以賞鑒。因此，饒孟侃的意見，是
正確的。

　　新月詩派提倡現代格律詩時，有人認為他們否認詩的情緒的重要性。饒孟侃指出：「我們所以不討論情緒而專談格律音節，是因為我們已經認定了情緒是一首詩裏必須的東西，它的存亡即是詩的生死，再沒有討論的餘地。」那麼，詩歌注重格律，會不會影響情緒的表達？饒孟侃認為：「一首有情緒的詩，無論格律是不是齊整，音調是不是鏗鏘，它還是有情緒的，絕不能因為加上了整齊的格律音節便立刻變得沒有情緒。」因此他認為：「格律並不會妨礙詩的生命，運用的得當，反能夠增加表現的能力。」[10]必須指出，詩歌的確需要一定的格律，而且格律運用恰當，的確能增加詩的藝術表現力，但是，新詩的格律不能過嚴，過嚴的格律無疑會影響感情的抒發。

　　饒孟侃不但認為情緒是詩的生命，而且認為詩的情緒一要含有普遍性，二要絕對的出於自然。因此，他批評有的詩人硬把個人的感覺當作真的情緒，用一種不自然的方法表現出來。他認為這種假的不自然的情緒就是感傷主義，並指出感傷主義犯有怪僻和虛幻的毛病，前者源於只看見片面的人生，藝術表現又缺乏節制；後者源於根本沒有認識人生，遠離社會高唱真、善、美、神、仙、愛等等口號。他還揭露了感傷主義的危害性，認為它會導致讀者跟著作品中的感傷主義去感傷，將感傷情緒認做真的情緒去欣賞與模仿[11]。饒孟侃要求詩情具有普遍性和真摯自然、反對感情的怪僻與虛偽，這些意見是可取的。

　　在〈感傷主義與創造性〉一文中，他對郭沫若的愛情詩集《瓶》的批評，有正確的地方，也有失誤。他認為《瓶》沒有《鳳凰涅槃》的雄奇，沒有《密桑索羅普之夜歌》的清逸，沒有《砂上的腳印》的深沉，沒有《死的誘惑》的靈巧。作為《瓶》與《女神》中若干詩篇風格的比較研究，指出《瓶》的風格與《女神》中上述詩篇風格的不同，大體是正確的。他肯定《瓶》中四十三首詩對於音節格律，都有「相當的注意」，因而音調比較動聽，格式也可見，同時寫得又「非常流利」，批評《瓶》有湊韻、字數湊整齊的毛病，而其中第三十三首詩又「只顧到外形而沒有顧到內部的音尺」，這些批評大體上也都是正確的。

　　但是，他批評《瓶》中沒有一首詩有「真的情緒」，卻是錯誤的。《瓶》是郭沫若唯一的愛情詩集。集子中四十三首詩以第一人稱「我」為主人公，抒寫他對一個少女的誠摯的愛情。詩中抒寫的「我」對少女的愛情，有郭沫若自己的愛情生活作為抒情的生活體驗和基礎。有研究者指出：「詩人的《venus》本是他同安娜戀愛時寫的戀詩，那是反映作者當時的思想感情因素的。但《瓶》裏的某些章節又很令人感到有點類似《venus》味兒。」[12]這就是說，《瓶》是詩人根據自己的實感寫出來的。儘管饒孟侃的新詩批評有一定的不足之處，但他注重新詩美學的自覺追求卻是值得肯定的，他所提出的關於新詩形式的許多意見，值得當代詩人和詩論家借鑒繼承。

註 1：原載《小說月報》第 16 卷第 3 號，1925 年 3 月 10 日出版。現收入《聞一多詩集》，四川人民出版社 1984 年 7 月第 1 版。

註 2：胡適〈逼上梁山〉，《中國新文學大系・建設理論集》。

註 3：郭沫若〈論詩三札〉，《沫若文集》第 10 卷。

註 4：胡適〈談新詩——八年來一件大事〉，《中國新文學大系・建設理論集》。

註 5：以上均見〈新詩的音節〉。

註 6：聞一多〈詩的格律〉，《晨報副刊・詩鐫》第 7 號，1926 年 5 月 13 日。

註 7、11：〈感傷主義與創造社〉。

註 8：劉半農《《瓦釜集》序》。

註 9：後改入《瓦釜集》。

註 10：《新詩話・（二）情緒與格律》。

註 12：參見谷輔林《郭沫若前期思想及創作》第五章《沫若前期的詩歌——〈星空〉、〈前茅〉與〈瓶〉》，山東人民出版社 1983 年 8 月第 1 版。

張我軍

一九二六年八月十一日，正在北京師範大學求學的臺灣青年張我軍來到位於阜成門內西三條胡同二十一號的尊師魯迅寓所求教。魯迅在當天的日記中有「張我權（按：係張我軍之筆誤——引者按）來並贈《臺灣民報》四本」的記載。第二年四月，魯迅在廣州寫作的〈寫在「勞動問題」之前〉（《而已集》）一文中，追憶了同張我軍此次談話的內容，讚揚了張我軍等臺灣青年熱愛祖國、關心國事的精神。這位張我軍是臺灣新文學的先驅，不僅是小說家，而且又是詩人、詩論家。

一九一九年發生的「五四」新文化運動，很快波及到了日本帝國主義統治下的中國領土臺灣。正如張我軍所說：「臺灣的文學乃中國文學的一支流。本流發生了什麼影響、變遷，則支流也自然而然的隨之而影響、變遷，這是必然的道理。」[1]一九二四年末，臺灣文壇展開了一場新舊文學的激烈論戰。年青的愛國主義者張我軍與賴和、楊雲萍等一起，高揚文學革命大旗，滿腔熱情地介紹新文學的輝煌業績，旗幟鮮明地批評臺灣封建舊文學，在臺灣發動了一場新文化運動。張我軍不但熱情地從理論上倡導新文學，而且積極地從事新文學創作。他於一九二五年十二月在臺北出版的《亂都之戀》[2]，是臺灣第一本新詩集。在熱情地創作新詩的同時，他還熱切地關注新詩理論建設。他曾自述，他在一九二三年到一九二四年在北京求學期間，「對於詩學非常有趣味」[3]。他在一九二五年二月寫的〈研究文學應該讀什麼書？〉一文中，曾向讀者推薦傅東華、金兆梓翻譯的《詩之研究》、胡懷琛的《新詩概說》等詩歌理論著作。他在創作新詩的同時，積極從事新詩

理論建設，有力地推動了臺灣新文學運動，尤其是新詩創作的發展和新詩理論的建設。

張我軍，原名張清榮，一九〇二年生於臺灣省臺北縣板橋鎮。筆名一郎、迷生、憶、MS、野馬、以齋、劍華、老童生、大勝、四光等。幼年家貧，小學結業後即當學徒、勤雜工，業餘學習漢文及中學課程，後經老師介紹進入新高銀行工作。一九二一年，他被銀行派往設在廈門鼓浪嶼的支行工作。一九二三年進北平高等師範學校附設的升學補習班。這時，他深受新文學運動影響。一九二四年開始創作新詩。這年四月，他投書《臺灣民報》，發表〈致臺灣青年的一封信〉，呼籲「協力改造社會」。同年十月，他返回臺灣，任《臺灣民報》漢文欄編輯。十一月，他在《臺灣民報》上發表被人們譽為「臺灣新文學革命發難檄文」的〈糟糕的臺灣文學界〉一文。在這篇文章中，他揭露臺灣文學界「守著幾百年前的古典主義之墓」，因而「臺灣的文學之道已污穢不堪，已有從根本的掃除刷清的必要」。他言簡意賅地揭露封建守舊詩人的三個弊病：「(1)不知什麼是詩，把文學當兒戲；(2)把詩視作沽名釣譽的工具；(3)荼毒青年，使他們養成圖名之惡習。」他在同年十二月寫的〈絕無僅有的擊缽吟的意義〉一文中，也指出限題、限韻、限體、限時間、限首數的臺灣擊缽吟是「詩界的妖魔」，因而應該徹底掃除。

張我軍倡導新文學、批判舊文學的檄文遭到了以舊文學營壘的代表人物連雅堂等人的反撲。張我軍在封建守舊勢力的反撲面前，並不放下手中的筆。舊派文人的叫囂激勵了他的鬥志。一九二五年，他接連發表〈為臺灣的文學界一哭〉、〈請合力拆下這座敗草叢中的破舊殿堂〉、〈新文學運動以來〉、〈新文學運動的意義〉等文章，不遺餘力地抨擊臺灣舊文學，提倡新文學，在他和賴和、蔡孝乾、前非等人同心合力對守舊勢力的奮勇反擊下，新文學終於取得了決定性的勝利。

在他眾多聲討封建舊文學、倡導新文學的文章中，發表在《臺灣民報》第三卷七、八、九（一九二五年三月一日～三月二十一日）上的〈詩體的解放〉一文，集中體現了他的新詩理論主張。這篇文章旗

幟鮮明地提出要衝破舊體詩森嚴格律的束縛，實現詩體的解放——「和
自由詩派取同一的行路」。

首先，他揭露了舊詩的缺點。張我軍指出：「逢三百篇以降，離騷、
漢魏樂府諸詩篇，形式還沒有完備，也沒有束縛。至六朝為律詩、絕
詩之源，至有唐而律詩、絕詩大成，形式既備，束縛亦隨之而備至。
演至近世，一般文人愈趨於技巧之末，遂和詩的本質愈趨愈遠了。」
他認為舊詩受到字數、句數、平仄、押韻、對仗等等的限制，束縛無
微不至，其結果導致「矯揉造作不顧自然」，詩人的思想感情也就「多
被埋沒或抹削去」。

在揭露舊詩缺點的基礎上，張我軍闡明了詩體解放的必要性。他
指出：臺灣舊派詩人「執迷著死守著已成的法則形式，奉先人偶定的
形式法則為天經地義，實不知他們已定的形式只是自己的監獄」。這
樣，「他們把自己的思想感情驅入監獄裏頭，故不能自由奔放，自由表
現」。因而張我軍明確指出：「故我們欲改革詩，非從詩體的解放入手
不可。」

其次，張我軍闡明了詩的本質。他在文中提出了一個詩的公式：「高
潮的感情＋醇直的表現＋緊迫的節奏＝詩」。他解釋這個公式說：「詩
是以感情為性命的，感情差不多就是詩的全部。然而感情若只在心裏
高潮而沒把它表現——醇直的表現——出來，還不成為詩。所以有了
高潮的感情更醇直地把它表現出來，便自然的有緊迫的節奏，便是詩
了。」此外，他在〈絕無僅有的擊鉢吟的意義〉中也指出：「詩，和其
他一切文學作品的好壞，不是在字句聲調之間，乃是在有沒有徹底的
人生觀和真摯的感情。」因而他認為，人之所以要作詩，是由於「有
所感於心，而不能自己」，才寫詩。但是，臺灣詩壇的封建守舊文人卻
恰恰相反，他們「只一味的在聲調字句之間弄手段，既無真摯的情感，
又無高遠的思想，其不能造出偉大的作品也是當然的」。張我軍闡明詩
歌本質特徵，揭露臺灣詩壇弊端，進一步論證了詩體解放的必要。

根據詩歌抒情的本質特徵，張我軍指出新詩必須抒寫時代精神，充滿地方色彩，具有高潔的思想、優美的感情。張我軍在二十年代初期無病呻吟之作充斥報刊的臺灣詩壇提出這些詩論主張，反映了他進步的詩歌功利觀和詩歌審美觀點。

再次，張我軍注重詩歌的內在韻律。他認為中國舊詩的平仄法限制太嚴，使詩人不能自由自然地抒情，而其押韻法又不能跳出詩韻合璧所限制的範圍之外一步。而平仄法、押韻法、音數律（即「一句限定幾字幾音，一首限定幾句幾音的。」）等三種韻律是形式韻律，它是人為的、傳統的、非個性的。他正確地指出：「韻律的緩急取決於感情的平徐。」因此，他反對形式韻律，提倡內在韻律（內容律或心律），認為「內容律是詩人的呼吸其物，是詩人的生命、血肉其物，而且是不能和詩的內容——思想感情分離的」。它是詩人「情感的波動之表出於外的」。因此，他認為要創作出好詩，就必須排除一切形式的束縛，使內在律能充分地表露出來。

張我軍注重詩的內在韻律，顯然受了郭沫若「五四」時期詩論主張的影響。一九二一年秋，郭沫若在〈詩論三札〉中指出：「詩之精神在內在的韻律，內在的韻律（或曰無形律）並不是什麼平上去入，高下抑揚，強弱長短，宮商徵羽，也並不是什麼雙聲疊韻，什麼押在句中的韻文！這些都是外在的韻律或有形律。內在的韻律都是『情緒的自然消漲』。」這就是郭沫若的「內在韻律」說。由此可以看出，張我軍主張詩的內在韻律，無疑受了郭沫若的影響。

張我軍進一步以是否具有內在韻律作為詩歌審美的重要尺度。他肯定郭沫若的《女神》中雖不押韻、但詩情飽滿的〈筆立山頭展望〉一詩是「純粹的新詩」，就反映了這一點。當時不少舊派詩人以新詩不押韻來反對新詩。張我軍指出：「這是因為他們不知道形式的韻律之外，還有自然的韻律——內在韻律。」而在他看來，內在韻律才是真正的韻律。他肯定郭沫若的新詩是現代的詩，和世界各國的新詩一致。這是因為，從上個世紀後半期開始，西歐各國掀起了一場波瀾壯闊的

自由詩運動，郭沫若注重內在韻律的新詩正和世界上這股洶湧澎湃的自由詩浪潮相應和。因而張我軍認為郭沫若的詩和世界各國的詩合致。張我軍放眼展望世界詩壇，認為中國詩壇要和世界詩壇取得一致，必須解放舊詩壇，「和自由詩派取同一的行路」。由此可見，張我軍注重內在韻律，提倡詩體解放，主張創建自由體新詩，是以開放的眼光觀察了世界詩壇之後提出來的，體現了他開闊的文學襟懷。

最後，張我軍實事求是地評價了「五四」時期的新詩。「五四」時期，胡適、周作人、沈尹默由於受了舊詩詞詞語、格調的影響，因而他們創作的新詩，沒有脫盡舊詩詞的氣息。張我軍指出：「五四」時期的不少新詩人「還不能盡行打破一切的形式束縛，因為他們沒有徹底的覺悟」。他認為，「五四」時期的新詩作者雖然主張不限韻、不限字數句數，不限平仄，不妨用白話作詩，但他們對於舊體詩詞的束縛「都不能脫得乾乾淨淨」。他批評胡適《嘗試集》第一編中〈十二月五夜月〉、第二編中〈小詩〉等兩首詩「脫不淨舊詩的巢套」。胡適這兩首詩，都採用五言絕句的形式，而且都押韻，留有舊體詩的影響是十分明顯的。因此，張我軍的這一批評是正確的。

新詩初創時期，一班青年學生以為新詩太容易做了，於是他們把分行的散文當成了詩。他們的詩缺乏對意境的提煉，語言散漫，沒有節奏。張我軍批評他們「不管三七二十一把些極無聊的話排成行子便要算是詩，這又不成話」。由此我們可以看出，張我軍主張詩歌的內在韻律，提倡詩體解放，但他並不放鬆對新詩的審美追求。他既要求新詩脫盡舊體詩詞的殘餘影響，又要求感情的強烈，節奏的明快，語言的凝煉。他對「五四」時期新詩缺點的批評，指引著臺灣新詩作者努力提高新詩的藝術質量。

張我軍的詩論主張，除了前面指出的受了郭沫若「內在韻律」說的影響之外，也受到了「五四」時期陳獨秀、胡適等人詩文理論的影響。一九一七年二月，陳獨秀在《新青年》上發表〈文學革命論〉一文，提出「三大主義」，主張推倒雕琢阿諛的貴族文學、陳腐鋪張的古

典文學、迂晦艱澀的山林文學，建設平易抒情的國民文學、新鮮立誠的寫實文學、明瞭通俗的社會文學。陳獨秀的「三大主義」在「五四」文學革命運動中產生了很大的影響，給了積極地投入新文學運動的人們以巨大的鼓舞和有益的啟示。張我軍在〈請合力拆下這座敗草叢中的破舊殿堂〉一文中援引了上述陳獨秀〈文學革命論〉一文中提出的「三大主義」作為文章的結論，可見他對陳獨秀的「三大主義」是首肯的、服膺的。一九一九年十月，胡適撰寫了〈談新詩——八年來一件大事〉一文，文中指出：「新文學的語言是白話的，新文學的文體是自由的，是不拘格律的」，「形式上的束縛，使精神不能自由發展，使良好的內容不能充分表現。若想有一種新內容和新精神，不能不先破那些束縛精神的枷鎖鐐銬」。為此，他在文中提出了「詩體的解放」的口號。為了給自己詩體解放的主張尋找歷史根據，胡適以歷史的進化的觀點，指出中國詩歌史經過了四次詩體的解放：由詩經到楚國的騷體，是第一次解放；由騷體到五七言古詩，是第二次解放；由五七言古詩到詞，是第三次解放；由詞曲到新詩，是第四次解放。張我軍這篇文章的標題來自胡適〈談新詩〉一文，而且他在這篇文章的第二節「詩體解放的沿革」中也採用了上述胡適中國詩歌史四次詩體解放的觀點。如果我們將張我軍這一節文字與胡適〈談新詩〉第二部分的後半部分對照起來讀，就會發現，張我軍在文中談中國詩歌史四次詩體解放的文字，差不多照搬胡適文中談詩體四次解放的文字。此外，張我軍在〈請合力拆下這座敗草叢中的破舊殿堂〉一文中引了胡適〈文學改良當議〉一文中提出的「八不主義」。上述事實說明，陳獨秀、胡適「五四」時期的詩文理論主張，對於張我軍早期詩論的形成，影響是很深的。

張我軍的早期詩論，還受到了日本著名的文藝理論家廚川白村文藝觀的影響。廚川白村一九二三年逝世，日本改造社在他逝世後的第二年二月出版了他的文藝理論著作《苦悶的象徵》，這本書的宗旨是：「生命力受了壓抑而生的苦悶懊惱乃是文藝的根柢，而且表現法乃是

廣義的象徵主義。」廚川白村的「生命力受壓抑」的理論，來自法國唯心主義哲學家柏格森和奧地利心理學家佛洛伊德。柏格森認為「生的衝動」推動生命向前發展，並由此產生藝術。佛洛伊德認為生命力之所以受到壓抑是由於性慾。而廚川白村既揚棄了柏格森的未來不可知論，認為未來是可知的；又拋棄了佛洛伊德「性的苦悶」說，認為生命力的壓抑，不是性的苦悶，而是受到社會的壓抑。魯迅在一九二四年十月譯完了《苦悶的象徵》，同年十二月由未名社出版。《苦悶的象徵》曾經在中國文藝界產生了較大的影響。張我軍受到它的影響，是十分自然的。他在〈詩體的解放〉一文中說：「我想我自己的詩是苦悶的象徵。」撰寫〈詩體的解放〉一文時，張我軍正在北京求學，而這時故都北京正處於軍閥混戰之中，社會一片黑暗，而他的故土──臺灣，長期以來處於日本帝國主義鐵蹄的蹂躪之下。這時，他個人的愛情生活又面臨著長輩的百般阻撓。祖國的危亡，人民的苦難，遊子的鄉愁，心靈的創傷，使他陷於重重的苦悶之中。寫於一九二四年春至第二年春，後來收入詩集《亂都之戀》中的十一篇五十五首抒情，就是他這一時期苦悶心情的真實抒寫。所以張我軍說自己的詩是「苦悶的象徵」，從一個角度反映了他的現實主義詩論。

註1：張我軍〈請合力拆下這座敗草叢中的破舊殿堂〉，原載《臺灣民報》第3卷第1號，1925年1月1日出版。這裏據時事出版社1985年11月第1版的「臺灣叢書」之一的《張我軍選集》（由張我軍長子張光正編）一書收入的該文摘引。本文所引張我軍文字，均見此書，以下不一一註明。

註2：《亂都之戀》已由遼寧大學出版社於1987年6月重新出版。

註3：〈為臺灣的文學界一哭〉。

朱湘

　　任何一種文學樣式，在它剛剛誕生的時候，藝術上難免是幼稚的、粗糙的。「五四」時期，新詩的拓荒者們以他們的獨創精神，開創了一種嶄新的詩體。當時，新詩處於稚拙階段。要使初創的新詩藝術上逐步完善，需要繼起者沿著拓荒者開出的道路繼續探索前進。朱湘便是在新詩拓荒者開墾的詩苑裏辛勤地、不疲倦地耕耘的詩人與詩論家。

　　朱湘是一個熱誠的愛國主義者。他在國內目睹政治黑暗、人民的貧困，一九二七年九月至一九二九年九月留學美國時，又深受異族歧視。他為祖國落後擔憂，既深感祖國「政治經濟物質方面如今已然病象極其顯著了」，又擔心「將來在學問藝術方面連日本還趕不上」。他覺得要想在學問藝術精神方面「作一個『中國人』，並不是一件容易的事，那必得把全個靈魂剖給它」[1]。因此，他鼓勵小說家羅暟嵐「為了祖國過去的光榮」，應當「拼了命寫」[2]。振興中華的強大動力，推動著朱湘探索新詩美學。羅念生說：「詩人的愛國主義思想是他的詩歌理論的出發點。」[3]這是說得很正確的。

　　詩以語言為媒介，通過形象來反映社會生活，抒發思想感情。而哲學則不同，它通過概念、判斷、推理等一系列抽象的邏輯思維的過程來揭示社會法則。普列漢諾夫說：藝術「既表現人們的感情，也表現人們的思想，但是並非抽象地表現，而是用生動的形象來表現」[4]。同時，作家、詩人對筆下的人物形象、社會生活總是滲透著自己的感情，自己的主觀評價。朱湘用簡潔然而剴切的語言闡明了詩與哲學的區別。他說：「哲學是一種理智的東西，同主情的文學，尤其是詩，是完全不相容的。」他認為：「詩家的作品裏面固然也有不少的理智成

分在其間，但是詩歌中的理智成分同哲學中的理智成分絕對是兩件東西。」因此，「絕不能把哲學攔入詩」。基於這樣的認識，他批評徐志摩的詩〈默境〉「一刻敘事實，一刻說理，一刻又抒情緒，令讀者恍如置身雜貨鋪中」[5]。徐志摩在這首詩中抒寫與友人同遊北京西山靈寺僧塚時一時的感興，詩中極力渲染黃昏時墓庭的蒼涼、悲哀的況味，同時闡發了「生命即寂滅，寂滅即生命」的所謂「哲理」。且不說「生命即寂滅，寂滅即生命」的佛教人生觀是一種消極的世界觀，這種抽象的說教也破壞了全詩的完美與統一。對於朱湘的批評，徐志摩是首肯的。《志摩的詩》一九二八年八月由新月書店再版時，他就將這首詩抽掉了。有的詩人認為徐志摩將〈默境〉刪去是他對朱湘的「盲從」，朱湘批評此詩「一刻敘事實，一刻說哲理，一刻又抒情緒」，「未免迂闊」[6]。當然，朱湘的這一批評是否十分正確，容或可以再討論，但他注意詩與哲學的區別，卻是對的。朱湘在評論康白情的詩集《草兒》的文章中認為：「在詩中發議論，正是中國舊詩的一個大毛病。」他在文中指出，康白情《草兒》中〈歸來大和諧〉的前半篇，〈廬山紀遊之九〉談耶穌發議論的段落，「深中舊詩發議論的流毒」。他還認為康白情不應該將記錄教訓的〈律己九銘〉收入詩集。因為單是押韻還不是詩。朱湘說：如果韻文也是詩的話，那麼，「湯頭歌訣也要成為詩的一部分了」[7]。

　　文學作品是社會現實生活的反映，詩歌也不例外。因此，詩人應當跳出個人狹隘生活的圈子，並且應當使一已的感興與人民大眾的感情聲息相通。朱湘論詩，同樣注重詩歌反映社會生活。他認為詩人要「觀察社會實情」[8]，「批評社會」[9]。他深切地感到在國運奄蹇、民不聊生的時候，詩人更應該負起時代的責任，真實地反映社會現實。在中國詩史上，杜甫勇敢地揭露當時統治集團的腐朽生活，廣泛地反映人民的苦難，尖銳地暴露社會矛盾，因此，他的詩被稱為「詩史」。朱湘認為：「王維同杜甫一樣好，但在當今形勢之下，杜甫實在更重要。」[10]從中可以看出他是如何重視詩歌反映社會現實。

　　詩歌通過藝術形象抒發感情，而在藝術形象塑造過程中，離不開情與景、我與物這些既對立又統一的因素。這種情與景、我與物融合一致而形成的藝術境界，就是意境。中國自唐代以來，竟境成了評論詩詞優劣的重要標準。近代王國維認為：「詞以境界為最上」，「有境界則自成高格」⁽¹¹⁾。樊志厚在〈人間詞乙稿序〉中說：「文學之工不工，亦視其意境之有無，與其深淺而已。」⁽¹²⁾朱湘繼承了中國傳統的意境理論，在論詩時也注重意境。他認為：無論是自由詩，還是有韻詩，目標都應該是「意境的創造」⁽¹³⁾。他在談到譯詩時，也要求譯者「將原詩的意境整體的傳達出來」⁽¹⁴⁾。他批評胡適的《嘗試集》「意境平庸」⁽¹⁵⁾。以意境的有無、深淺來衡量一首詩的優劣高下，確是抓住了詩的本質的。同時我們也看到了朱湘的詩論與中國歷代詩論之間借鑒繼承的關係。

　　任何文學作品的內容都必須通過一定的形式才能表現出來，也就是說，必須通過一定的內容結構和表現手段這些形式因素才能表現出來。形式越完美，內容就越能更好地表達出來。這就既要求內容的充實，又要求技巧的精湛。

　　朱湘的摯友柳無忌曾指出，胡適、郭沫若等新詩的拓荒者們早年接觸的是新從嚴格的西方傳統詩律解放出來、沒有音節與韻腳的自由詩。表現在他們自身的詩歌創作上，衝破一切束縛，不受任何格律的約束。而聞一多、朱湘、梁宗岱、馮至等人則深入西方詩歌的領域，發現英、法、德等國古典與浪漫的最美的詩也是有音韻與格律的。於是，他們就大力提倡新詩的格律化，並在創作中付之實踐。朱湘是當時新詩形式運動的一員健將。他對新詩美學的一個重要課題形式美作了多方面的探索。

　　一是重視新詩的音樂性。他認為：「詩歌與音樂是古代文化的一對孿生兒」，「在形體上，在血管裏」，它們「有相肖的細胞在作管」⁽¹⁶⁾。中國古代與西方，「好的抒情詩差不多都已譜入了音樂，成了人們生活的一部分」，而「新詩則嘗未得到音樂上的人材來在這方面努力」⁽¹⁷⁾。

但是，「詩而無音樂，那簡直是與花無香氣，美人無眼珠了」[18]。所以朱湘在詩的形式美方面探求的一個重要內容，便是研究如何增強詩的音樂性。

那麼，怎樣形成與增強詩的音樂性呢？朱湘提出要重視音節、他認為詩應當「內容，外形，音節三者並重」[19]。這是因為「想像，情感，思想，三種詩的成分是彼此獨立的，唯有音節的表達出來，他們才能融合起來成為一個渾圓的整體」[20]。英國詩人柯勒律治曾說：「要看一個新興的詩人是否真詩人，只要考察他的詩中有沒有音節。」朱湘在給曹葆華信中引了這句話後說：「這一句話我覺得極有道理。一個運動家若是不曾天生得有條完美的腿，他有前程一定不會光明。音節之於詩，正如完美的腿之於運動家。」[21]強調了音節的重要性。他認為就音節說來，汪靜之的詩集《蕙的風》勝過康白情的《草兒》和俞平伯的《冬夜》。他也肯定汪靜之的第二個詩集《寂寞的園》裏的有些詩能「用一種委婉纏綿的音節把意境表達了出來」[22]。戴望舒的詩〈雨巷〉曾經被葉聖陶譽為「替新詩的音節開了一個新紀元」。朱湘則稱讚它「在音節上完美無疵」，「比起唐人的長短句來，實在毫無遜色」[23]。

那麼，什麼是音節？顧名思義，音節當包括音韻與節奏。節奏又是如何形成的呢？羅念生指出：「詩的節奏是有異有同的字音在相等的時間內有規則地交替而成的，是由字音的長短或輕重（或長短加輕重）造成的。」[24]但是，朱湘認為：「音韻是組成詩之節奏的最重要的分子」[25]。朱湘的說法不免欠妥。

儘管這樣，對於朱湘的用韻理論，我們還是應當引起注意，韻用得好，能增強詩歌的藝術感染力，更好地發揮詩歌的審美作用。

第一，朱湘認為用韻要嚴格。徐志摩曾經用土白作詩，但是他用甲地的土白作詩，用乙地的土白押韻。這種作法遭到了朱湘的批評。他認為，不管是土白詩也好，國語詩也好，作者既然用了韻，這韻就得照規矩用，那就是「作哪種土白詩用哪種土白韻，作國語詩用國語韻」。而徐志摩作的是北京土白詩，押的是硤石土白韻，讀者免不了打

寒噤。他並且認為要作純淨的土白韻詩,一定要生活在鄉村之中。他說:「要作『壓根兒』的京兆土白詩,在外國飯店的跳舞場上絕作不起來,作硤石土白詩的地方也絕不是花園別墅。」[(26)]

朱湘認為用韻應與詩的情調相諧和、協調。他認為《楚辭》中的〈少司命〉「秋蘭兮菁菁」一章「換用悠揚的平韻」,「將當時情調的變化與飄忽完全用音調表現出來了」,宋詞音樂性強,因而與《楚辭》「比得上」[(27)]。朱湘在新詩創作中繼承了中國古代詩人通過用韻表現特定情調的藝術技巧。他說:「我在〈婚歌〉首章中起首用『堂』的寬宏韻,結尾用『簫』的幽遠韻,便是想用音韻來表現出拜堂時熱鬧的鑼鼓聲撤帳後輕悄的簫管聲,以及拜堂時情調的緊張,撤賬後情調的溫柔。採蓮曲中「左行,右撐」「拍緊,拍輕」等處便是想以先重後輕的韻表現出採蓮舟過路時隨波上下的一種感覺。〈昭君出塞〉是想用同韻的平仄表現出琵琶的抑揚節奏。〈曉朝曲〉用『東』、『颺』兩韻是描摹鐘聲的『洪』、『抗』。〈王嬌〉中各段用韻,也是斟酌當時的情調境地而定。《草莽集》以後我在音調方面更是注意,差不多每首詩中我都牢記著這件事。」[(28)]這裏且看詩人提到的〈婚歌〉的首章:

> 讓喜幛懸滿一堂,
>
> 映照燭的光;
>
> 讓紅氈鋪滿地上,
>
> 讓鑼鼓鏗鏘。
>
> 低吹簫,
>
> 慢拍鐃,
>
> 讓樂聲響徹通宵。

前四句和後三句不不同的韻,的確很好地傳達了「拜堂時情調的緊張,撤帳後情調的溫柔」。檢視〈採蓮曲〉、〈昭君出塞〉、〈曉朝曲〉、〈王嬌〉各詩,的確都具有通過用韻傳達情調的特色。所以當年沈從文認為:「朱湘的詩,保留的是『中國舊詞韻律節奏的靈魂』,破壞了

詞的固定組織，卻並不完全放棄那組織的美」，從而「使新詩與舊詩在某一意義上，成為一種『漸變』的聯續，而這形式卻不失其為新世紀詩歌的典型，朱湘的詩可以說是一本不會使時代遺忘的詩。」[29]朱湘注重用韻與詩的情調相協調的理論主張和創作實踐，值得當代詩人創作時借鑒、繼承。

朱湘認為，押韻最忌落套。他說：「在押韻方面，尤其是在短篇的詩歌裏，最忌的便是落套。」他對當時作詩的人用韻的落套是不滿的。他認為中文「最富於同韻字」，因而要押韻新鮮，不是一件十分艱難的事[30]。

朱湘論詩，注重「形美」[31]，也就是形體美。他講究每行詩字數的整齊。一九二六年五月，聞一多在《晨報副刊》、《詩鐫》上發表〈詩的格律〉一文，提倡詩的音樂美、繪畫美、建築美。其中建築美要求節的勻稱和句的均齊。但是，詩畢竟主要聽覺藝術，而不是視覺藝術，提倡節的勻稱和句的均齊，必然使新詩因格式的整飭而導致「豆腐乾體」、「麻將牌式」，這是妨礙新詩體式朝多樣化方向發展的。朱湘要求詩行「按一種規則安排」，這與聞一多「三美說」中「句的均齊」的理論既有相同的一面，也有不同的地方。

為了達到詩的形體美，朱湘重視詩行。他認為「詩拿行作單位」[32]。他要求詩行的獨立、勻配、節奏、緊湊。所謂行的獨立，是說每一行「都得站得住」，「從頭一個字到末一個字是一氣流走，令人讀起來時不至於生疲弱的感覺，破碎的感覺」；所謂行的勻配是說「每首『詩』的各行的長短必得要按一種比例，按一種規則安排，不能無理的忽長忽短，教人讀起來時得到紊亂的感覺，不調和的感覺」[33]。他批評徐志摩〈自然與人生〉一詩第三段「破碎」，〈地中海〉一詩「全篇疲弱」，〈灰色的人生〉「第一段本來整齊劃一，但第二段卻同上一段不配合，第三段更是首尾不稱，好像是一個矮子有一雙尺半的大腳似的」[34]。朱湘對徐志摩上述各詩作如此批評，來自於上述他對新詩形體美的追求。他在創作中，詩行自一字的到十一字都嘗試過。他認為詩行不宜

超過十一字，「以免不連貫，不簡潔，不緊湊」⁽³⁵⁾。他又提出：「詩行誠然不可一律很短，但是偶一為之，也覺得新穎。」⁽³⁶⁾由此看來，在講究詩的形體美這一點上，朱湘與聞一多是相同的，但是對詩行的具體審美要求，朱湘比起聞一多來，要豁達得多。

朱湘對詩的用字也十分講究。一是要新穎⁽³⁷⁾。二是要符合規範。他批評徐志摩〈留別日本〉一詩中「在樸素的鄉間想見古代社會的雅馴，清潔，壯曠」，〈五老峰〉一詩中「不可搖撼的神奇」，〈希望的埋葬〉一詩中「我手抱你冷殘」等詩句的用字「欠當」，「可以再斟酌」⁽³⁸⁾。「壯曠」、「冷殘」屬於生造詞語，「神奇」用「搖撼」來修飾也不妥。他批評聞一多有的詩用字有太文、太累、太晦、太怪的毛病⁽³⁹⁾。太文則欠通俗，太累則不夠簡潔，太晦則令人難懂，太怪則會導致走向岐路，這些的確都是應當糾正的。他也批評郭沫若的插入外文，認為「西字不當羼入中文詩」，否則，會妨礙「視覺的和諧」⁽⁴⁰⁾。這些意見都是非常正確的。

朱湘論詩，注重體裁的多樣化。他說：「文人所最注意的不外三件事，題材、體裁、藝術。」⁽⁴¹⁾早在一九一七年五月，劉半農在〈我之文學改良觀〉中提出了「增多詩體」的主張。他認為：「詩律愈嚴，詩體愈少，則詩的精神所受的束縛愈甚，詩學絕無發達之望。」為了增多詩體，他提出了自造、輸入他種詩體以及於有韻之詩外，別增無韻之詩第三條途徑。就輸入他種詩體來說，劉半農雖然提出了這一正確主張，但他自己這方面的勞績甚少。而朱湘為了給中國新詩提供借鑒的榜樣，實踐了劉半農的這一主張，翻譯了許多國家各種體式的名詩，他在創作中也努力嘗試西洋各國的許多詩體，如四行體、三疊令、迴環調、巴俚曲、鑾兜兒、意體與英體的十四行詩，為中國新詩壇吹進了一股新風。

為了提高新詩的藝術質量，朱湘主張學習、繼承中外詩歌遺產，同時主張向民歌學習。

　　朱湘認為要發展新詩，就要尋找「新的多藏的礦山」，他提出三處礦苗值得注意：「第一處的礦苗是『親面自然（人情包括在內）』，第二處的礦苗是『研究英詩』，第三處的礦苗是『改古民歌』。」[42]他認為介紹西方詩歌「使新詩人在感興上節奏上得到新穎的刺激與暗示，並且可以拿來同祖國古代詩學昌明時代的佳作參照研究，因之悟出中國舊詩中哪一部分是蕪蔓的，可以剷除避去，哪一部分是菁華的，可以培植光大；西方的詩中又有什麼為中國的詩所不曾走過的路，值得新詩的開闢？」[43]總之，譯詩在一個國家詩學的復興上佔有十分重要的地位。為了廣泛介紹外國詩歌，他在留學美國時，既學習了希臘文、拉丁文、法文、德文、英文，又加學了俄文、義大利文、梵文、波斯文、阿拉伯文。

　　朱湘既主張向西洋詩歌學習，但又反對歐化到令人難懂的地步。如他批評徐志摩《志摩的詩》中〈這是一個懦怯的世界〉一詩的末行：「戀愛，歡欣，自由——辭別了人間，永遠！」認為這句歐化得生硬，「這『永遠』兩字便是釀成這行的破碎的罪魁」[44]。既要向外國詩歌學習，又要防止因歐化而違反中國民族語言的習慣，朱湘提出的這個問題，至今仍值得當代詩人引起注意。在提倡向外國詩歌學習的同時，朱湘也主張借鑒中國舊體詩詞的長處。他說：「新詩要想在文法上作到一種變化無常的地步，一方面固然應當盡量的歐化，一方面也應該由舊詩內去採用、效法這種的長處。」[45]他肯定《詩經》及五言詩的簡潔、七言詩的活潑、樂府長短句的和諧、五絕的古茂、七絕的悠揚、律體的鏗鏘、楚辭的嘹亮、詞的柔和、曲的流走，並認為這些詩體拿來「同西方古今任何國的相比，都是毫無遜色的」[46]。因此他認為中國的舊體詩詞與外國詩歌一樣，都不可不讀[47]。他認為「平仄是新詩所有的一種珍貴的遺產」，「也是中文音律學中的一種對象，不可忽視或拋棄」[48]。但是，繼承是為了創新，因此，「新詩應當自家去創造平仄的律法」[49]。

　　他也主張新詩向古代的民歌學習，認為古代民歌具有題材不限、抒寫真實、比喻自由、句法錯落、字眼遊戲的特點[50]。除了字眼遊戲之外，其餘四點，確是值得新詩學習的。他認為民間文學是豐富的寶藏[51]，如大鼓詞就具有白話的自然音調的特點，因此他希望將來能產生出新大鼓師來，「唱較舊大鼓詞更為繁複更為高雅的新詩」[52]。

　　在二十年代後期以及三十年代頭一、二年裏，詩人、詩論家對中國古典詩歌、民歌普遍地不大重視。新月詩派聞一多、徐志摩等人，比較注重向西方詩歌學習，尤其是向十九世紀英國浪漫主義詩歌學習。作為同是新月詩派的詩人，朱湘能提出向古典詩歌和民歌學習的問題，是難能可貴的。這一方面來自他對中國古典詩歌和民歌的豐富的知識和剴切的瞭解，也是與他深厚的愛國主義思想分不開的。他對學習古典詩歌和民歌的意見，雖不全面系統，但大多切中肯綮，值得當代詩人引起重視。

　　朱湘的詩論十分豐富，以上所說，不過是其中幾個主要的方面。他的詩論是中國新詩理論寶庫中的一筆寶貴的遺產，將在中國新詩史及新詩理論批評史上熠熠閃光。

────────────

註1：1928 年 6 月 23 日致彭基相，《朱湘書信集》15-16 頁，天津人生與文學社 1936 年 3 月初版。

註2：1929 年 6 月 10 日至羅暟嵐，《朱湘書信集》138 頁。

註3、24：〈朱湘的詩論〉，《二羅一柳憶朱湘》，生活‧讀書‧新知三聯書店 1985 年 4 月第 1 版。

註4：〈沒有地址的信〉，《〈沒有地址的信〉〈藝術與社會生活〉》第 4 頁，人民文學出版社 1962 年版。

註5、32、33、34、38、44：〈評徐君志摩的詩〉，《中書集》，北新書局 1934 年 1 月初版。

註6：卞之琳〈《徐志摩選集》序〉，《徐志摩選集》人民文學出版社 1983 年 9 月第 1 版。

註7：《中書集‧「草兒」》。

註8：1927 年 7 月 6 日致羅暟嵐，《朱湘書信集》113 頁。

註9：致趙景深第二十六信，《朱湘書信集》84 頁。

註 10：〈用世界眼光介紹外國文學〉。

註 11：《人間詞話》。

註 12：〈《人間詞話》附錄〉，《人間詞話》，人民文學出版社版。

註 13、16：《銀鈴》（書評），《青年界》第 2 卷第 4 號，1932 年 10 月 20 日。

註 14、25、43：《中書集・說譯詩》。

註 15：《中書集・嘗試集》。

註 17：《中書集・北海紀遊》。

註 18、39：《中書集・評聞君一多的詩》。

註 19：〈我的讀書會〉。

註 20、21、22：寄曹葆華，《朱湘書信集》35 頁。

註 23：寄戴望舒，《朱湘書信集》35 頁。

註 26：〈《翡冷翠的一夜》〉（書評），文學週報第 7 卷，1929 年 1 月合訂本。

註 27、28：致趙景深第五信，《朱湘書信集》51、52 頁。

註 29：〈論朱湘的詩〉，《文藝月刊》第 2 卷第 1 期，1931 年 1 月 30 日。

註 30：〈聞一多與《死水》〉，《文藝復興》第 3 卷第 5 期，1947 年 7 月 1 日。

註 31：寄汪靜之，《朱湘書信集》20 頁。

註 35、52：致趙景深第五信，《朱湘書信集》52 頁。

註 36：1929 年 11 月 2 日致羅念生，《朱湘書信集》196 頁。

註 37、51：《文學閒談》附錄〈詩的用字〉，《文學閒談》，北新書局 1934 年初版。

註 40：《中書集・郭君沫若的詩》。

註 42、50：《中書集・古代的民歌》。

註 45、46、47、48、49：《文學閒談》附錄〈詩的產生〉。

穆木天

　　穆木天，原名穆敬熙，一九〇〇年三月二十六日生於吉林省伊通縣靠山鎮，於一九七一年十月因病逝世。他是中國現代文學史上著名的詩人和翻譯家。與此同時，他在詩歌理論、兒童文學、散文創作和外國文學研究方面，也留下了卓有成效的勞績。作為詩人，穆木天為我們留下了《旅心》、《流亡者之歌》、《新的旅途》等三部詩集。作為詩論家，他出版了詩論專著《怎樣學習詩歌》[1]；文藝論集《平凡集》中大部分也是詩論；一九三四年至一九三七年，他寫下了三篇重人的詩人論：〈王獨清及其詩歌〉[2]、〈徐志摩論〉[3]、〈郭沫若的詩歌〉[4]；他還有為數眾多的單篇詩論未曾結集。他在詩歌理論批評園地裏辛勤地耕耘，為我們留下了豐碩的果實。

　　中國新詩史的研究者一般都認為，穆木天是中國現代最早借鑒法國象徵派詩歌、用之於詩歌創作實踐並在理論上倡導的詩人之一。著名詩人蔣錫金認為：「他在中國新詩運動中，是最早把象徵主義的創作方法從歐洲販運回來，是用它來表達自己的情思『始作俑者』之一。」[5]在中國現代文學史上，李金髮雖然早從一九二〇年起就模擬法國象徵派詩歌，嘗試創作象徵派詩，但是直到一九二五年二月，他才在《語絲》上發表了第一首象徵派詩〈棄婦〉，而穆木天早在一九二三年六月就在創造社編的《中華日報》附刊《創造日》上發表象徵派詩〈心欲〉。一九二五年十一月，李金髮由北新書局出版了他個人、也是中國現代文學史上第一本象徵派詩集《微雨》，緊接著一九二六年四月，穆木天也由創造社出版部出版了象徵派詩集《旅心》。所以，說穆木天是中國現代文學史上最早學習、借鑒法國象徵派詩歌創作象徵詩的詩人之

一，是一點也不錯的。檢視詩人的第一部詩集《旅心》，在內容上，詩人抒寫了他強烈的熱愛祖國的情思；在藝術手法上，大多用暗示、象徵的手法，托情於幽微遠渺之中。這與他創作《旅心》時所受到的法國象徵派詩歌的薰陶有密切的關係。穆木天一九二三年考入日本東京帝國大學，專攻法國文學，一九二六年畢業時用法文寫的論述法國文學的論文，曾經得到老師的讚賞。一九三三年，他在回顧早期的詩歌創作道路時曾回乙說，一九二四年暑假兩個月在日本伊東海濱，讀了詩人維尼的詩集[6]。阿爾弗雷·德·維尼（一七九七～一八六三），法國浪漫主義的代表作家、哲理詩人，由於他的詩歌善用象徵手法，因此象徵派詩人也推崇他。不久，穆木天由浪漫主義轉向象徵主義，他後來曾回憶說：「到日本後，即被浪漫主義的空氣捉住了。但自己究竟不甘，並且也不能，在浪漫主義裏討生活。我於是盲目地、不顧社會地、步著法國文學的潮流往裏走，結果，到了象徵圈裏了。」[7]於是，他「耽讀古爾孟、莎曼、魯丹巴哈、萬·列爾貝爾克、魏爾林、莫里亞斯、梅特林、魏爾哈林、路易、波多賴爾諸家的詩作」，「熱烈地愛著那些象徵派、頹廢派的詩人」[8]。他在〈我與文學〉一文中也曾自白：「直到大學畢業，我還是沒讀過左拉，說起來真慚愧，現實主義諸作家，我好像沒有多的理會。」因而「全入象徵主義的世界了。在象徵主義的空氣中住著，越發與現實隔離了，我確是相當地讀了些法國象徵詩人的作品。貴族的浪漫詩人、世紀末的象徵詩人，是我的先生。」[9]

　　穆木天早期接近象徵派詩歌並創作象徵派詩歌，固然與他留日時由於視力限制，放棄數學改學文學，並進東京大學法國文學科學習有密切的關係，同時也與由於祖國深重的內憂外患、他個人飄泊異國深受民族歧視而形成的感傷情緒有著內在聯繫。我們知道，法國象徵派詩歌，作為一個詩歌流派，其詩作的抒情內容，有一個共同點，那就是抒寫的都是憂鬱、感傷、絕望、沉悶的感情。法國象徵派詩歌的這種情調，與穆木天當時的心態一拍即合。同時，我們還應當看到，法國象徵派詩歌採用象徵、暗示等手法、注意音樂化而造成的詩美，比

起「五四」時期著眼於打破舊詩的束縛、一味注重自由抒寫的新詩來說，在藝術上有它的長處。穆木天當時在〈談詩〉裏就說他痛恨當時的新詩非常粗糙。因此，他的借鑒、提倡象徵派詩歌，是懷著「他山之石，可以攻玉」的動機的。

法國象徵派詩歌的薰陶，不但影響了穆木天早期的詩歌創作，也影響了他早期的詩論。

這種影響體現在反映他早期詩歌美學觀的文章〈談詩——寄沫若的一封信〉[10]裏。關於穆木天這篇詩論，創造社成員，二十年代前半期與穆木天同在日本留學、早期同樣運用象徵派手法寫詩的馮乃超（不過馮乃超追求的是意象主義）二十多年前追憶說這篇文章「留下我們對中國新詩歌運動的意見，當然主要是木天的意見」[11]。這就是說，這篇文章中的觀點，是穆木天和馮乃超等人一起切磋討論形成的。馮乃超說：「如果說胡適對新詩的主張和示範是推動中國文學改良的動力，那末我們的見解和嘗試則是對它的影響的反撥。〈談詩〉中的要點是宣告胡適為新詩歌的罪人。」穆木天在〈談詩〉中說，「中國的新詩運動，我以為胡適是最大的罪人。胡適說：『作詩須如作文』，那是他的大錯。」胡適在晚清黃遵憲等人倡導「詩界革命」的基礎上，針對舊體詩謹嚴的格律，提出「作詩須得如作文」，應該說，這對解放詩體，建立新詩，無疑是起了巨大的推動作用的。當然，胡適提倡「作詩須得如作文」。不注意詩的音韻節奏，這給初期新詩帶來了一些消極因素。但是說胡適是新詩運動的罪人，是不恰當的。到了三十年代，穆木天對胡適在「五四」新詩運動中所起的作用的評價就起了很大的變化，他說：「雖然胡適沒有在詩歌的領域上作過很好的完成，但是他嘗試的精神，在新詩上，確給出了很大的推動力。」《嘗試集》「可以說是一種新詩的人權宣言。」[12]這就顯得全面多了。

穆木天在〈談詩〉中根據法國象徵派詩作、詩論提出了「純粹詩歌」的理論主張。他要求「詩與散文的純粹的分界」，認為「詩的世界是潛在意識的世界」，也就是「在人們神經上振動的可見而不可見，可

感而不可感的旋律的波，濃霧中若聽見若聽不見的遠遠的聲音，夕暮
裏若飄動若不動的淡淡光線，若講出若講不出的情腸才是詩的世界」。
因此他希望寫詩和讀詩能「深汲到最纖細的潛在意識」和「聽最深邃
的最遠的不死的而永遠死的音樂」。如果這些關於「純粹詩歌」的表述
如同象徵派詩歌那樣朦朧晦澀的話，那麼，從他在這篇文章中對唐代
詩人李白、杜甫的評價就可以看出他提出的「純粹詩歌」的實質來了。
他認為「李白飛翔在天堂」，所以「李白的世界是詩的世界」，而杜甫
「涉足人海」，所以「杜甫的世界是散文的世界」。由此可知，所謂「純
粹詩歌」的主張，就是要求詩人只表現自己的「潛在意識」，不必也不
應當去再現人世的現實生活。因此，他在文中提出將「純粹的表現的
世界給了詩歌領域，人的生活則讓散文擔任」。這樣他就把客觀社會生
活與人的意識、再現與表現、散文與詩歌對立了起來。詩歌既然不必
反映社會生活，詩人也就不必接觸社會現實了。這就是穆木天早年在
象徵派詩歌、詩論影響下形成的關於詩與現實生活關係的錯誤認識。

　　穆木天針對在胡適的「作詩如作文」的口號下出現的早期新詩「非
常粗糙」的現狀，提出「詩要兼造型與音樂之美」，並提倡詩的暗示性、
朦朧性和象徵性。這些理論主張都來自於法國象徵派詩論。如法國象
徵派詩歌的代表人物魏爾倫就主張詩的音樂性和形象的流動性、主題
的朦朧性，主張「萬般事物中；音樂位居第一」[13]。穆木天為了達到
詩的暗示，因而主張廢止句讀（標點符號）。這是因為在他看來，「詩
的句讀對於旋律有害，它把詩的律詩的思想限狹小了」，而廢了句讀，
「詩的朦朧性愈大，而暗示性因此愈大」。在胡適「作詩如作文」的主
張影響下，初期新詩一部分作品過於質白直露，缺乏含蓄蘊藉的藝術
風致。針對「五四」前後詩壇的情況，提出詩要注重含蓄是必要的，
但穆木天在法國象徵派晦澀詩風和主張暗示、朦朧的詩論影響下，在
〈談詩〉中提出「詩越不明白越好」，這就從一個極端走向另一個極端。

　　一九二六年夏，穆木天由東京帝國大學畢業。翌年一月回國，先
在廣州中山大學教了半年書。一九二八年一月，又到北京孔德學院教

了半年書，後到日本人在天津所辦的中國學院任教，因不滿於在校中所受的民族歧視，一九二九年夏離開了中國學院，回到故鄉新設的吉林大學任教。在這所學校，他工作了一年半時間。在此期間，他比較深入地瞭解了東北社會的具體情況，認清了日本帝國主義和奉系軍閥的反動本質，看到了人民的苦難生活，再加上一九三一年一月他到上海後不久，即參加了中國左翼作家聯盟，並一度負責左聯的宣傳工作，接著主持左聯所屬的詩歌組。在左聯的工作實踐中，他初步接觸了馬克思主義文藝理論。這樣，他的詩風有了很大的轉變，從象徵派轉變到現實主義創作道路上來。他說，詩人「不能到象徵主義中去尋薔薇美酒」[14]。從而逐步揚棄了他早期的象徵主義詩論，形成了現實主義詩論。穆木天後期的現實主義詩論，初步形成了帶有他個人特色的理論體系，又緊密結合三十年代和抗戰期間的新詩創作、理論、批評、歷史等各個方面的一系列理論問題。尤其是他闡明了詩歌創作中的下列重要問題。

第一，歌詩必須真實地反映社會生活。

首先，穆木天從文藝與社會的關係來論述詩歌應當反映社會生活。他認為：「不同種類的文藝樣式就其發生上說，是各有其社會的基礎的。」[15]因而作為文藝樣式之一的詩歌必然是「社會的產物」[16]，「社會生活的反映」[17]。因此，真實的詩歌「必須是現實之真實的反映」[18]。

其次，他從詩歌的抒情特徵這一角度來論述詩歌應當反映社會生活。眾所周知，詩歌是抒發作者的思想感情的。穆木天說：詩是「感情的產物」。那麼，詩人的感情又是從何而來的呢？他用唯物論的反映論回答了這個問題，認為「感情，情緒，是不能從生活的現實分離開的，那是由客觀的現實所喚起的，是對於客觀的現實所懷抱出來，是人間社會的現實生活之反映」[19]。因此，詩人在創作時，應當時時反省自己的感情，「是否有現實的根據」，「對於喚起它的那種現實，是否正確」[20]。而如果詩人不去探究自己的感情是否有現實的依據，那就

會產生概念化、公式主義、空想主義。這樣，也就導致了三十年代詩壇上為數不少的詩篇，「不是『風花雪月』就是『標語口號』」[21]。

再次，他從詩歌的社會效果這一角度上來論證詩歌應當反映社會現實生活。他認為像歌德、雨果、雪萊、凡爾哈侖、惠特曼等著名詩人瞭解社會現實，所以他們的詩歌成了推動社會前進的作品，完成了詩人的社會任務。因此，他要求「進步的詩人，是要時時地去注意把握社會的動向；而隨著社會的動向，去完成他的創造的生活」[22]。

在三十年代詩壇上，有些資產階級詩人遠離社會現實生活，他們的資產階級立場、世界觀也決定了他們不能正確地去認識、把握與反映社會現實生活。這樣，他們創作的詩歌或者內容空虛，或者歪曲現實。穆木天對他們的這類詩篇提出了剔膚見骨的批評，當時，陳夢家認為靈魂活動是詩的源泉[23]。這樣，他就不可能從社會現實生活中汲取詩情。穆木天在《〈夢家詩集〉與〈鐵馬集〉》一文中批評《夢家詩集》「沒有社會的描寫，更沒有人間的描寫」，因而從他的詩中，「只能看見一個同廣大社會無聯繫的，孤立的詩人自己」，「不能清楚地看得見他的社會或個人的生活」。他並且指出，陳夢家為了掩飾詩作內容的空虛而追求「形式的美麗」，結果墮入形式主義[24]。林庚的詩集《夜》出版後，穆木天在評論文章中指出：「林庚的詩裏，現實主義的成分，是相當地稀薄。」他認為，「由於林庚是一位直觀的詩人」，「沒有認識社會的科學方法」，不能用理智去「分析社會認識社會」，這就必然使「他的詩心離真實的境界尚遠」[25]。

在中國新詩史上，新月派、現代派詩人曾經不斷地宣傳過脫離現實的唯心主義詩論。二十年代，徐志摩在《晨報副刊・詩鐫》中宣稱：「我們信完美的形體是完美的精神唯一的表現；我們信文藝的生命是無形的靈感加上有意識的耐心與動力的成績。」[26]所謂「無形的靈感」，這是說文藝不是社會現實生活的反映，而僅僅是靈感的產物。三十年代《現代》的編者蘇汶說：「一個人在夢裏洩漏自己底潛意識，在詩作裏洩露隱祕的靈魂，然而也只是像夢一般地朦朧的。」[27]詩不是

現實生活的反映的意思，同樣是十分明顯的。穆木天針對這類詩論說：「離開平凡的現實的材料，而到夢裏去尋求不平凡的出奇的材料」，這是「好高騖遠」，而現實主義詩人不必求之於天外，「應從日常的平凡的生活中汲取詩的資料」⁽²⁸⁾。他指出，三十年代詩壇，「風花雪月」、「標語口號」的不良傾向之所以充斥詩壇，是由於詩人「脫離現實，沒有充實的社會生活，沒有真正的對社會之理解」⁽²⁹⁾。

穆木天對日本詩論家荻原朔太郎的唯心主義詩論也持批判的態度作過分析評述。他不是從詩與現實生活的關係去探求詩的本質，而是「始終止於那萬世不變的『詩的本質』之觀念的抽象的解釋」。他認為，這是因為荻原氏「不認識藝術與生活的關係」。他認為，現實生活在不斷地發展變化，詩當然也在不斷地發展變化，因此，「永遠不變的詩歌的本質是沒有的」⁽³⁰⁾。

更為可貴的是，穆木天能夠運用現實主義詩論來觀察詩壇，指導創作。他聯繫三十年代初期世界經濟恐慌，中國的農村破產，工人、農民的失業與日趨貧困化，水災與兵災，帝國主義鐵蹄的踐踏與中國民眾之廣遭慘殺等社會現狀，要求詩人們從中「尋求各種主題」⁽³¹⁾。「他也熱望著自己像杜甫反映了唐代的社會生活似的，把東北這幾年來的民間的艱難困苦的情形，在詩裏高唱出來。」⁽³²⁾正是在這種現實主義詩歌創作思想的指導下，詩人才毅然地從個人小圈子裏跳出來，轉而抒寫民族的苦難、人民的抗爭、踏上了現實主義創作道路。

第二，詩歌必須為革命鬥爭服務。

作為中國現代革命詩歌運動的倡導人之一的穆木天，堅持詩歌必須為革命服務，是他後期詩論的核心。

中國左翼作家聯盟執行委員會一九三〇年八月四日通過的〈無產階級文學運動新的情勢及我們的任務〉和第二年十一月作出的決議〈中國無產階級革命文學的任務〉，堅持文學為革命服務的原則。作為左聯詩人的穆木天，對此是堅決貫徹執行的。他把它作為自己和左聯的詩友們創辦的革命詩歌團體——中國詩歌會的方針和自己從事詩歌創作

的指導思想。一九三三年二月，中國詩歌會創辦的《新詩歌》出版創刊號，穆木天執筆寫了〈發刊詩〉，其中說：「要捉住現實，歌唱親的世紀」，「歌唱新世紀的意識」，「反映人民群眾反帝、抗日戰爭」，「歌唱這種矛盾和它的意義，從這種矛盾中去創造偉大的世紀。」這一發刊詩實際上成了中國詩歌會詩人的創作綱領，對於中國詩歌會詩人的創作起了巨大的指導作用。中國詩歌會團結、培養和造就了一大批詩人。除穆木天外，楊騷、森堡（任鈞）、蒲風、白曙、杜談（竇隱夫）等也都是它的發起人。除了上海總會外，它在廣州、湖州、北京、青島、河北等地都有分會。檢視《新詩歌》上柳倩、濺波、關露、石靈、宋寒衣、流冰、辛勞、洪遒等詩人以及上述各地分會所辦詩歌刊物上溫流、陳殘雲、黃寧嬰、林林、王亞平、袁勃、曼晴等詩人的詩篇，都真實地反映了三十年代中國的現實生活，抒寫了人民所受的苦難和他們要求推翻國民黨反動統治、奮起抗日的強烈願望。三十年代現實主義詩歌的成長壯大，與中國詩歌會的大力倡導是分不開的。達方面，穆木天的現實主義詩論，也是起了很大的促進作用的。

　　第二年，穆木天提出詩歌要「反帝反封建，以之達到民族解放，是我們詩人所宜要求著的主題。」[33]抗日戰爭爆發以後，他明確提出：「我們的文藝，是用做推動革命的。」他把自己提倡的詩歌大眾化看作是一種「政治的革命手段」[34]。因此，他認為詩人在抗戰中應當用詩歌「去打碎帝國主義加在我們身上的鐵鏈」，「去鼓勵全民族的抗戰建國的戰鬥的情緒」[35]。今天，歷史進入了社會主義革命和建設的新時期。但是，穆木天和其他詩壇前輩們堅持詩歌為革命服務的傳統仍然是值得詩人們繼承和發揚的。

　　第三，詩人應當改造世界觀。

　　穆木天從自身的創作實踐中，從古今中外的詩史中，深刻地認識到，詩篇的優劣與作者的思想、世界觀有著十分密切的關係。他曾經回顧自己早年的詩歌創作歷程，認識到由於自己出身於破落的地主家庭，早年接受的又是封建主義和資本主義的教育，又曾經一度受到象

徵主義詩歌的影響，所以在早期詩作《旅心》中有著濃重的頹廢、感傷的情緒[36]。而在三十年代詩壇上，絕大多數詩人由於階級的侷限性和所受教育的影響，存在著比較濃厚的舊的思想意識、頹廢感傷的情緒，這就難以成為「時代的喇叭手」、「大眾的代言人」、「人類心靈的機師」[37]。因此，他指出：「為了完成自己的現實主義者的社會表現之任務，去認識社會，去獲得正確的世界觀，是我們的青年詩人的必須對準的目標。」[38]

　　穆木天在不少詩歌評論文章中指出了地主資產階級世界觀對詩歌創作的影響。在〈王獨清及其詩歌〉一文中，他指出王獨清是中國沒落貴族的最顯著的代表，因此他的許多詩篇抒寫的是世紀末的感傷和頹廢的情調。對於左聯詩人作品中反映出來的非無產階級思想感情，他也不留情面地提出批評。在〈關於「賣血的人」〉[39]一文中，他批評許幸之發表在《春光》雜誌上的〈賣血的人〉雖然有「相當豐富的現實主義的要素」，但是由於作者「有著沒落的悲哀與傷感」，因而「唯美主義的要素也相當強烈」。一九三九年，他在〈建立民族革命的史詩的問題〉一文中指出：「詩歌工作者的身上，個人主義的情緒還是相當地濃厚」，而「個人主義的抒情主義的作品，感傷主義的作品」，在人民大眾中是「得不到成功的」，因此他向詩歌作者提出必須「徹底地去克服我們的個人主義的感傷主義，以及一切的個人主義的有害的遺留」[40]。

　　那麼，詩歌作者怎樣改造世界觀呢？穆木天認為：詩人「必須是大眾中的一員，必須積極地同大眾一起參加戰鬥，他才能真正地成為大眾的響亮的回聲」，「必須自動地以時代的喇叭自命，他才可以成為有力的大眾的回聲」，而與此同時，詩人必須「要把握時代的進步的感情」，「同大眾的感情起了共鳴，把大眾的龐雜的鬥爭的感情，統一起來，他的詩作，才是能代表時代的，而且是推動時代的」[41]。

　　第四，提倡詩歌大眾化、通俗化。

穆木天在上述《新詩歌》的〈發刊詩〉中提出了詩歌大眾化的口號:「我們要用俗言俚語,／把這種矛盾寫成民歌小調鼓詞兒歌,／我們要使我們的詩歌成為大眾歌調,／我們自己也成為大眾的一個。」

穆木天是從著眼於詩歌的社會功用來提倡詩歌的大眾化、通俗化的。他說:「新的詩歌應當是大眾的娛樂,應當是大眾的糧食。」而人民大眾只有通過詩歌「得到了新的情感的薰陶」,「才得以完成它的教育的意義」。他認為三十年代初期詩壇上曾經一度流行的象徵派詩歌「是與民眾無緣的」[42]。為此,他提出了詩歌大眾化、通俗化的口號。穆木天提倡詩歌大眾化、通俗化,一方面是他三十年代初期學習馬列主義文藝理論的結果,同時也與左聯時期文藝大眾化討論有著密切的關係。「左聯」為了使文藝能為廣大工農大眾服務,它一成立,就十分重視文藝大眾化,成立了「文藝大眾化研究會」,並且展開了三次文藝大眾化的討論。第一次是一九三〇年三月到四月,第二次是一九三一年十一月到一九三二年六月間,第三次是一九三四年初。穆木天撰寫的《新詩歌》的發刊詩,提倡詩歌大眾化,是在第二次討論之後。可以說,他的詩歌大眾化的主張,正是當時文藝大眾化討論的直接產物。

那麼,怎樣實現詩歌的大眾化、通俗化呢?穆木天提出了向歌謠學習、創作新歌謠的課題。他認為:新詩的歌謠化,「是新詩運動的目標之一」,「歌謠的創作,總是我們的努力主要方向之一」。這就提出了一個怎樣對待民間歌謠的問題。穆木天反對在向民間歌謠學習時削足適履乃至卑俗化的傾向。他認為,過去的山歌、俗謠只能參考,「不宜死板地拘泥著過去的形式」[43]。

詩人在主張借鑒民間歌謠通俗詩歌形式的同時,還提倡詩歌朗讀運動。他認為「在大眾裏邊,聽覺比視覺要發達得多」,其根據是,民間文藝的種種體裁,主要是以口碑文學的形式存在的。因此,他提倡為朗讀而寫詩,並認為朗誦詩運動是當時實現詩歌大眾化的一條基本路線[44]。此外,他還提倡大眾合唱詩,它是「為的大眾能夠聚在一起,集體合唱而作的一種有劇的形質的詩歌」[45]。

　　穆木天不但理論上提倡詩歌大眾化、通俗化，而是身體力行，努力創作大眾化的詩歌，編輯發表大眾化詩歌的詩刊，組織詩歌朗讀活動。一九三二年「一・二八」戰爭發生後，他搜集了不少民間歌謠，創作了許多通俗詩歌，編印牆頭詩，在上海市內散發，以此鼓舞軍民。一九三七年「八・一三」時，他又和中國詩歌會的詩友們，用民謠、小調等形式寫成傳單，到街頭散發。穆木天還創作了十多篇大鼓詞，如〈蘆溝橋〉、〈偽國兵王順反正〉、〈八百壯士〉、〈江北銅匠王阿毛〉、〈游擊隊雪地退兵〉等，供宣傳演唱，鼓舞軍民鬥志。茅盾在〈關於鼓詞〉一文中曾高度肯定他和老舍創作民族意識強烈的新鼓詞是「抗戰文藝運動中一件大事」[46]。同年十月，穆木天到武漢，與原中國詩歌會成員杜談、宋寒衣、柳倩等，聯合在武漢的青年詩人蔣錫金、鄒荻帆、厂民（嚴辰）等，創辦詩歌半月刊《時調》，提倡「通俗詩歌，朗誦詩歌，民謠，民間俗曲的編撰」[47]。為了使自己創作的詩歌和編輯的《時調》，真正大眾化，通俗化，當時他經常請工人或農民到他家裏唱民歌，採集民謠。這種精神是難能可貴的。穆木天編輯的《時調》和他在該刊發表的詩論曾經得到茅盾的首肯。茅盾讚揚《時調》「短小精悍」；讚揚穆木天在該刊第三期上發表的短論〈詩歌朗誦與詩歌大眾化〉一文「要言不繁」，認為文中所說「詩歌朗誦運動就是詩歌大眾化的一個方式」的意見「是對的！」[48]

　　在三十年代初期的新詩壇，「一般人在鬧著洋化，一般人又還只是沉醉在風花雪月裏」[49]。穆木天和中國詩歌會的其他詩人一起，面對詩壇的頹風，大力提倡詩歌大眾化、通俗化，這對於新詩的健康發展，無疑產生了很好的作用。抗戰爆發後，穆木天循著這一方向繼續進行理論探索和創作實踐，努力使新詩服務於民族解放戰爭，為新詩的發展作出了貢獻。因此，穆木天提倡詩歌大眾化、通俗化，是值得肯定的。

　　第五，闡明了詩的表現形式問題。

　　穆木天認為，詩歌的表現形式十分重要。他說：「一個詩歌工作者，如果是被一種不合式的形式給拘束著，而不能打破他的那種偏愛的話，他的作品，根本地，就不會成為正確的。」[50]他曾批評三十年代詩壇上某些詩篇由於缺乏緊密的結構而造成的散漫的缺點[51]。

　　他主張完成詩歌的民族革命，也就是建立新詩的民族形式[52]。而要建立新詩的民族形式，「既要向著詩歌的世界的水準去努力」，「追隨著世界的進步的潮流」，「又要向著詩歌大眾化運動」，才能建立富有民族特色的抒情詩、敘事詩、諷刺詩、大眾合唱詩、新歌曲、朗誦詩[53]。

　　穆木天認為，自由詩是新詩基本的形式。因為「自由奔放的感情，必須用自由句，才能裝得住」。與此同時，他又要求新詩「體裁的多樣性」[54]。這一主張是正確的。

　　第六，論述了詩歌遺產的問題。一九三四年二月，他提出詩歌遺產的繼承問題「值得注意」[55]。隨後，在當年五月間，他又指出：「為的是中國詩歌創作得有長足的發展，我們必須從世界文學中，世界詩歌中，去尋求養料。」[56]一九三八年，他在《怎樣學習詩歌》一書中，又一次提出了「從過去的詩歌的遺產中學習」的問題。

　　穆木天指出，對中外詩歌遺產應當採取「科學的批判的態度，去吸收過去詩歌所具有的價值」[57]，反對「盲目地，擬古主義地」不加批判地，沐猴衣冠地，去接受過去的文學遺產的態度。他指出：「形式主義地模仿古典詩歌的形式，在西歐過去的文學史上，是曾有很多的人，遭遇到悲慘的失敗了。」[58]因此，他在提議建立民族革命的史詩的文章中認為：「我們的現代的敘事詩（史詩），是不能夠依樣畫葫蘆地，去模仿古代，乃至中世紀史詩的形式。」[59]他認為要建立民族革命的史詩，就要研究如何在中外敘事詩形式的基礎上，建立符合中國老百姓欣賞習慣的敘事詩。他指出：「要研究怎樣地去把大鼓書，道情等等的形式和西洋近代的敘事詩的形式，綜合起來，造成為一種新的敘事詩的形式。」也就是一方面要從大鼓書等表現形式中去「發揮近代敘事詩的特質」；另一方面，「要運用大眾的口語，大眾的表現方式，

使近代的敘事詩的形式，如〈悲劇之夜〉、〈嚴寒，通紅的鼻子〉等等
的形式，能夠中國化，能夠同中國大眾接近；而通過朗讀，把那種東
西提供給革命大眾之前」[60]，從而建立民族革命的史詩。總之，穆木
天運用辯證唯物主義與歷史唯物主義觀點，相當全面地闡述了如何繼
承詩歌遺產的問題。

　　從上述穆木天對詩歌創作一系列基本問題的論述來看，他是以魯
迅為代表的中國三十年代無產階級文藝理論建設的奠基者之一，也是
中國現代革命詩歌的先驅者之一。早在一九二九年四月，魯迅在與創
造社、太陽社論爭後不久，就翻譯了蘇聯無產階級文藝理論家盧那察
爾斯基關於藝術的論文集《藝術論》；同年六月又翻譯了普列漢諾夫的
《藝術論》；八月，又翻譯了盧那察爾斯基的文藝評論集《文藝與批
評》，大力傳播無產階級文藝理論。「左聯」沿著魯迅開闢的譯介馬克
思主義文藝理論的道路前進，設立了馬克思主義文藝理論研究會，編
輯出版了《文藝講座》、《文化鬥爭》等理論刊物，瞿秋白、馮雪峰、
夏衍等翻譯了不少馬克思、恩格斯、列寧、拉法格、普列漢諾夫等人
的無產階級文藝理論論著。無產階級文藝理論的傳播和建設，大大推
動了左翼文藝運動的發展。穆木天遵循左聯「必須負起建立中國馬克
思列寧主義的文藝理論的任務」[61]的原則，自覺運用無產階級文藝理
論觀察和探討詩歌問題。因此，他的後期詩論是無產階級文藝理論在
詩歌問題上的運用和具體化，從而推動和促進了三十年代無產階級文
藝理論建設。

註 1、35、37：《怎樣學習詩歌》，1938 年 9 月生活書店初版。

註 2：《現代》第 5 卷第 1 期，1934 年 5 月 1 日。

註 3：《文學》第 3 卷第 1 期，1934 年 7 月。

註 4：《文學》第 8 卷第 1 期，1937 年 1 月。

註 5：〈穆木天、中國詩歌會和他的詩〉，《社會科學戰線》1983 年第 2 期。

註 6、32、36：〈我的詩歌創作之回顧——詩集《流亡者之歌》代序〉。《現代》
　　　第 4 卷第 4 期，1934 年 2 月 1 日。

註 7：〈我的文藝生活〉，《大眾文藝》第 2 卷第 6 期，1930 年 6 月。

註 9：原載 1934 年鄭振鐸、傅東華主編的《我與文學》，又收入《平凡集》，
　　　上海新鍾書局 1936 年版。

註 10：《創造月刊》第 1 卷第 1 期，1926 年 1 月。

註 11：馮乃超〈憶木天〉，《社會科學戰線》1983 年第 2 期。

註 12：〈「五四」文學之研究工作〉，《平凡集》。

註 13：魏爾倫《詩的藝術》。

註 15：〈談文藝樣式〉，《現代》第 5 卷第 3 期，1934 年 8 月。

註 16、30：〈怎樣去研究詩歌〉，《微音》（月刊），第 2 卷第 9 期。

註 17：〈關於讀詩的一點意見〉，《讀書月刊》第 2 卷第 9 期。

註 18、19、20、21、28：《平凡集·詩歌與現實》。

註 22、29、33、38、56：〈詩歌創作上的二三問題〉，《中學生文藝月刊》第 1
　　　卷第 3 期，1934 年 5 月 10 日。

註 23：臧克家《我的詩生活》，重慶學習出版社，1943 年版。

註 24：《現代》第 4 卷第 6 期，1934 年 4 月 1 日。

註 25：〈林庚的〈夜〉〉，《現代》第 5 卷第 1 期，1934 年 5 月。

註 26：《中國新文學大系·史料索引》117 頁。

註 27：〈《望舒草》序〉。

註 34：〈文藝大眾化與通俗化〉，《文藝陣地》第 2 卷第 8 期，1939 年 2 月 1 日。

註 39：《平凡集·關於「賣血的人」》。

註 40、58、59、60：〈建立民族革命的史詩的問題〉，《文藝陣地》第 4 卷第 5
　　　期，1939 年 6 月 16 日出版。

註 41：《怎樣學習詩歌·詩歌創作上的題材與主題的問題》。

註 42、43、44：《平凡集·關於歌詩之製作》。

註 45：〈怎樣學習詩歌·詩歌的形態和體裁〉。

註 46：《文藝月刊》戰時特刊第 8 期，1938 年 3 月 16 日。

註 47：《時調》創刊號〈編餘語〉。

註 48：《時調》，《文藝陣地》創刊號，1938 年 4 月 1 日。

註 49：〈中國詩歌會發起緣起〉，轉引自任鈞《新詩話·關於中國詩歌會》，
　　　新中國出版社 1946 年 6 月初版。

註 50、52、53、54：《怎樣學習詩歌·詩歌創作上的表現形式問題》。

註 51、55：〈一點意見〉，見《現代詩歌論文選》，洪球編，上海仿古書店 1935
　　　年初版。

註 57：《怎樣學習詩歌·對於詩歌要怎樣去理解》。

註 61：〈關於左聯理論指導機關雜誌《文學》的決議〉，1922 年 3 月 9 日祕
　　　書處擴大會議通過，刊 1932 年 3 月 15 日左聯祕書處出版《祕書處消
　　　息》第 1 期，轉引自《三十年代左翼文藝資料選編》，馬良春、張大明
　　　編，四川人民出版社 1980 年 11 月第 1 版。

梁實秋

梁實秋是新月派的文藝理論家，在二、三十年代系統地宣揚過資產階級文藝觀，遭到以魯迅為代表的革命文藝家的有力批駁。早在一九二六年，他就宣揚「普遍的人性」[1]，抹煞人的階級性。魯迅寫了〈文學與出汗〉一文[2]，對他的謬論進行了剔骨見膚的批判。一九二八年，當創造社、太陽社熱情地宣傳馬克思主義，倡導無產價級革命文學時，梁實秋繼續以資產價級人性論反對馬克思主義的階級論，以唯心主義天才史觀，對抗無產階級革命文學。魯迅又先後寫了〈「硬譯」與「文學的階級性」〉、〈「喪家的」「資本家的乏走狗」〉[3]，批駁了他的資產階級人性論，揭露了他維護反動統治階級利益的本質。

在詩歌創作的不少根本問題上，也暴露了梁實秋的資產階級立場和文藝觀。

梁實秋抹煞詩歌的社會功利作用，反對詩歌反映社會現實生活。「五四」時期，當俞平伯提出新詩必須表現人生，批評和描寫人生，引導人生向善，從而促進人生以及提倡新詩平民化時[4]，梁實秋撰文認為藝術是「超於善惡性而存在的」，其效果只是「供人們的安慰和娛樂」，「詩國絕不能建築在真實普遍的人生上面」，「詩是貴族的」，「好詩實是大多數人所不能解的」。他並且以所謂醜的字句不能入詩為藉口，將「無產階級」、「共產主義」、「革命」、「社會改造」等字眼一概稱為「醜不堪言的字句」，一律不能入詩，以此反對新詩宣傳革命和反映社會現實生活[5]。一九二二年五、六月間，北京《晨報副刊》曾有過一場關於「醜的字句」的討論，發表周作人，柏生、東孿等人的文章，對梁實秋的觀點提出了批評[6]。

　　一九三一年三月，曾經是文學研究會會員的梁宗岱在給徐志摩的
〈論詩〉信提出：中國詩人「如要有重大的貢獻，一方面要注重藝術
底修養，一方面還要熱熱烈烈地生活，到民間去，到自然去」，「要熱
熱烈烈地活著」⑺。梁宗岱的觀點，雖然還不是從建立無產階級革命
文學的高度提出作家要豐富自己的生活這一命題的，但是他的意見無
疑是正確的。詩人只有豐富自己的生活，才能使自己的詩作有充實的
內容。但是，梁實秋在〈現代文學論〉一文中卻說梁宗岱的上述意見
「全是廢話」⑻。他在另外一篇〈什麼是詩人的生活〉中又說：「一個
人的生活之豐富與否，還要看個人的性情和天賦而定。足跡遍世界的
人，也許是無異於行屍走肉，也許是只淺嘗了些皮毛；畢生不出鄉村
的邊界的人，也許對人生有深切的認識。所以要有豐富的生活，並不
一定要『到民間去，到自然去』」，詩人的生活「自然的會豐富」⑼。
詩人只有投身現實社會，才會有豐富的生活，怎麼會自然的豐富呢？
這只能是梁實秋唯心主義詩論的反映。

　　新詩在它誕生和發展過程中，曾經受到外國詩歌的影響。由於「五
四」新詩運動的先驅者們對於中國的傳統文化、傳統詩歌缺乏批判地
繼承的科學態度，因而沒有能在借鑒外國詩歌的同時，吸收中國傳統
詩歌的長處，因而初期新詩不少詩篇存在著歐化的弊病。如果說「五
四」時期新詩的先驅者們較多地借鑒外國詩歌，體現了開放、創新精
神的話，那麼，十多年後，三十年代初期，染實秋一味地鼓吹照搬外
國詩歌，則反映了他對待民族文化、民族詩歌遺產的虛無主義態度。
他認為：「新詩，實際就是中文寫的外國詩。」⑽一九二六年，聞一
多、徐志摩等在《晨報》上創辦《詩鐫》，提倡新格律詩。他們的主觀
意圖無疑是為了提高新詩的藝術性，但是，由於他們深受英國詩歌的
影響，因此他們提出的格律主張，沒有能從漢語的特點出發。對於聞
一多、徐志摩模仿外國詩歌創建新格律詩的理論和主張，梁實秋認為
他們「要試驗的是用中文來創造外國詩的格律來裝進外國式的詩意」，
而新詩要講究藝術，「當然是以外國的為模仿對象」⑾。因此他提出

「要明目張膽的模仿外國詩」[12]。他還認為對外國詩歌「取材的選擇，全篇內容的結構，韻腳的排列」，中國的新詩「都不妨斟酌採用」[13]。反映了他借鑒外國詩歌技巧的開放意識，因而值得肯定。

梁實秋反對新詩描寫現實生活、反映勞動人民的疾苦。新詩在它的發軔期，一些詩人創作了一部分反映勞動人民生活的詩篇。如胡適、沈尹默同時在《新青年》四卷一號上發表了同樣以〈人力車夫〉為題目的新詩，接著，劉半農又在該刊四卷二號上發表了〈車毯（擬車夫語）〉一文，反映了人力車夫艱難的生活，抒寫了他們對人力車夫一定程度上的同情。儘管他們對人力車夫生活的反映還是浮面和膚淺的，從思想感情來看，像胡適的詩作僅僅停留在淺薄的資產階級人道主義上。但是，從歷史發展的角度來看，對於這些詩篇，還是應該給予肯定。梁實秋卻認為這些詩「專門為人力車夫抱不平，以為神聖的人力車夫被經濟制度壓迫過甚，同時又以為勞動是神聖的，覺得人力車夫值得讚美」，而在他看來，人力車夫「既沒有什麼可憐恤的，更沒有什麼可讚美的」，「平等的觀念，在事實是不可能的，在理論上也是不應該的」[14]。暴露了他作為資本主義制度辯護士的階級立場，也反映了他否認新詩應該反映勞動人民生活的資產階級詩歌觀。

雖然梁實秋在詩歌創作的一些根本問題上的看法反映了他的資產階級立場，毫無可取之處，但他在詩歌創作的一些具體問題上，還是提出了一些有益的意見。

首先，梁實秋注重詩歌創作的本質特徵。

三十年代初期，他批評初期新詩「注重的是『白話』，不是『詩』」，即未「曾注意到詩的藝術和原理一方面」[15]。這一批評，雖然並不完全正確，但的確指出了「五四」時期相當數量的新詩存在的弊端。胡適曾經提倡「話怎麼說，詩就怎麼寫」，錢玄同甚至肯定胡適〈贈朱經農〉一詩中用外語的作法，這正如梁實秋所指摘的那樣：當初「一般寫詩的人以打破舊詩的範圍為唯一職志，提起筆來固然無拘無束，但是什麼標準都沒有了，結果是散漫無紀」[16]。這就造成了初期新詩相

當數量的作品嚴重散文化。英國文藝復興時期詩人和批評家錫德尼曾在〈為詩一辯〉中指出:「構成詩的並不是押韻和排成詩行」[17],重要的是要有詩的意趣,因此提出了一個評詩標準:「把詩譯成散文,然後再問有什麼意義?」梁實秋在〈一個評詩的標準〉[18]一文中引用錫德尼提出的這個標準,也認為可以將它作為評詩的標準。錫德尼提出的這個評詩標準,雖然由於缺乏具體內容而不免顯得空泛,但是,它強調詩歌要有詩的意趣,反對忽視詩的意趣而徒具押韻、分行等形式的形式主義的作法,卻還是正確的。

關於新詩的形式,早在一九二三年七月,他在評論冰心的詩集《繁星》、《春水》的文章中,就提出:「詩分行寫有道理的,一行便是一節有神韻的文字,有起有訖,節奏入律。」[19]因而批評《繁星》、《春水》「句法太近於散文」[20],可以看出他較早就重視新詩的形式。到了三十年代初期,他更是明確認為「詩,就是以思想情緒注入一個美的形式裏的東西。」因此,他格外重視詩形式與格律,認為新詩「不該於解脫桎梏之際而遂想求打破一切形式與格律」[21]。詩論家孫俍工曾認為詩歌「已由『韻』趨『散』」,因此主張「詩歌的聲韻格律及其他種種形式上的束縛」應當「一概打破」,而講究聲韻格律會使詩的情緒「受束縛」,「便要消沉或變性,至少也要減少他的原來的程度」[22]。梁實秋針對孫俍工的看法,認為形式如果適當,「不但不對內容發生束縛的影響,而且還能使那一縷縷的思想,一團團的情緒得一美麗動人的軀體」。因此他認為不能說要創造新形式就「張大其辭的說要鐐銬,更不必談虎色變的以為更要回到束縛的老路」[23]。他在談到英國近代詩人霍斯曼的情詩時說:情有以自然流露,情詩可不能自然流露,它「要能夠把一股熱烈深摯的感情約束起來,注納在一個有範圍的模型裏」。只有這樣,情詩才「緊湊」,「禁得起咀嚼」[24]。梁實秋的意見歸納起來便是:「自由是要的,放肆是要不得的;鐐銬是要不得的,形式與格律仍是要的。」[25]

　　梁實秋與聞一多、徐志摩在新詩要講究形式與格律這一點上是一致的，但對新詩形式與格律的具體主張卻並非完全一致。聞一多主張新詩的格律包括視覺與聽覺兩方面，視覺方面有節的勻稱、句的勻齊，聽覺方面有格式、音尺、平仄、韻腳。因此他提出了新詩音樂美、繪畫美、建築美的主張[26]。而梁實秋則認為：「形式的意義不在於一首詩要寫多少行，每行若干字，平仄韻律等，這些是末節，可以遵守也可以不遵守。其真正之意義乃在於使文學的思想，挾著強烈的情感豐富的想像，使其注入一個嚴謹的模型，使其成為一有機的整體。」[27]他在引了《紅樓夢》第四十八回林黛玉與香菱論詩（林黛玉認為詩「第一是立意要緊，若意趣真了，連詞句不用修飾，自是好的，這叫做不以詞言意」，這實際上反映了作者曹雪芹的詩論主張）的文字之後說：「我所謂形式、是指『意』的形式，不是指『詞』的形式。所以我們正可在詞的形式方面要求盡量的自由，而在意的方面卻須嚴守紀律，使成為一有限制的整體。」[28]他認為任何一種格律嚴謹的詩體，都不會束縛天才的能力。他將文學形式比作新鞋，初穿上去有點拘束，日子一久就舒適[29]。注重形式是對的，但他看不到過於嚴謹的格律對於抒發情意的束縛，這就失之偏頗。連梁實秋自己也說過：「韻語的體裁沒有不多少妨礙內容的。」[30]這反映了梁實秋詩論存在著一定的矛盾之處。

　　梁實秋重視新詩的形式，認為應該對新詩作多種形式的嘗試和探索。他認為，為了提高新詩的藝術性，詩人應當「努力做各種可能的試驗，寫抒情小詩，寫敘事詩，寫戲劇的詩，用十四行體，用歌謠體，用三行體，用九行體，用無韻體，用散文體，加雙聲疊韻，分平仄清濁，或另創新法，均無不可」[31]。梁實秋的這一主張，體現了他與聞一多對新詩形式的不同的審美追求。梁實秋在詩的形式上並非獨尊一體，比起聞一多來，他的詩歌審美天地更廣闊一些。他的新詩形式多樣化的主張，是符合新詩發展的客觀規律的。

　　正因為梁實秋主張新詩應當作多種形式的嘗試和探索，因此當有
人批評有的詩人寫作十四行詩是剛從中國的舊體詩裏解放出來就採用
格律謹嚴的西歐十四行詩體，彷彿才解放的三寸金蓮又穿上西洋高跟
鞋。梁實秋認為這樣的說法不妥。他熟諳十四行詩體的格律要求，認
為：「十四行詩的格律，不能說是束縛天才的鐐銬，而實是藝術的一些
條件」，而它由於「結構嚴謹，故特宜於抒情，使深沉之情感注入一完
整之範疇而成為一藝術品，內容與形式俱臻佳境。」[32]作為借鑒西方
詩歌的形式，探索新詩的格律形式，少數熟諳十四行詩體格律的詩人
嘗試創作十四行詩體，他們的探索精神值得肯定。在新詩百花園中，
十四行詩也理應有它自己的一席地位。

　　梁實秋雖然主張「明目張膽的模仿外國詩」，但是他也指出，由於
「中文和外國文的構造太不同」，因此，他並「不主張外國詩的格調」，
而要求根據中文的特點，「自己創造格調」[33]。所謂新詩的格調，指
的是格式、音節、韻律和聲調，它屬於詩的形式範疇。每個國家的詩
歌形式是由自己的民族語言的特點決定的。漢語有它自己長期形成的
特點，因此新詩要創立自己的格調，的確應當根據漢語的特點來創造
新詩的格調。

　　在詩的風格上，梁實秋提倡清楚明白的詩風。他指出：「新詩應該
做得清楚明白。」[34]因為「必須要叫人懂得然後才有意義可說」，「詩
人只圖發揮自己的情思而並不企求讀者領略，那麼他根本不該發表他
的詩」[35]。因此，他對李金髮等人詩風晦澀朦朧的象徵派詩歌是不滿
的，認為「十幾年來，新詩反有趨向糊塗晦澀的趨勢」，「象徵主義，
神祕主義，未來主義等等，那全是出奇立異的勾當，其結果是自尋墳
墓」[36]。但是，他並不主張用淺顯的散文寫詩，以致一覽無餘。他要
求詩歌「委婉含渾」[37]。為此，他要求詩的詞藻、句法、音節應當有
「特殊的風味」[38]。可以看出，梁實秋關於新詩風格的上述主張，是
在總結了新詩史最初十多年的經驗教訓之後提出來的，因而對我們今
天探索新詩的風格，有一定的啟示意義。

在新詩評論方面，梁實秋先後寫過〈《草兒》評論〉[39]和〈《繁星》和《春水》〉[40]。《繁星》和《春水》兩部小詩集是著名女作家冰心「五四」時期在印度大詩人泰戈爾〈飛鳥集〉的影響下，用小詩記下她對人生的探索而成的，富於哲理是這兩部小詩集的顯著特色。但是，冰心詩中的哲理不是空洞的說教，而是通過蘊藏著深情和詩意的文句表達出來。因此，《繁星》和《春水》是詩而不是哲理教科書。但是，梁實秋卻認為：「《繁星》和《春水》裏認識的冰心女士是一位冰冷到零度以下的女作家」，是「一位冷若冰霜的教訓者」，讀了這兩部詩集，得到的是「只有冷森森的戰慄」[41]。這一評價，是不符合作品實際的。《繁星》、《春水》陸續發表和先後出版問世後，就得到了周作人、宗白華等詩人、詩評家的好評和廣大讀者的歡迎。當然，後來梁實秋的看法有了改變。三十年代，他在談到小詩作家時，就認為冰心、宗白華和劉大白是比較得最好的[42]。

註 1：〈文學批評辨〉，1926 年 10 月 27 日、28 日《晨報副刊》。

註 2：《而已集》。

註 3：《二心集》。

註 4：參見〈詩底進化的還原論〉、《詩》1 卷第 1 期，1922 年 1 月 5 日。

註 5：〈讀「詩底進化的還原論」〉，1922 年 5 月 27 日、29 日《晨報副刊》。

註 6：參見周作人〈醜的字句〉，1922 年 6 月 2 日《晨報副刊》；柏生〈關於醜的字句雜感〉，1922 年 6 月 27 日《晨報副刊》；東巒〈讓我來攪說幾句〉，1922 年 6 月 29 日《晨報副刊》。

註 7：《詩刊》第 2 期，1931 年 3 月。

註 8、21、23、25、31、34、38：〈現代文學論〉，《偏見集》（中國文藝社叢書），中國文藝社 1934 年 7 月初版。

註 9：《新月》第 3 卷第 11 期，收入《偏見集》。

註 10、11、12、13、15、16、33：〈新詩的格調及其他〉，《詩刊》創刊號，1931 年 1 月。

註 35：〈詩的將來〉，《偏見集》。

註 14：〈現代中國文學之浪漫的趨勢〉，《浪漫的與古典的》，新月書店 1931 年 8 月出版。

註 17：《西方文論選》上卷 240 頁。

註 18：《偏見集》。

註 19、20、40、41：〈《繁星》和《春水》〉,《創造週報》第 12 期。

註 22：轉引自《現代文學論》,《偏見集》。

註 24：〈霍斯曼的情詩〉,《文學的紀律》,商務印書館 1928 年版。

註 26：〈詩的格律〉,1926 年 5 月 13 日《晨報副刊‧詩鐫》第 7 號。

註 27、28、29：〈文學的紀律〉,《新月》創刊號,1928 年 3 月。

註 30：〈詩的迷信〉,《偏見集》。

註 32：〈談十四行詩〉,《偏見集》。

註 36、37：〈一個評詩的標準〉,《偏見集》。

註 39：《〈冬夜〉〈草兒〉評論》,清華文學社 1922 年 11 月初版。

註 42：〈詩的長短大小〉,《新月》第 3 卷第 10 期,1931 年 5 月,後收入《偏見集》。

蒲風

在中國三十年代詩壇上，蒲風猶如一顆熠熠閃光的明星。他不但在詩苑裏辛勤地耕耘，碩果纍纍，而且在新詩理論領域裏不倦地探索，頗多建樹。

中國詩歌會發起人之一的任鈞四十年代在〈關於中國詩歌會〉一文中曾經這樣滿腔熱情地讚頌蒲風：「中國詩歌會的成立，他盡了很大的力量。該會後來的一切工作和活動，可以說絕沒有一項曾經缺少他的努力。的確，在我所認識的許多詩友當中，直到現在，還沒有發現任何一個人，對新詩本身及新詩運動，抱著像蒲風般的高度的熱忱的。他可以被稱為：最熱心，最活躍的新詩運動者；我們不談到中國詩歌會則已，一談到，則一些人可以被漏掉，而蒲風則絕對不能。因為在事實上，我們不妨說，他乃是該會的『總幹事』。他過問一切。他推進一切。假如說中國詩歌會的確曾經對中國的新詩歌運動發生過多少推進作用的話，則蒲風之功，顯然是最大的。」[1]詩人野曼一九八一年在為蒲風詩選《六月流火》一書所寫的〈蒲風，閃爍在人們心頭的詩〉一文中也說：「蒲風，是至今為止我看見的第一個新詩狂熱的提倡者，組織者，創造者。他是傾注每一滴生命之泉；來哺育新詩的。」[2]

蒲風，原名黃日華，曾用名黃飄霞，另有筆名黃風，一九一一年九月誕生於廣東梅縣，一九四二年八月逝世於皖南天長縣。他從小酷愛詩歌，一九二七年開始詩歌創作，一九三〇年參加「左聯」。作為新詩運動最熱烈的提倡者、最積極的實踐者，蒲風先後編輯過《詩歌生活》（東京）、《新詩歌》（上海）、《青島詩歌》、《廈門詩歌》、《中國詩壇》（廣東）等詩刊。在他短暫的一生中，先後出版了《茫茫夜》、《六

月流火》、《搖籃歌》、《生活》、《鋼鐵的歌唱》、《抗戰三部曲》、《黑陋的角落裏》、《可憐蟲》、《真理的光澤》、《在我們的旗幟下》、《兒童親衛隊》、《取火者頌》等詩集，還有譯詩集《普式庚詩抄》。蒲風除致全力於新詩創作外，還不斷撰寫詩論，給我們留下了《抗戰詩歌講話》[3]、《現代中國詩壇》[4]兩本詩論專著。他曾經為眾多作者的詩集寫了序言和詩評，後來還編過一本《序評集》，並刊登過出版預告，可是，由於生活的動盪而沒有能夠出版。蒲風的詩論，有力地推動了三十年代的新詩運動，而《現代中國詩壇》則是繼張秀中的《中國新詩壇的昨日今日與明日》之後第二本研究中國新詩史的專著，保留了自「五四」至三十年代中期的許多新詩史料，是我們今天研究新詩史的重要參考讀物。

　　縱觀蒲風的詩論，歸納起來，其主要的內容是反擊資產階級唯心主義詩論和頹廢詩風，提倡新現實主義，亦即社會主義的現實主義，探索新詩的民族化、大眾化。

　　三十年代初期，中國社會激烈動盪，國民黨反動派在向革命根據地發動反革命軍事圍剿的同時，對中國共產黨領導的左翼文化進行反革命的文化「圍剿」。面對黑暗的社會，新月派、現代派詩人逃避現實，躲進象牙之塔，抒寫寂寞、孤單、頹廢的情懷。新月派的代表詩人徐志摩二十年代中期曾在〈《詩刊》弁言〉中宣稱：「我們信完美的形體是完美折精神唯一的表現；我們信文藝的生命是無形靈感加上有意識的耐心與勤力的成績。」[5]所謂「無形的靈感」，實則是鼓吹脫離現實的濫調。一九三一年九月，新月書店出版了新月派詩人陳夢家編輯的《新月詩選》，標誌著新月派的結束。一九三二年五月，施蟄存主編的《現代》雜誌創刊，以「現代」為標榜。他在〈又關於本刊的詩〉中說：「《現代》中的詩是詩，而且是純然的現代詩。它是現代人在現代生活中所感受的現代情緒，用現代的詞藻排列成的現代詩形。」現代派的詩與象徵派的詩一樣朦朧、晦澀。《現代》的另一個編者蘇汶（杜衡）說：「一個人在夢裏洩漏自己底潛意識，在詩作裏洩露隱祕的靈魂，

然而也只是像夢一般朦朧的。」在他看來，詩的動機「是在於表現自己與隱藏自己之間」[6]。可見他認為詩歌不是生活的反映，而只是詩人「隱祕的靈魂」的洩露；同時也可以看出，他所推重的是晦澀、朦朧的格調。他們還認為詩的是否被懂得在讀者不在作者，這也助長了當時晦澀的詩風。

針對新月派、現代派的反現實主義詩論，蒲風提倡現實主義詩論。他指出：「我們必須瞭解詩歌是現實生活的反映。」[7]「沒有真實的生活寫不出真實的詩，我們的優美的國防詩歌，不在空洞的意識觀念上發出的抗敵吶喊中，而在一切真實的抗敵生活及其觀察，體驗，反應上。」[8]但是，詩歌如果僅僅照相式的反映生活，還是不能反映生活的本質和產生巨大的魅力的，因此蒲風進而指出：「我們新時代的詩人不能光是陷於現實的泥沼裏，而是應該活躍在指導現實、謳歌或鼓蕩現實、咒詛或憤恨現實，鞭打或毀滅現實裏」，應當著眼於現實生活的「真實性的更深的挖掘」[9]。這就是說，詩人應該站在一定的思想高度，觀察、體驗現實生活，從而對現實生活產生或愛或憎的激情，這樣釀成的詩篇，才能反映現實生活的本質，並產生以情感人的作用，詩人也才能成為「時代社會的預言家，時代的先驅者」[10]，和人民一起推動現實生活的發展。

蒲風堅持運用現實主義原則評論新詩。徐志摩早期詩篇曾以淺薄的資產階級人道主義寫過乞丐、拉車老頭、窮老婦哭兒殤、士兵在混亂局面下草菅人命。蒲風指出，徐志摩的這些詩篇，僅僅是「現實的表面及所觸起的印象」，而在「他後期的詩歌裏更難看見這血腥的現實」。蒲風認為：「在他所描摹的現實裏，也只及於現實的表面，沒有深入內在的本質。」〈廬山石工歌〉裏忘記了礦工們的生活背景（「景」原文作「境」，此處訂正——引者按），丟失了他們的饑餓，只有表面的描寫，說是現實的，實不如說是唯美的想像。」[11]他批評戴望舒的詩「逃避現實」，企圖在「夢裏找求安慰」，因而「充滿著虛無色彩」[12]。蔣光慈曾去蘇聯留學，後來他將在莫斯科時所寫的詩歌帶回

國內出版。蒲風肯定他的詩歌「以簇新姿態出現在中國詩壇」，但又指出，「正因為他的寫詩環境在外國，中國方面的真實，痛苦，他沒有充分的瞭解，所以他的初期的詩歌，只是一種『世界革命』的謳歌，吶喊多於描寫」，也就是說，沒有能展開活生生的生活圖畫，因而現實主義成分不夠充分。並指出：「後來，影響到整個詩壇，他是應當擔負一部分責任的。」[13]中國詩歌會廣州分會的詩人溫流一九三六年出版了詩集《我們的堡》，一九三七年一月不幸逝世後，翌年由詩友們籌集資金出版了他的詩集《最後的吼聲》，堅持革命現實主義創作方法。在這兩本詩集中，詩人滿懷深情描寫從事各種職業的生活在最底層的勞動人民，如打磚的、打金的、搭棚的、築路的、削竹器的工人及農民、小販等等，反映他們的痛苦生活。蒲風則指出：「溫流的偉大的貢獻是：描寫現實，表現現實，歌唱現實，而且尤重要的是針對現實而憤怒，而詆毀，而詛咒，而鼓蕩歌唱。」（著重號為原文所有——引者按）因為他「已把握住了現實」，「是一個已有相當成就的新現實主義者」[14]。這裏的「新現實主義」，實際就是社會主義現實主義的意思。他在〈表現主義與未來主義〉一文中這樣解釋「新現實主義」：「凡能真正呼吸著現實生活，凡能真正投身於群眾的熱烈而英勇的鬥爭中，衝擊起感情之波，凡能認識藝術應為自由解放盡點任務，無論何時都應該屬於整個大眾的一方面的，他們的正確的路都是新現實主義，亦即是社會主義的現實主義，不致純陷於表現主義，未來主義等等機械的表現方法的。」[15]由此可見，蒲風倡導的新現實主義即社會主義現實主義，它和十九世紀批判現實主義的區別在於，強調詩人投身於人民群眾的鬥爭生活，注重詩歌服務於人民群眾的解放鬥爭，反對詩歌機械的反映現實生活。蒲風對徐志摩、溫流詩作的評論就體現了他社會主義現實主義的理論主張。蒲風曾經指出，徐志摩在詩中寫盧山石工等，是「基於他的貴族的仁慈心」，「薄弱」的人道主義，而溫流在許多詩中描寫手工業工人以及下層百姓的痛苦，「沒有一篇不是拿真實的生活做底子，而去具體地描寫，表現的」，他「絕不是拿高貴的眼光去憐恤他

們，而是自己本身作為上述諸種人之一份子而自己抒唱出自己的苦痛及前途來的」[16]。（著重號為原文所有——引者按）因而他與其他詩人如徐志摩等，就有了「重大的歧異」[17]。三十年代後期，蒲風對自「五四」至抗戰前夕新詩壇的論述及新詩史上郭沫若、徐志摩、戴望舒、溫流等代表詩人的研究，都堅持運用現實主義詩論，因而作出了比較符合實際的評論。

蒲風不僅強調新詩要真實地反映現實生活，而且注重新詩要為現實的革命鬥爭服務。三十年代，日本帝國主義步步進逼，民族危亡迫在眉睫。蒲風指出，在這樣的政治形勢下，「現附段的中國詩人任務是反帝反漢奸」，詩人應當「肩起中華民族解放的重擔來」，以求得「中華民族自由解放」[18]。

蒲風重視詩歌要為革命的現實鬥爭服務的思想，充分體現在他參與討論、撰寫的，以中國詩歌會同人名義發表在中國詩歌會創辦的《新詩歌》創刊號上的〈關於寫作詩歌的一點意見〉裏。這篇文章指出：中國新詩歌的時代任務是應該「站在被壓迫的立場反對帝國主義第二次世界大戰，反對帝國主義侵略中國，反對不合理的歪理，同時導大眾正確的出路」。關於詩的內容，這篇文章指出應當包含三種條件：「（一）理解現制度下各階級的人生，著重大眾生活的描寫；（二）有刺激性的，能夠推動大眾的；（三）有刺激性的，表現鬥爭或組織群眾的。」題材是作家反映生活、評價生活的重要手段之一。蒲風和中國詩歌會成員們都十分重視新詩題材的選擇。這篇文章提出，新詩為著要完成它的時代任務，應當選擇反帝國主義軍閥壓迫階級的熱情，天災人禍（內戰），苛捐雜稅所加與大眾的苦況，當時的革命鬥爭和政治事變，新勢力新社會的表現，過去革命鬥爭的「史詩」（如陳勝、吳廣、洪秀全的革命），農民、工人的生活，有價值、有意義的社會新聞，戰爭的慘狀等等題材。從蒲風和中國詩歌會的同人們擬定的新詩創作綱領性的意見來看，他們所確定的新詩的任務、內容、題材都是從新詩要為現實鬥爭服務這一總的指導思想而發的。

　　蒲風除堅持現實主義詩論，注重新詩要為革命的現實鬥爭服務外，還大力提倡和探索新詩的民族化、大眾化。如前所述，二十年代末、三十年代初，中國新詩壇上盛行著象徵派、新月派、現代派，其詩作思想內容大多頹廢空虛，藝術形式晦澀難懂，尤其是象徵派，句法過分歐化，不符合中國讀者的欣賞習慣。不必說其思想內容格調低下，就是表現手法也不為廣大人民所喜聞樂見。為了使作品能為廣大人民喜聞樂見，成為提高人民覺悟、喚醒人民起來鬥爭的武器，中國左翼作家聯盟十分重視文藝的大眾化。一九三一年十一月，中國左翼作家聯盟執行委員的決議〈中國無產階級革命文學的新任務〉一文第四節中說：「只有通過大眾化的路線，才能完成我們當前的反帝反國民黨的蘇維埃革命的任務，才能創造出真正的中國無產階級革命文學。」[19]中國詩歌會成立之初，蒲風與森堡（任鈞）、楊騷、白曙等人發起人所起草的〈緣起〉就指出當時詩壇「一般人在鬧著洋化，一般人又還只是沉醉在風花雪月裏」。作為左聯作家，蒲風一方面從自身對詩壇不良詩風的深切體察出發，一方面遵循左聯關於文學大眾化的理論，廣泛宣傳和努力探索、實踐新詩的民族化、大眾化。蒲風指出：「我們的寫詩並非為了消愁，排遣。我們對準大眾吹送喇叭，我們的任務是要大眾都清醒，奮勇前進，踏著時代的潮流的。」因此他提出詩歌「必須大眾化」[20]。那麼，詩歌大眾化的標準是什麼呢？蒲風認為應當達到「識字的人看得懂，不識字的人也聽得懂，喜歡聽，喜歡唱」。而要使詩為人民大眾所喜歡聽、喜歡唱，蒲風認為應當完成三項工作：「一、用現代語言，尤其是大眾所能說的語言，為此，新詩人得積集一些大眾語彙。二、用自己的口去朗讀，使能充分有朗讀性。三、可能歌唱的，最好能便於大眾合唱的。」他主張通俗易懂的大眾化新詩在內容上應當多樣化，無妨寫「前線士兵的生活」，以及「寫大家是怎樣武裝了自己，要為抵抗暴敵而疆場馳驅」，而在體式上也應當多樣化，「無妨是抒情的，敘情的，諷刺的，擴而大之，更是什麼大眾合唱詩、史詩、劇詩、敘事詩、故事詩、政治報告詩、未來派詩、散文詩

等等」[21]。為了達到大眾化，寫作上應當「表現具體化、抒情單純化」，形式要簡短、精煉。而「警句，或單使人提精會神的句子，不拘其是諷刺抑或正面的吶喊、歌唱、表現，這種簡短的詩的製作是有意義而且迫切需要的」[22]。

蒲風特別強調抒情詩的大眾化。首先，他要求抒情詩抒發人民大眾的感情，認為「現階段不是個人主義的時代」，因而應當「以集團的情感為情感，以大眾的行動為行動」。其次，他要求抒情詩形式的大眾化，認為抒情詩應當可以歌唱，因此應當重視「抒情詩的音樂性」。為此，他提倡創建大眾合唱詩，並在創作中努力實踐。

為著實現新詩的民族化、大眾化，蒲風認為應當向歌謠、時調等一切民間形式學習，但他同時又高瞻遠矚地指出：「不必一味迎合大眾的固有的形式，不能屈囚於那些低級的情趣裏。」[23]同時應當創造大眾化的詩的新形式。而在創造新形式時，一方面要利用民間歌謠可以朗讀、可以歌唱的長處，一方面要「適當滌除其呆滯性、欠真實性」[24]，而不是全盤照抄。他指出：「如果你機械地判認『新』與『舊』，則新的永遠離不了『舊』，新形式永遠不能建立。」[25]因此他不滿於「五四」時期劉大白、劉半農僅僅從形式上去模仿民間歌謠的作法[26]，認為為著實現詩歌大眾化，詩人們絕不能「跟他們一樣的地去把詩歌描摹、模仿」[27]。

蒲風在新詩的形式上主張自由詩，那麼他怎樣看待民間歌謠的五七言形式呢？他認為，民間歌謠在形式上固然多採用五七言，但它「含有很大的可伸縮的自由性」，語言方面又近於口語性，在唱法讀法上，又有許多「通融性」，即變成了長短句。因此他認為：「民間歌謠是一種自由詩。基於對民間歌謠之口語化性，採用了定形律之諸種特長性（三言、五言、七言並用，不使呆滯化），又察究出了它們的現實性，隱喻性，象徵性，我們感到此方面的接近較能有屬於創造方面的成就。」[28]

蒲風在中國詩歌會同人合撰的〈關於寫作新詩歌的一點意見〉中說：「我們有利用時調歌曲的必要，只要大眾熟悉的調子，就可以用來

當作我們的暫時形式。」同時又說：應當「採用歌謠的形式」。在這一思想指導下，《新詩歌》第二卷第一號出了歌謠專號。蒲風在這一期上發表了運用歌謠形式寫的〈牧童的歌〉。此外，發表了柳倩、白曙、胡楣（即關露）、石靈、王亞平、田間等詩人寫的歌謠體詩，發表了一些時調體詩，介紹了四川、廣東、廣西、湖南等地的民歌。編者在〈我們底話〉中談到新詩應當利用「舊瓶裝新酒」，「模仿舊形式，用歌謠時調教育大眾，鍛鍊自己」。由此可見，蒲風等人重視歌謠，創作歌謠體詩、提倡新詩大眾化，其目的性是非常明確的。後來，蒲風出版了用「歌」與「曲」形式創作的詩集《搖籃歌》，並在一九三四年至一九三八年間，在聶耳和李煥之的配合下，寫了不少歌詞。一九三九年，他創作出版的兒童詩集《兒童親衛隊》以童謠為主。他堅持向民間歌謠學習，努力使自己的詩篇為人民大眾所易懂，從而在群眾中發揮教育作用。

新詩要向民間歌謠學習，那麼，民間歌謠在形式上有哪些特點呢？蒲風指出，民間歌謠在形式上有下列十項值得注意：

1. 抒情的，歌唱的——常是單純，簡潔，便於歌唱。
2. 故事的，現實的——不重詞藻的形容，修飾。
3. 滑稽的，童話的，神話的，諷刺的。
4. 擬人的，譬喻的，雙關的，意象的，象徵的。——，一點也不神祕的，不難懂。
5. 有自然音韻，有韻腳，所以常是方言的。
6. 慣用三字句，七字句，最通常普遍的為七字。
7. 對話的，或自問自答的。
8. 有形式的連環性，轉接靈活，可以長篇的敘事的抒唱。彈詞，大鼓調特別可以敘述故事。
9. 凡是可以歌的，形式重於整齊，較刻板而有一定形式，唱的歌謠則可以任意伸縮，不必劃一。

10. 疊句——這也是很常見的形式之一，在合唱中很有一些便利，而且，有時就內容本身來講，也常能因是而加重力量[29]。

從這十項來看，蒲風確是抓住了人民群眾長期以來形成的對於詩歌的審美要求。在新詩創作中，有意識地創造性地借鑒運用民間歌謠形式上的這些特點，對於促進新詩的民族化、大眾化確是有作用的。

在蒲風的倡導下，在中國詩歌會及各地分會詩人的努力下，自一九三三年到一九三八年初，短短的五、六年時間，詩人們創作出版了一大批初步實踐詩歌大眾化方向的新詩集，如任鈞的《戰歌》、《冷熱集》，溫流的《我們的堡》、《最後的吼聲》，江嶽浪的《路工之歌》、《饑餓的咆哮》，王亞平的《都市的冬》、《海燕的歌》，童晴嵐的《南中國的歌》，楊騷的《鄉曲》，雷石榆的《國際縱隊》等等，這些詩集的思想性藝術性雖然並不完全一致，但都堅持現實主義創作方法，真實地反映現實生活，語言樸實明快，通俗易懂，雖然還說不上每篇都為人民群眾所喜聞樂見，但易為人民群眾所接受和理解卻是可以斷言的。因而蒲風根據上述新詩創作的業績說新詩「大眾新形式已逐漸創立了，已成鐵的事實」，是有理由的。三十年代中期中國新詩創作出現這一大眾化的嶄新局面，固然主要得力於時代的推進和左聯的號召，但也與蒲風的大力倡導和堅持創作實踐分不開的。

蒲風的詩論也有偏頗之處。他提倡「新詩歌的斯達哈諾夫運動」即是一例子。一九三六年夏，他在《青島詩歌》創刊號上提出了這個口號，號召每個詩人「在一定的時間內（五年或十年）還無妨來一個在創作詩集上衝破十冊以上的運動。偉大而多難的現實證明了我們的產量的飛躍之可能」。蒲風希望詩人鼓起創作熱情，及時地反映現實生活，其動機無疑是好的，而且他也特別申明了「我們絕不能為著產量而出於馬虎」。但是，詩歌創作畢竟不同於物質生產，強調數量之後，難免會影響到詩作的質量。因此，當時有詩論家、詩人曾對蒲風這主張提出過批評意見。如茅盾在《戰鼓》第一卷第五期上撰文表示不贊成詩歌的大量生產，認為如果要提這個口號，那麼就應把它理解為是

一種「詩歌的群眾運動」,「是把詩歌從『沙龍』裏解放出來到街頭的運動——詩歌大眾化的又一方面」[30]。楊騷也撰文認為,詩歌創作應該特別注意質的方面才會有好的結果。他認為詩人多寫詩並不壞,但應當作為「自己寫作上的一種修養才好」,不要匆匆忙忙地發表。就是作為修養的習作時,「也應該認真,耐心推敲才對」[31]。茅盾和楊騷的意見,糾正了蒲風的上述偏頗。

註 1:《新詩話》,新中國出版社 1946 年 6 月出版。

註 2:《六月流火》,花城出版社 1983 年 8 月第 1 版。

註 3、8、9、10:《抗戰詩歌講話》,詩歌出版社 1938 年 4 月第 1 版。

註 4:《現代中國詩壇》,詩歌出版社 1938 年 3 月第 1 版。

註 5:原載《晨報副刊‧詩鐫》創刊號,1926 年 4 月 1 日。

註 6:《〈望舒草〉序》,《望舒草》,現代書局 1933 年 8 月第 1 版。

註 7、18:《鋼鐵的歌唱》一書附錄〈怎樣寫國防詩歌〉,《鋼鐵的歌唱》,詩歌出版社 1936 年 10 月第 1 版。

註 11:〈幾個詩人的研究‧徐志摩的詩〉,《現代中國詩壇》。

註 12:〈幾個詩人的研究‧徐志摩的詩〉,《現代中國詩壇》。

註 13:〈幾個詩人的研究‧徐志摩的詩〉,《現代中國詩壇》。

註 14、16、17:〈幾個詩人的研究‧徐志摩的詩〉,同上。

註 15:原載《狂潮》第 1 卷第 3 期,1938 年 3 月 1 日。

註 19:見《文學導報》1931 年 11 月 15 日第 1 卷第 8 期。

註 20:〈關於前線上的詩歌寫作〉,《抗戰詩歌講話》。

註 25、26、27、29:〈詩歌大眾化的再認識〉,同上。

註 30:轉引自楊騷《詩營隨筆》,《抗戰文藝》第 4 卷 5、6 期合刊,1939 年 10 月 10 日。

註 31:〈感情的氾濫——〈在故鄉〉讀後感及其他〉,見楊騷《急就篇》一書,1937 年 3 月 31 日引擎出版社第 1 版。

臧克家

　　一九三三年七月，青年詩人臧克家的詩集《烙印》在前輩詩人聞一多、王統照等的資助下自費出版後，獲得廣泛好評。再版時，就有兩家書店爭著要，最後由開明書店於一九三四年三月出版。從此，臧克家登上了新詩壇。與此同時，他結合自己的詩歌創作實踐，發表了不少詩論。一九四二年，詩人回顧自己的詩歌創作道路，寫作和出版了專書《我的詩生活》。臧克家建國前的詩論，比較全面地闡明了詩歌創作的一系列問題，推動了當時的詩歌創作，豐富了中國現代詩論寶庫，對於今天的詩歌創作和詩論建設，也有著現實指導意義。

　　通讀臧克家建國前的詩論，我們發現，強調詩歌必須完成時代賦予的歷史使命和詩人的時代責任感是他的詩論的核心觀點。他在最早寫的詩論〈新詩答問〉中就指出，詩人應當把自己的心放在天下痛苦的人心裏，以多數人的苦樂為苦樂，把自己投到洪爐裏去鍛煉，去熔冶[1]。與此同時，他在另一篇文章〈論新詩〉裏指出：在經濟破產使得都市動搖、鄉村崩潰的時代裏，詩人如果閉上眼睛，躲在個人苟安的狹小天地裏唱戀歌、歌頌自然，那是一種罪惡。因此他要求詩人把現實生活的慘狀反映在詩裏[2]。抗戰爆發後不久，詩人就發出呼號：「因為時代是在艱困中，我們需要大的力量。」因此，艱困的時代要求於詩歌的，「不是漂亮的外形，而是內在的『力』！」[3]一九四七年，他在談到新詩時主張：「『新詩』的『新』學，應該譯做『時代化』」，「在今日意義上的『新詩』，語言的近代化、口語化是必需的，而最主要還是內容方面強烈的時代性——也就是鬥爭性」。因此新詩必須完成時代

賦予的戰鬥的任務⁽⁴⁾。由此可見，注重詩人的時代責任感，是臧克家建國前一貫的詩論主張。

臧克家注意詩歌的時代性和詩人的時代責任感，來之於他的生活和革命經歷，來之於他對詩歌時代使命的明確認識。詩人出生在山東省諸城縣的農村，從小接觸和熟悉農民，瞭解和同情他們的苦難。一九二六年至一九二七年，他曾參加大革命。抗日戰爭期間，他曾有較長時間從事抗戰文藝宣傳工作。這樣的生活和鬥爭歷程促使他注意現實、嚮往革命，形成了現實主義詩論，從而使他深刻認識到詩歌應當反映時代，詩人應當有強烈的時代責任感。

臧克家注重詩歌的時代性和詩人的時代責任感，有著針對時弊的意義和作用。

在二、三十年代詩壇上，曾經盛行過象徵派、新月派、現代派。這些詩歌流派中的不少詩人遠離現實，抒寫個人感傷的情懷，詩風晦澀、朦朧。

一九二五年至一九二七年，李金髮先後出版了《微雨》、《為幸福而歌》、《食客與兇年》等三本詩集。他在一九一九年至一九二五年間曾留學法國，受到主張運用象徵、暗示的手法抒寫憂鬱苦悶心情的象徵派的影響。因而他的詩作充滿「陰暗的調子和美麗的悲哀」⁽⁵⁾。在他的詩裏，很少有反映舊中國社會現實的篇章。這固然與他身處異邦、對祖國社會現實缺乏具體感受有關，但更主要的是由於他在法國象徵派文藝思想影響下，形成了唯美主義、頹廢主義的文藝觀。二十年代後期、三十年代前期，李金髮仍滯留在象徵派的迷宮裏。一九二九年，他在〈藝術之本原及其命運〉裏，提倡詩歌通過想像表現「神怪之夢及美」⁽⁶⁾。直到三十年代中期，李金髮仍表示：「我的詩是個人靈感的記尋表，是個人陶醉後引吭的高歌、我不能希望人人能瞭解。」並對左翼批評家要求文藝具有時代意識、暗示光明表示不滿⁽⁷⁾。

以《晨報副刊》、《詩鐫》的創辦為標誌形成的前期新月詩派積極探索新詩格律理論，嚴肅認真地創作格律嚴整的新詩，對於新詩的發

展作出了貢獻。但是以一九二八年三月《新月》創刊和新月書店成立為標誌的後期新月詩派專在格律聲韻上兜圈子，藝術上陷入形式主義。他們的詩作抒寫的大多是頹唐、落寞的情懷，社會意義一般都不大。

三十年代前期以戴望舒為代表的現代派，也是因深受法國象徵派影響而形成的。中國三十年代現代派各個詩人具體風格雖然有所不同，但其詩作內容上大多遠離現實生活，藝術表現上大多晦澀難懂。正如臧克家所指出的那樣：「現代派的神祕的詩的形式」，「只好表現一種輕淡迷離的情感和意象」(8)。

從以上簡略的回顧中，我們就會認識到臧克家三十年代前期提出要注重詩的時代性和詩人的時代責任感，具有鮮明的現實針對性。他針對象徵派、新月派、現代派作品內容的空洞無物，指出「材料就是內容，就是一篇詩的骨子」，反對在詩中發洩「純屬個人的悲歡」；針對象徵派、新月派、現代派作品藝術表現上的晦澀朦朧，指出詩一朦朧，「似乎就永遠神祕了」(9)。臧克家強調詩的時代性、詩人的時代責任感，和中國詩歌會提出的「我們要捉住現實，歌唱新世紀的意識」(10)的現實主義詩論一起，為廓清詩壇上象徵派、新月派、現代派散佈和晦澀詩風，使新詩走上健康的大道，發揮了很大的作用。

詩人要完成時代賦予的歷史使命，關鍵在於要高尚完美的人格。一首詩，是詩人人格的自然流露。詩情的優美與否，首先取決於詩人人格的高下。因此臧克家十分強調詩人應當培養高尚的人格。不過，詩人三十年代對這個問題的論述不夠具體，他只是說：「偉大的詩人，才能做出偉大的詩篇。」(11)至於怎樣的詩人才是偉大的詩人，他只是說要有「偉大的靈魂」和「極熱的情腸」，「須得拋開個人的一切享受去下地獄的最下層經驗人生最深的各種辣味」，「詩人要以天地為家，以世界的人類為兄弟」(12)。這些論述既顯得空泛，又缺乏時代特點。這是由於他這一時期參加現實鬥爭還不多，還沒有接觸革命理論，因此他對詩人高尚人格的內涵以及如何養成高尚人格的認識還不甚清

楚。後來，詩人投入了抗日洪流，生活體驗的加深和創作體會的深化，他對這個問題的認識才有了提高。他明確提出：「戰鬥的人，才能寫出戰鬥的詩。」[13]抗戰勝利後，他對這一點又有了新的體會。他說：「想做一個詩人，不能夠從『詩』下手，而得先從做『人』下手。」[14]因此，他要求詩人「革除舊時代詩人孤芳自賞或自憐的那些潔癖和感傷，剪去『長頭髮』和那些自炫的裝飾」，「走到老百姓的隊伍裏，做一個真正的老百姓」，從而「成為一個新人」，「成為一個戰鬥者」[15]。這些論述，比起三十年代的論述來，就要具體、充實得多了，也富有鮮明的時代色彩。的確，只有注重人格培養，才能使詩篇抒發的感情既是個人的也是大眾的，才能體現時代精神，完成時代賦予的歷史使命。

詩人要完成時代賦予的歷史使命，除了要注重人格修養外，還必須接觸現實，深入生活，投身時代的激流，掌握時代脈搏的跳動。只有充實的生活，才能創作出反映時代的詩篇。否則，躲在象牙塔裡，詠嘆個人小小的悲歡，其詩篇必然內容空洞無物。這樣，詩人遠離了時代，時代也就必然拋棄了詩人。

臧克家從創作實踐中深切體會到，詩歌源於生活。因此，他強調詩人應當深入生活。在詩集《淮上吟》中，詩人曾經這樣生動形象地描寫了大水包圍阜陽城的情景：「坐在船頭上擦腿洗腳，屋脊像魚群掠船而過。」他還曾經這樣描寫災民：「黃泥不能團作面餅，秋風不能剪做塞衣。」那麼，詩人是怎樣寫出這樣生動、形象、簡練、準確地反映災情和災民生活的詩句的呢？詩人結合這些詩句的創作說：「不親歷其境，親歷其境不動過感情，動過感情不很深切，都不能寫得『入木三分』；憑空想，那等於水皮上投一片油脂罷了。」[16]因此，他認為：「所謂好詩並不專是在掂撥字句上功候的成熟，而是要求一條生活經驗做成作品的鋼骨。」[17]基於這樣的認識，他要求詩人「入到生活深處，去觀察，體會，攝取」[18]。

對於否定生活是詩歌創作源泉的理論，臧克家從唯物主義哲學的高度指出它們的錯誤。王國維在《人間詞話》中將詩人分成主觀、客

觀兩類，認為主觀詩人「不必多閱世」，「閱世愈淺，則性情愈真」。臧克家則認為詩人應深入生活，通過深入生活來培養自己愛恨分明的感情，因此他指出王國維的這一說法是「唯心的，過時的」[19]。王國維在《人間詞話》中還提出了詩詞的「隔」與「不隔」的問題，認為寫景寫情要有意境，必須不隔。然而王國維僅僅把它看作是技巧問題。臧克家則認為，隔與不隔主要在對生活及自然認識的深淺與興趣的濃淡，而技巧不是主要的。它的關鍵，不全是字句的推敲、錘煉，換言之，不純是形式問題，而內容是主要的。他說：「詩的隔是由於對表現對象的隔。對生活深入，對自然親切的詩人，他已經得到了不隔的重要條件。」[20]臧克家從是否深入生活來說明「隔」與「不隔」，這就揭示了問題的實質。一九三〇年臧克家考入青島大學（一九三二年改名山東大學）中文系，新月派詩人陳夢家曾到該校任教。這一時期，兩位詩人曾經一起討論詩歌創作問題。陳夢家認為「靈魂」活動是詩的源泉。一九四二年，臧克家寫《我的詩生活》一書時回憶道：「對於以『靈魂』活動作為詩的源泉與生命這一點，使我們在談詩時常常背道而馳的。」[21]對於陳夢家的這一錯誤看法，臧克家自然不以為然。

臧克家闡述詩人應當深入生活的可貴之處，還在於他提出了詩人深入生活時應有的態度問題。一九四二年，他在〈從學習到創作〉一文中說：「詩人深入生活時，必須帶著認真的和頑強的嚴肅的生活態度和強烈的燃燒的感情。」他認為：「單是說我經驗過，不是夠的，而必須伴以強烈的感受」，同時還應以「思想作南針」[22]。一九四七年，他進一步指出，詩人要進入到生活的深處，「以愛恨分明的觀點」，「和客觀的事物結合」，這樣，「生活才能變成詩的有價值的內容——詩的血肉」[23]。這就比一般地談論深入生活要深刻透闢得多了，顯示了詩人的真知灼見。

文藝創作的靈感問題，在有些詩論家的筆下，成了玄而又玄、神祕莫測的東西。臧克家堅持用唯物主義觀點科學地解釋靈感問題。首先，他肯定詩歌創作中靈感是存在的。他形象地描繪靈感襲來時詩人

創作的情景:「情感一被觸動,就像開了的閘門一樣,氾濫激流,詩思翻騰,迫不及待,把筆如走龍蛇,彷彿若神助。發其所當發,止其所當止,事先來不及覃思苦吟,而寫就之後,不須更改一字,便是一篇完美的作品,就連產生它的人,自身也覺得驚異。」[24]其次,他科學地解釋了靈感產生的原因,認為是豐富的生活使詩人的興致集中到一個焦點,情感被推向高潮,這樣產生遏制不住的創作激情,形成突發的高度的藝術創造力,這就是靈感。他說:「靈感,就是興致集中的焦點,就是情感被誘動的高潮,就是整個神經在外力挑逗下的那極度的緊張,就是創造力達到最終點的一剎那。」因此他認為,靈感是人所共有的,不過平常人只能感動。詩人卻能寫得出來罷了。他認為詩人只有全神貫注於現實生活中的每一樣事物,並且將所看到,所嗅到,所聽出的客觀事物的靈魂、姿態、色調、韻致、氣味、聲音,存入在心上或儲藏在下意識裏,這樣,才能產生靈感[25]。所以他指出:「生活愈豐富,愈變化,所得的靈感也就愈多,愈頻。」[26]再次,他也闡明了靈感與藝術修養、創作技巧的關係。他認為:「一個連造句的本領都談不上的人,靈感也不會拿著他的手寫出驚人的絕句。」所以他說:「『靈感』、『功力』之於詩,猶雙翼之於飛鳥,兩輪之於行車,相輔相成,缺一則偏廢,功力,包括了學識的高下,修養的淺深。」中國歷代詩人、詩論家對於文藝創作的條件眾說紛紜,莫衷一是。鍾嶸、嚴羽、姜夔、袁枚等人主張性情說(靈感為主);黃庭堅、黃宗羲等人主張學問說(功力為主);而劉勰、王漁洋、錢謙吾等人則主張性情、學問相輔說。臧克家說:「設若我是一個詩的司法官,要對於這『三造』的聚訟來一個判斷的話,我要把勝利交給第三者。」[27]這就是說,文藝創作不能單憑靈感,還必須有深厚的藝術修養、精湛的創作技巧。複次,臧克家指出靈感同時代和認識有著血緣的關係,因為「認識也是激蕩靈感的一支主流」,而不同時代的人對事物的認識並由此產生的感受是不同的。而對同一事物,古人能產生靈感,今人則不然,反之

亦然⁽²⁸⁾。臧克家關於靈感的全面論述，掃除了籠罩在靈感問題上的種種唯心主義迷障，對靈感問題作出了科學的解釋。

詩人由充實豐富的現實生活激發的健康飽滿的感情只有通過完美的詩歌形式表現出來，才能成為一首好詩。因此，就像其他體裁的作品一樣，一首詩應當是內容與形式的統一。臧克家指出：「詩的內容與技巧，有如骨與肉之不可分離，缺一便不可能成為一件活生生的完美的藝術品。」⁽²⁹⁾

但是，內容與形式兩者，內容決定形式，形式為表現內容服務。因此臧克家指出：「新詩形式應該由內容來決定。」他具體分析說：「如果你要用大的材料寫長篇的詩，那麼形式也得隨著擴大起來，而字句的多寡，行列的排布又與內容氣勢有莫大的關係。寫革命情緒的詩和寫兒女纏綿的詩絕不能用同一的形式。」他從詩人必須完成時代賦予的歷史使命的理論主張出發，「始終堅持一篇詩的好壞，在內容上的重過在形式上的」⁽³⁰⁾，並說：「一個內容是好的，但在技巧上留著遺憾；一個技巧是『天衣無縫』，但沒有內容，在這兩者之中，應該是『第一個中選』」⁽³¹⁾。因此，他認為新月派詩人徐志摩的詩雖有注重「外形上的修飾」的好處，但由於內容上「裝滿了閒情——愛和風花雪月」，因而是「不甚值得歌頌的」⁽³²⁾。他甚至不無偏頗地說：「只要有了偉大的生活經驗，給你鑄成了堅實的內容，在技巧上，就是再粗一點，也可以原諒過去的。」⁽³³⁾我們應當聯繫三十年代初期新詩創作的實際狀況來理解這番話的精神實質。當時，新月派、現代派玩弄技巧、內容空洞乃至庸俗的詩篇一度曾經充斥詩壇，有些青年詩歌作者不辨良莠，奉為圭臬。臧克家並非不重視技巧，他是有感而發的。因而這番話有著強烈的現實針對性。

當然，肯定內容決定形式，並不是否定形式的作用。臧克家指出：「如何把內容表現得無憾，技巧也就被重視起來。」⁽³⁴⁾因此，他反對口號詩，指出：「口號沒有力量，滿篇的鮮血和炸彈是不能叫人感動的。」⁽³⁵⁾口號詩既缺乏深厚的感情體驗，又沒有完美的藝術形式，詩

的要素既然已經喪失，它自然也就缺乏感受人的藝術魅力。抗戰後期，臧克家反思抗戰初期詩壇的作品，認為它們「服務於政治比服務於藝術的更多」，大多是「逞情快意的急就篇」，因此顯得生硬、粗糙。於是，他指出，為了增強詩歌的感人力量，詩人們應該「往深刻處去挖掘，去探求」，要求詩人去探討與提高詩情與敘事問題、語言問題、韻律問題、遺產的接受問題、朗誦與形象化問題……[36]，一句話，在注重人格修養，重視詩篇內容的同時，還應該講究詩歌的形式與技巧。

臧克家認為藝術技巧關非一成不變，它有時代性，隨著時代的發展不斷的推陳出新。抗戰後期，他指出：「今天所要求的技巧，絕不是抗戰前每一個時期技巧的還原」，「它應該是更高級的東西，應該是適應新時代新內容的新技巧」[37]。此外，他還根據技巧的繼承性提出了向古今中外的詩歌遺產學習借鑒的問題。他希望詩人思考中國舊詩的傳統、格調、長處、短處，「哪些值得學習，接受，哪些必須棄掉？」思考西方詩歌的傳統、格式、押韻法是怎樣的，思考民歌「哪些部分值得學習？它的式樣，韻調，又是怎樣？」[38]的確，只有批判地繼承古今中外人類創造的一切詩歌遺產，才能擴大詩人的藝術視野、豐富詩人的藝術表現手段，從而提高新詩的藝術性。

臧克家在山東大學學習的頭兩年，在新詩創作方面，曾經受到著名詩人聞一多的諄諄教誨。聞一多嚴謹的創作態度和錘字煉句的藝術技巧，給了他很大的影響。但他從二十年代末、三十年代初期後期新月派詩人在聲韻格律上兜圈子中看到，過嚴的格律會給抒情表意帶來束縛，因此他早年表示「不贊成一定的形式」，提倡不定型的自由詩。他認為「形式一固定便成了一種限制」，「就像兩道長堤一樣限制得河流不能壯闊的奔放」，就會妨礙內容的表達。當然，臧克家早年提倡不定型自由詩，並非忽視新詩的藝術性。他認為新詩需要音節和調子，要注意字句地位的排列。為了使新詩跟上時代的節拍，他要求新詩有沉重的音節和博大的調子[39]。抗戰時期，他對於新詩形式的主張有了一定程度的改變，或者說發展。他指出：「打赤腳走慣了路的人，鞋子

對於他變成可怕可厭的了。但是，請看，世界上哪一個偉大的詩人不曾完成他自己的東西呢？」因此他提出新詩需要「嚴密的結構，嚴謹的形式，嚴格的格律」[40]。建國以後，臧克家繼續探索新詩的形式問題。一九五七年一月，毛澤東在和他談到新詩創作的具體問題時，要求新詩精煉、大體整齊、押韻。臧克家認為毛澤東的意見非常重要和正確。一九六一年六月，他撰文指出：「精煉、大體整齊、押韻，如果運用得好，就是吸取了古典詩歌的優良部分，對於創造為群眾所喜聞樂見的新的民族形式的詩歌，意義是巨大的。」[41]一九八〇年，他針對詩壇上出現了一些怪詩、晦澀詩的現狀，根據自己長期探索新詩形式問題的心得體會，提出詩要三順：「使讀者看來順眼，聽來順耳，讀來順心。有此三順，才能成為好詩。」[42]「詩要三順」說的提出，反映了臧克家的群眾觀點，也是他根據詩歌的本質特點，總結了「五四」以來無數詩人、詩論家關於新詩形式問題的意見之後提出來的。臧克家不斷尋求新詩的完美形式，反映了他孜孜不倦的藝術探索精神。

在詩歌形式諸因素中，語言是一個重要因素。詩歌只有通過精煉的語言才能將詩人由生活中激發出來的感情凝練、集中地表達出來，才能產生感人的力量。臧克家認為詩的語言應當精煉、新鮮、平易，反對在詩中用鬆散、陳腐、艱澀的語言。在中國新詩史上，曾經兩次出現過散文化的浪潮。「五四」時期，新詩的先驅者們為了衝破舊體詩詞格律的束縛，提倡感情的自由抒寫，在作出了創建白話新詩巨大貢獻的同時，由於對詩的藝術性注意不足，導致初期新詩相當數量的作品出現散文化的傾向。抗戰初期，詩人們注意了用詩歌服務於抗戰，抒寫人民高漲的抗戰熱情，但不少詩篇顯得粗糙、鬆散。臧克家對這兩個時期新詩出現的散文化傾向都是不滿的。初期新詩除了相當數量的作品存在語言鬆散的缺點之外，舊詩詞的氣息較重也是它的不足之處。臧克家在論及「五四」新詩的成敗得失時說：「初期的新詩納入了許多舊詩詞的句子，弄得新詩成了個『四不像』。」[43]舊詩詞氣息使新詩的語言失去新鮮的韻味而陷入陳腐的歧路。三十年代初期，一部

分詩人又重新回頭去模仿初期詞味濃重的調子。對此，臧克家提出了批評。他在要求新詩內容充實的同時，還指出新詩的句子應當堅實明快[44]。抗戰時期，他在談到比喻時也說：「陳腐的比喻，我們要毫不留情地拋棄它。」[45]他也反對新詩語言的晦澀難懂，追求「樸素的美」，也就是講究用最平易的字表現最真摯的愛憎感情[46]。

為了使新詩的語言達到精煉、新鮮、平易的詩美境界，臧克家主張詩人向人民群眾學習語言。他說：「語言的源泉是人的口，人的生活。」但是，「民間語言，只是一個『毛坯子』，把它作為基礎去建造新的宮殿，還要經過詩人熱情的燃燒，匠心的苦煉，敲打，裁製，琢磨，使它成器」[47]。二十年代，劉半農、徐志摩等人曾在詩中嘗試著將土白入詩。臧克家認為：「新詩既是活的語體詩，那麼用土語是應當的，而且有很多的土語民謠是可以入詩的。」但他同時指出：「不過這土語須得具有相當普遍性，用到句句加小注也不免叫讀詩人感到滯氣。」[48]劉半農的《瓦釜集》、徐志摩的《志摩的詩》中〈一條金色的光痕〉等詩的確存在如臧克家所指出的這種缺點。由此可見，臧克家總結了劉半農、徐志摩等運用土語寫詩的經驗教訓之後提出來的上述意見是非常正確的。

臧克家在詩歌創作中繼承了中國古典詩歌講究錘字煉句的優良傳統，在理論上他也反覆強調詩人必須錘煉詩的語言。他要求詩人從聲音、顏色、意義等三個角度審視每一個字[49]。錘煉詞句是為了更好地抒發感情，增強詩的藝術力量。不同的詩情應當運用不同句式、不同感情色彩的詞句來表達。臧克家曾總結自己詩歌創作用字造句的經驗說：「慷慨激昂的情緒，用短句表達它，纏綿悱惻的感情，你可以多幾次反覆，悲哀的字句裏多嵌黯色聲啞的字。反之，響亮鮮明的字就該選它上場。」「字數的多少，位置的顛倒，都與情緒息息相關。」[50]闡明了詩情與字句之間的關係。臧克家的詩作以語言凝練見長，在新詩園地裏形成了獨特的風格，這與他注重錘字煉句的詩歌審美主張並在創作實踐中孜孜以求是分不開的。

臧克家強調詩人的時代責任感，重視詩人的人格修養，注重詩人深入生活，在重視內容的前提下追求藝術形式的完美，目的是為了使詩篇達到革命的思想內容與完美的藝術形式的統一。因此，臧克家經過長期的詩歌美學的探索，在建國前夕提出了真、善、美相統一的詩歌審美原則。他認為：「『詩』，必須是真的，感情不能雜一絲假，『真』才能感動自己，然後再去感動別人。」真摯的感情是詩的生命。臧克家強調詩情的真摯，揭示了詩歌創作的關鍵。關於詩的善，他認為「這是從它的本身和它的作用雙方面著眼的」，詩應當「有益於人生，有補於生活」，在中國人民為著自身的翻身解放而奮鬥的偉大事業中，「詩必須領導著人類掙扎、鬥爭、前進，一步一步領導著人類向一個偉大的目標前進」。關於詩的美，他說：「是指著恰好的表現配合了恰好的內容而融為一體說的。這包括了音節、字句、結構，這包括了詩之所以為詩而從文學其他部門區別開來的一切條件而說的。」[51]這就要求詩歌做到內容和形式的統一。今天，我們仍應堅持臧克家半個多世紀以前提出的真、善、美相統一的詩歌美學原則。

註 1、9、11、31、34：〈新詩答問〉，《太白》第 2 卷第 3 期，1934 年。

註 2、8、12、30、32、35、39、43、48：〈論新詩〉，《文學》第 3 卷第 1 號，1934 年。

註 3、29：〈新詩片語〉，《文學》第 9 卷第 2 號，1937 年。

註 4：〈新詩〉，《中學生》1947 年 6 月號，總第 188 期。

註 5：朱自清《中國新文學研究綱要》，《文藝論叢》第 14 輯，上海文藝出版社 1982 年 2 月第 1 版。

註 6：《美育》第 3 卷，1929 年 10 月。

註 7：《文藝大路》第 2 卷第 1 期，1935 年 11 月 29 日。

註 10：《新詩歌》創刊號〈發刊詞〉，1932 年 9 月。

註 13、16、21、49：《我的詩生活》，重慶學習出版社 1943 年版。

註 14、15：〈詩人〉，《中學生》1947 年 8 月號，總第 190 期。

註 17：〈《運河》自序〉，1936 年。

註 18、23：〈新詩常談〉，《文潮月刊》第 3 卷第 6 期，1947 年 10 月。

註 19、20：〈生活──詩的土壤〉，重慶《大公報》1943 年 11 月 28 日《文藝
　　　　　週刊》第 4 號。

註 22、47、50：〈從學習到創作〉，《新華日報》1942 年 10 月 5 日。

註 24、25、26、27、28、45：〈談靈感〉，《文藝雜誌》第 1 卷第 6 期，1942
　　　　　年 10 月。

註 34、36、37、38、40：〈新詩，它在開花，結實──給關懷它的三種人〉，
　　　　　重慶《大公報》1943 年 7 月 25 日《戰線》第 984 號。

註 41：〈精煉・大體整齊・押韻〉，《紅旗》1961 年 21、22 期合刊。

註 42：〈詩要三「順」〉，《詩刊》1981 年 2 月號。

註 44：〈《自己的寫照》自序〉，1936 年。

註 46：〈《生命的零度》序〉，1947 年。

註 51：以上均見《詩》，《中學生》1947 年 2 月號，總第 184 期。

梁宗岱

　　在中國新詩史上，無數的詩人對新詩的表現手法和藝術形式作過長期辛勤的探索。二十年代初，留學法國的李金髮，受到象徵主義詩歌的影響，開始創作象徵主義色彩很濃的詩篇。繼起者頗不乏人，先後有王獨清、穆木天、馮乃超、蓬子、胡也頻、石民等人，到二十年代後期形成了一個象徵詩派。在藝術形式方面，二十年代自由詩衰落之後，聞一多、徐志摩等人重視新詩的音韻與節奏，提倡新格律詩，形成格律詩派。這是人所共知的。可是，人們現在很少提到，有一位「五四」時期運用自由詩體創作新詩，並取得一定成就，二十年代中期在法國曾親聆後期象徵派詩歌的大師保爾・瓦雷里的教誨，不久便開始向國內介紹象徵主義詩人及其詩論，並主張創造新詩格律的詩論家，他就是梁宗岱。他的象徵主義詩論和創建新詩格律的理論主張，集中體現在一九三五年和一九三七年先後由商務印書館出版的詩論專著《詩與真》、《詩與真二集》裏。

　　象徵主義是西方現代主義文學運動中最早的一個流派，興起於十九世紀八十年代的法國。一八八六年，法國青年詩人讓・莫雷阿斯正式提出象徵主義這個名稱，並發表了〈象徵主義宣言〉，提出寫詩的「目的在於表達理念」，也就是表達詩人的主觀意識；詩的使命「在於表達它們與原始觀念之間奧祕的相似性」，也就是象徵派詩歌的先驅波特賴爾提倡的「對應論」。

　　綜觀象徵主義運動形成、發展、衰落的過程，人們發覺它可以分為前後兩期。前期從十九世紀八十年代到世紀末，主要代表是法國的魏爾倫、馬拉美、韓波等三大詩人。他們強調詩歌的象徵暗示和音樂

美。前期象徵主義的詩歌理論，到馬拉美而系統化。馬拉美提出：「與直接表現對象相反，我認為必須去暗示。對於對象的觀照，以及由對象引起夢幻而產生的形象，這種觀照和形象——就是詩歌。……詩寫出來原就是叫人一點一點地去猜想，這就是這種神祕性的完美的應用，象徵就是由這種神祕性構成的：一點一點地把對象暗示出來，用心表現一種心靈狀態。反之也是一樣，先選定某一對象，通過一系列的猜測探索，從而把某種心靈狀態展示出來。」[1]

後期象徵主義開始於本世紀初，到二十年代盛極一時。在理論上，後期象徵主義除了承襲前期象徵主義重象徵暗示和音樂性的主張外，還吸收了意象派重視繪畫美、建築美的理論。

梁宗岱的詩論深受後期象徵主義的影響。一九二五年，他結識了法國後期象徵派大師保爾・瓦雷里（舊譯保羅・梵樂希），從此，他和這位為人溫雅純樸、和善可親的詩人時相過往。在交談中，瓦雷里常常低聲敘述他年輕時代文藝活動的回憶，或顫聲背誦韓波、馬拉美及他自己的傑作，或鼓勵梁宗岱繼續努力。梁宗岱開始迷醉於瓦雷里的詩篇。當一九二七年瓦雷里為他講解自己的名篇〈水仙辭〉後，他就利用課餘時間翻譯了這首詩。為了將象徵主義這一種異國的薰香吹到國內來，梁宗岱先後寫下了〈保羅・梵樂希先生〉、〈象徵主義〉（以上收入〈詩與真〉）、〈歌德與梵樂希〉、〈韓波〉（以上收入《詩與真二集》）等文介紹象徵主義詩人及其詩論。

一般人常常把象徵主義與創作中的象徵手法混同起來，而象徵派對「象徵」卻有它獨特的理解。他們認為客觀是主觀的象徵。象徵派形成於資本主義的沒落時期，現實使他們感到苦悶和絕望。他們認為現實世界是虛妄的，只有主觀世界是真實的，客觀事物不過是主觀精神的象徵。所以莫雷阿斯要求詩人探索內心的「最高真實」，馬拉美要求表現「理想世界」，韓波要求「探求自己的靈魂」、「認識自我」，也就是要求詩人為表現情緒找到一個「客觀對應物」。根據象徵主義對象徵的獨特理解，梁宗岱批評朱光潛在《談美》中將「象徵」理解為「以

甲為乙底符號」,「用具體的事物來替代抽象的概念」,也就是把「象徵」理解為「比」的說法。梁宗岱認為:「當一件外物,譬如,一片自然風景映進我們眼簾的時候,我們猛然感到它和我們當時或喜、或憂、或哀傷,或恬適的心情相彷彿、相逼肖、相會合。我們不摹擬我們底心情而把那自然風景作傳達心情的符號,或者較準確一點,把我們底心情印上那風景去,這就是象徵。」[2]正確地揭示了象徵主義的象徵的含義。梁宗岱認為,在象徵主義的「即景生情,因情生景」之中,還有「景中有情,情中有景」與「景即是情,情即是景」的區別,指出前者「物我之間,依然各存本來面目」,只有後者到達了「心凝形釋,物我兩忘」的地步,所以是「象徵底最高境」。在此基礎上,梁宗岱指出了「象徵」的兩個特性:融洽無間和含蓄無限。前者是指一首詩的情與景、意與象融成一片,後者是指一首詩的意義、興味的豐富和雋永。

　　染宗岱在辨明瞭象徵主義的象徵的含義和特性之後,還揭示了象徵主義追求的境界。他以波特賴爾的〈契合〉一詩為例,說明象徵主義詩歌追求的是契合的境界,也就是形神兩忘的無我境界。這種境界,也就是「內在的真與外在的真調協、混合」,宇宙與自我合成一體。

　　根據波特賴爾的「契合」論,梁宗岱說:「顏色、芳香和聲音底呼應或契合是由於我們底官能達到極端的敏稅與緊張時合奏著同一的情調」,從而帶詩人進入「近於醉或夢的神遊物表底境界而到達一個更大的光明」,其結果是詩人「與萬化冥合」。他認為,最上乘的詩,應當像波特賴爾〈契合〉一詩所說的「歌唱心靈與官能底熱狂」的兩重感應:「形骸俱釋的陶醉和一念常醒的徹悟。」[3]

　　染宗岱雖然推崇象徵主義的詩論,但是,他的詩論與象徵派的詩論也有明顯不同的地方。象徵主義詩論的哲學基礎是唯心主義和直覺主義,他們主張表現自我的「內心夢幻」,而不應當去再現現實。而梁宗岱三十年代初在德國寄給徐志摩的信中則指出:「我以為中國今日的詩,如要有重大的貢獻,一方面要注重藝術底修養,一方面還要熱熱

烈烈地生活，到民間去，到自然去。」[4]信奉象徵主義的梁宗岱所以能提出要熱烈地生活，到民間去，到自然去，一方面是由於梁宗岱早在一九二一年冬就加入了主張「為人生而藝術」的文學研究會，並在一九二二年夏，與同學、朋友劉思慕、陳受頤等人組織過廣州文學研究會（後作為團體會員加入文學研究會，改稱為「文學研究會廣州分會」），在他最初從事新詩創作的時候，就接受了文學研究會現實主義文學觀的薰陶。這種青年時代接受的現實主義文藝思想對他來說，留下的影響是很深刻的。其次是他在留學期間接受了德國詩人里爾克「詩是經驗」的詩論的影響。里爾克認為：「詩不像大眾所想像，徒是情感，而是經驗」，因此，詩人要寫一句詩，就要「觀察過許多城許多人許多物」，也就是要有豐富的經驗。正是由於這兩個原因，使梁宗岱跳出了象徵主義強調表現「內心夢幻」的藩籬，提出了觀察生活的現實主義詩論命題。

在詩歌形式方面，梁宗岱「五四」時期創作的是自由體新詩，注重自由抒寫詩情。他曾自述：「我從前是極端反對打破了舊鐐銬又自製新鐐銬的。」[5]二十年代中期他留學法國，接觸了象徵主義詩歌和結識了後期象徵派大詩人保爾・瓦雷里後，接受了後期象徵派注重格律節奏的詩論。因此梁宗岱認為音節是「新詩底一半生命」[6]，認為韻律具有「直接訴諸我們底感官的，由音樂和色彩和我們底視覺和聽覺交織成一個螺旋式的調子，而更深入地銘刻在我們底記憶」的作用[7]，而詩人在寫詩時，節奏、韻律、意象、詞藻等形式原素，是「增加那鬆散的文學底堅固和彈力方法」，「空靈的詩思亦只有憑附在最完美最堅固的形體才能達到最大的豐滿和最高的強烈」[8]。他認為，自由詩無論本身怎樣完美，是無法與同樣完美的格律詩在讀者心靈裏喚起同樣宏偉的觀感和強烈的反應的。因此他認為中國新詩如果沿著自由詩的道路走下去，雖然是一條捷徑，但也是一條無展望的絕徑，要使新詩「有無窮的發展和無盡的將來的目標」，只有「發見新音節和創造新格律」[9]。

因此，當聞一多提倡詩的音樂美、繪畫美、建築美，認為「越有魄力的作家，越是要戴著腳鐐跳舞才跳得好」[10]時，梁宗岱也主張為詩鑄造鐐銬，贊成為新詩自製規律，「把詩行截得齊齊整整也好，把腳韻列得像義大利或莎士比亞底十四行詩也好」，甚至「可以採用法文詩底陰陽韻底辦法，就是說平仄聲底韻不能互押，在一節裏又要有平仄韻互替」[11]。

梁宗岱雖然注重詩的韻律，但他反對求押韻而割裂詩句。二十年代後期開始，包括新月派在內的一部分詩人向西洋詩學習跨句的形式。他指出，是否使用跨句應該由作者的氣質及作品情調的起伏伸縮決定，它應當適應音樂上的迫切需要[12]。他對二十年代後期詩壇上有些詩人為了押韻而任意跨句，將一句完整的句子割裂開來的作法，提出了嚴厲的批評[13]。梁宗岱的批評無疑是正確的。

詩歌之所以要求押韻，目的是為了悅耳動聽，增強藝術感染力。梁宗岱批評有些「新詩許多韻都是排出來給眼看而不是押給耳聽的」[14]，這樣，就遠離了韻的原始功能，也失去了押韻的意義。

梁宗岱和聞一多同樣重視詩歌的建築美。他認為新詩講究建築美是為了訴諸讀者的五官，而「斷不是以目代耳或以耳代目」。為了達到新詩訴諸讀者的五官，尤其是聽覺感官的目的，因此他指出，要創造新格律詩，平仄和雙聲疊韻，都是不可忽略的要素[15]。

梁宗岱認為，要為新詩創造新音節，首先要認識漢字的音樂性。他在給徐志摩的論詩書簡中指出中國文學的音節大部分基於停頓。三十年代中期，新月派詩人孫大雨在《大公報》撰文提出這是新詩的一條通衢，有利於創造新格律詩[16]。

不過，梁宗岱提倡的新格律詩，和聞一多的格律詩主張也有不同之處。聞一多為了追求詩的建築美，講究每行詩字數的整齊，而字數的整齊，又必須建築在音節鏗鏘的基礎上。他認為：「絕對的調和音節，字句必須整齊。」也就是說，為了造成詩行的建築美，他要求音尺的整齊，例如各行同樣有兩個三字尺和兩個三字尺[17]。梁宗岱則認為，

一首詩是否每行都應具同一的節拍，要看詩體而定。他考察了我們的詞和西洋許多短歌後指出，「多拍與少拍的詩行底適當的配合往往可以增加音樂底美妙」，而西洋的十四行詩，由於整齊與一致是組成它建築美的一個重要因素，就必然要求每行有一定的節拍。至於節拍整齊的詩體，梁宗岱也認為字數應該劃一。在這一點上，他和聞一多的意見是一致的。他認為藝術是對於天然的修改、節制和整理，而且文字極富於柔韌性，只要巧妙的運用和配合，就能取得整齊的效果(18)。

梁宗岱由於深受象徵派詩論的影響，因此他提倡「純詩」。那麼，什麼是「純詩」呢？梁宗岱說：「所謂純詩，便是摒除一切客觀的寫景，敘事，說理以及感傷的情調，而純粹憑藉那構成它底形體的原素——音樂的色彩——產生一種符咒似的暗示力，以喚起我們感官與想像底感應，而超度我們的靈魂到神遊物表的光明極樂的境界。」他認為「純詩」是一個「絕對獨立，絕對自由，比現世更純粹，更不朽的宇宙；它本身底音韻和色彩底密切混合便是它底固有的存在的理由」。並且指出，純詩運動就是象徵主義的後身，濫觴於法國的波特賴爾，奠基於馬拉美，到梵樂希而造極(19)。

梁宗岱的純詩理論，直接來源於保爾・瓦雷里。「純詩」這個概念，是瓦雷里在一九二〇年為柳西恩・法布林（一八八九～一九五三）的詩集《認識女神》所寫的前言中第一次提出來的。後來，他在一九二二年到一九二三年冬所作的一系列講演中，進一步發展了純詩理論。一九二八年，他又寫過一個題為〈純詩〉的發言提綱。他提出：純詩是「完全排除非詩情成分的作品」，也就是說，他抒寫的是「純詩情的感受」。而這種純詩情的感受的激起是由於「某種幻覺或者對某種世界的幻想」。在這個幻想世界裏，詩人整個感覺領域中的有生命或無生命的東西，好像都配上了音東。瓦雷里認為：「詩情的世界顯得同夢境或者至少同有時候的夢境極其相似。」「這個世界被封閉在我們的內心。」(20)由此可見，瓦雷里所謂「純詩世界」完全是與現實世界絕緣

的，它是生活於資本主義沒落時期，與前期象徵派主張用暗示象徵方法抒寫內心夢幻的理論是一脈相承的，不過更具理論色彩罷了。

梁宗岱一方面由於早年接受過文學研究會「文學為人生」的文藝觀的影響，提倡文學為人生，認為詩有社會性[21]，詩人要接觸生活；但是，由於他後來受到象徵主義的影響，又提倡和客觀現實生活絕緣的「純詩」，這反映了梁宗岱詩論的矛盾性，他的現實主義詩論自然也就不能堅持和貫徹到底。

在中國新詩史上，梁宗岱較早地用比較文學方法論述中西詩歌的異同。

關於李白與歌德，梁宗岱認為兩人在藝術手腕和宇宙意識上有相似之處。在藝術手腕上，李白講詩篇「抑揚頓挫，起伏開翕，凝練而自然，流利而不率易，明麗而無雕琢痕跡，極變化不測之致」，歌德對各種體式、各種格律的詩都「操縱自如」，能「隨時視情感或思想底方式而創造新的詩體」。在宇宙意識上，兩人同樣是直接的、完整的，「宇宙底大靈常常像兩小無猜的遊侶般顯現給他們，他們常常和他喁喁私語」，他們的筆下都「展示出一個曠邈，深宏，而又單純，親切的華嚴宇宙」。梁宗岱還比較了兩人宇宙意識的相異之處：歌德「淵源於史賓努沙底完密和諧的系統」，所以其宇宙意識「永遠是充滿了喜悅，信心與樂觀的亞波羅式的寧靜」，而李白由於「植根於莊子底瑰麗燦爛的想像底閃光」，所以在詩中「有時不免滲入多少失望、悲觀與悽惶」以及「幻滅底嘆息」[22]。應當說，梁宗岱的論述，是揭示了李白與歌德兩人藝術手腕和宇宙意識的總體特徵的。

關於法國前期象徵派詩人馬拉美和中國南宋詞人姜夔，在〈談詩〉一文中，梁宗岱認為馬拉美酷似姜夔，「他們的詩藝，同是注重格調和音樂；他們底詩境，同是空明澄澈，令人有高處不勝寒之感；尤奇的，連他們癖愛的字眼如『清』、『苦』、『寒』、『冷』等也相同」。

梁宗岱不但比較中西詩人詩作，還對西洋各國的詩人進行了比較研究。

　　在〈歌德國與梵樂希——跋梵樂希「哥德論」〉一文中，梁宗岱比較了德國大詩人：「歌德探討底對象是外在世界，是世界底形相」，梵樂希則「專注於心靈底活動和思想底本體；他底探討對象是內在世界，是最高度的意識，是『純我』」；在藝術上，歌德的詩記錄「形相世界在他心靈內時時刻刻所喚起的反應」和「他底靈魂在這形相世界的熱烈的感受，憧憬，探討和塑造底昇華」，而瓦雷里則「透過這形相世界的心靈活動或思想本體底影像」。從中可以看出，梁宗岱是按他所接受的保爾·瓦雷里的「純詩」理論來評論保爾·瓦雷里的作品的，不免揄揚過甚，而且，就處於現實生活中的每一個人來說，所謂「純我」也不是存在的。

　　梁宗岱並不停留在歌德與瓦雷里詩篇的相異之處的闡述上，他從兩人的比較中引申出了一條對於詩歌創作普遍適用的結論。

　　梁宗岱認為，最高的智慧，也就是真正的掌握真理，在於從一件特殊的事物或現象中找出它所蘊蓄的那把它連繫於其他事物或現象的普遍觀念或法則。而無論是歌德的偏重於「物」，抑或瓦雷里的偏重於「心」，都是失之於偏頗的。因此梁宗岱認為：「真理底探討是二者底互相發展與推進，相生與相成：我們對於心靈的認識愈透徹，愈能窮物理之變，探造化之微；對於事物與現象的認識愈真切，愈深入，心靈也愈開朗，愈活躍，愈豐富，愈自由。」在此基礎上，梁宗岱指出：「詩人是兩重觀察者。」[23]而在不久之前寫的〈談詩〉一文中，他也曾開宗明義地指出：「詩人是兩重觀察者。他底視線一方面要內傾，一方面又要外向。對內的省察愈深微，對外的認識也愈透徹。」並且進一步認為，這「內」、「外」二者不但相成，而且相生：「洞觀心體後，萬象自然都展示一副充滿意義的面孔；對外界的認識愈準確，愈真切，心靈也愈開朗，愈活躍，愈豐富，愈自由。」梁宗岱從歌德、瓦德里的比較研究中得出的這一結論不但揭示了詩歌創作的真諦，在當時乃至現在也是富有積極的現實意義的。

在三十年代前半期的詩壇上,詩人們或者偏重於「心」,或者偏重於「物」,沒有能夠做到「心」、「物」的辯證結合。在梁宗岱撰寫〈歌德與梵樂希〉之後的半年,象徵派詩人李金髮在〈是個人靈感的紀錄表〉中認為自己的詩是「個人靈感的記錄」,對左翼作家、理論批評家認為文學是時代意識、革命人生的反映的理論主張頗表不滿[24]。中國詩歌會的詩人,如穆木天、蒲風等,這時候強調了詩歌要努力反映火熱的現實生活,詩要投身社會時,卻忽視了詩人對內心世界的開掘。因此前者的詩不免停留在反映個人的悲歡上,與現實生活相距甚遠,沒有多少社會意義;後者的詩雖然反映了現實生活,但由於沒有猛烈地在心靈上撞擊,感情的深度不夠,因而缺乏震懾人心的藝術魅力。因此,梁宗岱提出的「詩人是兩重觀察者」的主張,對於糾正詩壇的偏頗是有益的。

註1:《西方文論選》下冊 262-263 頁,上海譯文出版社 1979 年 11 月第 1 版。
註2、3:〈象徵主義〉。
註4、5、6、11、12、13、14、15:〈論詩〉,《詩與真》。
註7、8、9、21:〈新詩底紛歧路口〉,《詩與真二集》。
註10、17:〈詩的格律〉,《晨報副刊》,《詩鐫》第 7 號,1926 年 5 月 13 日。
註16、18:〈按語與跋‧關於音節〉,《詩與真二集》。
註19:〈談詩〉,《詩與真二集》。
註20:瓦雷里〈純詩〉,《法國作家談文學》(現代外國文藝理論譯叢)。
註22:〈李白與歌德〉,《詩與真二集》。
註23:以上均見〈歌德與梵樂希〉,《詩與真二集》。
註24:李金髮〈是個人靈感的記錄〉,《文藝大路》第 2 卷第 1 期,1935 年 11月 29 日。

任鈞

在三、四十年代的詩壇上，任鈞是一位活躍的詩人與詩論家。他原名盧嘉文，筆名有盧森堡、森堡等。一九○九年十二月生於廣東梅縣隆文鄉文普村。中學時代，任鈞就對詩歌創作發生濃厚興趣。一九二九年秋到一九三二年上半年曾留學日本。雖然一九三○年三月中國左翼作家聯盟成立時，他遠在東瀛，但由於他是二十年代後期革命文學社團太陽社的成員，而太陽社的成員，當左聯成立時，全部參加了「左聯」，所以他在東京也成了左聯的一員，與葉以群、謝冰瑩等人成立了左聯東京分盟，開展革命文藝活動。一九三二年九月，他和蒲風、穆木天、楊騷等詩人一起發起成立了中國詩歌會。幾十年來，他在新詩園地裏辛勤地播種耕耘，新中國成立前，他先後出版了《冷熱集》、《戰歌》、《後方小唱》、《為勝利而歌》、《戰爭頌》、《發光的年代》等詩集。在從事詩歌創作的同時，任鈞從三十年代初起就從事詩歌理論批評活動，一九四六年曾集成《新詩話》一書出版，奠定了他作為詩論家的地位。

任鈞論詩，注重詩歌反映社會現實生活，強調詩歌必須發揮打擊敵人、教育人民、推動社會前進的作用。

早在三十年代，他就撰文批評新月派、現代派逃避現實的傾向。一九三一年「九‧一八」之後，隨著日本帝國主義的步步進逼，中國的民族危機日益加深。面對日本帝國主義的侵略，國民黨政府採取不抵抗政策，同時瘋狂鎮壓人民革命活動，殘酷地剝削和壓迫人民。面對祖國處於危亡的緊急關頭和人民的苦難，新月派、現代派詩人都閉起眼睛，逃避現實，一味吟風弄月，抒寫個人的閒情逸致。在理論上，

現代派詩論家蘇汶（杜衡）認為詩歌洩漏「像夢一般地朦朧的」「隱祕的靈魂」，因而詩是「一種吞吞吐吐的東西」，詩的動機是在「表現自己與隱藏自己之間」[1]。象徵派詩人李金髮則認為詩人寫詩不必考慮詩作的社會作用。他說：「我絕對不能跟人家一樣，以詩來寫革命思想，來煽動罷工流血，我的詩是個人靈感的記錄表，我個人陶醉後引吭的高歌，我不能希望人人能瞭解。」[2]由於一味強調詩歌只是記錄個人的靈感，因此，他們的詩作，不但內容上逃避現實，而且表現形式上也晦澀、曖昧。任鈞在三十年代初期就明確指出，詩歌是「現實的反映」，「一篇作品越是能夠正確地深刻地反映客觀現實，就越有意義和價值」[3]。針對三十年代詩壇的種種頹風，任鈞指出新詩在內容和形式上的三條歧路。首先，他指出，當時新月派、現代派的一些詩人，由於「受著所屬階層的生活和意識的制約，都不能或不願把握正確的人生觀和世界觀」，因而逃避現實，他們或者描寫風花雪月，或者滿紙孤獨、寂寞，所表現的是「一種無病呻吟式的世紀末情緒」。他認為這是新詩在內容方面的應該給予最無情的打擊和糾正的一種惡劣傾向。其次，他還指出，新月派將新詩定型化、格律化，是「想要借形式來掩飾空虛的內容的把戲」。最後，他指出，現代派詩人寫詩「純粹為著要表現一種輕淡迷離的情趣、意象和刹那間的感興」。因此，在藝術表現上出現了晦澀曖昧的傾向。他認為，這是新詩的三條歧路，如果長此下去，新詩會就走到絕路上去。毫無疑問，任鈞對三十年代詩壇頹風的揭露和批評是正確的。任鈞三十年代堅持現實主義詩論，旗幟鮮明，高瞻遠矚，一針見血地指出三十年代新詩在內容和形式上存在的三條歧路，起了發聾震聵，引導詩人走上正路和坦途的作用。

正因為任鈞主張詩歌必須反映社會現實生活，發揮推動社會前進的作用，因此當周揚等人一九三五年提出「國防文學」口號以後，任鈞積極回應，提出詩歌創作「應該以國防性的主題為最中心的主題」，用詩歌「去喚醒人民群眾的祖國愛」，「始終為著爭取祖國的獨立、自由、解放而生而死」。為此，他指出，詩人們不要將自己的敏感「徒然

浪用在愛情，自然風景或是個人的情感的遊戲上面」，而應當在整個詩壇上，「普遍地捲起國防詩歌的浪潮」。為了發揮詩歌喚起人民的愛國熱情、激發民眾抗日鬥爭的作用，任鈞指出，詩歌應該走兩條道路，一條是正面攻擊的路，運用抒情詩、敘事詩、大眾合唱詩等人民大眾喜聞樂見的形式反映血淋淋的現實，催促和鼓動人民大眾為民族與國家而英勇戰鬥。另一條是側面攻擊的路，也就是諷刺詩的路，諷刺和鞭打日本帝國主義及漢奸賣國賊[4]。

任鈞的上述理論主張無疑是正確的。在當時，只有堅持正面攻擊和側面攻擊這樣兩條詩歌創作道路，才能全面地反映社會現實生活，發揮詩歌教育、激勵人民和諷刺、鞭打敵人的作用。

到了四十年代，任鈞更是明確地指出，人是社會的動物，他不能夠離開他所處的時代和社會而孤立地生活下去，「一個人的行動、思想和感情，一定會受他所處的時代和社會的制約」，因此，作為社會生活在人們頭腦中反映的文學必然是「社會和人生的反映」，與此同時，任何一篇文學作品，「也一定或多或少會給社會以某種影響」[5]。

正因為任鈞注重詩歌的社會作用，因此他認為詩歌在戰時和平時都絕不是裝飾品、玩弄品、消遣品。他認為在戰時，詩歌是機關槍、炸彈和刺刀；在平時，詩歌應該是馬達、汽笛、擴音機、廣播器，應該是鋤頭、鐵鏟、耕種機，至少應該是掃把、雞毛帚、手電筒。任鈞在三、四十代那樣血火交流、陰霾滿天的時代，強調詩歌的社會作用無疑是正確的。當然，就今天來說，我們對詩歌的社會價值和作用應當理解得更寬泛些，優秀的、好的詩篇，可以起到移情養性的審美作用，也是詩歌的價值和作用之一。

正因為任鈞注重詩歌的社會作用，因此他提倡創作「富有時代精神，能夠推動社會的詩歌。」[6]他強調詩歌在內容上應該有現實性，「從現實中選取主題和題材，然後以現實主義的藝術手腕去加以處理和表現」，只有這樣，詩作才能收到推動、影響和改革現實的目的[7]。

　　任鈞的現實主義詩論，在三十年代詩壇上，和臧克家、穆木天、蒲風、袁勃、楊騷、石靈等詩人的現實主義詩論一起，廓清了詩壇上的迷霧和頹風，對於引導廣大青年詩人直面現實、反映現實，從而將新詩從歧路上拉回來，使之朝著健康的方向發展，是起了促進作用的。抗戰時期，任鈞一如既往地宣傳現實主義詩論，推動了抗戰詩歌創作，也促進了抗戰時期的詩論建設。

　　任鈞現實主義詩論的形成，既與他參加革命文學團體太陽社有密切的關係，也是與他二、三十年代之交留學日本時參加「左聯」東京分盟的活動，廣泛接觸日本無產階級作家是分不開的。任鈞留學日本時，日本反動的天皇政府正加緊控制和鎮壓人民的革命力量。但是，人民的革命鬥爭也呈現出新的高漲局面，革命文藝運動也隨之蓬勃發展。一九二八年春，包括各個藝術領域各個部門的文藝工作者組成了全日本無產者藝術聯盟，不久，改稱為全日本無產者藝術團體協議會。一九二九年二月，日本無產階級作家聯盟成立。「左聯」東京分盟成立後，很快跟日本無產階級作家同盟取得了聯繫。任鈞與左聯東京分盟的其他成員曾應邀參加了他們召開的一些會議，並且還分別訪問了秋田雨雀、小林多喜二、德永直等左翼作家[8]。日本無產階級作家聯盟倡導作家「植根在大眾之中」，深入群眾生活，注重「用無產階級觀點處理題材」[9]。任鈞參加「左聯」東京分盟的活動以及與日本無產階級作家的廣泛接觸，促使他初步形成了革命文藝觀和現實主義文藝思想，為他回國參加「左聯」的工作和從事詩歌理論批評，奠定了堅實的思想和理論基礎。當然，任鈞在日本留學時，也受到了日本左翼文藝界當時存在的過「左」文藝觀點的影響，這也是毋庸諱言的。

　　任鈞強調詩歌思想和感情的統一。他認為：「沒有純感情的詩（也就是所謂純粹詩），正如沒有純感情的人一樣。」並指出：「思想和感情同時發生，正如肉體和精神同時存在一樣。在詩歌創作的實踐中，思想應該被滲進、被融化在感情裏頭，正如糖精之被滲合於水中；只是水，沒有糖精，是絕不會變甜的。」他還進一步指出：「思想應該是

感情的基石、的腦子、的眼睛。」[10]因此，他還為「用最壓縮的形式表現最集中的，最性格的情感和思想乃是詩的最重要的特徵，最可貴的長處」[11]。任鈞強調詩歌思想和感情的統一，對於提高詩歌作者理解和認識感情和思想的關係，認識思想在詩歌創作中的地位和作用，從而提高詩篇的思想性，是有幫助的。

西方現代派文學注重開掘個人的直覺、本能、潛意識夢幻、變態心理、瘋狂和半瘋狂的意識，絕對地排斥理想、思想、邏輯思維和文學的教育作用。例如法國象徵派詩人波特賴爾提倡純詩，認為「藝術越擺脫教訓，便越能取得大公無私的純粹之美」，「詩不可同化於科學和倫理，一經同化便是死亡或衰退」，「詩的目的不是『真理』，而只是它自己」[12]。

中國有些詩人、詩論家接受了象徵派的理論主張，也排斥思想在詩中的地位。例如李金髮就說：「我平日作詩，不曾存在尋求或表現真理的觀念，只當它是一種抒情的推敲，字句的玩藝兒。」[13]排斥思想的結果，必然導致詩作內容空虛，難以對讀者產生認識作用、教育作用和審美作用。由此看來，任鈞強調思想在詩中的重要性，是有現實的針對性的，它起著針砭詩壇時弊的作用。

正因為思想是詩歌的基石，詩歌應當發揮社會作用，因此，任鈞強調詩人應當樹立正確的世界觀和人生觀。任鈞指出，詩人在從現實生活選取主題和題材時，必須憑藉世界觀的燭照[14]。他認為只有確立了正確的人生觀和世界觀，才「能夠深刻地把握客觀現實」[15]。這一點，在今天，也還有著現實的指導意義。

從發揮詩歌社會作用的理論主張出發，任鈞提倡創作諷刺詩。他於三十年代中期創作出版的《冷熱集》是中國新詩史上第一部諷刺詩集。出版後，著名文藝批評家阿英曾撰文評論道：「任鈞的諷刺詩集《冷熱集》的出版，在中國詩的活動上，是一件極可喜的事。不僅使我們瞭解諷刺詩在現階段之重要與其效能，也是給這一向被忽視了的荒園，以一種新的開拓。」並預言「中國的新諷刺詩，將因此書的產生，

而廣泛地得到開展。這部詩集，將實際地成為中國新諷刺詩集的奠基石」[16]。

　　任鈞結合自己創作諷刺詩的體會，對諷刺詩作了比較深入的論述。首先，他指出了諷刺詩的性質和作用。他認為，諷刺與暴露、揭發、鞭撻是分不開的，它「把一般人所見怪不驚的矛盾或虛偽的現象，用多少帶點誇張的手法，去加以表現和指摘，使讀者為之恍然而有所悟」。它常常「看準了對方的弱點和短處，而給與致命的一擊」[17]。這就言簡意賅地揭示了諷刺詩抨擊社會矛盾和一切不良現象的特性和它打擊敵人、提高讀者覺悟的作用。正因為諷刺詩具有打擊敵人的作用，因此，任鈞在三十年代回應周揚等人提出的「國防文學」口號、提倡創作國防詩歌時，就大力提倡創作諷刺詩，認為詩人們應當運用諷刺詩這一武器，諷刺和鞭撻帝國主義，特別是日本帝國主義，以及大大小小的漢奸賣國賊[18]。

　　其次，他提出了諷刺詩人的修養問題。由於諷刺詩對敵人是惡意的，對於人民大眾則是善意的，因此，任鈞認為諷刺詩人必須具備「強烈的正義感以及對於虛偽和不合理的嫉惡如仇的憎恨。」

　　抗戰時期，詩壇湧現了許多抨擊日本帝國主義侵略罪行，揭露國民黨當局假抗日、真反共行徑的諷刺詩篇。第三次國內革命戰爭時期，更產生了像袁水拍的《馬凡陀山歌》、臧克家的《寶貝兒》那樣優秀的諷刺詩集，在打擊敵人、鼓舞人民方面發揮了巨大的作用。這固然是時代的產物，也是與任鈞等詩論家的倡導分不開的。

　　在詩歌形式的問題上，任鈞一貫主張自由詩。他認為呆板的、固定的格式，「會給內容以最大的束縛和桎梏」。因此，他反對新詩的格律化、定型化[19]。他對新月派詩人模仿西洋詩歌的格調體式，創作字句整齊的「方塊詩」和十四行詩是不滿的。

　　二十年代中期，聞一多、徐志摩等詩人針對初期新詩散文化、缺乏藝術魅力的弊病，立意探索新詩的藝術形式。一九二六年五月，聞一多在《晨報副刊・詩鐫》第七號上發表〈詩的格律〉一文，提倡詩

的音樂美、繪畫美、建築美。這一格律理論,對於提高新詩的藝術性,無疑是有幫助的。當然,到了二十年代末、三十年代初,新月派是一些詩人,藝術技巧力有未逮,專在形式上下功夫,於是他們的詩篇被人們譏為「豆腐乾體」、「方塊體」。對他們專在形式上下功夫,用整飭的形式來掩蓋空虛內容的形式主義作法,提出批評,無疑是正確的。但任鈞說他們提倡新詩格律化是「復辟」、「開倒車」無疑是不妥當的。至於孫大雨等詩人嘗試寫作十四行詩,則應當看作是一種借鑒和探索,更不應該簡單地斥之為「復辟」和「倒退」了。

任鈞從倡導自由詩的主張出發,堅持新詩應當擺脫舊體詩詞束縛的觀點。一九三六年上半年,他與陳子展、曹伯韓之間,圍繞「胡適之體」,各自在《立報》副刊《言林》、《申報》副刊《文藝週刊》上撰文,展開過一場論爭。論爭是由陳子展在《立報》副刊《言林》上撰文認為「從舊詩詞蛻化來的『胡適之體』」是「新詩人可以走的一條路」引起的。任鈞先後寫了〈談談胡適之的詩〉、〈關於新詩的路〉、〈再談「胡適之體」〉、〈答辯的答辯〉等文章[20]。他認為胡適〈飛行小贊〉與《嘗試集》中的許多詩一樣,帶著詞調,「總還帶著纏腳時代的血腥氣」。因此認為〈飛行小贊〉不是一條新路,而是一條老路,一條歧路。

〈飛行小贊〉[21]是胡適一九三五年遊廣西時所作的一首詩:

> 看盡柳州山,
> 看遍桂林山水。
> 天上不須半日,
> 地上五千里。
>
> 古人辛苦學神仙,
> 要守百千戒。
> 看我不修不煉,
> 也凌雲無礙。

任鈞在〈談談胡適之的詩〉一文中指出，胡適《嘗試集》中的詩「跟舊詞有著不可分離的血緣關係」，許多詩「都帶著詞調」。任鈞的批評無疑是正確的。事實上，胡適自己也承認《嘗試集》「總還帶著纏腳時代的血腥氣」[22]。

在〈再談「胡適之體」〉一文中，任鈞將〈飛行小贊〉與《嘗試集》中〈湖上〉等詩進行了比較對照，認為〈飛行小贊〉不但沒有超過它們一分一毫，而且《嘗試集》中有不少詩的表現手法要比〈飛行小贊〉「自由」、「活潑」，與舊詩詞的距離比它遠。任鈞的論斷是正確的。胡適自己也說：「其實〈飛行小贊〉也是用〈好事近〉的詞調寫的。」[23]因此，任鈞認為「胡適之體」已經是歷史上的『古董』，絕不是新詩人的一條路。

新詩既要擺脫舊體詩詞的束縛，又不能簡單模擬西方詩歌的形式，那麼，又怎樣在「五四」新詩的基礎上，在藝術形式上如何使它更臻完美呢？任鈞認為：「一方面盡量有條件地利用民謠、俗曲的固定形式；他方面盡量運用大眾合唱詩、朗誦詩之類的嶄新形式，因為這是跟大眾相接近，最為大眾所瞭解，最能表現大眾的思想和情感的。」[24]文藝大眾化（包括詩歌大眾化）是「左聯」及其領導下的中國詩歌會重要的理論主張之一，任鈞的上述主張正是根據「左聯」與中國詩歌會的理論主張提出來的。任鈞提倡詩歌的民族形式[25]，注意新詩有條件地利用民謠、俗曲的固定形式，同時運用大眾合唱詩、朗誦詩等新形式，無疑有助於完善新詩的藝術形式，但他根本不提新詩如何借鑒西方現代詩歌的藝術與技巧，就失之偏頗了。

新詩要實現大眾化，有許多途徑，開展詩歌朗誦運動則是其中一條重要途徑。任鈞是最早提倡詩歌朗誦運動的詩論家之一。早在一九三三年，他就發表了〈關於詩的朗誦問題〉一文[26]，主張開展詩歌朗誦運動。從新詩史來看，抗戰前，詩歌朗誦運動僅僅停留在理論探討上。抗戰爆發後，詩人們激情澎湃，為了有詩歌鼓舞人民，廣泛地開展了詩歌朗誦運動。這裏，任鈞繼續提倡開展詩歌朗誦運動。他認為，

詩歌朗誦運動由抗戰前的前奏，到抗戰爆發後的切實展開，有兩個原因：一是從詩的本質來說，詩是聽覺藝術，開展詩歌朗誦，能使詩回到聽覺藝術的本位上來；二是從詩的效果上來說，詩歌通過朗誦，能「更有效地發揮其武器性，而服務於抗戰」[27]。任鈞的分析，比較正確地揭示了抗戰時期詩歌朗誦運動蓬勃發展的原因。

任鈞的詩論，文字樸實，簡潔明瞭，不擺理論架子，沒有詰屈聱牙的理論術語，易於為讀者理解。在體式上，收入《新詩話》一書中的〈詩散談〉、〈新詩話〉上下篇繼承了中國古代詩話的形式，有靈活簡潔之長處，無呆板冗長之弊端。

中國傳統詩話源遠流長，它胚胎於先秦《虞書》的「詩言志」和孔孟的論《詩》，發育於漢魏六朝文學的「自覺時代」，這時有最初勒成專著的論詩著作——鍾嶸《詩品》的出世；成型於隋唐五代，而最後分娩於北宋時代，歐陽修《六一詩話》之作，標誌著中國古代詩歌史一種重要的論詩形式——詩話的誕生[28]。清代學者章學誠在《文史通義》一書的〈詩話〉篇中指出，傳統詩話分為「論詩及事」與「論詩及辭」兩大類。前者以記事為主，講詩的故事；後者以詩論為主，重在詩歌評論。研究中國詩話史的專家蔡鎮楚先生指出：「作為中國古代一種獨特的論詩之體，詩話應該是『論詩及事』及『論詩及辭』的和諧統一。」[29]任鈞的〈詩散談〉以詩論為主，屬「論詩及辭」一類；〈新詩話〉上下篇則以記事為主，屬「論詩及事」一類。而〈新詩舊話——新詩運動史料之一〉、〈關於中國詩歌會〉、〈抗戰期間大後方詩壇剪影〉等三篇文章，雖然並沒有採取傳統詩話隻言片語式的表述形式，但它們似可看作對傳統詩話「論詩及事」一類的繼承與革新。這三篇文章，連同〈新詩話〉上下篇，具有很高的史料價值，為研究新詩史提供了豐富的史料。

朱光潛曾指出：「詩話大半是偶感隨筆，信筆拈來，片言中肯，簡練親切，是其所長；但是它的短處在零亂瑣碎，不成系統，有時偏重主觀，有時過信傳統，缺乏科學的精神和方法。」[30]任鈞借鑒傳統詩

話形式寫的〈新詩話〉上下篇等「論詩及事」一類篇章，經過深思熟慮，而且言必有據，克服了傳統詩話著作的上述弊端。當然，他的〈詩散談〉「論詩及辭」表述自己的詩論主張，由於採用片言隻語的表述形式，在有些地方不可能論說得全面、系統與深入。

任鈞的詩論也有一些不足之處。任鈞有時在強調詩人應當反映現實生活的同時，對詩的藝術性重視不夠。當然，他在一般情況下也提出要重視藝術技巧。比如他在〈談談詩歌寫作〉一文中就曾指出：「詩歌除開文學一般的共通性之外，還有其不能抹煞的特殊性（如音韻、節奏……等等），而這特殊性，在寫作的過程上是要向詩人要求特殊的修養的。」他也曾針對抗戰時期曾經有過的「詩壇的豐災」（詩產量多而質量高的少）的現象提出過「提高詩的素質」的口號，認為「詩具有其特殊的條件與形式」，因而要求詩人做一個「熟練精巧的淘金者。」[31]但是，任鈞有時強調了詩的內容就忽視了詩的技巧。比如三十年代他在〈新詩的歧路〉一文中說：「如果你的肉體是健美的，那就縱然是一絲不掛的裸體也沒有什麼妨礙甚或因此還更顯得你的健美。」抗戰時期，他在〈詩散談〉一文中否定形式主義時也曾說：「真正的美人，就是毫無裝飾，也還是美麗的。」這兩段話，給人的感覺，似乎一首詩內容好了，就不必在藝術形式上與技巧方面下功夫了。應該說，這樣的觀點，是片面的。

同時，任鈞在強調詩歌必須注重思想性時，也有絕對化的傾向。比如他說：「古今中外所有的詩篇，都可以說是政治詩！」[32]這一點，也是失之偏頗。在國難當頭，烽火連天的抗戰年代，強調詩歌的政治性、思想性，引導詩人抒寫反映現實戰鬥生活、鼓舞人民抗日鬥志的詩篇，無疑是正確的。但是，既然說的是「古今中外所有的詩篇」，那麼又怎樣能一概而論都是政治詩呢？那些山水詩、愛情詩，雖然也或多或少烙印著詩人的思想觀點，但並不就是政治詩。

同樣地，由於他注重詩歌反映社會現實，增強詩篇的思想性、政治性，因而在介紹外國詩人時，介紹了蘇聯的馬耶可夫斯基、別德內

依、倍茲勉斯基以及德國的海涅等革命詩人，而對於其他國家的各種
不同風格、不同流派的詩人就注意不夠了。我們要提高新詩的藝術水
平，既要向外國、進步的詩人學習，又要注意學習與借鑒世界各國各
種不同風格、不同流派的長處。

註 1：〈《望舒草》序〉，《望舒草》，上海復興書局 1932 年初版。

註 2：〈是個人靈感的記錄表〉，《文藝大路》第 2 卷第 1 期，1935 年 11 月。

註 3：〈關於新詩的路〉，《新詩話》，新中國出版社 1946 年 6 月出版。

註 4、18：〈站在國防詩歌的旗幟下〉，《新詩話》。

註 5、6、11、15：〈談談歌創作〉，同上。

註 7、14：〈詩散談‧七〉同上。

註 8：任鈞〈關於左聯的一些情況〉，《左聯回憶錄》上冊，中國社會科學出版
社 1982 年 5 月第 1 版。

註 9：劉柏青《日本無產階級文藝運動簡史》77-78 頁，時代文藝出版社 1985
年 10 月第 1 版。

註 10：〈詩散談‧四〉，《新詩話》。

註 12：《西方文論選》下冊 226 頁，上海譯文出版社 1979 年 11 月新 1 版。

註 13：〈詩問答〉，《文藝畫報》第 1 卷第 3 期，1935 年 2 月。

註 16：阿英（錢杏邨）〈評任鈞的諷刺詩〉，《筆》第 1 期，1946 年 6 月。

註 17：〈詩散談‧二十四〉，《新詩話》。

註 19：〈新詩的歧路〉，同上。

註 20：均見《新詩話》。

註 21、23：轉引自胡適〈談談「胡適之體」的詩〉，《自由評論》第 12 期，1936
年 2 月 21 日出版。

註 22：胡適《嘗試集》四版自序。

註 24：〈再談「胡適之體」〉，《新詩話》。

註 25：〈詩散談‧三十四〉，同上。

註 26：見《新詩歌》第 1 卷第 2 期。

註 27、31：〈略論詩歌工作者當前的任務〉，《新詩話》。

註 28：參見蔡鎮楚《中國詩話史》12 頁，湖南文藝出版社 1988 年 5 月。

註 29：同上，第 19 頁。

註 30：《詩論》抗戰版序，正中書局 1948 年 3 月出版。

註 32：〈詩散談‧二十三〉，《新詩話》。

戴望舒

　　一九三五年，朱自清在《中國新文學大系‧詩集》的序言中曾指出：「戴望舒氏也取法象徵派。他譯過這一派的詩。他也注重整齊的音節，但不是鏗鏘，而是輕倩的；也找一點朦朧的氣氛，但讓人一眼可以看得懂；也有顏色，但不像馮乃超氏那樣濃。他是要把捉那幽微的精妙的去處。」揭示了戴望舒象徵詩的藝術特色。戴望舒風格獨特的詩篇在詩壇上產生了很大的影響，當時許多青年詩歌作者都模仿他。施蟄存一九三二年主編的《現代》，發表了許多風格和戴望舒近似的詩篇，形成了一個著意向歐美象徵派和意象派學習借鑒詩藝的詩人群。由於他們的詩篇大多發表於《現代》，人們就將這一詩人群稱作「現代派」。戴望舒不但以它風格獨特的詩篇豐富了新詩的表現手法，而且積極地進行詩論探索，建立了富有個人特色的詩論。

　　戴望舒大約從一九二三、二四年開始創作新詩，他初期創作的詩篇後來收入一九二九年四月上海水沫書店出版的詩人第一本詩集《我底記憶》的第一輯〈舊錦囊〉裏。這一輯裏〈夕陽下〉、〈寒凡中聞雀聲〉等十二首詩，烙印著中國晚唐溫庭筠、李商隱這一詩詞流派的風格。一九二七年，詩人在《小說月報》上發表了〈雨巷〉一詩，編者葉聖陶稱讚這首詩「替新詩的音節開了一個新紀元」。從此他得了個「雨巷詩人」的桂冠。這首詩韻律優美，悅耳和諧。句中用韻的手法，開創了新詩用韻的新局面。這就難怪葉聖陶對它的音節要稱賞不已了。然而，當詩人一九三二年赴法國前編《望舒草》時，恰恰把這首給詩人帶來盛譽的詩剔除了。我們從詩人詩歌審美觀演變的蹤跡裏找到了個中原因。

一九二五年秋至一九二七年，戴望舒曾先後在上海震旦大學法文特別班及法科求學，課餘曾譯過法國前期象徵派詩人魏爾論、波特賴爾的詩。他在創作〈雨巷〉時，主要受了魏爾倫的影響。魏爾倫主張「萬般事物中，音樂位居第一」[1]。〈雨巷〉正是在魏爾倫注重音樂性的詩論影響下創作的。

然而，戴望舒鍾情魏爾倫的時間很短。他從一九二八年起就開始翻譯法國後期象徵派詩人保爾‧福爾、果爾蒙、耶麥等人的詩歌，並介紹他們的詩論到中國來。這些詩人不注重詩的音樂美，而追求一種樸素、親切、自由的詩風，顯示了和魏爾倫等前期象徵派詩人不同的詩歌審美主張。施蟄存近年指出：「望舒譯詩的過程，正是他創作詩的過程。譯道生、魏爾倫詩的時候，正是寫〈雨巷〉的時候；譯果爾蒙、耶麥的時候，正是他放棄韻律，轉向自由詩的時候。」[2]正確地揭示了戴望舒譯詩和詩作的同步性。在創作上是這樣，在詩歌美學思想上也是這樣。戴望舒翻譯了果爾蒙、耶麥等的詩歌以後，在創作上逐步擺脫了魏爾倫的影響，在理論上也形成了可以明顯地看出深受法國後期象徵派理論影響的詩論。

一九三二年，戴望舒在《現代》第二卷第一期上發表達了〈詩論〉（十七條）。一九三七年一月《望舒草》出版時，詩人將它改題為〈詩論零札〉，作為附錄收入詩集裏。〈詩論零札〉第一條說：「詩不能借重音樂，它應當去了音樂的成分。」第五條說：「詩的韻律不在字的抑揚頓挫上，而在詩的情緒的抑揚頓挫上，即在詩情的程度上。」第六條說：「新詩最重要的是詩情上的 nuance 而不是字句上的 nuance。」（nuance 即「變異」──引者按）他甚至在第七條中說：「韻和整齊的字句會妨礙詩情，或使詩情成為畸形的。」

綜觀詩人的十七條詩論，可以明顯地看出，其核心是強調詩情在詩中的地位。十七條中，第五、六、七、八、九、十、十一、十五、十六等九條都強調詩人要寫出好詩，要有詩情。第九條說：「新的詩應該有新的情緒和表現這情緒的形式。」創作新詩以什麼作題材，詩人

也是以能否激發詩人的情緒為原則，如果某一新的事物不能激發詩情，詩人就「不必一定拿新的事物來做題材」，並認為「舊的事物中也能找到新的詩情」（第十條）。因而舊的事物也能作為詩的題材。而古典的運用也一樣。第十一條說：「舊的古典的運用是無可反對的，在它給予了我們一個新情緒的時候。」

詩情只有通過一定的技巧表現出來才能成為詩。所以戴望舒在第十六條中說：「情緒不是用攝影機攝出來的，它應當用巧妙的筆觸描出來。這種筆觸又須是活的，千變萬化的。」也就是，詩人應當用多種多樣的表現手法來抒情。

我們將戴望舒的〈詩論零札〉放到中國新詩理論批評史上來考察，就會看到，戴望舒的〈詩論零札〉，是針對著聞一多一九二六年五月發表在《晨報》副刊《詩鐫》上的〈詩的格律〉一文中提倡的詩的音樂美、繪畫美和建築美而寫下的。可以說，〈詩論零札〉是對於聞一多倡導的詩的音樂美、繪畫美和建築美理論的反拔。

拋棄舊的格律詩的形式，這對於建立新詩來說，無疑是一個前提條件。同時，也只有衝破舊體詩嚴謹的格律的束縛，才能自由地抒情言志，適應時代的需要。但是，新詩創作的先驅者們，對新詩的音韻格律等詩歌形式美的因素重視不夠。如胡適曾說：「新文學的文體是自由的，是不拘格律的。」[3]郭沫若曾說：「詩不是『做』出來的，只是『寫』出來的」[4]。他們的理論主張對新詩的發展當然曾經起過巨大的推動作用，其積極意義應當充分肯定。在他們的理論和詩作的影響和推動下，新文學第一個十年裏形成了波瀾壯闊的自由詩派。但是，由於他們只強調新詩「不句格律」，因而「五四」詩壇上自由詩派新詩藝術錘煉不夠，不少詩篇藝術上粗糙，缺乏動人心弦的藝術魅力。聞一多的「三美」理論，豐富了新詩的藝術技巧。他自己在詩歌創作中以驚人的藝術才華，實踐了自己的理論主張，創作了不少聲情並茂的名篇佳作。聞一多在〈詩的格律〉一文中談到新詩的格律時，認為詩人應當「相體裁衣」，由內容來決定形式，因而「新詩的格式是層出不

窮的」。但是，他又主張詩行之間「音尺」的總數必須相等。這樣，在
詩的格式方面，必然出現程式化的「豆腐乾體」、「麻將牌式」。這種過
於嚴謹的詩體，必然會束縛詩人的創作，同時導致新詩格式的程式化。
戴望舒從創作實踐中感受到，也從新詩壇現狀中體察到聞一多「三美」
說所存在的弊端。所以他在〈詩論零札〉中說：「詩不能借重音樂，它
應該去了音樂的成分。」又說：「詩不能借重繪畫的長處」。還說：「單
是美的字眼的組合不是詩的特點。」對聞一多詩的「三美」說的反拔
是十分明顯的。聞一多在〈詩的格律〉中說：「詩的所以能激發情感，
完全在它的節奏，節奏便是格律。」而戴望舒的見解與此相反，他在
〈詩論零札〉第十條中寫道：「韻和整齊的字句會妨礙詩情，或使詩情
成為畸形的。倘把詩的情緒去適應呆滯的，表面的舊規律，就和把自
己的足去穿別人的鞋子一樣。愚劣的人們削足適履，比較聰明一點的
人選擇合腳的鞋子，但是智者卻為自己製最合腳的鞋子。」戴望舒追
求的就是「最合腳的鞋子」──在詩中盡情地抒寫胸臆而不是追求音
韻的諧和、字句的整齊。這樣，就使他的詩篇從早期詩作的講究押韻、
字句整齊的格式中解放出來，走向散文美的自由天地。詩歌審美理想
的轉變，就導致他編《望舒草》時刪掉了韻律和諧的〈雨巷〉。《望舒
草》中的大部分篇章，以口語入詩，活潑自然；有分節的，也有不分
節的，每節的行數不求劃一，舒捲自如。新詩的研究者們一般都認為
詩的散文美的理論是艾青最先提出來的。不錯，艾青在一九四一年九
月桂林三戶圖書社初版的《詩論》一書裏，收有一九三九年八月寫的
〈詩的散文美〉一文，提倡詩的散文美。其實，戴望舒否定聞一多的
「三美」說，認為「韻文和整齊的字句，會妨礙詩情，或使詩情成為
畸形的」，也就是在追求詩的散文美。《望舒草》中的詩篇，以情緒的
節奏代替了字句的節奏，形式上趨於散文的活潑自然。因此，艾青一
九八〇年七月在詩刊社舉辦的青年詩作者創作學習會上講到詩的散文
美的時候說：「我說的詩的散文美，說的就是口語美。這個主張並不是
我的發明，戴望舒寫《我的記憶》時就這樣做了。戴望舒的那首詩是

口語化的，詩裏沒有韻腳，但念起來和諧。」[5]《我的記憶》全用口語，句子有長有短，每節的行數有多有少，呈現出口語的本色美。它既與新月派的格律詩判然有別，也與詩人自己早期語言散發著書卷氣的詩作迥然不同。它出現在二十年代後期的詩壇上，自然使讀者有一新耳目的感覺。從此，詩人改變了自己的詩風。

戴望舒論詩既然強調詩人情緒的豐富性，而情緒是詩人感知客觀外界事物而後產生的。因此，他主張各種感覺的相通以及情緒與感覺的統一。〈詩論零札〉第八條說：「詩不是某一種感官的享樂，而是全官感或超官感的東西。」有的研究者指出：「所謂『全官感』即指感覺的豐富性和統一性。這在中國美學理論中叫『通感』，在西方叫『應和』（echo）。『超官感』，主要指情緒。在象徵派那裏，『全官感』和『超官感』是統一的，表現出『性靈與官感的狂吹』。」[6]（「性靈與官感的狂吹」係法國象徵派詩人波特賴爾詩集《惡之花》中〈應和〉一詩中的詩句。──引者按）。

戴望舒在譯了法國後期象徵主義詩壇的領袖果爾蒙的《西茉納集》後所寫的〈譯後記〉中稱讚他的詩：「他的詩有著絕端的微妙──心靈的微妙與感覺的微妙，他的詩情完全是呈給讀者的神經，給微細到纖毫的感覺的，即使是無韻詩，但是讀者會覺得每一篇中都有著很個性的音樂。」[7]戴望舒對果爾蒙的讚語，與〈詩論零札〉是一脈相承的。

一九三一年「九‧一八」事變後，日本帝國主義步步進逼，全國人民在中國共產黨領導下奮起抗日。毫無疑問，人民群眾抗日的熱潮鼓舞著詩人。尤其是一九三七年抗戰爆發後，詩人原先濃重的頹唐、感傷情緒逐步減弱。與此同時，在時代的推動下，他的詩歌美學觀點也有了很大的轉變。

三十年代中期，詩人林庚發表了〈小春吟〉、〈落花〉等許多四行詩。這些詩以新詩、現代詩的面目出現，然而散發著濃重的古意。戴望舒撰文指出：林庚的四行詩「所放射出來的，是一種古詩的氛圍氣，而這種古詩的氛圍氣，又絕對沒有被『人力車』、『馬路』等現代的騷

音所破壞了」。林庚不過是「尋扯一些古已有之的境界，衣之以有韻律的現代詩」。戴望舒認為：「現代的詩歌之所以與舊詩詞不同者，是在於他們的形式，更在於它們的內容。結構、字彙、表現方法、語法等等是屬於前者的；題材、情感、思想等等是屬於後者的；這兩者和時代之完全的調和之下的詩才是新詩。」他認為林庚創作〈小春吟〉等詩「不過想用白話去發表一點古意」，因而是「舊瓶裝新酒」[(8)]。戴望舒主張新詩「和時代之完全的調和」，要求新詩擺脫「古詩的氛圍氣」，無疑是正確的。但是，他在文中認為「古詩和新詩也有著共同一點的」，「那就是永遠不會變值的『詩之精髓』，那維護著古人之詩使不為歲月所斫傷的，那支撐著今人之詩使生長起來的，便是它」，以及認為「自由詩是乞援於一般意義的音樂的純詩」[(9)]。這反映出他這時的詩歌美學思想仍殘留著法國後期象徵派純詩論的餘緒。時代的浪潮還沒有完全沖洗掉西方象徵派對他的影響，這時他的詩論還存在著內在的矛盾。

一九三九年七月，戴望舒和艾青合編的詩歌月刊《頂點》出版（只出版了一期）。編者在〈編後雜記〉說：「《頂點》是一個抗戰時期的刊物。它不能離開抗戰，而應該成為抗戰的一種力量。為此之故，我們不擬發表和我們所生活著向前邁進的時代違離的作品。」同時又聲明所謂不離開抗戰的作品「並不是狹義的戰爭詩」。戴望舒和艾青創辦《頂點》，目的是為了提高新詩的水準，所以他們在〈編後雜記〉中還提出了新詩的內容「更深邃」、表現形式「更完美」的要求。從這裏可以看出，是民族危亡迫在眉睫的抗戰現實促使戴望舒跳出了西方象徵派、意象派抒寫個人哀怨的狹小圈子，樹立了主張詩歌反映現實、反映時代、反映抗戰的現實主義詩論。

在詩歌藝術方面，戴望舒對抗戰初期出現的不少滿篇激昂的字句，但藝術表現較差的詩作是不滿的。一九三九年初，他在寫給艾青的信中說：「抗戰以來的詩，我很少有滿意的。那些浮淺的，煩躁的聲音，字眼，在作者也許是真誠地寫出來的，然而具有真誠的態度未必就是能夠寫出好的詩來。」因此，他認為要寫出一首好詩，涉及到「觀

察和感覺的深度，表現手法的問題，個人素養和氣質的問題」[10]。這些論述，切中抗戰時期詩歌創作的弊病。

戴望舒這一時候在抗戰現實推動下形成的現實主義詩論，在這一時期的創作、翻譯中也鮮明地體現出來。抗戰時期，他先後創作了〈元旦祝福〉、〈獄中題壁〉、〈我用殘損的手掌〉、〈心願〉、〈口號〉等詩篇，抒寫了期待早日打敗日寇、祖國獨立解放的愛國主義深情。由於不滿意詩壇那些「訴說個人的小悲哀、小歡樂」[11]、「浮淺的，煩躁的聲音」，因此他嘗試著運用民間形式創作抗日歌謠。根據有的研究者提供的資料，我們知道目前能查到的有四首。如有一首是諷刺日本侵略者為祀奉「在中日事變以至大東亞戰爭中陣亡的英靈」而建造「忠靈塔」這件事的：「忠靈塔，忠靈塔，／今年造，明年拆。」由於它簡單、明瞭、通俗、易懂，因此一九四二年十月一日建塔第一期工程開始時，這首民謠就在民間流傳開來。其他三首，有的嘲笑日寇的「神風飛機」的：「神風，神風，／只有升空，落水送終。」有的瓦解敵人士氣：「玉碎，玉碎，／那裏有死鬼，／俘虜一隊隊，／老婆給人睡。」有的戳穿日寇「大東亞共榮圈」的謊言：「大東亞，／啊呀呀，／空口說白話，／句句假。」[12]從三十年代曾經是現代派代表詩人到四十年代利用民間形式創作抗日民謠，可以看到嚴峻的抗戰現實給戴望舒詩歌審美理想帶來了多麼巨大的變化。而這一點，我們也可以從他翻譯《西班牙抗戰謠曲集》及其對它的評論中看出來。戴望舒認為西班上抗戰謠曲「都是從戰火中產生的詩章」，「是西班牙『國民詩歌』」，「它體裁簡易，而它的韻律又極適合人民的思想和音樂的水準」[13]。這些話，我們既可以移用來品評上述戴望舒創作的抗日民謠，從中我們又窺見了詩人創作抗日民謠的詩歌審美理想。

一九四四年二月六日，詩人在他自己主編的《華僑日報》副刊《文藝週刊》第二期上，發表過鮮為人知的〈詩論零札〉，計詩論七則，近年為香港大學楊玉峰先生發現，重刊於《中國現代文學研究叢刊》一九八三年第三期（見這一期〈戴望舒資料三題〉一文）。這七則詩論，

有與詩人一九三二年詩論十七則一致的地方，也提出了一些新觀點。詩人仍然強調詩情的重要，反對離開具體的詩情而一味追求韻律的傾向。他說：「詩情是千變萬化的，不僅僅幾套形式和韻律的制服所能衣蔽。」「詩的韻律不應只是浮淺的存在。它不應存在於文字的音韻抑揚這表面，而應存在於詩情的抑揚頓挫這內裏。」詩人辯證地指出：並不是反對詞藻、音韻本身，「只當它們對於『詩』並非必需，或妨礙『詩』的時候，才應該驅除它們」。與十二年前詩人在〈詩論零札〉中所說的「詩不能借重音樂，它應該去了音樂的成分」，「韻和整齊的字句會妨礙詩情，或使詩情成為畸形的」等對韻律一概排斥的主張相比，可以看出，這時他對韻律的看法有了改變。他不再籠統地、無原則地排斥韻律，而是要求韻律與詩情的完美統一。施蟄存先生近年指出：戴望舒儘管在三十年代摒棄韻律，到了四十年代，「他的創作詩也用起腳韻來了」，因此他認為：「對於新詩要不要用韻的問題，望舒對自己在三十年代所宣告的觀點，恐怕是有些自我否定的。」[14]現在從他四十年代的上述詩論看，詩人的確否定了自己三十年代初期關於新詩不要用韻的觀點。

這七則詩論，其核心是強調內容的重要性。他認為詩的「佳劣不在形式而在內容」。他以「西子捧心，人皆曰美」和「東施效顰，見者掩面」作比，認為「本質上美的，荊釵布裙不能掩。本質醜的，珠衫翠袖不能飾」。但是，詩人在強調內容的重要性時，給人的感覺似乎有點過分貶低形式在詩中的地位。如他說：「有『詩』的詩，雖以詰屈聱牙的文字寫來也是詩」，這就說過了頭。如果內容是好的，但文字詰屈聱牙，也會影響內容的表達，因而也不能認為就是一首好詩。

這七則詩論還存在著法國象徵派純詩理論的影響。他強調詩歌內容的重要性，但對內容又沒有作出具體的規定和解釋。在談到韻律時，他引用了法國純詩論者昂德萊·紀德的話。雖然他強調詩歌內容的重要，但他又認為「詩的存在在於它的組織」。對於什麼叫「組織」，他沒有作出什麼解釋。所謂「組織」，或許就是詩的結構。既然「詩的存

在於它的組織」，因此他認為「竹頭木屑，牛溲馬勃，運用得法，可成為詩」；「羅綺綿繡，貝玉金珠，運用得法，亦可成為詩」，而且它們之間「其價值是同等的」。抹煞了不同題材的不同的社會意義，實際上出就導致了形式至上論。我們拿這七則詩論與一九三九年他給艾青的信，和與艾青合辦《頂點》在創刊號〈編後雜論〉中所提出的現實主義詩論比較，戴望舒這時的詩論，在許多地方，不但沒有進步，而且出現了倒退。在某些方面，又回到了一九三二年寫詩論十七則時的詩歌審美主張。當然，如上面指出的那樣，這當中還是有內在的線索可尋的。儘管這樣，戴望舒〈詩論零札〉七則所提出的詩歌要重視組織，韻律要和詩情統一等理論主張還是值得我們借鑒繼承的。

註1：魏爾侖〈詩的藝術〉。

註2：施蟄存〈《戴望舒譯詩集》序〉，《戴望舒譯詩集》，湖南人民出版社1983年4月第1版。

註3：胡適〈談新詩——八年來一件大事〉，《中國新文學大系·建設理論集》。

註4：郭沫若《文藝論集·論詩三札》，《沫若文集》第10卷第205頁。

註5：艾青〈與青年詩人談詩〉，《詩刊》1980年10月號。

註6：闕國虯〈試論戴望舒詩歌的外來影響與獨創性〉，《文學評論》1983年第4期。

註7：《戴望舒譯詩集》31頁。

註8、9：〈談林庚的詩見和『四行詩』〉，《新詩》第2期，1936年11月。

註10、11：周紅興、葛榮〈戴望舒在抗戰時間〉，《抗戰文藝研究》1986年第4期。

註13：戴望舒〈跋《西班牙抗戰謠曲選》〉，《華僑日報》1948年12月12日，轉引自鄭擇魁、王文彬〈戴望舒在抗戰期間〉。

註14：同註7，54頁。

施蟄存、杜衡

　　三十年代前期，以《現代》雜誌為主要陣地，形成了以戴望舒為代表、在思想意識和表現技巧兩方面都深受法國象徵派和美國意象派影響的現代詩派。現代詩派的形成，固然主要是由於三十年代前期國民黨反動統治下的黑暗現實為現代主義的哲學思潮和社會心理建造了溫床，同時也與《現代》的編者施蟄存、杜衡在刊物上發表許多西方現代派詩歌，介紹西方現代派詩論與詩歌流派的文章以及推出許多效法法國象徵派、美國意象派的現代派詩作並在理論上大力提倡有著密切的關係。

　　檢視施蟄存獨力主編的《現代》第一、二卷及他和杜衡合編的《現代》第三卷至六卷一期，刊物上發表了法國象徵派詩人果爾蒙、立體派詩人阿波里奈爾、英國象徵派詩人夏芝、美國象徵派詩人桑德堡、義大利未來派詩人馬里奈諦，以及深受法國象徵派詩人影響的日本詩人天野隆一、後藤楢根、乾直惠、大塚敬節、岡村須磨子、田中冬二等詩人的詩作，並在四卷六期、五卷三期上分別發表了徐遲的〈意象派的七個詩人〉、高明的〈未來派的詩〉等介紹歐美現代派的理論文章，推出了戴望舒、卞之琳、曹葆華、陳江帆、侯汝華、李心若、玲君、路易士、南星等詩人在法國象徵派與美國意象派影響下的一大批現代派詩篇。施蟄存本人，在編輯刊物、創作新感覺派小說的同時，也創作與發表了一批意象抒情詩。如〈現代〉第一卷第二期上，他就發表了〈橋洞〉、〈祝英臺〉、〈夏日小景〉、〈銀魚〉、〈衛生〉等五首意象抒情詩。為了促進現代詩派的形成和發展，施蟄存與杜衡還組織文章與親自撰文在理論上加以倡導。一九三二年十一月八日戴望舒赴法國留

學，行前，他本來答應為十一月間出版的《現代》第二卷第一期撰寫一篇詩論，但因忙於作赴法的準備工作，無暇執筆。在他動身的前夜，施蟄存從他的隨記手冊中抄錄了若干斷片[1]。這就是發表在《現代》第二卷第一期上的〈望舒詩論〉十七條。這十七條詩論，反映了戴望舒在法國後期象徵派詩人保爾·福爾、果爾蒙、耶麥等人影響下形成的富有象徵派理論色彩的詩歌美學觀。其要旨是提倡不押韻、句子不整齊的自由詩，對聞一多、徐志摩等新月派詩人提倡現代格律詩在理論上作了反拔。〈望舒詩論〉雖然是戴望舒個人學習法國後期象徵派詩論、詩作後形成的詩歌美學觀，但在抄錄者施蟄存，對其中的詩歌觀無疑是認同的。〈望舒詩論〉反映的詩歌美學觀，既與施蟄存在〈關於本刊所載的詩〉[2]、〈又關於本刊中的詩〉[3]中表示的詩論相合拍，也與杜衡在《現代》第三卷第四期上發表的〈《望舒草》序〉以及他與施蟄存合編《現代》時在五卷三期上《關於楊予英先生的詩》中覆崔多的信所闡明的詩歌美學觀相一致。

在這中間，杜衡的〈《望舒草》序〉尤其值得重視。這篇文章雖然僅只是一篇序文，但它闡明了戴望舒詩歌創作和詩歌美學觀的演變歷程，為我們分析、研究戴望舒的詩歌創作提供了一把鑰匙。它也反映了杜衡本人與施蟄存對詩歌的看法，因此它也是我們今天研究施蟄存、杜衡詩論的一篇重要文章。杜衡在這篇文章中提出的不少有見地的觀點，至今仍值得我們重視。例如他說：「沒有認真真摯的感情做骨子，僅僅是官能的遊戲，像這樣地寫詩也實在是走了使藝術墮落的一條路。」他在為《現代》培育的現代派詩人路易士（到臺灣後另用筆名紀弦）的詩集《行過之生命》[4]所作的序中也強調感情真摯的重要性。基於對真摯感情在詩中重要性的認識，因此他在〈《望舒草》序〉中肯定戴望舒的詩「很少架空的抒情，鋪張而不虛偽，華美而有法度」，認為這是走的詩歌的「正路」。又如杜衡與戴望舒、施蟄存一樣反對二十年代前期新詩壇流行的坦白直說的表現方法，主張詩歌的動機「在於表現自己與隱藏自己之間」，但他又說「不喜歡象徵派裏幾位帶神祕

意味的作家」與「叫人不得不說一聲『看不懂』的作品」。他對李金髮模擬法國象徵派創作的「神祕」、看不懂的象徵詩表示不滿，認為那是「要不得的成分」。施蟄存在為路易士的詩集《行過之生命》所寫的跋語中也批評路易士的有些詩由於「零星的情緒與朦朧的意識，使他的詩好像都是未完篇的」。由此可見，他們提倡詩歌運用象徵、暗示的手法曲折地表現詩人像夢一般朦朧的潛意識，主觀上並非要求讓詩寫得神祕，令人看不懂。但是將曲折、暗示與坦白直說對立起來，一味地追求「隱藏自己」，必然導致詩篇的晦澀難懂。

施蟄存、杜衡的詩論文章與戴望舒的〈望舒詩論〉一起在理論上對現代派詩歌的形成與發展起了催生助長的作用。

提倡表現潛意識，是施蟄存、杜衡詩論的核心。當《現代》上連篇累牘地發表索解為難的現代派詩時，讀者紛紛投書《現代》，反映他們看不懂的苦悶，提出質疑問難。於是，施蟄存發表〈又關於本刊中的詩〉一文。文章開頭就說：「《現代》中的詩是詩。而且是純然的現代的詩。它們是現代人在現代生活中所感受的現代的情緒，用現代的詞藻排列成現代的詩形。」這裏所說現代人，並非指三十年代的全部中國人，而是特指生活在誠市中的、找不到出路的小資產階級知識份子。因此，所謂現代的情緒，當然也並不是指當時由於深受三座大山壓迫而產生的中國廣大工人農民的反抗鬥爭情緒，而是特指當時小資產階級知識份子批不到出路之後產生的苦悶、哀怨、憂鬱、感傷情緒。聯繫杜衡的〈《望舒草》序〉，我們知道，他們尤其注重表現個人的潛意識。杜衡在〈《望舒草》序〉中說：「一個人在夢裏洩漏自己底潛意識，而在詩作裏洩漏隱祕的靈魂，然而也是像夢一般地朦朧的。」所謂隱祕的靈魂，也就是潛意識。

施蟄存、杜衡提倡詩歌表現潛意識，洩漏隱祕的靈魂，無疑受到了西方現代派的影響。精神分析學派的創始人、奧地利精神病醫生費洛伊德強調無意識（又分為潛意識、前意識兩部分）的作用，認為意識與理性在人的精神生活中處於不重要的地位，而無意識卻是人們精

神生活的基本動力。他以自己的這一心理學理論來觀察文藝創作，認為藝術活動是「無意識」的表現與象徵，是與現實相對立的「幻想」。西方現代派接過費洛伊德學說，作為自己的理論基礎。他們秉承費洛伊德的理論，同樣主張文藝創作表現潛意識，在作品中描寫夢魘、幻覺與意識流。從杜衡在〈《望舒草》序〉中所表述的他與戴望舒、施蟄存的詩歌理論主張來看，他們的詩論受到西方現代派的影響是十分明顯的。

在提倡表現潛意識的理論主張影響下，現代派詩歌抒寫的大多是遠離現實生活、彷徨於十字街頭的小資產階級知識份子鬱悶、愁苦的心緒。這一類詩篇真實地反映了當年城市知識青年的心態，而且一定程度上也從某一側面暴露了社會的黑暗，因而具有一定的認識價值。但是，由於現代派詩論注重的是抒寫個人內心的情緒體驗，而不是反映外界社會現實，它們中的大多數詩篇社會價值不大。這是我們在評價現代派詩歌和施蟄存、杜衡的詩論時必須指出的。

在詩歌的表現手法上，施蟄存、杜衡提倡運用暗示、象徵等手法，以收到含蓄蘊藉的藝術效果。一九三三年，讀者吳霆銳給施蟄存去信，認為《現代》上的詩是「詩謎」，讀後「如入五里霧中」，因而表示不滿。施蟄存在覆信中認為詩需要雕琢，在藝術表現上較為曲折[5]。一九三四年四月，清華大學讀者崔多又投書《現代》，對《現代》四卷六期上楊予英的〈詩三首〉提出疑問。針對其中〈簷前〉一詩中「駱駝的足音似的遼夐似的北風」一句，崔多以為駱駝的足是軟而又慣於行路的，走路時不會有足音。他認為楊予英的三首詩「無整個意義，只是上下不連的零湊一些奧祕的句子，而竟有如許不通，想是受了戴（望舒）李（金發）諸象徵派詩人的毒」。施蟄存、杜衡以編者名義寫了覆信，連同崔多的來信，以〈關於楊予英先生的詩〉為題在《現代》第五卷第二期「社中談座」欄發表。覆信認為〈簷前〉中「駱駝足音似的遼夐似的北風」一句：「詩人因北風而聯想到沙漠（北風的故鄉），因沙漠而聯想到駱駝，因此，他聽到北風的聲音，便想像它是帶著故

鄉的聲音來，這種表現，實是最經濟而又深刻的。」所謂最經濟的表現方法，誠如朱自清在談到象徵派在表現事物間的關係時所用的「遠取譬」的比喻方法時所說，「就是將一些聯絡的字句省掉，讓讀者運用自己的想像力搭起橋來」[6]，也就是打破邏輯思維的順序，象徵派詩對於讀者來說，「沒有看慣的只覺得一盤散沙，但實在不是沙，是有機體。要看出有機體，得有相當的修養與訓練，看懂了才能說好說壞──壞的自然有」[7]。由此可見，現代派詩歌借鑒象徵派象徵、暗示手法，豐富了新詩的藝術表現手法。因而施蟄存、杜衡在理論上注重詩的象徵、暗示，是值得肯定的。不過，現代派的有些詩，觀念聯絡太奇特，跨度很大，跳躍過甚，以致令人不堪卒讀，不知所云，這是不足為訓的。

施蟄存、杜衡注重象徵和暗示，同樣受了法國象徵派的影響。象徵派反對直接抒情與直接敘述抒寫對象，注重象徵與暗示，要求為感情尋找客觀對應物。與此同時，也是受了美國意象派理論主張的影響。美國意象派後期代表人物艾米・洛厄爾一九一七年給前期意象派代表人物艾慈拉・龐德的〈意象派宣言〉加了一條「要含蓄，不要直述」。施蟄存曾經受到美國意象派較大的影響，創作過意象抒情詩。後期意象派的這一理論主張，無疑會給他以影響。此外，我們也應當看到，施蟄存、杜衡受到象徵派、意象派注重暗示、象徵，追求含蓄蘊藉藝術效果的理論主張的影響，是有他們內在的詩歌審美思想為基礎的。杜衡在〈《望舒草》序〉中憶述，當二十年代前期詩壇上流行自我表現、坦白奔放的一派新詩時，他和戴望舒、施蟄存「對於這種傾向私心裏反叛著」。因此，當他們在二十年代後期接觸到注重表現上的含蓄曲折的歐美象徵派、意象派詩論、詩作時，就自然一拍即合，產生共鳴，在創作上實踐、理論上提倡了。

在新的形式上，施蟄存、杜衡主張採用日常口語，創作自由詩，廢除格律音韻等的限制。施蟄存在〈又關於本刊的詩〉一文中說，《現代》上的詩是「用現代的詞藻排列成的現代的詩形」。他解釋說：《現代》中的詩，大多是沒有韻的，句子也很不整齊，但他們都有相當完

美的『肌理』，它們是現代的詩形，是詩！」因為他主張廢除詩的格律
音韻，因此當讀者吳霆銳要求新詩增強音樂性，成為「一曲妙歌」時，
施蟄存在〈關於本刊所載的詩〉一文中說，有韻律的作品，不能算是
詩，「沒有腳韻的詩，只要作者寫得好，在形似分行的散文中，同樣可
以表現出一種文字的或詩情的節奏」。杜衡也一樣的主張自由詩，〈《望
舒草》序〉中肯定戴望舒用日常口語寫成的自由詩《我的記憶》為新
詩「找到了一條浩浩蕩蕩的大路」，就是一個明證，正因為他們主張自
由詩，因此他們認為遵循聞一多、徐志摩現代格律詩主張創作方塊詩
以及創作十四行詩，與填詞沒有什麼不同(8)。

　　施蟄存、杜衡主張自由詩，是對聞一多、徐志摩等新月派詩人提
倡現代格律詩的理論主張的反拔。新月派主要受到十九世紀英國浪漫
主義詩歌的影響。十九世紀英國浪漫主義詩歌講究音步。聞一多、徐
志摩針對二十年代前期中國新詩散文化的傾向，借鑒英詩，提倡現代
格律詩。聞一多在〈詩的格律〉中要求新詩除了押韻外，還要講究音
尺，以便做到字句的整齊。他認為只有字數的整齊，音節不一定會調
和；只有音尺整齊了，音節才會調和。新月派詩人講究新詩的音尺，
有助於增強新詩的節奏感，克服新詩的散文化，豐富新詩的藝術表現
力。因此，他們的探索是值得肯定的。但是，由於他們提倡的現代格
律詩格律過嚴，因而束縛了詩情的盡情抒發，而形式又顯得呆板、滯
重。因此三十年代初期新月派就漸趨衰落。戴望舒、施蟄存、杜衡在
法國象徵派、美國意象派的影響下，為了讓新詩重新恢復自然流暢、
新鮮活潑的藝術風貌，就自覺地提倡廢除格律音韻的自由詩。施蟄存
在〈關於本刊所載的詩〉中說：「詩的從韻律的束縛中解放出來，並不
是不注重詩的形式，這乃是從一個舊的形式換到一個新的形式。」由
此可見其理論主張的針對性。他提倡自由詩，並不是不要詩的節奏，
不過是要用情緒的節奏來代替韻律的節奏。

　　這裏有一點必須注意，即施蟄存所說「現代的詞藻」，並不排斥文
言詞語。施蟄存在〈又關於本刊中的的詩〉中說：「《現代》中有許多詩

的作者曾在他們的詩篇中採用一些比較生疏的古字，甚至是所謂『文言文』中的虛字，但他們並不是有意地在『搜揚古董』。對於這些字，他們沒有『古』的或『文言』的觀念。只要適宜於表達一個意義，一種情緒，或甚至是完成一個音節，他們就採用了這些字。所以我說它們是現代的詞藻。」差不多在寫這段話的同時，施蟄存在一九三三年十月八日《申報・自由談》上發表了〈《莊子》與《文選》〉一文，說自己感覺到青年人文章太拙直，字彙太少，所以希望青年人通過讀〈《莊子》與《文選》〉，「參悟一點做文章的方法」，「擴大一點字彙」。魯迅曾經在〈重三感舊〉、〈「感舊」以後（上）〉、〈古書中尋活字彙〉[9]等文中對施蟄存的主張提出了批評。不少現代派詩之所以晦澀難懂，除了由於它們內容上大多數抒寫個人微妙的情緒體驗，藝術表現上多用暗示、象徵外，與字句上屬入生疏的古字以及文言虛字有關。因此施蟄存這一主張，是不妥當的。

施蟄存提倡自由詩，但他要求詩句的舒緩而又明快，音節的流暢，意境的蘊藉。他在為路易士的詩集《行過之生命》所寫的跋語中指出：「對於修辭和音樂這一方面，我是拿聽音樂的知識來看路易士的詩的，我覺得他的生澀的辭句和拗促的音節，使他的詩沒有戴望舒所作的詩那樣的舒緩蘊藉而老練。」戴望舒的詩，在現代派詩中，藝術成就的確是最高的。因此當年施蟄存曾給戴望舒極高的評價，認為徐志摩之後，他「有希望成為中國大詩人的」[10]。要求新詩作者向戴望舒的詩作學習，說明施蟄存正確地把握了戴望舒的藝術成就和特色。他要求新詩詞句舒緩、音節流暢、意境蘊藉，無疑也是正確的。

與重視戴望舒那些優秀的現代派詩作相反，施蟄存對民間歌謠的評價未免失之偏頗。三十年代前期，中國詩歌會為了實現詩歌的大眾化，提倡新詩向民間歌謠學習，主張利用「小放牛」、「五更調」之類的民間小曲作新詩。民間歌謠語言生動活潑，風格剛健清新，值得新詩學習。但施蟄存認為中國詩歌會提倡新詩向民間歌謠學習，「這乃是民間小曲的革新，並不是詩的進步」[11]。這一看法，無疑是不正確的。

新詩要進步，既應當向外國詩歌學習，又必須向古典詩歌、民間歌謠
學習。

註 1：見《現代》第 2 卷第 1 期《望舒詩論》末尾的「編者綴語」。

註 2、5：刊《現代》第 3 卷第 5 期。

註 3、8、11：刊《現代》第 4 卷第 1 期。

註 4：未名書屋 1932 年 12 月初版。

註 6、7：〈新詩的進步〉，《新詩雜話》，作家書屋 1947 年初版。

註 9：均見《准風月談》。

註 10：施蟄存致戴望舒信中語，見孔另境編《現代作家書簡》，上海生活書店
　　　　1935 年版。

金克木

　　人們很少知道，哲學家金克木在三十年代是一位現代派詩人。然而他踏進現代派的行列，經過了一個詩風轉換的歷程。他開始寫詩時，運用的是舊體詩的形式。一九三三年五月，他在《現代》三卷一期上發表了〈詩四章〉，和現代派的眾多詩篇一樣充溢著哀傷的情調，但意象的聯絡不像現代派的有些詩那樣奇特，詩的題旨也不像現代派的有些詩那樣晦澀難懂。詩人一九三六年出版的詩集《蝙蝠集》裏面固然有現代派詩風比較顯著的詩作，但也有像〈少年行甲〉、〈少年行乙〉那樣的直抒胸臆，浪漫主義作風頗重的篇章。所以當時有評論者指出：金克木在詩壇上，是「介乎兩者之間的一個為難著的人。對於新的已有希望，對於舊的不滿意，鐐銬樣的緊緊束縛了他的，卻還沒有能力立刻除去」[1]。這話如果是指一九三三年至一九三五年間創作《蝙蝠集》中那些詩作時的金克木的詩歌審美觀點的話，那麼，是有一定道理的。但是從一九三五年下半年開始，隨著《現代詩風》、《詩志》、《新詩》等現代派詩刊的陸續創刊，現代派詩潮漸趨鼎盛，金克木也逐漸形成了比較系統的現代派詩論。他先後發表了〈論詩的滅亡及其他〉[2]、〈論中國新詩的新途徑〉[3]、〈雜論新詩〉[4]等文章，積極地參加了現代派詩歌理論的建設，推動了現代派詩歌的發展。

　　金克木注重現代派詩歌藝術表現上的特點。他在〈論中國新詩的新途徑〉一文中，揭示了現代派的主知詩、主情詩、感覺詩在藝術表現上的特點。

　　第一是非邏輯。他認為：「詩與散文之別根本只在合常識邏輯科學可解說與否。」[5]也就是說，散文條理性強，文章結構務求合乎常識

邏輯，藝術表現上注重邏輯的推論，因此可以運用科學知識來解說。詩注重感情，因為感情的出現最真捷，因而詩的特色也便是要直捷的一拍即合不容反覆的綿密的推理。「五四」時期，胡適提倡詩要明白清楚，「把情或意，明白清楚的表達出來，使人容易懂得」[6]。在這種要求明白清楚的理論主張影響下，「五四」時期的許多詩歌直白淺露，缺乏含蓄蘊藉的藝術風致。詩歌是語言高度精煉的一種文學樣式，在藝術表現上的確有它區別於散文的地方。金克木指出詩歌在藝術表現上不像散文那樣講究邏輯推論，無疑是有道理的。

正因為金克木認為詩歌在藝術表現上具有非邏輯的特點，因此他在談到現代派的主知詩與傳統的說理詩、哲理詩的區別時指出，主知詩「以不使人動情而使人深思為特點」。在藝術表現上，這種主知詩既「極力避免感情的發洩」，又「不能邏輯的展開和說明」，而追求智慧的凝聚。

唯其如此，他認為現代派詩歌必然是難懂的。他說，現代派的主知詩不可能合乎邏輯的推理與科學的說明，因此不能對它作教師上課式的講解。他認為，對這種主知詩，不能問懂不懂，而必須像參禪人的悟道。因而要求這種詩的讀詩者一定也要有和作者同樣的智慧程度。正國為這種主知詩講究非邏輯，意象的聯絡必然非常奇特，因而能懂的讀者必然很少。於是，金克木就認為，這種主知詩是小眾的。在三十年代現代派詩歌中，有不少主知詩就寫得晦澀難懂。例如卞之琳收入《魚目集》中的〈圓寶盒〉一詩，李健吾就曾和作者經過反覆討論後，才弄清詩的旨意。集子中的另一首〈距離的組織〉，朱自清曾一度理解錯了，經作者指出後才得以改正。李健吾、朱自清是創作經驗豐富、理論造詣高深的文學家，連他們也感到索解為難，現代派講究非邏輯的主知詩難懂的程度由此可見一斑。

因此，金克木過分強調詩歌的非邏輯，必然會導致觀念的跳躍大，字句聯絡的奇特，其結果是詩篇題旨愈加晦澀難懂，這是不足取的。

　　第二是反「即興」。中國的舊詩大半是「即興」、「賦得」。金克木認為現代派的主情詩為了追求詩情的真摯與深厚，必然要避免「即興」、「偶成」的作法。這是因為，「感情衝動立即提筆，自己的實事盡入詩中，這樣的詩，情真語切或則有之，就是好詩卻未必」。他認為，感情第一次在詩人心中流過時並不能成詩，只有當感情再流過時，捉摸其發展、玩味其心緒，並將這感情化而為形象、音響、文字時，才能成為詩。這種感情再次流過時，詩人捉摸玩味的過程，是詩人鍛鍊感情的過程，以便使感情不虛發、不輕發、不妄發，不發而不可收，並在鍛鍊感情的同時，進行藝術技巧的鍛鍊，才能寫好詩。他指出，反「即興」的目的，是「使感情加深而斂，表現加曲而擴大」。

　　金克木主張反「即興」，要求將感情化而為形象，實際上就是要為感情尋找客觀對應物，將情緒化為意象。所以當年施蟄存發表的《現代》一卷二期上的一組詩就總稱為《意象抒情詩》。在詩歌創作上反「即興」，就可以防止內容上的空洞無物和藝術表現上的直白淺露。

　　金克木除了指明現代派詩歌藝術表現上的上述兩個特點外，還指明了現代派詩歌內容和形式上的特點。

　　他在談到現代派的感覺詩時，強調現代派詩歌表現詩人從現代生活中得到感覺。他認為：「新的機械文明，新的都市，新的享樂，新的受苦，都明擺在我們的眼前，而這些新東西的共同特點便在強烈的刺激我們的感覺。」因而現代派詩歌應當表現詩人們在這種現代生活中的感覺。這一主張，無疑受到了法國象徵派理論主張的影響。例如波特賴爾就主張把詩人的視野從浪漫派末流的歌詠風花雪月轉向表現城市生活和現代人的內心情緒。適應著詩歌內容的更新，在藝術形式上，金克木也主張實行轉換。他主張「廢棄舊有的字面，代替上從來未見過的新奇字眼，用急促的節拍來表現都市的狂亂不安，用纖微難以捉摸的連繫（外形上便是奇特用法的形容詞和動詞和組句式樣）來表現都市中神經衰弱者的敏銳感覺，而常人諱言或不覺的事情也無情的揭露出來，都市的狂亂不安產生的頹唐、哀傷的病態情緒，注重抒寫敏

銳、纖細的感覺。在藝術形式上,追求觀念聯絡的奇特、用詞造句的新奇,其結果是由新奇滑向詭怪難懂。

在具體的詩歌形式上,金克木主張無定形的自由詩。一九三四年,他就指出:新詩的形式是完全隨內容而定的,「某一種情調就需要某一表現法:這是要自己去創造而沒有現成的套子可以借用的」[7]。一九三七年,他又指出:新詩「只有依自己的內在要求而定外觀的形式」,在此「絕沒有先用一個固定的形式來套自己的情緒來做好詩的道理」[8]。金克木回顧了中國詩歌史,指出中國古代詩歌由詩而詞,由詞而曲,都是由一個形式到另一個形式,而誕生於「五四」新文學動動的新詩,結束了過去一切形式,從有形式到無形式,也就是由有定的形式到無定的形式。他又回顧新詩十多年裏走過的歷程,認為新詩失掉了形式的限制,因而易作而難工。對於新月詩派借鑒英詩押韻、限字,創造現代格律詩,金克木認為看似避易就難,其實是避難就易。「詩型固定的時候,外表像了便夠了詩的條件的一半」,因而「如果有了一定的形式就容易多了」[9]。雖然形式是詩歌區別於其他文學樣式的標誌之一,但詩與其他文學樣式的區別,更重要的是在於它的內容,即詩意、詩情。所以金克木認為新月詩派為新詩找新的格律,「像解放了小腳又穿高跟鞋」,人們創建的字句整齊的現代格律詩,像豆腐乾,不是一條「康莊大道」。金克木沒有指出聞一多、徐志摩等人提倡現代格律詩對於提高新詩的藝術表現能力所起的促進作用,而不加分析地對它全盤否定,當然是不夠全面的。

金克木認為,新詩「往前去只是無定形的形式,各依一定的內容創出適合的形式」。這無一定形的自由詩的主張,體現了三十年代現代派詩人、詩論家對於新詩形式的共同理論主張。戴望舒也認為:「韻和整齊的字句會妨礙詩情,或使詩情成為畸形的。」[10]

金克木提倡無定形的自由詩,但他並非放鬆對詩的藝術性的追求。他要求詩的語言要合乎自然說話的語調和節奏,認為語言符合自然的節奏是新詩格律的基本條件。他也認為詩人可以創作有韻詩和能

唱的詩歌[11]。由此可見，金克木主張無定形的自由詩，但並非無原則的一概反對新詩的格律。

為了增強新詩的活力，金克木主張新詩向國外詩歌學習。他認為，只有多讀外國詩，模仿外國詩的形式、技巧寫詩，才能知道有哪些外國的詩歌形式可以移植到中國新詩的園地裏，而且也才能知道有哪些外國詩歌形式是不必或不能移植的。他也認為，只有將中外詩歌形式進行比較，將舊詩、外國詩歌的藝術表現技巧灌入新詩當中，才能開拓新詩的境界，並認為這樣的練習是學作新詩的初步工夫，在此基礎上，才談得到更高的情緒和智慧的修養鍛煉問題[12]。這樣的認識，無疑是正確的。

金克木也主張新詩向民間歌謠學習。他指出當時的新詩書本氣太重，「要有野蠻，樸質，大膽，粗獷，總之是新鮮的青春的活力來到詩中間才能使人耳目一新」，而歌謠來自民間，具有新鮮、野蠻的活力，因此新詩應當取法歌謠，從歌謠取得新生的活力。他明確指出：現代新詩如果要是新的，中國的，就要「依據於現在中國的最大多數的人民而不僅靠鑽研舊有的書本以及習染外來的風氣」[13]。

金克木主張吸收民間歌謠的長處，但他並非主張全盤模仿。他認為不能把民間歌謠當作唯一的救星，尤其不能模仿它。

現代派詩人、詩論家一般都只注意向法國象徵派、美國意象派學習藝術表現手法，對民間歌謠一般都不予重視。金克木雖然對民間歌謠藝術上的長處及新詩如何向民間歌謠學習未能充分展開論述，但他能在理論上肯定民間歌謠，認為新詩應當向民間歌謠學習，並指出了新詩對待民間歌謠應有的正確態度，這是難能可貴的。

金克木的詩論，也有失之偏頗之處。首先，他一方面認為「人的感情能相通而觸發的因數又常是客觀的事物，所以詩可以感動別人」，但又認為個人抒情詩的寫作根本不是為了別人的需要[14]。這樣，他就抹煞了詩歌創作的社會性。因此，當三十年代現代派詩的少數篇章遭到批評家、讀者批評、指責的時候，他就認為：「你既沒有讀的義務，

人家就更沒有迫你讀的權利,何況除書齋小眾(原文印作「大眾」,疑有誤,故改作「小眾」——引者按)外誰又讀得到、讀得懂呢?」[15]這種說活,頗類似三十年代初期有位新月派詩人的「詩人要作詩,就如植物要開花,因為他非開不可的緣故。如果你摘去吃,即使中了毒,也是你自己錯」的說法。魯迅就曾針對這種論調指出:「詩人究竟不是一株草,還是社會裏的一個人;況且詩集是賣錢的,何嘗可以白摘。一賣錢,這就是商品,買主也有了說好說歹的權利了。」[16]魯迅的這段話,正可以移來作為對金克木上述觀點的批評。金克木認為現代派詩歌是為書齋小眾寫的,除此之外的廣大讀者,無法讀得懂,必然導致現代派詩歌越寫越晦澀,越寫越難懂,遠離廣大的人民群眾。其次,他批評中國現代的革命詩「老揪住詩不放」,「想自己爭得詩的正統」,這樣的說話也是不恰當的。金克木注重詩與歌的區別是對的,但他將兩者對立起來,就不妥當了。革命詩歌無疑應當向外國詩歌和中國現代新詩學習。它既可以採取民間歌謠的形式,無疑也可以採取自由詩的形式。因而革命詩歌像現代派詩歌一樣採取自由詩的形式,根本不存在揪住詩不放和爭奪詩壇正統的問題。

註 1:商壽〈讀《蝙蝠集》〉,《新詩》第 1 期,1936 年 10 月 10 日出版。

註 2、7、9、14、15:〈論詩的滅亡及其他〉,《文飯小品》第 2 期,1935 年 3
　　月 5 日。

註 3:〈論中國新詩的新途〉,《新詩》第 4 期,1937 年 1 月 10 日出版。

註 4、5、8、11、12、13:〈雜論新詩〉,《新詩》第 2 卷第 3、4 期合刊,1937
　　年 7 月 10 日出版。

註 6:胡適〈什麼是新文學——答錢玄同〉,《中國新文學大系‧建設理論集》。

註 10:〈望舒詩論〉,《現代》第 2 卷第 1 期,1932 年 11 月。

註 16:魯迅《花邊文學‧〈看書瑣記(三)〉》。

朱光潛

　　一九三一年前後，正在法國斯特拉斯堡大學讀書的朱光潛，寫成了中國第一部《文藝心理學》。之後，他就著手「對於平素用功最多的一種藝術——詩——作一個理論的探討」[1]。不久，就寫成了《詩論》綱要。一九三三年回國後，曾先後在北京大學、武漢大學開設《詩論》課程。作為著名學者、美學家，朱光潛以他有關古今中外詩歌的豐富知識，在《詩論》中分析了詩的起源、詩的境界，詩與散文、音樂、美術的區別與聯繫，並對中國舊體詩的節奏、聲韻等問題作了詳盡的探討。朱光潛也關注新詩，從三十年代起，先後發表了多篇新詩理論批評文章。朱光潛留給我們的詩學遺產，值得我們借鑒與繼承。

　　幾十年來，無數的詩人和詩論家都在探索背新詩如何發展，也就是新詩的出路問題。朱光潛認為，擺在新詩面前的有西方詩、中國舊詩和民間歌謠等三條路。他認為，西方詩這條路可能性最大，它可以教會我們一種新鮮的感觸人情物態的方法，可以指示我們變化多端的技巧和教會我們盡量發揮語言的潛能。朱光潛對西方詩歌採取的這一開放態度是可取的。此外，他也指出新詩要學習舊詩語言的精煉、意境的深永，而學習民間歌謠時，「與學習西詩同樣地需要聰慧的眼光，與靈活的手腕，呆板的模仿都是誤事的」[2]。朱光潛指出新詩要學習舊詩語言的精煉、意境的雋永，一方面由於他把握了中國舊體詩詞的藝術特色，另一方面也是他考察了新詩現狀，針對相當多的新詩語言蕪雜枝蔓以及缺少詩意的現狀提出來的。因而對提高新詩的藝術質量有現實的指導意義。他所提出的學習民間歌謠應有的態度也是正確的，值得引起詩人的重視。

中國近代著名學者王國維首倡「境界」說。他在《人間詞話》中提出：「詞以境界為上，有境界則自成高格，自有名句。」他繼承中國傳統的意境理論，又借鑒西方現代美學觀點，以境界來概括文藝的審美特徵，並作為文藝的最高審美評價的尺度。朱光潛接受了王國維的「境界」說，但對它有所辨證和發展。

朱光潛注重情趣與意象的融合無間，並把情趣與意象的融合無間懸為詩的理想，認為只有兩者的融合無間才能形成詩的境界。他說：「詩的境界是情趣與意象的融合」[3]，他所說的意象既與中國傳統詩文理論中所說的「意象」有異，也與西方意象派所說的「意象」不同。朱光潛所說的意象指的是景[4]。所以他又說：「詩的境界是情景的契合。」[5]在詩歌創作中，情與景二者是緊密相聯的，而不是彼此絕緣的，而是「意象中就寓有情趣，情趣中就表現於意象。」[6]不過，誠如朱光潛所指出的，在藝術創作中，情與景二者「常常有程度上的等差，也就是二者並非都融合無間，有時意象富於情趣，有時情趣富於意象」，而詩就是要使情趣與意象融化得恰到好處[7]。朱光潛指出，意象富於情趣，或情趣富於意象，都可以他作出詩篇，甚至造成詩的勝境。但是，由於二者結合得不好，就會出現單純寫景和空泛抒情的弊病，不免減弱詩篇感人的藝術魅力。因此，指出這一點，就會使詩人們自覺地追求情景交融的藝術境界。

朱光潛從詩歌情景交融的程度來解釋王國維在《人間詞語》中提出的「隔」與「不隔」的區別。王國維只是在《人間詞話》中提出了詩詞「隔」與「不隔」兩種審美效果不同的現象，但並沒有說明造成「隔」與「不隔」的原因。朱光潛認為，所謂「隔」與「不隔」，可從情趣和意象融合的程度上來區分。他認為情趣與意象恰相熨貼，使人見到意象，便感到情趣，就是「不隔」，而「意象模糊零亂或空洞，情趣淺薄或粗疏，不能在讀者心中現出明瞭深刻的境界，便是隔」[8]。這一分析，揭示了造成詩歌「隔」與「不隔」的原因。

王國維在談到隔與不隔的分別時說：「『隔』如『霧裏看花』，不隔為『語語都在目前』。」朱光潛認為，詩從藝術表現來看，原來有偏重「顯」與偏重「隱」兩種。這兩種詩，「仍各有隔與不隔之別，仍各有好詩與壞詩」。這是因為「『顯』也有不粗淺的，『隱』也有不粗淺的」(9)。這說明他是辯證地看待詩的「顯」與「隱」的。因為，「顯」與「隱」各有它們的審美價值。因此他批評王國維標「語語都在目前」為「不隔」，論詩標準太偏重「顯」。這一批評是正確的。

在此基礎上，朱光潛進一步指出：「寫景詩宜於顯，言情詩所托之景雖仍宜於顯，而所寓之情則宜於隱。」(10)因為寫景如隱，則「流於晦」，寫情如顯，則「流於淺」(11)。可以看出，朱光潛把握了寫景、言情兩類詩歌不同的藝術表現要求。

朱光潛注重拓寬詩人的視野和感覺事物的方式。他曾批評「五四」時期一部分新詩「沒有在情趣上開闢新境，沒有學到一種嶄新的觀察人生世相的方法，只在搬弄一些平凡的情感，空洞的議論」(12)。他在評論《望舒詩稿》的文章中也指出：「新詩的視野似乎還太狹窄，詩人們的感覺似乎還太偏，甚至於還沒有脫離舊時代的詩人的感覺事物的方式。」他批評《望舒詩稿》中在感覺方面「偏重視覺」；在情感方面集中於「桃色的隊伍」，即大多寫男女的愛情；在想像方面，「喜歡搬弄記憶和馳騁幻想」(13)。詩人視野的狹窄和感覺方式的單調，與受到舊體詩詞的影響不無關係。在舊體詩詞中，雖然不乏歌頌民族英雄、反映勞動人民的生活等方面的詩篇，但有不少是懷內詩、閨思詩、贈答詩，社會意義一般都不大。視野狹窄和情趣陳舊的現象，在「五四」時期和二、三十年代詩人的作品仍有所反映。朱光潛批評戴望舒集中於抒寫男歡女愛，也就是要求詩人在抒寫愛情的同時，也抒寫各種道德感情。他指出戴望舒在想像方面「喜歡搬弄記憶和馳騁幻想」，就是要求詩人在創作過程中不要侷限在再現生活中的記憶表象，也不能以離開生活基礎的幻想為滿足，而應當在生活的基礎上展開創造性的想像，從而豐富詩歌的藝術容量。朱光潛的這些意見都是正確和有益的。

車爾尼雪夫斯基曾說:「美感是和聽覺、視覺不可分離地結合在一起的,離開聽覺、視覺,是不能設想的。」[14]黑格爾也認為:「視覺和聽覺是兩個認識性的感覺。」[15]由於視覺和聽覺有著特殊的審美作用,成為審美感受的決定性基礎。而視覺在審美感受中的作用顯得更為重要。所以朱光潛也說:「多數人的形象意象,以來自視覺者為最豐富,在欣賞詩或創造詩時,視覺意象也最為重要。」[16]因此,戴望舒在詩中著重寫視覺,是非常自然的。但是,朱光潛認為:「所謂意象,原不必全由視覺產生,各種感覺器官都可以產生意象。」[17]因此,朱光潛批評戴望舒「偏重視覺」,要求詩人擴大審美感覺的領域,如在注重視覺的同時,也注重聽覺以及其他各種感覺,也是正確的。

三十年代現代派的詩作無論是命意還是遣辭,比起二十年代的象徵派詩來,神祕怪誕的一面有所減少,但是,對於接觸西方現代派詩不多的讀者來說,仍然感到相當的晦澀朦朧。現代派詩歌的晦澀朦朧,這與他們的審美理想有密切的關係。他們私心裏反叛著坦白奔放,認為「詩是一種吞吞吐吐的東西」,從而追求一種朦朧的境界。朱光潛認為,詩有社會性,因此,晦澀是詩的污點。他指出,造成晦澀有兩個原因:一是「作者有意遮飾所傳達的東西很平凡」,也就是「以艱深文淺陋」;二是作者「力不從心,傳達的技巧很幼稚」。他批評三十年代新詩就犯了「以艱深文淺陋」和「技巧幼稚」兩種毛病[18]。朱光潛還注重詩歌與讀者的關係,認為「就詩與讀者的關係上說,詩的可懂程度隨讀者的資稟,訓練,趣味等而有個別的差異」[19]。因此他既要求詩作的意境新鮮美妙,「語言在文法上通順」,「能恰好傳達心裏所要說的意思」[20],又要求讀者努力鑽研、力求理解。他指出:「誠實是詩人的責任」,「努力求領悟是讀者的責任」,不能「以習慣的陳腐的聯想方法去衡量詩人」[21]。三十年代詩壇現代派詩歌晦澀成風,朱光潛反對晦澀,要求詩歌能讓讀者通過探索懂得詩意,對於糾正詩壇的晦澀風氣是有作用的。但是,中國詩歌會詩人一部分詩藝術表現比較直露

而少含蓄蘊藉，朱光潛不從表現手法方面去批評，而認為「中國詩歌會詩人的話的本身沒有意義」[22]，卻是不對的。

要創作出好詩，光有真情是不夠的，還必須對日常積累的感情進行提煉，使之凝練、集中、純粹。如果不加剪裁，一任感情在詩中氾濫，勢必使詩篇蕪雜、散亂。朱光潛指出：「日常的情思多粗淺蕪亂，不盡可以入詩；入詩的情思都須經過一番洗煉，所以比日常的情思為精煉有剪裁。」[23]這一點，不但對於詩論建設具有理論意義，在當時也有現實的針對性。在抗戰詩壇上，有些詩篇看似熱情奔放，但由於作者對感情缺乏提煉加工，不免顯得雜亂，作品也顯得鬆散。朱光潛的論述揭示了這種弊病。

詩歌是語方藝術，詩的語言，應用是最精煉、最形象、最新鮮、最生動、最富有節奏感的語言。朱光潛對於詩的語言也提出了許多寶貴的意見。

抗戰時期，有些詩人提倡創作方言詩。他們的目的是為了使詩歌接近人民大眾，為人民大眾所喜聞樂見，應該說，其出發點是好的。但是由於他們沒有注意到方言不過是一種原始狀態的語言，詩人創作時應當對方言進行提煉，才能成為詩的語言。因此，朱光潛主張從人民群眾「活的語言」中吸取新鮮流動的優點。他認為義大利十四世紀大詩人但丁提出去掉「土語」的土性，從土語中篩出最精煉的一部分造一種「精煉的土語」為作詩之用的主張「值得深思」[24]。

與此同時，朱光潛對新詩語言中出現的舊詩詞氣息也是不滿的。《望舒詩稿》第一輯〈舊錦囊〉裏的作用，是詩人早年的作品，從命意到遣詞，帶有明顯的晚唐詩詞家李商隱、溫庭筠的影響，有比較濃重的舊詩詞氣息，缺少新鮮流動的韻致。所以朱光潛批評它們「太帶舊詩氣味了」[25]，這一批評無疑是確的。

朱光潛主張詩的語言有節奏。他認為節奏是傳達情緒的最真接，也是最有力的媒介。他認為詩的節奏包括語言的節奏和音樂的節奏。由於詩所表現的情緒是有對象的、具體的、有意義內容的，因此，詩

的情緒感染力「得力於純粹聲音節奏者少，於文字意義者多」[26]，也就是詩的節奏受詩句的意義支配的多。而音樂的節奏是純形式的、不帶意義的。基於這樣的認識，朱光潛認為，詩不能離開意義去專講聲音，詩的理想是「意義與聲音調和一致，互相烘托」[27]。也正因為語言的聲音是有「意義的聲音」，而音樂的聲音可漫無意義，因此他對象徵派以及純詩運動的提倡者以詩歌比擬音樂表示「懷疑」[28]，並指出象徵派的「純詩」說與美學中的形式主義「不謀而合」[29]。這一批評揭示了「純詩」說的本質。

朱光潛雖然認為詩的情緒感染力「得力於純粹聲音節奏者少」，但他主張新詩押韻。他通過考察詩的起源，指出詩歌與音樂、舞蹈同源，詩歌獨立之後，還保留著詩、樂、舞同源的重疊、和聲、襯字、格律、押韻等痕跡。他從「詩人用有音樂性底語言來傳達他的情趣與意象」[30]的要求出發，認為新詩應當押韻，他說：「詩的音樂全靠兩個重要分子：一是語氣的節奏，二是每句內部所用字的自然和諧。至於句末韻腳，句中的平仄，都是不重要的事。語氣自然，用字和諧，就是句末無韻也不要緊。」朱光潛則認為，用字和諧除了包括雙聲疊韻之外，也包括句末韻腳、句中的平仄，而且韻腳也屬疊韻的範圍之內，因此他認為胡適的主張「似欠公平」。他認為中文的音輕重不太分明，因此中文詩的節奏不容易在四聲上表現出來，這就有賴於韻腳，「藉韻的回聲來點明，呼應，與貫串」，韻能把渙散的聲音聯絡貫串起來，而且「中文詩大半每『句』成一個單位，句末一字在音義兩方面都有停頓的必要」，因此這句末一個字是「全詩音節最著重的地方」，「如果這必頓的最後一個字沒有一點規律，音節就不免散亂無章，前後便不能貫串成一個完整的曲調了」。聯繫到新詩，他認為新詩句法較接近於散文，音節最易流於直率渙散，就更需要用韻[31]。隨著時代的變遷與區域的不同，同一漢字，讀音也隨之起了變化。而舊詩拘泥韻書，實則與不押韻無異，失去用韻的原意。因此，朱光潛主張用現代語音押韻，這當然是正確的。此外，他還主張可以像西方詩及《詩經》那樣採用連韻、

隔韻、換韻等多種押韻方式[32]。這一主張也值得詩人們在創作中嘗試，以便逐步完善。

在新詩創作中，詩行如何排列，也是一個重要的詩歌形式問題。優美的詩行排列，有助於感情的抒發；拙劣的詩行排列，不但破壞語言的優美純潔，而且導致詩情的疲弱無力。朱光潛重視新詩詩行排列的特點和有利於增強詩的音節美的要求。他指出，西文詩以行為單位，一行包含有定量或定數的聲音，如法文詩每行通常要十二個音，英文無韻格詩行通常要十個音。一行詩中音夠了，即使意義未完整，也可以另起一行。而中國的詩歌歷來以句為單位，一句詩包含一個完整的意義。在徐志摩的詩中，有一部分詩篇將一句完整意義的詩拆開排入兩行，如他的〈翡冷翠的一夜〉有這樣幾句詩：

> 我就微笑的再跟著清風走，
> 隨他領著我，天堂、地獄，哪兒都成，
> 反正看了這可厭的人生，實現這死
> 在愛裏，這愛中心的死，不強如
> 五百次的投生？⋯⋯自私，我知道，
> ⋯⋯

朱光潛認為，上述第三行在「死」字結束，第四行在「如」字結束，既非意義的終止點，又非聲音的終止點，即不像法文詩有一定的「頓」數，又不像英文詩有一定的「音步」數，音的多寡更不一律。這樣的排列，既沒有從漢語的實際出發，破壞了詩美，又背離了中國人民千百年來養成的欣賞習慣，不能為廣大人民所喜聞樂見。朱光潛認為，詩的分章分行分句，有它內在的理由，不是隨便分的。除了要有助於內容的表達之外，還要讓詩行的排列使讀者「預期找得著詩的特殊的音節」。因此，詩行的排列應該形成「有規律的音節」。詩人如果把平仄、韻腳、音步之類形式化的節奏完全丟開，那麼，作者沒有理由把他的作品排列成為詩的形式[33]。朱光潛關於詩行排列的這些意

見，體現了他內容與形式相統一的詩歌審美觀點，在今天也還有很大的現實意義。

朱光潛建國前的美學思想深受義大利美學家克羅齊的主觀唯心主義的「直覺」說的影響。克羅齊認為，只有心靈世界才是唯一真實的存在，藝術僅僅是心靈情感的產物，心靈直覺「外射」的結果。克羅齊否認直覺的實踐基礎，將直覺與存在等同起來，並且排斥理智和功利。朱光潛在直覺說的影響下，也認為「自然中本來無所謂美，在覺自然為美時，自然就已變成表現情趣的意象，就已經是藝術品」[34]。這就是說，客觀現實中並不存在美。這種唯心論的美學思想，在《詩論》中也有所反映。他認為：「無論是欣賞或是創造，都必須見到一種詩的境界」，「一種境界是否能成為詩的境界，全靠『見』的作用如何」。朱光潛解釋這個「見」字說：有「見」即有覺，覺分為直覺、知覺兩大類，直覺是對個別事物的覺，知覺是瞭解意義的知，而詩的「見」必為「直覺」，而不是「名理的知」的「知覺」。這就是說，當詩人「凝視觀照之際，心中只有一個完整的孤立的意象，無比較，無分析，無旁涉」[35]，也就是一種排斥理智、排斥功利的心靈活動。對朱光潛解放前美學思想和理論中的唯心主義觀點，我們應當採取分析批判的態度。

此外，朱光潛解放前的詩歌評論，曾有不從全人全篇出發，而單就一、兩句詩概括全人全篇的缺點。例如他摘取唐代「大曆十才子」之一的錢起〈省試湘靈鼓瑟〉一詩末二句「曲終人不見，江上數峰青」，推為詩美的極致；將靜穆作為詩的極境，認為「陶潛渾身是『靜穆』，所以他偉大」。魯迅曾對他這種形而上學的評論方法作過批評，指出：「倘要論文，最好是顧及全篇，並且顧及作者的全人，以及他所處的社會狀態，這才較為確鑿。要不然，是很容易近乎說夢的。」[36]朱光潛詩歌評論的教訓，使我們認識到，詩歌評論應當聯繫作品產生的時代背景、聯繫詩人的全人和整篇作品，才能作出實事求是的評論。

註 1：〈《詩論》抗戰版序〉，《詩論》，正中書店 1948 年 3 月初版。

註 2：〈給一位寫新詩的青年朋友〉，同上。

註 3：《詩論》59 頁，同註 1。

註 4：《詩論》50 頁，同註 1。

註 5：《詩論》51 頁，同註 1。

註 6：同上，〈詩的意象與情趣〉，《文學雜誌》第 2 卷第 10 期，1948 年 3 月。

註 7：《詩論》，63 頁，同註 1。

註 8、9：同上，54 頁。

註 10、11、16、17：同上，56 頁。

註 12：《詩論》附錄〈給一位寫新詩的青年朋友〉，同註 1。

註 13、25：《望舒詩稿》，孟實（朱光潛的筆名），《文學雜誌》創刊號，1937 年 5 月。

註 14：《生活與美學》42 頁，人民文學出版社 1957 年版。

註 15：《美學》第 1 卷 48 頁。

註 18、19、21：〈詩晦澀〉，《新詩》第 2 卷第 2 期，1937 年 5 月 10 日。

註 20、22：〈心理上個別的差異與詩的欣賞〉，《大公報》1936 年 11 月 1 日。

註 23：《詩論》88 頁，同註 1。

註 24：《詩論》89-90 頁，同註 1。

註 26、27、28、30：〈詩的難與易〉，《文學雜誌》第 2 卷第 1 期，1947 年 6 月。

註 29：《詩論》110 頁，同註[1]。

註 31、32、33：〈論中國詩的韻〉，《新詩》第 2 期，1936 年 11 月。

註 34：《文藝心理學》132 頁，開明書店 1936 年初版。

註 35：《詩論》49 頁，同註 1。

註 36：〈「題未定草」（六至九）〉，人民文學出版社 1981 年版《魯迅全集》第 6 卷第 436 頁。

艾青

　　艾青自從一九三四年發表《大堰河──我的保姆》登上詩壇以後，在漫長的半個多世紀的歷程裏，奉獻給了我們許多膾炙人口的詩篇，同時，他又在新詩美學領域裏辛勤探索。一九三八年至一九三九年間，他在衡山、桂林先後寫下了〈詩論〉、〈詩人論〉、〈詩的散文美〉、〈詩與宣傳〉、〈詩與時代〉等精湛的詩論篇章。不久，詩人將這些篇章集成《詩論》一書，於一九四一年九月由桂林三戶圖書社出版。此後，此書多次再版，到一九八〇年八月出了第七版。這部《詩論》被文學史家認為「是自我的流露，語語都是活的，帶有生活味，血肉氣味和自性」，譽之為「新文學誕生以來，最具創見的一部詩論，直接展示了詩人心靈的深度與廣度，特別值得珍貴」[1]。

一

　　任何一種理論，只有回答歷史和實踐提出的問題，這種理論才有生命力，才富有現實意義。詩論也不例外。抗戰初期艾青撰寫詩論，是在深入地考察了新詩史和詩壇的現狀之後才著筆的。所以我們今天閱讀艾青的《詩論》，處處可以感受它的歷史感和對抗戰初期詩壇的針對性。又由於抗戰初期詩壇存在的不少問題，在當代詩壇上還遠遠沒有絕跡，有的問題還比較嚴重地存在著。因此我們今天閱讀《詩論》，時時覺得它在今天還有現實的指導意義。

　　艾青在寫作《詩論》那一年的一封信中說：「對新詩，我差不多每天都在過著激憤的日子。詩人們有技巧的沒有內容，有材料的沒有技巧，弄得整個詩壇很混亂。」[2]他在《詩論》中也說：「翻開中國今日

的詩雜誌，充滿著的是：空虛的夢囈，不經濟的語言，可厭的乾咳聲，粗俗的概念的排列……」[3]這就是艾青經過深入考察後揭示的詩壇的弊病。在艾青寫《詩論》的上一年，一九三八年十一月二十五日，中華全國文藝界抗敵協會召開詩歌座談會，會上老舍、方殷、袁勃等人也認為當時不少新詩感傷氣氛太濃，語言標語化、公式化，沒有脫去古舊的濫調[4]。可見艾青所指出的新詩存在的問題，是符合當時新詩的實際情況的。

艾青還考察了新詩史，指出：「中國新詩，從『五四』時期的初創的幼稚與淺薄，進到西洋格律詩的摹擬，再進到歐美現代詩諸流派之熱中的仿製，現在已慢慢地走上了可以穩定地發展下去的現階段了。目前中國新詩的主流，是以自由的崇高的，素樸的散文，揚棄了腳韻與格律的封建羈絆，作為形式；內容則以豐富的現實的緊密而深刻的觀照，沖蕩了一切個人病弱的唏噓，與對於世界之蒼白的凝視。」[5]艾青對於新詩二十多年中各個發展階段內容、形式兩方面存在的弊病及發展方向的分析，無疑是正確的。

由於建築在對詩壇創作的深刻觀察與新詩史的深入分析的基礎上，再輔之豐富的詩歌創作經驗、深厚的詩歌鑑賞功力和精湛的美學修養，這就使艾青的詩論既有鮮明的現實針對性，又有系統的詩學理論性。

二

二、三十年代，象徵派、現代派詩人受到西方象徵派的影響，將詩看作個人潛意識的反映，抹煞詩歌與外部世界的聯繫。二十年代前期，戴望舒、杜衡認為，詩歌只是「隱祕的靈魂」「像夢一般朦朧的」洩漏[6]。三十年代，李金髮雖然承認「世間任何美醜善惡皆是詩的對象」，但他認為，自己作詩，「不曾存在尋求或表現真理的觀念，只當它是一種抒情的推敲，字句的玩藝兒」[7]。在他那裏，寫詩僅僅是一種文字遊戲，詩人不必考慮作品的社會效果。

　　艾青自一九三二年四月由法國回國不久，就加入了中國左翼美術家聯盟。沒多久，他被捕入獄。艾青後來回憶說：在獄中，「我借詩思考，回憶，控訴，抗議，……詩成了我的信念、我的鼓舞力量、我的世界觀的直率的回聲……」[8]革命文藝活動使他認識了文藝與社會、現實鬥爭的關係。在《詩論》中，艾青指明了現實生活是詩歌的源泉。他指出：「生活是藝術所由生長的最肥沃的土壤，思想與情感必須在它的底層蔓延自己的根鬚。」因此，「詩人必須在生活實踐裏汲取創作的源泉，把每個日子都活動在人世間的悲、喜、苦、樂、憎、愛、憂愁與憤懣裏，將全部的情感都在生活裏發酵、醞釀，才能從心的最深處，流出無比芬芳與濃烈的美酒」。因而艾青指出：「愈豐富地體味了人生的，愈能產生真實的詩篇。」

　　詩歌植根於生活，但它一經產生，又必然反作用於社會現實生活。艾青在〈詩與宣傳〉中指出：「創作的目的，是作者把自己的情感、意欲、思想凝固成了形象，通過『發表』這一手段，而傳達給讀者與觀眾，使讀者與觀眾被作者的情感、意欲、思想所感染、所影響、所支配。這種由感染、影響，而到達支配的那隱在作品裏的力量，就是宣傳的力量。」在《詩論》中，艾青也指出：「詩的那宣傳的功能，在使人心裏引起分化，與重新凝結；使人對於舊的世界的厭惡成了習慣，和對於新的世界的企望成了勇氣。」這裏，艾青正確地揭出了詩歌產生宣傳力量的特殊機制。

　　詩歌的發展，一方面有賴於詩歌藝術本身內部的矛盾運動，另一方面也有賴於詩歌在發生社會效果過程中外部世界的作用。艾青闡明了詩歌反映社會生活，成為「大眾的精神教育工具」與「革命事業裏的宣傳與鼓動的武器」的過程，對詩歌自身發展所起的促進作用。他指出，詩人只有關心人民群眾，面向現實生活，「才能使詩的內容與形式日益豐富和擴大，才能使詩富有生命」。同時，只有將詩歌還給人民群眾，發動人民群眾一起來創作詩歌，這樣，「詩的語言、形式、風格，將由大眾化運動的實踐中，帶來了變化與改造。好的東西，將可以預

期地被發現」(9)。詩歌原是勞動人民創造的文學樣式，人民群眾一旦重新參加詩歌創作，他們崇高的精神面貌，樸素、活潑、清新的語言，自然會給詩歌創作吹來一股股生氣，推動詩的語言、形式、風格的發展變化。因此，艾青的論斷無疑是正確的。

如上所述，艾青認為詩歌通過自身創造的審美形象感染讀者，產生獨特的宣傳力量。他還明確指出：「詩人創造詩，即是給人類的諸般生活以審視、批判、誘發、警惕、鼓舞、讚揚……」，總之，它和哲學一樣，「目的都是為了改造世界」(10)。

艾青高度重視詩歌的社會功利作用，一方面來自於他通過長期的實踐產生的對於詩歌社會功利作用的正確而又充分的認識，另一方面也是借鑒了中國古代傳統詩論的結果。

中國傳統文化屬於倫理型文化，它以「求善」為目標。作為中國傳統文化之一的傳統詩論，也反映出它的倫理型特徵。兩千多年前，孔子就提出了詩的興、觀、群、怨說。意思就是詩歌能使人情緒上受到感染，能使人得知風俗的盛衰和政治的得失，能使人們合群、相互團結友好，能批評、諷刺不良政治。秦漢之際，毛亨在《毛詩大序》中承襲孔子的理論，提出了「美刺說」：「上以風化下，下以風刺上」，雖然「下」可以「風」刺上，但必須「發乎情，止乎禮義」，不違背儒家的禮教，所以明確提出：「先王是以經夫婦，成孝敬，厚人倫，美教化，移風俗。」為鞏固封建地主階級的統治的目的是十分明確的。唐代大詩人白居易提出了「文章合為時而著，歌詩合為事而作」的現實主義創作原則，認為詩歌有「救濟人病，裨補時闕」的作用(11)。逮及晚清黃遵憲，從資產階級改良主義的社會觀出發，認為詩歌有「鼓吹文明」、「左右世界之力」。由此可見，重視詩歌的倫理作用，是中國傳統詩論的一個顯著特點。艾青強調詩歌的社會功利作用，重視詩歌在提高人的精神境界方面的作用，顯然借鑒、繼承了傳統詩論中重視詩歌倫理作用的觀點。但是，傳統詩論強調詩歌的社會作用，大多是從

鞏固地主階級統治著眼的。艾青強調詩人應當成為「他所生活的時代的最忠實的代言人」(12)，這就賦予了詩歌的社會作用以鮮明的時代性。

三

在中國新詩理論批評史上，艾青第一個自覺地將美學引進了詩學。艾青在《詩論》中說：「一首詩的勝利，不僅是那詩所表現的思想的勝利，同時也是那詩的美學的勝利——而後者，竟常被理論家所忽略。」「新的風格，是在對於新的現實有了美學上的新的肯定時產生的。」這標誌著中國現代新詩理論建設的一個重大飛躍，它說明中國現代詩論進入了自覺地與美學相結合的階段。

誠然，在艾青之前，新詩理論家們已經接觸到了詩歌美學的問題。例如宗白華在〈新詩略談〉中給詩下的定義便是：「用一種美的文字——音律的繪畫的文字——表寫人的情緒中的意境。」聞一多更是在〈詩的格律〉中提出了詩的「三美」——音樂美、繪畫美、建築美的理論主張，如此等等。這些理論主張，雖然實際上已經接觸到了新詩美學的問題，但是他們都還沒有自覺地意識到詩學應該與美學結合起來。

艾青將美學引進詩論，自覺地將詩論置於美學的高度之下來研究，是由時代條件促成的。「五四」運動以後，西方美學著作大量譯介過來。與此同時，中國現代美學的先驅蔡元培、呂澂、陳望道、朱光潛等人出版了不少自撰的美學著作。二十年代後期、三十年代前期，馬克思主義美學著作，經魯迅、瞿秋白、馮雪峰、周揚等人的譯介，在中國得到了比較廣泛的傳播。在這種情況下，各種文藝樣式，例如詩歌、繪畫、書法等等的美學思想，有了很大的發展。一些學者開始認識到，研究文藝，必須與美學結合起來。例如朱光潛三十年代就說：「我相信：研究文學、藝術、心理學的人們如果忽視了美學，那是一個很大的欠缺。」(13)艾青就是在這樣的時代條件下自覺地將美學引進詩論的。

　　《詩論》在中國新詩理論批評史上第一個提出詩是真、善、美統一的理論主張。書中開宗明義說：「真、善、美，是統一在人類共同意志裏的三種表現，詩必須是它們之間最好的聯繫。」

　　艾青對真、善、美分別作了言簡意賅的解釋：「真是我們對於世界的認識，它給予我們對於未來的信賴。」善是社會的功利性；「善的批判以萬人的福利為準則」。（這後一句，作者在建國後出版的《詩論》中改為「善的批判以人民的利益為準則」——引者按）「沒有離開特定範疇的人性的美；美是依附在人類向上生活的外形。」從艾青解釋中，我們可以看出，他要求詩歌真實地反映社會生活，有利於人民的事業，藝術形式也應當是美的。

　　艾青不但提出了真、善、美統一的詩論主張，而且闡明了詩中真、善、美三者的辯證關係。艾青認為，真是基礎。他指出：「詩的生命是真實性之成了美的凝結。」由此可見，離開了真實性，善、美也就無法存在。而善則是前提條件。艾青認為：「一切事物的價值，在詩人的國度裏，是以他們能否提高人類的高尚的情操為標準的。」對於詩的評價也不例外。離開了善，真與美的價值也就必然受到嚴重影響。但是，真、善的內容還必須通過美的形式表現出來，才能成為一首好詩。因此，完美的藝術形式是詩歌的必要條件。艾青指出：「美只是外衣——為了用來遮蔽『真』與『善』的裸體。」艾青的論述，深刻地揭示了真、善、美三者的辯證關係。

　　艾青要求詩篇真、善、美的統一。他提出：「一首詩必須把真、善、美，如此和洽地融合在一起，如此自然地協調在一起，它們三者不相抵觸而又互相因使自己的提高而提高了另外兩者——以至於完全。」提出真、善、美及其統一的理論主張，為建設科學的、完整的、系統的詩學奠定了三大基石。

　　馬克思曾經指出，人類「依照美的規律來製造」[14]。詩歌是人們對於現實的審美認識的重要形式。詩人塑造或者壯美、或者優美的形象，抒發美好的感情，這是「人類向上精神的一種閃爍」。與此同時，

詩歌還應當有美的形式,「用來遮蔽『真』與『善』的裸體」。只有這樣,詩才能達到真、善、美的統一,才能使讀者既受到思想教育,又受到審美教育。艾青真、善、美統一的理論主張,說明他這時確立了革命現實主義的文藝觀,反映了他對文藝社會功利的全面把握和對詩歌本質特徵的正確理解。

詩歌只有通過藝術形象,才能發揮它的認識作用、審美作用、教育作用。因此,形象思維是詩歌創作的核心問題。詩歌美學應當探討詩歌創作中的形象思維的特殊規律。

艾青指出:「詩是由詩人對外界所引起的感覺,注入了思想與情感,而凝結了形象,終於被表現出來的一種『完成』的藝術。」這裏,艾青言簡意賅地揭示了詩歌創作形象思維的特殊規律。

首先,感覺是詩歌創作的契機。抒發強烈的思想感情是詩歌的基本特徵,而思想感情則來之於對外物的感覺。離開了對現實生活的感覺,也就談不上詩歌創作。但是,客觀事物作用於我們的感覺器官,反映出來的不過是客觀事物的個別屬性,如顏色、氣味、光滑和粗糙等,它還不知道事物的本質屬性和事物之間的內在聯繫。所以艾青說:「感覺只是認識的開始。」詩人還必須「是一個能把對於外界的感受與自己的感情思想融合起來的藝術家」。詩人除了要有感覺力之外,「必須還有豐富的思考力,概括力,想像力」。

西方現代派文學在法國唯心主義哲學家柏格森反理性主義思想和義大利唯心主義哲學家克羅齊審美直覺理論的影響下,排斥理性和邏輯,把文學創作降低為單純的感性活動。中國二、三十年代的象徵派、現代派在西方象徵派、現代派的影響下,也排斥理性。如李金髮認為:「詩意的想像,似乎需要一些迷信於其中,如此它不宜於冷酷的理性去解釋其現象。」[15]這樣,詩歌創作自然用不到思考力、概括力了。艾青指出詩人必須在感覺的基礎上進行思考、概括,從而由對事物的感性認識進入到理性認識,在作品中反映事物的本質和社會的發展規律。艾青重視詩人的思考力、概括力,一方面正確地揭示了理性在詩

歌創作中的重要地位和作用，另一方面也是對象徵派、現代派排斥理性的詩歌觀的有力反撥。

詩人在把握世界的過程中自始至終伴隨著情感體驗，從感覺到認識事物的本質，從取材、命意到遣詞、造句，始終貫串著情感活動。因此，一首詩的創作過程，是一個為情感所統攝而又將情感活動、再現生活表象的活動、理解活動、想像活動交織、統一在一起的思維活動過程。所以明代後七子的代表人物謝榛在《四溟詩活》中說：「景乃詩之媒，情乃詩之胚。」艾青指出詩人在接觸外界事物、在援筆構思時都要注入感情，正確地揭示了詩歌創作的情感特徵。

別林斯基曾說：「詩歌是富於形象的思維。」[16]所謂形象思維，是指用表象來進行分析、綜合、抽象、概括的一種思維形態。艾青指出：「形象是文學藝術的開始」，它是「一切事物從抽象到具體的橋樑」。伴隨著形象塑造的展開，詩人對現實生活的認識逐步深化。所以艾青說：「形象塑造的過程，就是詩人認識現實的過程。」但是，詩人塑造形象，並非照搬生活中的表象，形象思維也並不排斥邏輯思維。從生活到詩篇，詩人必須有由此及彼、由表及裏的改造製作功夫。所以艾青說：「詩人愈經歷了豐富的生活，愈能產生豐富的形象」，「詩人必須比一般人更具體地把握事物的外形與本質」。艾青的論述，揭示了形象思維的本質。

在《詩論》中，艾青對詩歌創作形象思維過程中的意象、象徵、聯想、想像等問題都作了簡要精當的論述。

美國當代詩學教授勞‧坡林認為：「意象是引起生動經驗極有效的手段，詩人用以傳達感情並暗示思想，當然也是使讀者心中能重現詩人感覺的，所以它是詩人最珍貴的素材。」[17]他認為一首詩通過意象，把詩人的感覺經驗傳達給讀者的想像，所以他把意象定義為「通過感情以傳達經驗的語言」[18]，因而認為「任何意象的鋒利性與生動性一般取決於意象是否具體」，因此，「詩人追求的是具體的、帶有意象的

單詞，而不是抽象的、沒有意象的字詞」⁽¹⁹⁾。由此可見意象的特徵、作用和它在詩歌創作中的重要地位。

艾青指出：「意象是純感官，意象是具體化了的感覺」，「是詩人從感覺向他所採取的材料的擁抱，是詩人使人喚醒感官向題材的逼近」。既說明了意象離不開客觀物象，但又不是客觀物象的臨摹，而是詩人的主觀情意與客觀物象的融合，同時又揭示了意象的藝術作用。

在詩歌創作過程中，詩人如果停留在某一事物的表象上而不能展開由此及彼的聯想或對已有表象、事物進行加工改造而創造新形象的話，那麼，詩人就不能突破自身和時空的限制，就只能刻板地摹寫現實生活，不能進入藝術虛構，也就不能概括生活。所以艾青指出：「有了聯想與想像，詩才不至窒息在狹窄的空間與侷促的時間裏。」還是對比聯想、因果聯想，都是作者由眼前的某一事物想到原先已經經驗過的另一事物。所以艾青說：「聯想是由事物喚起的類似的記憶；聯想是經驗與經驗的呼應。」而想像則與聯想不同，它是在原有感情形象的基礎上創造出新形象的心理過程。這種由想像創造出來的新形象，可以是世界上還不存在的事物的形象，或者根本不可能存在的形象。因而艾青指出：「想像是經驗向未知之出發：想像是思維織成的錦彩。」這就既指出了想像要以原有的感知材料、生活經驗為基礎，又指出想像的過程是經驗重新組織的過程。艾青的論述，比較全面地揭示了想像的機制。

總之，艾青在《詩論》中揭示了詩歌創作的形象思維的特殊規律：詩人從接觸外界的客觀事物開始，在感知客觀事物的基礎上，形成、凝聚著感情的意象，同時詩人按照自己的世界觀對客觀事物作出主觀評價，並產生審美體驗，同時詩人還通過聯想與想像，創造出藝術形象。在這一過程中又始終伴隨著情感活動。最後，通過完美的詩的形式表現出來，呈現一種「完成」形態的藝術，它就是詩，就是體現著真、善、美高度統一的詩。

四

艾青在《詩論》中還闡明了詩歌的內容和形式的辯證關係，以及他的詩歌形式的審美觀點。

艾青十分重視詩歌的思想內容。他認為：「一個詩篇必須具有一定的思想與內容。」他還指明了內容對於形式的決定作用，指出：「不要把形式看做絕對的東西——它是依照變動的生活內容而變動的。」對於詩來說，首先要有從生活中激發出來的濃烈詩情，其次才考慮用什麼形式。抗戰初期，有些詩歌作者對於詩歌存在著形式主義觀點，認為分行排列，加上一些韻腳，就是詩了。有的人把粗拙的報告分行排列了，認為就是長詩。艾青對這種形式主義觀點提出了批評。他指出：「不要把形式看做絕對的東西」，「不要迷信形式」，如果不是詩，那麼，「無論用什麼形式寫出來都不是詩」。在中國二、三十年代的詩壇上，曾經有過生硬地模仿外國詩歌形式的不良傾向。艾青認為對於外國人和前人創造的形式，應當有選擇地借鑒繼承，不能不加區別地兼收並蓄。他指出：「不要把人家拋撇了的破鞋子，拖在自己的腳上走路；不要使那在他看做垃圾而你視為至寶的人來憐恤你。」他提倡在創作實踐中不斷地創造詩歌的新形式，認為詩人應當「為新的現實創造新的形象，為新的主題創造新的形式，為新的形式與新的形象創造新的語言」。艾青的主張，無疑是正確的。

內容決定形式，但是，形式對於內容也有反作用，完美的形式有助於內容的表達。因此艾青重視詩的形式。在《詩論》中，艾青提出了他在創作實踐和理論探索基礎上形成的詩歌形式美學。

艾青指出：「詩比其他的任何文學樣式都更需要明朗性、簡潔性、形象性。」

所謂明朗性，就是要求用「明朗的語言」給「健康而美」的思想與情感「完全的裸體」。因此，艾青反對晦澀、混沌與朦朧。他認為晦澀是由於感覺不夠明晰和觀察不夠深入而產生的。晦澀的詩篇由於語

言生澀、形象模糊、題旨隱晦，難以產生藝術感染力。因此他要求詩歌語言簡練、明朗、樸素、形象、淺鮮，形象的鮮明、生動。

艾青早年曾受過法國象徵派詩人波特賴爾、蘭波和比利時由象徵主義走向現實主義的詩人愛彌爾・維爾哈侖及最初是象徵主義的蘇聯詩人布洛克的影響。象徵派詩人提倡朦朧美，如波特賴爾認為美「有一點模糊不清，能引起人的揣摩猜想」[20]。他反對明晰性，認為「藝術越想達到哲學的明晰性，便越降低了自己，回到象形文字的幼稚狀態」[21]。中國二十年代，有些受過象徵派影響的詩人，也曾提倡「暗示能」和「朦朧美」。穆木天曾說：「詩是暗示出人的內生命的深祕」，「表現在人們神經上振動的可見而不可見，可感而不可感的旋律的波」，「詩的世界是潛在意識的世界」[22]。王獨清曾主張：「向『朦朧』中去尋求『明瞭』。」[23]艾青與他們不同，他揚棄了象徵派追求朦朧的詩學理論。生活在資本主義已發展到沒落階段的西方象徵派詩人，在生活中看不到出路而產生了頹廢沒落的感傷情調，於是極力在詩中追求一種朦朧晦澀的境界，這有其歷史的必然性。艾青通過革命實踐，逐步清除了自身的感傷情緒。因此，到了抗戰時期，他就要求詩人用詩去表現民族的苦難、覺醒和奮起。這樣，西方象徵派主張朦朧晦澀的詩歌美學觀點與他這時的詩歌美學觀點就顯得格格不入了。所以他要求詩歌具備明朗性，「用可感觸的意象去消泯朦朧暗晦的隱喻」，反對將混沌與朦朧指為含蓄。但是，艾青對象徵派的詩論也有借鑒之處。波特賴爾說：「一切——形體、運動、色彩、薰香——在精神世界同自然界一樣，都是意味深長、彼此聯繫、互相轉換、感應相通的。」艾青在〈詩人論〉中也要求詩人在詩作中「給聲音以顏色，給色彩以聲音，使流逝變幻者得以凝形」，其借鑒關係是十分明顯的。又如，象徵派注重詩的音樂性。艾青也主張詩要有旋律與節奏，認為「節奏與旋律是情感與理性之間的調節，是一種奔放與約束之間的調諧」。從中也可以看出對象徵派注重詩歌音樂性的主張的借鑒與改造。

當然，艾青提倡明朗性，並不主張詩歌的一覽無餘。他在提倡明朗性的同時，主張詩要含蓄，要求詩歌語言具有暗示性和啟示性。

所謂簡潔性，就是要求詩篇運用簡練的語言，「以最省略的文字而能喚起一個具體的事象，或是豐富的感情與思想」。

所謂形象性，就是要求詩人將自己所理解的、感覺的、所體驗到的詩情，「用樸素的形象的語言表達出來」。形象在詩中十分重要，「詩人理解世界的深度，就表現在他所創造的形象的明確度上」。因此，詩人應當為自己的思想和感情尋求形象。

艾青在上世紀八十年代更明確地提出了樸素、單純、集中、明快的詩歌美學。他說：「我所努力的對詩的要求是四個方面：樸素，有意識地避免用華麗辭藻來掩蓋空虛；單純，以一個意象來表明一個感覺和觀念，集中，以全部力量去完成自己所選擇的主題；明快，不含糊其詞，不寫為人費解的思想。」[24]在新詩史上，有些詩人曾經追求華麗的辭藻，而詩的內容空虛；有些詩人詩風晦澀，詩意令人費解。艾青總結了新詩史上正反方面的經驗教訓，著眼於發揮詩歌的審美作用而提出了這四方面的美學要求，反映了一個嚴肅的詩論家對詩美的不懈追求。

五

在詩歌形式方面，艾青提倡自由詩。為此，他提倡詩的散文美。這是因為，「散文的自由性，給文學的形象以表現的便利」[25]。他認為韻腳和整齊的排列，會妨礙詩情的抒發。

艾青提倡詩的散文美，常常引起誤解，以為他提倡詩的散文化。上世紀八十年代，艾青曾解釋說：「我說的詩的散文美，說的就是口語美。」[26]在《詩論》裏，艾青就指出：「最富於自然性的語言是口語。」因此他要求「盡可能地用口語寫，盡可能地做到『深入淺出』的地步」。由此可見，追求詩的口語美是艾青一貫的詩歌美學主張。

　　艾青追求詩的散文美，主張口語入詩，顯然受了戴望舒詩論的影響。在中國新詩史上，二十年代中期，聞一多針對初期新詩過於散文化、缺乏藝術感染力的弊端，提倡創建新格律詩，主張詩的音樂美、繪畫美、建築美，一定程度上提高了新詩的藝術表現能力，但由於格律過嚴，不免束縛了詩人的手腳。一九三二年，戴望舒發表《望舒詩論》十七條，提出「詩不能借重音樂，它應該去了音樂的成分」，「詩不能借重繪畫的長處」，「韻和整齊的字句會妨礙詩情，或使詩情成為畸形的」，認為「倘把詩的情緒去適應呆滯的舊規律，就和把自己的足去穿別人的鞋子一樣」(27)。可以看出，戴望舒摒棄押韻和詩句的整齊，目的是為了隨著口語的自然語氣去建行分行。艾青說：「這個主張（指詩的散文美——引者按）並不是我的發明，戴望舒寫《我的記憶》時就這樣做了。戴望舒的那首詩是口語化，詩裏沒有韻腳，但念起來和諧。」在提倡口語美這一點上。艾青詩論對於戴望舒詩論來說，其借鑒、繼承關係是十分明顯的。

　　艾青雖然主張詩的散文美，但他並不一概反對詩的格律。他認為：「藝術的規律是在變化裏求得統一，是在參差裏取得和諧，是在運動裏取得均衡，是在繁雜裏取得單純，自由而自己成了約束。」所以他在指出「當格律已成了僅只禁思想與情感的刑具時」，格律就會成為詩的障礙甚至絞殺詩的同時，又肯定格律有「對於思想與情感的控制」和「防止散文的蕪雜與鬆散」的羈勒作用。因此，他主張詩歌「在一定的格律裏自由或奔放」。而且，由於形式從屬於內容，因而一是應當「為新的主題創造新的形式」，二是應當「選擇與自己的情感與思想能糅合的，塑造形體」。因此，將艾青主張詩的散文美，亦即主張詩的口語美與詩的散文化等同起來，是絕對錯誤的。

　　艾青建國前詩論的有些篇章在表達形式上別具一格，〈詩論〉、〈詩人論〉、〈展開街頭詩運動——為（街頭詩）創刊而寫〉等篇章採用中國傳統詩話的形式。傳統詩話分為「論詩及事」與「論詩及辭」兩大類(28)。前者以記事為主，講詩的故事；後者以詩論為主，重在詩歌評

論。上述艾青的三篇詩論屬於「論詩及辭」一類，以格言、警句的形式，闡明了自己的詩歌理論。這些篇章語言精警、活潑自然，許多段落詩意盎然，沒有一般理論文章容易產生的枯燥無味的弊病，讀來令人興味無窮。這種用傳統詩話形式寫新詩理論文章的作法，給後來的詩歌理論工作者很大的影響，特別是建國以後，有不少詩論文章採用了這種形式，受到了讀者的歡迎。誠然，這種形式也有不足之處。由於形式短小，難以把詩論闡發得全面深入。寸有所長，尺有所短。詩論的形式也應當不拘一格，努力創造各種形式。

艾青建國前的詩論也有不足之處。例如在《詩論》中，作者認為「假如是詩，無論是什麼形式寫出來都是詩」，強調詩歌內容的重要性是對的，但看不到完美的形式對創造詩美的反作用，反映出作者認識上的偏頗。作者提倡詩的散文美，但將腳韻與格律不加分析的斥為「封建羈絆」[29]，這也不是科學的態度。建國後《詩論》再版時，作者在不少地方認真地作了修改或刪削，使之在理論上更符合科學性、準確性。這種精益求精的精神，值得每一個詩論工作者學習。

註 1：司馬長風《中國新文學史》下卷。

註 2：〈文陣廣播〉，《文藝陣地》第 3 卷第 3 期，1939 年 5 月。

註 3：《詩論・九・技術》第 25 期。

註 4：參見《抗戰文藝》第 3 卷第 3 期，1938 年 12 月 17 日。

註 5、12、29：〈詩與時代〉，《詩論》。

註 6：蘇汶（即杜衡）〈《望舒草》序〉，《望舒草》，上海復興書局 1932 年初版。

註 7：〈詩問答〉，《文藝畫報》第 1 卷第 3 號，1935 年 2 月 15 日。

註 8：〈母雞為什麼會下蛋〉，《人物》1980 年第 3 期。

註 9：〈詩到街頭——為（街頭詩）創刊而寫〉，《詩論》，新文藝出版社 1953 年 10 月第 1 版。

註 10：分別見《詩論・十五・創造》第 2 則及《詩論・二・詩》第 2 則。

註 11：白居易〈與元九書〉。

註 13：《文藝心理學・作者自序》。

註 14：馬克思《經濟學——哲學手稿》，據朱光潛譯文，見《談美書簡》51 頁，上海文藝出版社 1980 年 8 月第 1 版。

註 15：〈藝術之本質與其命運〉，《美育》雜誌第 3 卷，1929 年 10 月。

註 16：〈外國理論家作家論形象思維〉，第 56 頁。

註 17、19：〈怎樣欣賞英美詩歌〉44 頁，美國勞・坡林著，殷寶書譯，北京
　　　　出版社 1985 年 5 月第 1 版。

註 18：同上，41 頁。

註 20、21：〈隨筆〉，《西方文論選》下冊，225 頁。

註 22：〈談詩──寄郭沫若的一封信〉，《創造月刊》創刊號，1926 年 3 月。

註 23：王獨清〈再譚詩──寄給木天、伯奇〉，同上註 22。

註 24：〈我對詩的要求──在一次座談會上的發言〉，《艾青談詩》38 頁，花
　　　　城出版社 1982 年 5 月第 1 版。

註 25：〈詩的散文美〉，《詩論》。

註 26：〈與青年詩人談詩〉，《艾青談詩》62 頁。

註 27：《現代》第 2 卷第 1 期，1932 年 11 月。

註 28：見章學誠《文史通義》一書〈詩話〉篇。

胡風

　　一九三七年七月，胡風在上海自費編印《七月》旬刊，同年十月
移至武漢改為半月刊。作為一個詩人，胡風不但在《七月》的編輯工
作中，對於及時地反映抗日的現實生活、充滿革命激情的詩篇格外注
意，常常把它們編排在刊物的首篇，而且特別致力於培養和造就青年
詩人。這樣，《七月》逐步聚集了一大批詩人，他們中有艾青、田間、
阿壠、魯藜、鄒荻帆、綠原等人。他們的詩，在內容上真實、及時地
反映了人民大眾的抗戰激情，在藝術形式上繼承和發展了「五四」文
學革命開創的自由詩的形式，因而逐漸形成了作為一個詩歌流派的共
同特色。這就是新詩史上的七月詩派。一九四一年皖南事變後，《七月》
被迫停刊。此後，相繼問世的《希望》、《泥土》、《詩墾地》、《螞蟻》、
《呼吸》等刊物繼續成為這一流派詩人活動的陳地。一九四二、四三
年間，胡風主編了《七月詩叢》（第一集十二冊，第二集六冊）。七月
詩派的形成，與胡風在詩論上大力提倡是分不開的。

　　在論述胡風的詩歌理論主張之前，有一個問題首先必須辯明。在
「左」的政治思想路線佔統治地位的年代裏，胡風的文藝思想曾經被
斥為主觀唯心主義，其根據是胡風在不少文章裏講過主觀精神。其實
這種斥責是根本錯誤的。我們判定一個理論家的理論性質，不能光看
他用過什麼詞，而要看他怎樣使用這個詞，這個詞的實際含義又是什
麼。胡風在他的詩論文章中經常使用與反覆強調主觀精神，但是，從
他的論述中我們看到，胡風筆下的主觀精神，不是詩人頭腦裏面固有
的，而是現實生活的產物。胡風強調詩人的主觀精神，目的是為了突
出詩的抒情性質。他指出：「所謂情緒底飽滿，是作為對於現實生活的

反應的情緒底飽滿；所謂主觀精神作用底燃燒，是作為對於現實生活的反應的主觀精神作用的燃燒。」[1]十分明顯，胡風所說的「主觀精神」，是現實生活的反應、現實生活的產物。同時，胡風認為，藝術的表現能力來源於藝術的認識能力。因此他在強調詩人的生活實踐的同時，也注重詩人的主觀精神力量。他認為作家對待對象（題材）的態度、作家的主觀和對象的聯結過程、作家的戰鬥意志和對象的發展法則，是一種既矛盾又統一的過程。離開了主觀精神，既不可能發現和理解客觀事物，也不可能表現客觀事物。他指出：「在現實生活上，對於客觀事物的理解和發現需要主觀精神的突擊；在詩的創造過程上，客觀事物只有通過主觀精神的燃燒才能夠使雜質成灰，使精英更亮，而凝成渾然的藝術生命。」[2]不但如此，胡風還深刻指出，詩的生命需要在客觀事物和詩人主觀的結合的基礎上有一個更高的昇華[3]。這種昇華，實際上就是感情的提煉和詩化，無疑要依靠詩人的主觀精神。由此可見，胡風強調文藝創作的主觀精神，不是什麼主觀唯心主義，恰恰揭示了文藝創作的客觀規律。

主張客觀現實和詩人主觀感情的融合、統一，是胡風詩論的核心。胡風認為：「文藝是生活底反映」、「能夠真實地反映生活的作品，能夠真實地反映出生活底脈搏的作品，才是好的，偉大的」[4]。但是，社會現實生活是通過作家的頭腦反映到文藝作品中來的，因而文藝作品不是機械地照搬照抄生活。而詩歌比起其他體裁的文藝作品來，其所蘊含的作者個人的感情色彩尤為強烈。因此，胡風指出：「詩是作者在客觀生活中接觸了客觀的形象，得到了心底跳動，於是，通過這客觀的形象來表現作者自己的情緒。」[5]他強調情緒在文學作品中的極端重要性，認為現實主義的文學是要求情緒的文學。但是，情緒不是，也不可能是無本之木、無源之水，「一定要附著在對象上面的，也就是『和』對象『一同』放射的東西」[6]。因此，胡風反覆強調詩人必須和抒寫對象完全融合。他解釋說，所謂「和對象完全融合」，就是要求作者的詩心從「感覺，意象，場景底色彩和情緒底跳動更前進到對象

（生活）底深處，就是完整底思想性的把握，同時也就是完整的情緒世界底擁抱」[7]。十分明顯，胡風注重客觀對象和主觀情緒的完全融合，既要求一首詩反映出詩人對客觀對象的深刻認識，又要抒寫出詩人對客觀對象的熱烈的、分明的情緒。

正因為胡風注重客觀對象與主觀情緒的融合，因此他反對「熱情離開了生活內容，沒有能夠體現客觀的主觀」，即所謂主觀主義[8]。他反對詩人把哭泣或狂叫「照直吐在紙上」，主張「要壓縮在、凝結在那使他哭泣使他狂叫的對象裏面，使他哭泣使他狂叫的對象底表現裏面」[9]。離開具體的抒情對象而呼喊狂叫的現象，在二十年代後期及三十年代的革命詩歌中是曾經存在過的，其嚴重的甚至發展到標語口號化。因而胡風反對詩歌創作中離開客觀的主觀主義，是在總結了新詩史上的經驗教訓的基礎上提出來的。當然，胡風並不一概反對標語口號入詩。他說：「例如『打倒日本帝國主義』這喊聲，只要是被豐富的情緒所擁抱的意志突擊底爆發，不用說是可以而且應該在詩裏出現的」[10]。

胡風也反對「生活形象吞沒了思想內容，奴從地對待現實，離開了主觀的客觀」，即所謂客觀主義[11]。胡風所指出的客觀主義，在詩歌創作中，主要表現為「灰白的敘述」[12]，也就是「詩人底感覺情緒不夠，非常冷淡地瑣碎地寫一件事，生活現象本身」[13]。胡風認為，這是詩歌創作的致命傷。

胡風從兩方面闡明了詩歌創作反對客觀主義的必要性。首先，他從創作角度闡明了情緒對於詩歌的必要性：「沒有情緒，作者將不能突入對象裏面，沒有情緒，作者更不能把他所傳達的對象在形象上，在感興上，在主觀與客觀的融合上表現出來。」其次，他從文藝的任務方面闡明情緒的必要性。他認為文藝「不僅僅要使人知道些什麼，得到人生底知識，而更重要的是要使人感受什麼，得到人生底力量，那就更容易明白情緒底必要了」[14]。

反對客觀主義，必然排斥一切貶斥抒情的理論主張。因此，當徐遲主張「抒情的放逐」時，胡風提出了異議。他認為人們在抗日戰爭中，要被「民眾革命戰爭的感情所培養，所充實，提高到更高的境界；真正的詩人，就要能夠在『個人的』情緒裏面感受他們的感受，和他們一道苦惱，仇恨，興奮，希望，感激，流淚的」[15]。因此詩歌也就離開不抒情這一「藝術的道路」。

胡風也反對所謂「形象化」的理論。四十年代初期，詩人伍禾在《詩創作》上發表〈論詩的形象化〉一文，其中提出「應當把一切抽象觀念和情感，用具體的，活生生的境界事物表達出來」，「詩人底創作過程是由抽象到具體」。胡風並不反對在詩中描繪形象，但是詩中的形象應當經過詩人感情的孕育。他指出：「沒有經過感情的孕育的形象只是一些紅綠的紙片。」[16]認為在詩歌創作過程中，詩人被現實生活所感染，在心靈世界燃燒起深厚的熱情，所作詩歌也就具有強烈的感情色彩[17]。因此，詩人「並不是先有概念再『化』成形象，而是在可感的形象的狀態上去把握人生，把握世界」[18]。如果像伍禾所說，那勢必先有一種離開生活形象的思想，然後再把它「化成」「形象」。胡風指出，如果情形果真如此，「那就思想成了不是被現實生活所懷抱的，死的思想，形象成了思想底繪圖或圖案的，不是從血肉的現實生活裏而誕生的，死的形象了」[19]。胡風認為這種「形象化」的理論，是一種機械論，是庸俗現實主義理論。他主張將文學創作的思維稱作「形象的思維」或「形象地思維」，也就是我們今天所說的形象思維，這無疑是非常正確的。

反對客觀主義，必然反對題材決定論。胡風認為，單有好的題材是不夠的。如果好的題材「沒有和作者的情緒融合，沒有在作者底情緒世界裏面溶解，凝晶，那你就既不能夠把握它，也不能夠表現它的」。也就是說，理解和發現好的題材，「需要主觀精神的突擊」；表現好的題材，也需要詩人的激情。總之，胡風認為，客觀事物是否與詩人的情緒融合，是真詩與假詩的分歧點。

胡風強調詩歌反映現實生活,顯然是對三十年代中國左翼作家聯盟的革命現實主義傳統的繼承;他注重詩歌創作必須做到客觀對象與詩人主觀精神的融合,則是對中國詩歌會詩論主張的發展。三十年代中國詩歌會由於「有意要把當時支配詩壇的新月派和現代派的逃避現實、粉飾現實,甚至歪曲現實的態度和作風,加緊以糾正和廓清的緣故」[20],因而它在強調「捉住現實」的同時,沒有更多地強調詩人主觀感情和客觀現實的融合,這就使中國詩歌會的一部分作品在反映現實的同時,感情的濃度不夠,因而缺乏藝術的感染力。胡風強調客觀對象和主觀情緒的融合,顯然是在總結了三十年代以中國詩歌會為代表的現實主義詩歌創作的經驗教訓之後提出來的。

既然詩歌必須做到客觀對象和詩人主觀情緒的融合,那麼,詩人在詩歌創作中就有一個世界觀的問題。胡風強調詩人應當樹立革命的世界觀。他認為,詩歌負有「把讀者底情緒和戰鬥意志提高」的使命[21],因此,「有志於作詩人者須得有志於做一個真正的人,無愧於是一個人的人,才有可能在人字上面加『詩』這一個形容性的字」[22]。他指出:「第一是人生上的戰士,其次才是藝術上的詩人」,只有「無條件地為人生上的戰士者,才能夠有條件地為藝術上的詩人」[23]。因此,他要求詩人成為「抱著為歷史真理獻身的心願再接再勵地向前突進的精神戰士」[24]。在中國新詩史上,新月派、象徵派、現代派中的不少詩人,由於他們遠離現實生活,沉緬在個人的狹小圈子裏,因此他們的感情不可能與人民大眾的感情相通。由引可見,胡風強調詩人樹立革命的世界觀,應該看作是對歷史經驗教訓總結後得出的結論。

基於對詩歌的本質特徵的深刻認識,胡風在肯定抗戰初期大多數詩篇熱情奔放的主流的同時,也批評抗戰初期詩壇上存在的幾種不良傾向。一是概念的傾向,認為抗戰初期有一部分詩歌反映的雖然是具體的現實生活,詩句表面上看來雖然熱烈、悲壯,然而卻是「空洞的字眼底堆積,並沒有經過作者底感情的溫暖」。針對詩壇的概念化傾向,胡風要求詩用真實的感覺、富於情緒的語言,通過具體的形象來

表現作者的情緒世界。否則，必然導致概念化。革命標語作為人民群眾思想的反映，它所傳達的是高度概括的理性認識。因此胡風要求詩人將標語所綜合的豐富的具體的內容，用具體的生活形象或真實的情緒體驗表現出來，而不能照直地反映那些標語口號[25]。二是感覺情緒不夠。胡風指出有一部分詩篇只是非常冷淡地敘寫生活現象本身，缺乏情緒。他認為客觀事物不經過詩人情緒的溫暖，就不會有詩的生命[26]。三是說理的傾向。胡風認為理論的正確是詩以前的東西，而詩只能以正確的理論為基礎去抒寫詩人「對於鬥爭的情緒的感受或感興」[27]。胡風指出抗戰初期的詩壇存在這幾種不良傾向，這對於提高抗戰詩歌的藝術質量，使之朝著健康的方向發展，無疑起了有益的作用。

在詩歌創作中，內容固然重要，然而形式也不是可有可無的。為了更好地表達內容，我們要求詩歌有完美的形式。如同作為反映詩人對客觀現實生活的情緒體驗的詩歌的內容在不斷的變化一樣，作為從屬於詩歌內容的詩的形式自然也處於不斷的變化之中。因此，胡風並不靜止地看待詩歌形式問題，他緊密結合時代特徵來探討詩歌形式問題。

胡風認為，在偉大的抗戰時期，可歌可泣的事實層出不窮，詩人容易得到感動以至情緒言的跳躍，詩歌為適合廣大人民悲壯、樂觀、慷慨、激昂的情緒，必然衝破舊的形式，走向自由、奔放的形式。他指出，詩人如果沒有充實的生活，就會無所表現，從而導致形式主義。他分析抗戰以前詩壇的情況說，新月派提倡行數、分段、韻腳都應有一定的形式限制的定型詩，是形式主義消極方面的表現，而現代派以「新」形式來挽救內容的空虛，是形式主義在積極方面的表現。他認為自由詩是對定型詩的有力的反撥。抗戰時期，「得是沒有拘束的形式，才能自由地表現作者底情緒，才能表現作者從現實生活中的具體形象所得到的感應」[28]。抗戰時期，民族危亡迫在眉睫，時代要求詩歌接近人民大眾，從而發揮它鼓舞、激勵民眾投入抗日洪流的作用。為此，胡風提倡詩歌形式多樣化、大眾化，採取詩朗誦、街頭詩、詩

畫展覽等多種多樣人民大眾喜聞樂見的形式。此外，他還要求利用舊形式以及創作歌曲，利用一切可以利用的形式創作詩歌。

如前所述，胡風主張詩歌的形式必須和日益高漲的抗戰熱情相適應，在形式上應當自由奔放，他又提倡朗誦詩，而朗誦詩為了講究藝術效果，在要求情緒激昂的同時，要求「用字須明確，句法須明朗」，還要求有韻腳，可以說，它是一種半定型的詩歌。那麼，它與自由詩的形式是否衝突呢？胡風認為，朗誦是將自由詩到大眾中去發表的方式之一，因此，它並不否定自由詩的形式[29]。

「五四」以來，詩人們一直在孜孜不倦地探索新詩的形式。胡風認為，新詩還沒有形成完美的形式，原先的那些新詩形式，難以表現抗戰時期複雜的現實生活，因此必須對新詩原先的形式加以改造，使之提高。胡風主張新詩在探索形式的過程中，應當借鑒民歌、童謠大眾化的語言和樸素的形式，來補救新詩語言的貧乏，豐富新詩的形式[30]。

胡風在抗戰前夕和抗戰期間對詩壇新人田間、艾青詩作的評論，就體現了上述他對詩歌內容和形式的理論主張。

一九三六年，二十歲的青年詩人田間出版了短詩集《中國牧歌》，以農村生活為題材，描繪了在帝國主義和封建主義的雙重壓榨下，農村日益破敗的現實情景，抒寫了詩人同情生活在水深火熱之中的農民的深情，反映了人民大眾抗日的熱情。胡風熱情地為《中國牧歌》作序，肯定了田間真實地反映現實生活的創作方向和勇敢地創造自由詩體的藝術探索精神。胡風在序文中指出：「詩不是分析，說理，也不是新聞記錄，應該是具體的生活事象在詩人底感動裏面所攪起的波紋，所凝成的晶體。」他以詩是客觀對象和主觀情緒的融合這一詩歌美學衡量《中國牧歌》，認為在這部詩集中，有的是「感覺，意象場景底色彩和情緒底跳動」，也就是客觀對象和主觀情緒達到了融合的狀態，因而沒有二、三十年代革命詩歌曾經存在過的「用抽象的詞句來表現『熱情』的情緒或『革命』的道理」以及「沒有被作者底血液溫暖起來，只是分行分節地用韻語寫出『豪壯』的或『悲慘』的故事」等兩種不

良傾向。前者即只有空洞感情或抽象道理的主觀主義，後者即在詩的形式掩蓋下的淡漠地敘述事實的客觀主義。這兩者都是胡風追求的客觀對象和主觀情緒融合產生的詩美的對立物。胡風在肯定田間詩作的思想內容和藝術表現的優點的同時，也指出了他的詩歌在表現方法上存在的缺點。一是氣魄雄渾有餘，但在許多地方缺乏內容的完整性。二是田間繼《中國牧歌》之後的不少詩充滿著一個字一行、兩個字一行的形式，有可能會被另外一種形式主義所迷惑。三是存在著一時的感覺而安排字詞、使別人不容易理解的缺點。

一九四二年，胡風又為田間的詩集《給戰鬥者》寫了〈後記〉。這篇〈後記〉更明確地集中闡明了胡風的詩歌美學思想。胡風在〈後記〉中肯定田間投向了戰爭，把握了具體人物和生活事件的精神境界。他肯定田間這部詩集中有一部分詩抒寫的生活事件由於是由一個大的群眾集體作主體，因而表現了廣大群眾的精神狀態，詩人的情緒也就跟著擴大，伸向了宏大的旋律。由此可見，在那民族危亡迫在眉睫的抗戰年代，胡風所要求詩人的是，投入時代的激流，體驗千百萬人民作主體的現實生活，把握人民群眾的精神風貌，感受他們強烈的情緒，從而使詩篇反映宏大的旋律。

在這篇〈後記〉裏，胡風提出了他的詩論的總綱，即優秀的詩篇必須是社會學的內容與美學上的力學的表現的高度統一。所謂詩歌的社會學的內容，就是詩歌應當通過個人對社會現實生活的感受來反映社會生活，並由此揭示一定歷史階段的社會本質，抒寫推動社會前進的人民群眾的精神風貌；所謂美學的力學的表現，是指詩中反映的體現一定歷史階段的社會本質的現實生活，應當通過完美的詩歌形式有力地表現出來。胡風以這一詩論總綱為準繩，對田間的抒情詩、街頭詩、大小敘事詩作了概括評價。胡風在評論田間的詩作時，都強調它們是田間在深入生活、把握客觀對象的本質之後產生的作品。不過，由於詩人深入生活的程度、範圍、角度不同，詩的體式、表現方法也就不同。

　　胡風認為，抒情詩的主人公就是詩人自己。因此，如果詩人脫離
人民大眾、脫離現實生活，那麼抒發的感情，必然缺乏深廣的社會歷
史內容。而田間由於抗戰開始後投身了抗日洪流，深切地感受了全民
族高漲的抗日熱情，因此他的抒情詩就奔湧著人民戰鬥的激情。胡風
認為，田間抗戰中期的抒情詩有兩種情況，一種是前述通過由廣大人
民群眾作生活事件的主體來表現人民大眾的精神狀態，因而有巨大的
情緒和宏大的旋律；另一種是通過作為社會學範疇的集體存在人物來
抒寫戰鬥激情，那麼，詩篇凝聚著戰鬥號召就特別突出。田間的這兩
類抒情詩，社會學的內容和美學上的力學的表現，大體上得到了完美
的統一。但是，「情緒的意力尚嫌不夠」，也就是情緒的感染力還不夠
強烈。胡風指出田間的街頭詩是在他深入了群眾宣傳工作的生活之
後，生活對象更明確地在日常事件上出現，戰鬥號召的要求更強烈地
在創作企圖上鼓動而產生的。他肯定田間的篇幅短小的敘事詩有著歌
謠的感染力和活躍的旋律，而在形式上，則融合了詩人所創造的一切
形式的優點；他也肯定田間的長篇敘事詩深入地反映了生活的底蘊，
開闢了長篇敘事詩的方向。

　　胡風對艾青《大堰河》的評論，也體現了他追求社會學的內容和
美學上的力學的表現完美統一的詩歌美學觀。一九三六年十一月，艾
青的第一本詩集《大堰河》由上海文化生活出版社出版。一個多月後，
胡風即寫下了〈吹蘆笛的詩人〉一文進行評論。這是《大堰河》問世
後的第一篇評論文章。胡風肯定了艾青的現實主義創作方法，認為這
部詩集中的九首詩唱出了讀者能夠感受的社會一角的人生，詩中流貫
著詩人脈脈滾動的情愫。在藝術表現上，胡風認為它的語言既不概念
化也不浮泛，抒發了由生活所激發的深情，真實地反映了社會現實生
活。他肯定集子裏〈透明的夜〉一詩「用明朗的調子唱出新鮮的力時，
充溢著樂觀空氣的野性的人生」，並讚揚艾青詩中健康向上的精神面貌
和思想境界，指出艾青的思想感情是與人民大眾的心相通的。

　　在這篇評論文章中，胡風以他豐富的西方詩歌知識和敏銳的詩美感知能力，第一個發現了艾青早期詩作受到了比利時大詩人凡爾哈侖、法國象徵派詩人波特賴爾等人的影響。胡風認為，艾青的早期詩作雖然受到了這些詩人的影響，但並沒有「高蹈的低迴」，即沒有那種由於脫離現實而產生的感傷頹唐情緒，只不過偶然出現飄忽的格調，而這種飄忽的格調也將「融在他的心神的健旺裏」，即由於詩人投身現實而產生的健康的精神境界將克服感傷頹唐的情懷。

　　當然，健旺的心神消融飄忽的格調需要一個較長的過程。六年之後，胡風在〈關於風格（其一）〉中就指出艾青的長詩〈向太陽〉、〈火把〉以及一些短詩中仍脫不了知識份子的傷感和留有焦躁的紋路。

　　胡風之所以能發現詩壇新人田間、艾青，是由於他深入考察了新詩近二十年的發展歷程，總結了革命詩歌的經驗教訓，同時也是由於他深入地把握了詩歌的本質特徵，這才使他在田間、艾青剛登上詩壇的時候就及時地發現了他們的創作的價值和意義。胡風對田間、艾青詩作的評論，也體現了他實事求是、一分為二的評論特色。

　　隨著新的歷史時期的到來，政治上和思想上「左」的路線的糾正，中國現代文學史、文藝理論和人物評論方面的許多禁區才有可能真正打開。由於許多作家、詩人、文藝理論家和批評家的真實面目在「左」的路線下長期被歪曲，因此，對於他們在中國現代文學史和文藝理論批評史上作出的貢獻，對於他們在文學創作和理論批評方面的成敗得失，要作出恰當的評價，必須對他們的作品和理論批評作深入的研究，現在，胡風的錯案已經得到徹底的糾正。我們必須深入研究他留給我們的包括詩論在內的豐富的文藝美學遺產，使之為文藝創作和文藝美學建設服務。

註1：《民族戰爭與文藝性格・一個要點備忘錄》。
註2、3、23：《在混亂裏面・關於題材，關於「技巧」，關於接受遺產》。

註4：《文學與生活・第三章文藝站在比生活更高的地方》。

註5、13、21、25、26、27、28、29：《民族戰爭與文藝性格・略觀戰爭以來的詩》。

註6、9、14：《民族戰爭與文藝性格・關於田間和田間底詩》。

註8、11：《民族戰爭與文藝性格・民族戰爭與新文化傳統》。

註10：《在混亂裏面・關於創作發展的二三感想》。

註12、15、18：《民族戰爭與文藝性格・今天，我們的中心問題是什麼》。

註16、17、19：《在混亂裏面・關於「詩的形象化」》。

註20：任鈞《新詩話・關於中國詩歌會》。

註22、24：《在混亂裏面・關於人與詩，關於第二義的詩人》。

註30：《民族戰爭與文藝性格・大眾化問題在今天》。

黃藥眠

　　作家、翻譯家黃藥眠，同時又是詩人、詩論家。以新詩創作來說，他出版過《黃花崗上》、《桂林的撤退》、《英雄頌》等詩集，並出版了《春》（英詩選譯）、《莎多霞》、《伊薩科夫斯基譯詩選》（以上為俄文詩選譯）等譯詩集。在四十年代初期的詩壇上，黃藥眠是一位活躍的詩論家。一九四四年五月，他在桂林遠東書局出版過《論詩》一書，後來又改名為《戰鬥者的詩人》，於一九四七、四八年分別由哈爾濱、大連兩地的遠方書店出版。黃藥眠的詩論，在抗戰詩壇上曾經產生過比較廣泛的影響。

　　首先，黃藥眠反覆闡明了詩歌的抒情特質，強調詩歌要有強烈、深沉的感情，對缺乏感情的詩作提出了劈切的批評，從而促進了新詩藝術質量的提高。

　　詩歌是一種運用凝煉集中的語言抒發作者對生活的強烈感受的文學樣式。黃藥眠認為：「詩是文學裏面包涵有最濃厚的情感的部門，它需要以最簡單的語言傳達出最濃郁的情愫。」[1]因此，他要求詩人「必須具備著突入於現實的熱情」[2]。從詩歌的本質特徵出發，他對新詩史上缺乏強烈、深沉的感情的詩作提出了劈切、中肯的批評。他批評柯仲平的〈平漢路工人破壞大隊〉注意了形象而缺少感情[3]；批評艾青的〈哀巴黎〉感情「非常的單薄」[4]；批評何其芳《夜歌》中的一部分詩篇感情淡薄，而多說理和號召的成分，因而缺少了「感情的濃度」[5]；批評朱維琪的〈歷史的七月〉一詩雖然思想正確，但「連感情的影子也望不見」，所以只是「不完整的散文」[6]；批評黃寧嬰的政治諷刺詩〈民主短簡〉中有些詩「愛用勸教或說教的口氣」，「有理智

的成分比較感情的成分濃」的缺點[7]。上述詩人，特別像艾青、何其芳、田間等，都曾創作過許多膾炙人口的著名詩篇，但是，只要他們的筆一涉及個人感情不夠強烈的題材，即使詩藝比較成熟，也難免寫出感情空泛的詩篇來。黃藥眠實事求是、切中肯綮的評論，啟示著廣大詩人積極投入現實生活，與時代同脈搏，同人民共甘苦，克服空洞說教的弊端，努力創作出情真意切的詩篇來。

其次，黃藥眠闡明了感情和思想的辯證關係，在此基礎上對僅憑感情和樸素的感情寫詩以及羅列、堆砌形象的現象提出了批評，並指出詩人應當投身現實生活和學習革命理論。

感情是對客觀事物態度的體驗。離開了對客觀事物的接觸，人就不可能產生感情體驗。對客觀的外界事物接觸、體察越多越深入，情感體驗也就越深厚越強烈。因此黃藥眠指出：「只有詩人們能夠在非常緊張的社會鬥爭中磨練，激動起情感的熱流，經歷著一切複雜的人與人之間的關係，遍嘗著社會的矛盾反映到自己內心的痛苦，他們才能夠使自己的生活豐富起來，情感緊張起來，喜、怒、哀、樂，憂鬱與懷戀，憎恨與同情，錯綜而深化起來。」[8]正因為情感離不開現實生活、離不開社會實踐，因此他指出：一個詩人一旦同社會生活隔離、同革命運動脫離，那麼，「他生活會一天天流於單調，感情會一天天的陷於空虛，知識一天天狹隘，精神一天天萎縮，思想一天天變成孤陋與庸俗」[9]。因此他否定「詩的源泉要從『自我』的深處去掘發」的錯誤說法，指出「詩歌的源泉是要從社會生活中去掘發的」[10]。

辯證唯物主義認識論告訴我們，人認識客觀事物分兩個階段：感性認識階段和理性認識階段。美感心理研究的結果表明，這兩個不同的認識階段有不同的感情產生，也就是說，有的感情與感性認識相聯繫，有的感情與理性認識相聯繫[11]。前者單薄、浮淺，後者厚實、深沉。詩歌的審美活動，無論是作為詩歌創作主體的詩人，還是作為詩歌欣賞主體的讀者，在進行詩歌的創作或欣賞活動時，開展的都是感性認識和理性認識高度統一的形象思維活動，所以都必須由感性認識

階段進入理性認識階段。理性認識階段的感情體驗是與深刻的理性認識高度統一的。所以黃藥眠一方面認為感情是「比思想更直接的，和更豐富的反映現實的東西，同時也是比思想更先在的東西」，另一方面他又指出：「只有經過思想的洗煉和深化的情感，才是深刻的情感，而這種情感也就是更富於血肉的思想。」(12)

正因為黃藥眠認為強烈的感情與深刻的理性認識密切聯繫著，因而他認為感情是「思想表現的另一種形式」(13)。所以他反對憑一時衝動的樸素情感來寫詩，認為那樣會使感情單薄和枯竭，而且會使他在許多小的場合上作「感情的浪費」。因此他要求詩人「隨著場合的不同，對於某些情感也加以適當的控制」(14)。如果不控制感情，就會使「自己的生活裏面沒有豐富的情感的蘊藏與儲蓄，這就造成了自己作品貧弱無力的基礎」(15)。因此，詩人在現實中體驗到某種情感後，還必須將這種情感體驗提高到理性的高度。只有經過理性濾過的情感，才能深入的觀照生活。

列夫·托爾斯泰說：「如果一個人在體驗某種情感的時候直接用自己的姿態或自己所發出的聲音感染另一個人、另一些人，在自己想打哈欠時引得別人也打哈欠，在自己不禁為某一事物而笑或哭時引得別人也笑起來或哭起來，或是在自己受苦時使別人也感到痛苦，這不能算是藝術。」(16)魯迅也曾說過：「我以為情感正烈的時候，不宜作詩，否則鋒芒太露，能將『詩美』殺掉。」(17)黃藥眠反對憑樸素情感寫詩，與列夫·托爾斯泰、魯迅的論述，都揭示了詩文創作的一條規律：處於感性階段的樸素情感必須經過提煉、深化，使之理智化，才能更加深厚，具備打動人心的藝術魅力。

黃藥眠既反對憑樸素的感情寫詩，也反對憑直覺寫詩。他認為，一個詩人如果同社會生活隔離以後，必然只能「乞靈於感覺」，「以個人的奇異的感覺代替了大眾的感情」。其結果，必然導致停留於單調、瑣碎的生活，一味追求華彩、新奇，或者把用舊了的濫調搬上詩壇(18)。

審美心理學告訴我們，感覺不過是審美主體對於美的對象的反映的起點。只有在感覺的基礎上，經過知覺、理解、思維等一系列的心理活動，才能形成審美意識。因此，詩人只有在感覺的基礎上，深入理解了客觀事物，才能創作出正確反映客觀世界的審美形象來。

中國三十年代和四十年代初的詩歌評論界，曾經有過以思想正確與否以及是否形象化作為詩歌批評標準的口號。黃藥眠從詩歌的抒情特質出發，指出在這種批評標準的影響下，在詩歌創作中出現了思想加形象的堆砌、羅列的現象，詩篇缺乏感人的力量。他認為，詩歌固然離不開形象，但詩中的形象應該蘊含著豐富、強烈的感情。他指出：「詩裏的每一個形象都滲透著詩人的主觀成分」，每一個形象都是主觀與客觀的有機統一，「它是對客觀的描寫，但同時又是主觀的抒情」[19]。詩的抒情特質決定了詩不能只是正確的意識加上形象，沒有熱情，是「詩人的致命傷」[20]。因此他對如同玩弄著魔術般形象的技巧的詩篇是不滿的。因為在這樣的詩中，形象被無組織地散佈在整個詩篇裏面。形象的羅列使詩人的個性「迷失在形象裏面」。他認為：「過分紛繁的形象也會削弱了詩的本質的美。」[21]因此他指出：「詩人的任務並不僅是用敏銳的感覺去攝取許多事物的印象，並把這些勉強的連綴在一起」，詩人必須用自己的思想感情去融化客觀事物，從而創造情緒飽滿、意境渾成的詩篇。

那麼，詩歌作者怎樣才能獲得形象？是不是如當時有些青年詩歌作者所想像的那樣，只要每天睜大了眼睛、豎起了耳朵，就可獲得形象了呢？黃藥眠認為：「形象是由詩人對於外在世界的緊張關係得來的」，一個詩人，感情越緊張飽滿，他的詩也一定越美麗、越動人。如果對生活冷淡、旁觀，那麼詩篇即使有形象，也必然陷於形式美。他認為，形象是由於重複與熟習而發生的，是從生活的需要釀造出來，歸結到一點：「緊張的情愫正是形象的母親。」[22]

黃藥眠通過闡明情感與思想認識的辯證關係，不但闡明了詩人應當接觸現實生活，而且指明了詩人在激烈的社會鬥爭中應該「更讀一

些社會科學及哲學一類的書」⁽²³⁾，也就是讀一些馬克思主義經典著作以及一般的哲學、社會科學著作，從而通曉社會發展規律、認識社會生活的的本質，創作出正確地反映客觀現實生活的詩篇來。這一點，至今還有很強的現實指導意義。

第三，黃藥眠闡明了詩人必須具備的修養。

「詩品出於人品。」⁽²⁴⁾所以清人沈德潛說：「有第一等襟槍，第一等學識，斯有第一等真詩。」⁽²⁵⁾清代另一位詩論家徐增說：「詩乃人之行略，人高則詩亦高，人俗則詩亦俗，一字不可掩飾，見其詩如見其人。」⁽²⁶⁾所以要創作出好詩，必然要求詩人有高尚的情操，美好的感情。黃藥眠從「詩人是改造者和教育家」⁽²⁷⁾的高度闡明了詩人的修養問題。

關於詩人加強自我改造的必要性。黃藥眠認為，民主革命時期的詩人由於出身和教養的侷限，因此養成了養尊處優、自我驕傲、自由放縱、多愁善感、超脫現實、喜歡瞑想等種種習慣。他們的審美趣味、思想感情都是非大眾的，阻礙著他們走向與群眾結合的道路。而詩文創作並不能完全靠意識來支持，因此即使詩人接受了正確的意識，但潛伏在下意識裏面的審美趣味、思想感情仍然會不知不覺地在詩文創作中曲折地反映出來。他在評論何其芳的詩集《夜歌》時，既肯定了何其芳到了延安後，感情逐步走上健康的、昂揚的道路，但又指出，何其芳創作《夜歌》時，對於過去的生活，「並沒有用正確的歷史主義的方法去批判，沒有足夠的憎恨和誓不兩立的決絕的態度」，「還是懷著一種溫情的留戀」，只是在思想上對革命有真誠的敬意，而詩人的感情並沒有熔化在革命裏面，因此《夜歌》還是一個「革命的同情者的個人的抒情，而不是代表著集體的感情和意念的作品」⁽²⁸⁾。因此，他認為詩人的自我改造不是一蹴即就的，它需要詩人長期和人民大眾生活在一起，自覺地、經常地「把殘餘在精神生活內層裏面的非大眾的情操洗刷出去」⁽²⁹⁾。

　　黃藥眠在〈戰鬥者的詩人〉一文中提出的詩人修養的四個方面，
在今天基本上還有它的現實意義，不妨轉錄如下：

> 一是必須知道社會演變的法則和理解個人在集體中的地位，知
> 道正義是屬於哪一邊的，堅持著正義，而且能夠為著它而奮
> 鬥，在鬥爭中激動自己的情感，因而不斷的汲取著詩的源泉。
> 二是「必須把自己的崇高的性格貫徹到生活的各方面去」，「不
> 僅應該反對外在一切不良的現象，同時還要反對自身不良的傾
> 向」，「無論是對於自己或是對於別人都應該有嫉惡如仇的習
> 慣，不斷的向它鬥爭」。
> 三是必須排除庸俗的、氾濫的同情。
> 四是必須能夠經受得起感情的鍛煉。

　　第四，黃藥眠探討了新詩的形式問題。

　　一九三九年，著名詩人蕭三發表〈論詩歌的民族形式〉一文，認
為新詩誕生二十多年來，「還沒有『成形』」[30]。過去有人將民間的唱
本、大鼓詞、蓮花落、彈詞等叫作「舊形式」，蕭三認為應該稱為「民
族形式」，並認為新詩的形式「只是歐化的，洋式的，這只能說是中國
的新形式」，而不能稱為中國的民族形式。那麼，怎樣建立新詩的民族
形式呢？蕭三認為：「發展詩歌的民族形式應根據兩個泉源：一是中國
幾千年來文化裏許多寶貴的遺產，楚辭、詩、詞、歌、賦、唐詩、元
曲……；二是廣大民間流行的民歌、山歌、歌謠、小調、彈詞、大鼓
詞、戲曲……。」蕭三為了使新詩為廣大人民群眾喜聞樂見，提倡建
立新詩的民族形式，這種態度是積極的。他認為要建立新詩的民族形
式，要向舊體詩詞和民間歌謠學習，也是值得肯定的。但他絲毫不提
二十多年來許多新詩人為建立新詩的民族形式而作出的努力，以及如
何在現有新詩形式的基礎上建立新詩的民族形式，卻是失之偏頗的。

　　黃藥眠在〈詩歌的民族形式問題之我見〉一文中，針對上述蕭三
新詩民族形式兩個源泉說，認為蕭三把最主要的源泉，即把「五四」

以來的新詩忘記了。他提出應把「五四」運動以來新詩的收穫以及世界文學所給予我們的豐富遺產放在民族形式的源泉裏面去，認為應當把大量輸進外來的文化作為發展我們的民族形式之一個最豐富的源泉。黃藥眠辯證地指出，對「五四」以來的新詩，應當否定其中機械的模仿性的部分，即反對過去脫離了中國民族的立場，離開了中國大多數人民的需要，離開了中國語言自然的韻律的生吞活剝的西洋崇拜，而一部分中國化了的東西，應當作為建立新詩的民族形式的最寶貴遺產。這一觀點體現了黃藥眠的真知灼見。這樣，既肯定了許多詩人為建立新詩的民族形式作出的努力，又啟示我們實事求是地看待以往新詩的形式。在探討建立新詩的民族問題時，我們應該借鑒繼承以往新詩中已經「中國化了的東西」。

關於蕭三提出的新詩民族形式的兩個源泉，黃藥眠認為「不應該把離騷、詩詞，和民歌、山歌並列」。因為離騷、詩詞遠離我們今天的生活，其韻律和我們今天的語言也已有了很大的差距。因此他認為今天應該著重於能表現今天中國人民生活要求的山歌、歌謠。這一觀點。由於是通過比較得出來的，所以令人信服。

黃藥眠對新詩的民族形式，也提出了許多具體的意見。

根據內容決定形式的審美原則，黃藥眠認為：「詩的分段與分行是按照著詩的內容來安排的，詩的每一段，應該成為一個感情單位，保持著統一，每一行應該成為一個音節單位」，句子的長短是為「適應於情的波動而產生的」。

黃藥眠要求新詩形式多樣化。他批評黃寧嬰的政治諷刺詩集《民主短簡》「形式太單調」[31]，全部都是用短簡的形式，許多詩都是兩行一節。形式單調，既難以反映日趨複雜的現代生活，也不可能使作品生動、活潑，從而產生較強的藝術感染力。因此，黃藥眠的批評是正確的。

從三十年代初期起，中國左翼作家聯盟領導下的中國詩歌會就主張新詩大眾化。黃藥眠在中國詩歌會許多詩人大眾化詩歌創作實踐的

基礎上，總結了新詩大眾化的經驗，對大眾化詩歌提出了三點要求：「第
一，要面對現實正面去接觸它；第二，我們使用的語言，不要違反一
般習慣口語；第三，表現的手法，一方面固須力求新穎和獨創」，同時
要考慮到「讀者理解的線索」[32]。這比單純模擬民間歌謠形式的主張
要全面得多了。

　　黃藥眠對新詩的語言提出了具體的要求。他主張新詩「要接近大
眾的口語，不用離奇古怪的字句」，「要明白易懂，不要矯揉造作」，並
要求「就語言藝術的詩歌所許可的範圍內去找尋新的手法，不在這範
圍以外尋求手法。」[33]所謂在語言許可的範圍之外去尋新的手法，
他在〈詩歌的手法及其他〉中有所說明，是指「乞靈於符號、公式、
排版的式樣，和詞句的顛倒」。這種情況，在四十年代初期的詩壇上，
確實存在過，如歐外鷗的有些詩就曾乞靈於排版的式樣。

　　最後，黃藥眠闡明了如何正確地對待外國詩歌。

　　如前所述，黃藥眠在〈詩歌的民族形式問題之我見〉一文中曾提
出應當把「世界文學所給予我們的豐富遺產放在民族形式的泉源裏面
去」，但是，他並非主張對西方詩歌兼收並蓄，而是應當有分析、有批
判地吸收。他通過對象徵派、現代派詩歌的分析，說明不應該把它們
當成創作方法來提倡。

　　關於象徵派詩歌，黃藥眠認為這一派詩歌頹廢、憂鬱和傷感；這
一派詩人常常不願意正視著當前的事物，只依賴自己敏銳的感覺，因
此不適宜於抒寫重大的題材，風格流於纖巧；其表現手法多用微妙的
比附，因此「為今天終日忙碌於實際生活的大眾所難於瞭解」[34]。他
認為中國二、三十年代一些詩人學習法國波特賴爾、魏爾倫、蘭波等
象徵主義創作象徵派詩歌，浸透著唯美的、享樂的頹廢主義，讀者只
能從他們的詩裏感到空虛和傷感[35]。

　　關於現代派詩歌，三十年代初期，詩壇上出現了繼象徵詩派之後
追求「純詩」，注重意象的繁重、聯絡的奇特，詩風朦朧的現代詩派，
至三十年代中期極一時之盛。不久，隨著抗戰爆發，由於與時代不合

拍，現代派遂告衰落。這一派詩在思想內容上反映的都是城市知識青年的苦悶、感傷。黃藥眠指出：「現代派是從象徵派演化出來的」，其作者「大致都是長期的在洋化了的都市居住」，「他們的世界是相當狹小的」。他認為，單調狹隘的環境決定了他們憂鬱、傷感、陶醉在幻想的世界裏[36]。黃藥眠的分析，是符合現代派的流派特徵的。

黃藥眠根據抗戰時期的時代特點，認為「目前中國的大眾是需要率直而雄偉的，簡單而有力的詩歌。一切淫靡於技巧，吞吞吐吐的詩歌，在今天是不值得提倡的」[37]。

對於外國進步的、革命的詩人詩作，黃藥眠也主張在學習借鑒時要考慮中國的語言特點和讀者的欣賞習慣。

蘇聯詩人瑪耶可夫斯基的詩篇具有高昂的革命熱情、鮮明的音韻節奏。早在三十年代，他的詩作就被翻譯介紹進來，有些詩人也就嘗試創作瑪耶可夫斯基的樓梯式詩體。但是，他們在向瑪耶可夫斯基學習、借鑒時，沒有考慮我們的語言特點和讀者的欣賞習慣，從而陷入機械的照搬模仿，流於形式主義。黃藥眠認為照搬瑪耶可夫斯基一個字一行、兩個字一行，把一句話分裂成幾行的作法在中國是行不通的。這是因為：「第一，中國的語文和俄文不同，我們不能過分的違反了中國語文的自然的音調，而專心去模仿別國語文的音調。」第二，瑪耶可夫斯基的分行法是為適應他的朗誦而成的。當時中國詩歌誦運動尚未普遍，如果一味在形式上模仿他的分行法，「讀者們因為不能夠把握到其中音節和調子上的差異反而會感到生疏」[38]。雖然當代詩壇上形式主義地模擬瑪耶可夫斯基分行法的現象很少見到了，但在中外詩歌廣泛交流的今天，強調學習借鑒外國詩歌時要注意中國的語言特點和人民大眾的詩歌審美習慣，卻還是有著很強的現實意義。

註1、32、35、36：〈目前中國的詩歌運動〉，《論詩》，桂林遠方書店 1944 年 5 月初版。

註 2：〈詩底美，詩底形象化〉，同註 1。

註 3、4、6、8、9、10、12、13、18、19、20、21、22、31、38：〈論詩的創
　　　作〉，同註 1。

註 5、28：〈讀（夜歌）〉，《黃藥眠文藝論文選集》，北京師範大學出版社 1985
　　　年 9 月第 1 版。

註 7：《由（民主短簡）談到政治諷刺詩》，同註 5。

註 11：參見彭立勳《美感心理研究》199 頁，湖南人民出版社 1985 年 12 月
　　　初版。

註 14：《戰鬥者的詩人》，同註 1。

註 15：同註 1，《論感情的控制與創作》。

註 16：列夫・托爾斯泰《藝術論》第 46 頁，轉引自《美感心理研究》200 頁。

註 17：《兩地書・三二》，《魯迅全集》第 11 卷 97 頁，人民文學出版社 1981
　　　年版。

註 24：劉熙載《藝概》第二《詩概》。

註 25：《說詩晬語》，《清詩話》下冊，上海古籍出版社。

註 26：《而庵詩話》，《清詩話》上冊，同註 25。

註 27：《戰鬥者的詩人》，同註 1。

註 29：《論詩歌工作者的自我改造》，同註 5。

註 30：《文藝戰線》第 1 卷第 5 號，1939 年 11 月 16 日。

註 33：《詩歌創作的方向》，同註 1。

註 34、37：《詩歌的手法及其他》，同註 1。

馮文炳

　　馮文炳筆名廢名，以創作小說著稱於二、三十年代文壇。他同時又是一位詩論家。一九三七年，他在北京大學講授新詩，寫成講義十二章，一九四四年曾以《談新詩》為書名，由北平新民印書館印行。抗日戰爭勝利後，馮文炳重回北京大學執教，繼續講授新詩，又寫成講義四章。此外，他在一九三五年，還寫過一篇〈新詩問答〉[1]。上世紀八十年代，人民文學出版社將他前後兩個時期的新詩講義連同〈新詩問答〉合成一書，仍冠以《談新詩》的書名出版。

　　《談新詩》從「五四」時期胡適的《嘗試集》講起，一直講到四十年代初期馮至的《十四行集》，論及胡適、沈尹默、劉半農、魯迅、周作人、康白情、馮雪峰、潘漠華、應修人、汪靜之、冰心、郭沫若、卞之琳、林庚、馮至等新詩史上十多位重要詩人，用樸素平實的語言對他們的許多重要詩篇作了分析講解，在分析講解之中，作者闡明了自己的詩歌美學觀點。

　　馮文炳論新詩，反覆強調新詩要有詩的內容。一九三五年，他在〈新詩問答〉中說：「我們的新詩首先要看我們的新詩的內容，形式問題還在其次」，「新詩要別於舊詩而能成立，一定要這個內容是詩的，其文字則要是散文的」。一九三七年在《談新詩》中除了重申這一觀點外，更明確指出：「新詩若同舊詩一樣是散文的內容，徒徒用白話來寫，名之曰新詩，反不成其為詩。」[2]一九四六年，他重回北京大學講解新詩時仍堅持「新詩要詩的內容，散文的文字」[3]。由此可見，這是他一貫的詩歌主張，也是他詩論的核心觀點。

　　中國古典詩歌發展到唐代，出現了一種新的詩體。這種新的詩體在字數、聲律、對仗方面都有嚴格的格律規定，這就是有別於古體詩的近體詩。近體詩嚴整的詩律形式，比起聲律、韻律不嚴的古體詩來，無疑是一個進步。詩歌利用語音材料，也就是利用語言中的聲、韻、調和語音的輕重、長短等物質材料，有助於增強詩歌的藝術表達效果。但是，由於近體詩的格律過繁過細，這就導致了一部分詩人在創作時本末倒置，注重了格律而忽視了內容，走上形式主義的歧路。這樣創作出來的詩篇，必然徒具詩的形式，而實質是散文的內容。所以馮文炳說：昔日的詩人作詩如同作散文，「是情生文，文生情的，他們寫詩自然也有所觸發，單把所觸發的一點寫出來未必能成為一首詩，他們的詩要寫出來以後才能其為詩，所以舊詩的內容我稱為散文的內容」[(4)]。所謂「要寫出來以後才成其為詩」，意思是按舊詩的格律湊起來，從形式上看是一首詩。在中國古典詩詞中，詩詞的形式、散文的內容的作品誠然不少，但是，在漫長的古典詩歌史上，湧現了不少詩情洋溢、內容與形式完美統一的名篇佳作。因此，儘管馮文炳解釋說：「我常說舊詩的內容是散文的，而其文字則是詩的，我的意思並不是否認舊詩不是詩，只是說舊詩之成為其為詩，新詩之成其為詩，其性質不同。」[(5)]儘管他的目的是為了強調新詩必須注重的內容，但是，他將舊詩一概說成詩的文字、散文的內容，是失之偏頗的。

　　馮文炳強調新詩要有詩的內容，那麼，什麼是詩的內容呢？詩歌的基本特徵是抒發作者的情意，即抒寫作者對生活的強烈感受。中國傳統詩論強調「詩以意為主」[(6)]，講究煉意。馮文炳在談到他選擇新詩的標準時，首先考慮的是「詩意充足」[(7)]。因此，他在《談新詩》中，對一些缺乏感情、敷衍成篇之作提出了批評。他認為胡適的〈一笑〉（見《嘗試集》）「可以不必寫那麼多的四節十六行，作者將一點『煙土披里純』敷衍成許多行的文字」，第二、第三、第四句不過是「湊句子叫韻」，第三節「簡直是做題目」，也就是生拉硬湊，敷衍成篇。其原因是由於胡適對詩中那個人的一笑沒有強烈的感受，創作時只能「為

賦新詩強說愁」了。由此看來，馮文炳強調新詩要有詩的內容，注重新詩的「詩意充足」，確是抓住了詩的本質特徵。

馮文炳關於新詩要有詩的內容的主張，總結了「五四」時期新詩詩論和詩作的經驗教訓。「五四」時期，胡適為了衝破舊體詩詞森嚴格律的束縛，主張「把從前的一切束縛自由的枷鎖鐐銬，一切打破：有什麼話，說什麼話；話怎麼說，就怎麼說」[8]。這一主張，對實現詩體的大解放，創建白話新詩，起了催生助長的積極作用。但是，由於只注意形式的自由解放，而忽略了對詩情、詩意、詩味的自覺追求，因而不但他自己創作的詩歌有相當一部分詩情淡薄、詩味不濃，而且流風所及，也頗影響了一部分詩人的詩論和詩作。例如俞平伯就曾說：「我不願顧念一切作詩底律令，我不願受一切主義底拘率」，「我只願隨隨便便的，活活潑潑的，借當代的語言，去表現出自我」，「至於表現出的，是有韻或無韻的詩，是因襲的或創造的詩，即至於是詩不是詩，這都和我底本意無關」[9]。這是說，只顧詩體的解放，連寫出來的是不是詩也不必考慮了。胡適的上述主張，也影響了不少詩人的創作。例如康白情的新詩集《草兒》，其中確有不少新鮮活潑的好作品，但是，在胡適的「話怎麼說，就怎麼說」的理論主張指導下，《草兒》中近四十首的記遊詩〈廬山紀遊〉大多沒有詩意。儘管胡適評論說：「白情的《草兒》在中國文學史上的最大貢獻，在於他的記遊詩。」「這是用新詩體為記遊的第一次大試驗，這個試驗可算是大成功了。」但是，正如馮文炳所指出的：「康白情的〈廬山紀遊〉是一堆亂寫的文字，說不上是新詩，也說不上白話散文，只是濫用自由。」[10]這一批評，是符合實際的。當然，注意了詩體的解放，形式的活潑自由，而在內容上缺乏詩意，表現上不夠凝練集中，在初期的新詩創作中，並非康白情一人。「五四」時期新詩的先驅者們，他們的詩論和詩作中雖然有這樣那樣的缺點，但是他們在外國詩歌的影響下，順應著追求自由解放的時代新潮，勇敢地衝破舊體詩的束縛，大膽地創建白話新詩，是符

合詩歌發展的歷史趨勢的，因而他們探索新詩美學、創建新詩的業績
是值得大力肯定的。

馮文炳關於新詩要有詩的內容的主張，具有強烈的現實針對性。
三十年代前期，現代派詩人在黑暗的現實面前找不到出路，思想陷入
苦悶、頹唐，再加上他們躲在象牙塔裏，生活天地狹小，因此他們的
詩篇內容空虛、感傷、抑鬱、蒼白。因而馮文炳強調新詩要有詩的內
容，起了匡正新詩創作時弊的作用。

在新詩的藝術形式上，馮文炳主張新詩應該是自由詩。他認為，
有了詩的內容，就可以「不受一切的束縛，『不拘格律，不拘平仄，不
拘長短；有什麼題目，做什麼詩；詩該怎麼做，就怎樣做。』」也就是
用散文的文字寫自由詩[11]。

馮文炳說，他的這一主張「乃是從中國已往的詩文學觀察出來
的」[12]。他認為舊詩的內容是散文的，形式（文字）是詩的[13]。他指
出，元曲的內容是敘事描寫的散文的內容，而表現形式是詩的韻文形
式，將舊詩散文的內容、詩的文字「這個關係明顯的分解出來」[14]。
這一線索，在蘇軾、辛棄疾、劉克莊等人的詞裏已經初露端倪[15]。在
中國古典詩歌史上，歷來存在著元稹、白居易易懂的一派和溫庭筠、
李商隱難懂的一派。胡適認為元白一派是現代白活新詩的前例。馮文
炳通過分析，認為元白一派的文法不是白話新詩的文法[16]。而溫庭筠
的詞是「整個的想像」，「表現著一個完全的東西」，展現出「視覺的盛
宴」，認為他的長短句「才真是詩體的大解放」[17]。馮文炳還指出，
溫庭筠的詞在表現上不用典故，李商隱的詩雖然用典故，但其所用典
故是「感覺的聯串」，「他們都是自由表現其詩的感覺與理想」[18]。以
前的詩是一個鏡面，溫庭筠的詞則是玻璃缸的水，「容納得一個立體的
內容」[19]。因此他認為白話新詩就是要像溫、李一樣自由地表現詩的
感覺與理想，像溫詞表現立體那樣，裝下「四度空間」[20]。馮文炳就
是這樣以他豐富的古典詩詞知識，通過考察古典詩歌史，認定新詩應
當是自由詩的。

　　馮文炳雖然主張用散文的句子寫新詩，但從他對若干新詩的評論來看，他也要求新詩有音樂性。他稱讚胡適的〈晨星篇〉(見《嘗試集》)有美好的音節[21]，他認為康白情的《草兒》在當時白話新詩壇上所以能一鳴驚人，是由於作者充分展示了音樂才能[23]。這是因為這首詩每節一、二、四句分別押韻，詩行又大體整齊，讀起來朗朗上口，悅耳動聽。從這些地方可以看出，馮文炳雖然主張新詩要用散文的句子來寫，但還是認為新詩應當對口語進行提煉，使之念起來爽口，聽起來爽耳，而押韻也有助於增強音樂性。因此，針對郭沫若所說：「詩不是『做』出來的，只是『寫』出來的」[24]，馮文炳認為：「詩有時還是要『做』出來的，不只是寫出來。」[25]

　　正因為馮文炳認為新詩應當是自由詩，所以他對聞一多、徐志摩等人的格律詩派持否定態度。他說：「我總覺得徐志摩那一派的人是虛張作勢，在白話新詩發展的路上，他們走的是一條岔路」，「阻礙了別方面的生機」，「打擊了初期白話詩家的興致」[26]，並批評他們對於新詩「失掉了一個『誠』字，陷於『作詩』的氛圍之中」[27]。馮文炳對聞一多、徐志摩等人嘗試創作新格律詩一筆否定是欠妥的，也是不夠公允的。聞一多等人提倡詩的格律，豐富了新詩的藝術表現技巧。他們提出的詩的音樂美、繪畫美、建築美的理論，也有值得我們借鑒繼承的地方。我們應當採取實事求是的態度，一分為二地來評價聞一多、徐志摩等人提倡的詩歌格律理論。

　　對於聞一多在〈詩的格律〉一文中提出的新詩音樂美的主張，馮文炳認為：「新詩的音樂性從新詩的性質上就是有限制的。」[28]這是因為，他認為舊詩講究調配平仄、押韻，因此有音樂的長處，歌謠與舊詩「立在同一線上」，也以具有音樂性見長[29]。而舊詩和歌謠富於音樂美的長處在新詩裏卻不能有[30]。這樣的看法也是欠妥的。漢語有四聲和雙聲疊韻。新詩如能自覺地利用漢語四聲和雙聲疊韻的特點，再加上有規律地重讀和輕讀，做到詩行大體整齊和押韻，以及適當地運用疊字、疊句等藝術技巧，那麼，必然能收到讀起來爽口、聽起來

爽耳、富於音樂美的藝術效果。所以馮文炳認為舊詩和歌謠富於音樂美的長處「在新詩裏都不能有」的看法是欠妥的。

馮文炳對新詩形式的看法並非一成不變。抗戰勝利以後，一九四六年他重回北京大學講新詩時，雖然他的新詩的基本觀念沒有變，「仍堅持新詩要有詩的內容、散文的文字」[31]，但是他說：「我現在對於新詩的形式問題比以前稍為寬一點，即是新詩也可以有形式。」[32]所以，他雖然由於不滿格律詩派的理論主張，而在《談新詩》中沒有列專章講解聞一多、徐志摩的新詩，但他在對新詩的形式問題的看法有一定的轉變後，認為「徐志摩的文體（這裏指詩體──引者按）則絕不可埋沒，也絕不能埋沒」，認為他的詩體是「真新鮮真有力量了」[33]，從而肯定了發展了徐志摩詩體的卞之琳的詩體，也肯定了馮至的十四行詩。他之所以肯定徐志摩、卞之琳的詩體、肯定馮至的十四行詩，是由於他認為新詩的散文的文字，應當「同西洋詩的文字一樣，要合乎文法，於是形式確是可以借助於西洋詩的形式寫成好詩」[34]。唯其如此，他才肯定了卞之琳、馮至有規律的詩體。

對如何發展新詩，馮文炳在講解新詩的過程中也闡明了自己的觀點。他認為新詩要發展，首先要靠詩的內容，其次要靠詩人從古代詩文、勞動人民的語言中吸收長處。他甚至主張「不妨歐化」，「只要合起來的詩，拆開一句來看仍是自由自在的一句散文」[35]。這就是說，新詩的詩句不應當是五、七言詩與長短句詩，因為「他們一律是舊詩的文字」[36]。因此他肯定卞之琳的詩句子「歐化得有趣，歐化得自然」[37]，但他反對在新詩中插入外文。他認為胡適、郭沫若等人「五四」時期在新詩中插入外文不能成為詩。他借用李金髮的話批評這種現象是新詩的「無治狀態」[38]。李金髮模仿法國象徵派詩人拉馬丁、魏爾倫的詩篇，創作象徵詩。他的詩句子半文半白、歐化拗口，內容晦澀難懂。馮文炳批評他的詩文字駁雜，「如畫畫的人東一筆西一筆，盡是感官的塗鴉，而沒有一個詩的統一性」[39]。因而不能成為一首完全的詩。可見馮文炳提出不妨向古詩文學習、不妨歐化，是希望詩人

們借鑒古詩文、西方詩歌的長處，並且要求結合現代漢語的特點，做到融會貫通，而不是生搬硬套。也就是要求既不泥古不化，又不全盤西化。

馮文炳有很深的古典文學修養，他熟悉古典詩詞，因此他在分析講解新詩的時候，隨時聯繫古典詩詞進行比較分析。這是他講解新詩的一個特點。他在評論新詩時，大體上使用的是古代文論、詩論的名詞術語，他的詩歌審美觀念大體上也是中國傳統的詩歌審美觀念，比如他要求新詩「真實自然」，詩人要有「性靈」、「性情」，詩人要寫出好詩，首先要作者「境界高」等等，都體現了這一點。這就使他的新詩評論體現了鮮明的民族特色。

馮文炳的新詩評論大體上是公允的，但是也有失之偏頗之處。對周作人及其詩作評價過高，即是一例。他在講解周作人的新詩時，認為周作人對中國新詩有「『奠定詩壇』的功勞」[40]，又說新詩「如果不是隨著周作人先生的新詩做一個先鋒」，新詩運動就會像晚清黃遵憲等人改良主義的「詩界革命」一樣，「革不了舊詩的命了」，「不但革不了舊詩的命，新詩自己且要抱頭而竄，因為自身反成為一個不倫不類的東西，還不如人境廬白話詩可以舊詩的資格在詩壇上傲慢下去了」[41]。周作人在「五四」時期積極創作新詩、撰寫詩論，翻譯和介紹日本俳句，推動了新詩的發展。實事求是地說，周作人是對中國新詩作出了一定的貢獻的。但是，情況並不是如馮文炳所說，周作人對新詩有「『奠定詩壇』的功勞」，彷彿離開了周作人，新詩就不會誕生，也不能發展。「五四」新詩的誕生和發展，是我們詩歌發展的必然趨勢。同時也是眾多的新詩的先驅者努力創作，並在理論上積極倡導、探索的結果，絕不是周作人一個人的力量所能左右的。馮文炳之所以對周作人在「五四」詩壇的地位作出不切實際的過高評價，是由於他從個人私交出發，從而陷入主觀主義，背離了實事求是的批評原則。

馮文炳對具體詩篇的分析講解，大多數是正確的，是符合作品實際的。但是也有一些地方，主觀臆測，穿鑿附會，不盡符合作品實際。

例如卞之琳就說：馮文炳對他的一些詩篇的分析「有時對於其中語言表達的第一層（或直接的）明確意義、思維條理（或邏輯）、縝密語法，太不置理，就憑自己的靈感，大發妙論，有點偏離了原意，難免不著邊際」[42]。智者見智，仁者見仁，對文學作品的評論，必然受到評論者個人的經歷、學識、審美觀點的限制，要做到作出的評論和作品的實際完全合榫當然是很難的。所以中國古語云：「詩無達詁」，外國有評論是「靈魂的冒險」的說法。但是，評論力求從作品實際出發，避免主觀武斷，這是每一個文藝評論工作者應該做到的。這是馮文炳的詩歌評論給我們的有益的教訓。

註 1：見《人間小品甲集》，1935 年上海良友圖書公司印行。

註 2、4：《談新詩・一・〈嘗詩集〉》。

註 3、7、31、32、33、34、35、37：《談新詩・十三・〈十年詩草〉》。

註 5、10、22、28、29、30：《談新詩・九・〈草兒〉》。

註 6：宋代劉攽《中山詩話》。

註 8：〈我為什麼要做白話詩──（《嘗試集》自序）〉，《新青年》第 6 卷第 5 號，1919 年 5 月。

註 9：〈冬夜自序〉，《冬夜》，亞東圖書館 1922 年初版。

註 11、12、13、14、15、16：《談新詩・三・新詩應該是自由詩》。

註 17、18、19、20、36：《談新詩・四・已往的詩文學與新詩》。

註 21：《談新詩・二・〈一顆星兒〉》。

註 23、25：《談新詩・十二・〈沫若詩集〉》。

註 24：《文藝論集・論詩三札》，《沫若文集》第 10 卷 205 頁。

註 26：《談新詩・六・〈揚鞭集〉》。

註 27、35：《談新詩・十・（湖畔〉》。

註 31：李重華《貞一齋詩說》。

註 38、39：《談新詩・十一・〈冰心詩集〉》。

註 40、41：《談新詩・八・〈小河〉及其他》。

註 42：卞之琳〈《馮文炳〔廢名〕選集》序〉，《新文學史料》1984 年第 2 期。

李廣田

在中國現代文學史上，湧現了許多兼擅創作和理論批評的多面手，李廣田也是其中的一個。

李廣田是從新詩創作走上文學道路的。一九三〇年前後，他就開始發表新詩。一九三六年，商務印書館出版了他和卞之琳、何其芳的新詩合集《漢園集》，後來長期致力於散文的創作，全國解放前，他先後出版了《畫廊集》、《銀狐集》、《雀巢集》、《回聲》、《灌木集》、《日邊隨筆》等散文。抗戰勝利前後，他還出版過短篇小說集《金罈子》，長篇小說《引力》。

此外，李廣田還是一位卓有成就的文藝理論家和文藝批評家。他在這方面的勞績，給我們留下了五本論著：《詩的藝術》、《文學枝葉》、《創作論》、《文藝書簡》、《論文學教育》，其中《詩的藝術》被研究者認為是抗戰後期為數不多的詩論專著中一本「上乘的批評集」，「真正做到了科學性、戰鬥性、文藝性的統一」[1]。

李廣田論詩，強調詩的政治效果，內容上注重反映人民大眾的思想感情，藝術形式上要求為人民大眾所喜聞樂見。

抗戰爆發以後，亡國滅種的危險迫在眉睫，緊迫的現實鬥爭促使詩人們探索如何用新詩去鼓舞廣大人民的抗日熱情，朗誦詩運動便應運而生。在朗誦詩運動開展的日子裏，李廣田雖然沒有發表文章參加朗誦詩問題的討論，但他密切關注著朗誦詩，關注著新詩的發展。

抗戰時期，朗誦詩受到廣大人民的熱烈歡迎。那麼，它給新詩創作什麼啟示呢？一九四八年，李廣田寫了〈詩與朗誦詩〉[2]一文，從朗誦詩的特點，談到新詩應具備的條件。他在文章中列舉了戴望舒的

〈秋天的夢〉（見《望舒草》）、臧克家的〈老馬〉（見《烙印》）、何其芳的〈我為少男少女們歌唱〉（見《夜歌》）等在新詩史上有較大影響而思想內容和藝術風格各異的三首詩，與一位十四歲女孩子的詩〈他們在控訴〉進行了比較，從而說明新詩的發展路線、朗誦詩的道路。他批評〈秋天的夢〉情調寒冷、憂鬱，不過是詩人低低切切的私語，離開今天的朗誦詩太遠，肯定〈老馬〉寬闊而堅實，可以用力地讀，讚揚〈我為少男少女們歌唱〉調子高朗、爽快、昂揚、自在，認為它可以朗誦，但是，它與〈他們在控訴〉相比，由於前者藝術表現精細委婉，不是波瀾壯闊，因而不是最好的朗誦詩，而後者，無論是藝術表現還是語言，都是直接、明朗、粗壯、激發，因而是最好的朗誦詩。李廣田由此歸結出新詩的發展路線：「一、從個人的，到群眾的；二、從主觀的，到客觀的；三、從溫柔的，到強烈的；四、從細緻的，到粗獷的；五、從低吟的，到朗誦的。」這一歸納，從詩歌與人民、詩歌與生活、詩歌的語言、風格以及表現手法等多種角度總結了新詩歷程。需要指出的是，這裏並沒有否定抒寫個人主觀感情，語言、風格以及表現手法等方面溫柔、細緻、低吟的那一類新詩。所以李廣田辯證地指出：「朗誦詩是詩的一種，除朗誦外，還有非朗誦詩，朗誦詩不一定好，不能朗誦的詩也不一定全壞。」但是，李廣田從詩更好地發揮政治效能、密切與人民關係的角度強調指出：「朗誦詩是新詩中的新詩，是詩中的新生命。」因此，他要求一般的非朗誦的詩也必須具備朗誦詩的優點：「必須強調詩的政治效能，必須表現現實的人民大眾的思想與情感，而且是用了人民大眾可以接受的語文形式去表現。」李廣田提出的對於新詩這一思想內容與表現形式相統一的要求，是在總結新詩發展史和新詩誕生三十年來無數詩人對新思想內容和藝術形式辛勤探索的經驗教訓的基礎上提出來的，又緊密結合新詩面臨的時代使命，所以既強調了時代對新詩的要求，又反映了詩歌的本質特徵，體現了革命性、科學性和藝術性的統一。

　　正因為李廣田強調新詩的政治效能，內容上注重抒寫人民大眾的思想與情感以及用人民大眾可以接受的形式去表現，因此他讚揚袁水拍揭露國民黨反動統治黑暗現實的〈馬凡陀的山歌〉「表現出了醜惡現實的形形色色」，因而是「現實的體溫表」；讚揚它內容豐富、形式多變，又容易懂。當時，有人對它是不是詩有懷疑。李廣田認為：「其為詩，也正如三百篇中《國風》是為詩，這正是今天的國風。」他肯定袁水拍「勇於放棄自己，而又敢於嘗試新鮮作風的勇氣」。〈馬凡陀的山歌〉在表現形式上採用的是山歌民謠的形式，那麼，如何看待山歌民謠呢？李廣田認為，山歌民謠具有取材現成、主題切實、取譬切近、結構嚴密、文字質樸而又風趣的特色。因此新詩應當向民謠山歌學習，這種學習，不應當泥古不化，而應該取而化之，從民謠山歌中吸取新的生命。李廣田也實事求是地指出了〈馬凡陀的山歌〉的弱點，認為它是城市知識份子的作品，所以「缺乏真正山歌的那份山野泥土氣味」[3]。這一批評，是符合作品實際的。

　　李廣田對方敬的詩集《雨景》與《聲音》的批評也體現了他注重從內容與形式統一的角度進行詩歌評論的特色。在〈詩人的聲音——論方敬的《雨景》和《聲音》〉一文中，他指出方敬寫於抗戰前的詩集《雨景》中的一部分詩的情調之所以低沉，是由於痛苦的時代造成的，是時代的一面的反映，所以對這些詩不能採取責備的態度。抗戰爆發後，方敬於一九三八年加入了中國共產黨，參加了中華全國文藝界抗敵協會，在重慶、桂林等地從事抗戰文藝活動。隨著思想覺悟的提高和生活視野的開闊，他看到了人民的力量，看到了光明和希望，因此，他寫於抗戰時期的第二本詩集《聲音》內容就堅實多了。李廣田肯定《聲音》內容的「開擴與充實」。與此同時，李廣田又中肯地指出：《雨景》中虛無、懷疑、彷徨、呻吟的一面，在《聲音》中「只是減少，卻並未消滅」，並且隨著內容漸趨充實，原先《雨景》中反映出來的風格上纖弱、輕柔的特點相對地顯著了，因而減弱了作品的力量。在指出這一缺點的同時，李廣田又肯定《聲音》第二輯〈村莊〉諸詩不但「內

容充實，積極提出了現實問題」，而且在藝術表現上「結實」而「不纖弱」；他肯定《聲音》中的〈飛〉和〈豐收〉兩首詩「內容與形式，情調與聲調……得到了完全的一致」[4]。注重從內容與形式相統一的角度來進行評論，正是李廣田詩歌評論的一個明顯特色。

李廣田從內容與形式相統一的角度評論新詩，是有他的理論基礎的。他充分認識到內容和形式的關係是對立統一的辯證關係，並在理論上深刻地闡明了這種辯證關係。

辯證唯物主義認為，世界上的任何事物，都是內容與形式的對立統一體。首先，內容決定形式，離開了內容，形式也就不存在；反之，內容總要通過一定的形式才能存在，離開了形式，內容也就無法存在。文學藝術作品也是如此。文學創作的理想境界是革命的、進步的、充實的內容與完美的藝術形式的高度統一。

李廣田首先指出：內容決定形式，內容對於形式具有優越性，「並不是『沒有』美的形式便『沒有』美的思想，而是美的思想必須由美的形式才『表現』得好」。以詩歌創作來說，「沒有詩的本質而只偽飾了詩的形式，依然不是詩」[5]。

但是，強調內容決定形式，並不是抹煞形式的作用，並非認為形式可有可無。李廣田指出「形式可以反作用於內容」，「一種好的形式，它既可以摒棄那些不必要的，而凝練並舉起那些最必要的，又可以拋除那些淺薄而浮泛的，而給作品以深度，以精神，它使作品更能經得起讀者咀嚼，也更能經得起時間的折磨」。這就是完美的形式對於內容的反作用。所以他要求「最高尚的內容就應當用最高尚的形式來表現」。李廣田同時還指出：「並不是有了內容便直接有了形式；形式，並不是自流地從內容中產生出來」，它要求詩人為著表現內容而去創造。因此他要求詩人「自己去創造（或利用）各種不同的形式，不要忽略了形式，為了要盡善盡美地去傳達那些稱得起詩的思想、感情，或『完善的經驗』，並去提高他們」[6]。

　　李廣田對詩歌的內容和形式的辯證關係的論述，全面而又透徹，這在抗戰時期的詩論家中是少見的。

　　李廣田在抗戰時期撰文論內容與形式的辯證關係，並不是一般地撰寫詩學概論，他強調內容與形式的統一、強調新詩形式的重要性，提倡詩人自覺地創造完美的形式、是在分析了當時的詩壇現狀之後提出來的一個富有現實針對性的命題。

　　中國新詩在「五四」時期掙脫舊體詩詞的枷鎖，以後的二十多年裏，對於自身的形式，一直處於探索之中。在「五四」以來湧現的眾多新詩流派之中，就有好幾個流派是由於它們的詩在形式上具有某一特點而得名的，如「五四」文學革命啟蒙時期的白話詩派（或稱為「胡適之體」），以冰心《繁星》、《春水》所開創的小詩派，二十年代中期崛起的以聞一多、徐志摩為代表的格律詩派等等。二十多年裏，新詩的形式問題一直沒有解決。事實上，至今也還沒有解決。新詩沒有一定的形式，是好事，還是壞事？李廣田認為：「新詩這沒有一定的形式，正是新詩的一種好處，正是新詩的生命之所託。」[7]這是因為，新詩沒有一定的形式，詩人們就可以相體裁衣，根據內容來創造適合於更好地表達其內容的形式，而不被固定的、程式化的形式所束縛。隔了五、六年之後，郭沫若在〈開拓新詩歌的路〉一文中也說：「新詩沒有建立出一種形式，倒正是新詩的一個很大的成就。」並且認為「不定型正是詩歌的一種新型。」[8]不過，這樣說，並不是說新詩可以不講究形式了。所以李廣田又說：「但這並不是說新詩就該不重形式，而是說，每一個詩人應當創造他自己的新形式，創造那最能表現他詩中的特殊內容的形式。」[9]不過，李廣田與郭沫若雖然同樣肯定新詩沒有一定的形式是新詩的一種好處，但對某些詩人創造自己的詩歌形式或利用外國的詩歌形式的評價就大相徑庭了。李廣田慨嘆在新詩的發展過程中，很少有詩人去努力創造自己的形式，或者利用外國的新詩歌形式，並認為新詩史上有限的探索新詩形式的人也許就是那「經得起時間試煉的人」[10]。在〈沉思的詩──論馮至的《十四行集》〉[11]一

文中，他肯定馮至採用了適宜於抒寫自己詩情的那種「層層上升而又下降，漸漸集中而又解開」，「錯綜而又整齊」，韻法「穿來而又插去」的十四行體。對於徐志摩的格律詩，李廣田也表示「不會否認徐志摩的這一功績的」[12]。而郭沫若則認為：「不寫五律七律而寫外國商籟，是脫掉中國枷鎖而戴上外國枷鎖而已。」又說：「豆腐乾化的運動」（指聞一多、徐志摩等人的詩的格律化運動──引者按）也是「枷鎖追求的最具體的表現」[13]。這兩種看法，比較起來，郭沫若的看法不免偏激，李廣田的看法則比較公允。馮至運用十四行體，他曾自述：「並沒有想把這個形式移植到中國來的意思，純然是為了自己的方便。」他覺得這種形式「正宜於表現我所要表現的事物」[14]，也就是根據內容表達的需要而選用十四行體這一形式的。至於聞一多、徐志摩等詩人為了提高詩的藝術質量而進行新詩格律的探求，更是無可非議。不管他們的新詩格律理論有這樣那樣的缺點，但他們的探索精神則是十分可貴的，總結他們的經驗教訓，有助於繼續探索新詩的形式。

由於長期以來新詩沒有一定的形式，再加上人們誤解了艾青提倡的詩的散文美的主張，因此抗戰時期不少青年詩歌作者認為詩歌比起小說、散文、戲劇來容易寫，只要分行分節就行，於是在寫詩時不注重新詩的藝術形式，從而在新詩創作中出現了散文化的傾向。李廣田正是針對這種傾向強調內容與形式的統一，強調為著更好地表現內容而去尋找最好的形式。他批評當時不少新詩「太散文化了」。他認為即使有詩的內容，甚至有好的詩的內容，但如果「並未用詩的最好的形式來表現」，那麼，由於忽略了詩的藝術，因而就不是好的詩。在新詩出現散文化傾向的時候，李廣田及時地批評這種傾向，呼籲重視新詩的形式，表現了詩論家的膽識和勇氣。他的〈論新詩的內容和形式〉一文，觀點鮮明，全面深刻地闡明了新詩的內容和形式的辯證關係，發揮了匡正新詩時弊的作用。

文學作品的形式，指的是結構、語言、體裁等因素。李廣田指出，詩的形式指的是章法、句法、聲韻、格式、用字等等[15]。而在抗戰詩

壇上,「最見短絀的,是詩的格式與聲韻」[16]。他認為,中國舊體詩詞的格式和聲韻太束縛人,新詩衝破舊體詩詞的格式、聲韻的束縛是必要的,但不能忽略格式、聲韻的作用,因此他希望詩人創造新的格式和聲韻。他認為詩「不但訴諸耳,且也可以說訴諸目」,因此「最好的詩,應當用那最好的章法,最好的句法,最好的格式與聲韻,以及最好的用字與意象」[17]。

他的〈詩的藝術──論卞之琳的《十年詩草》〉便是他個人也是四十年代詩壇上從詩的形式角度評論新詩的一篇代表性文章。由於他注重新詩的形式,因此他從章法、句法、格式、韻法、用字、意象等詩的形式要素角度評論了《十年詩草》的表現方法。他認為卞之琳在新詩的表現方法方面比起徐志摩來「又進了一步」,肯定卞之琳詩歌的思維和感覺方式以及表現手法,繼承了古今中外詩歌的遺產,而且卞之琳還根據自己詩歌豐富而複雜的內容,「創造了特別的章法與句法,格式與韻法,以及特殊的用字與意象」。如前所述,李廣田注重形式,考慮的是更好地表現內容。所以他在分析《十年詩草》表現方法的特點時,處處闡明卞之琳特別的章法、句法、格式、韻法、用字、意象對傳達詩的內容所起的促進作用。比如作者在談到卞之琳多變的句法時說:卞詩「句法之變化,一如章法之變化,總都是由於那詩的內容、詩的情調的變化而變化的」。全文結束時,作者又一次強調指出:「講求形式既不是,更不應當是只為了形式本身,而是為了那形式所表現的內容。」這就使他對於《十年詩草》的評論,有別於一般的形式主義的詩歌評論。

李廣田詩論和詩歌評論文章中體現出來的深刻性和實事求是精神來自於他對馬克思主義文藝理論的刻苦學習和正確的批評態度。他的老友方敬回憶說,抗日戰爭爆發後,他就開始鑽研馬克思主義文藝理論,一九三九年至一九四〇年,他「孜孜閱讀普列漢諾夫的《藝術論》、盧那卡爾斯基的《藝術論》、片上伸的《現代新興文學諸問題》、高爾基的《論文學》和其他文藝理論書籍」[18]。馬克思主義文藝理論的刻苦學習,使他掌握了解決文藝問題的解剖刀,再加上他有著豐富的創

作經驗，使他在闡述詩歌的基本理論問題時理絲有緒、遊刃有餘。李廣田對於批評家應有的態度也有著正確的認識。他曾經說，一個文藝批評工作者，肩負兩方面的責任：「他既須對作者負責，不要誤解作者，不要使自己的批評變成作品的災害，同時還要對讀者負責，他應當公正，客觀，不要在讀者思想中造成錯誤的觀念。」[19]因此他要求批評家知道作家的寸心，而要知道作家的寸心，就必須既要反對主觀偏見，又要反對簡單地用幾條客觀法則往作品身上套，因此「必須設身處地去吟味它，體貼它，也就是好好地欣賞它」[20]。因而他自述他自己詩歌評論的態度是：「我說出我所知道的，說出我所能說的。我所不知，我所不能說的，我就不說。」[21]卞之琳、馮至、方敬，都是他友人，他深知他們的為人，但並不是因為是朋友，就無原則的捧場。他的態度是：「假如他們有長處，我絕不抹煞，假如他們有短處，我也沒有替他們掩飾的意思。」[22]這就使他的詩評具有很強的科學性，閃耀著實事求是的光芒。今天我們重讀李廣田的詩歌評論文章，不但要學習他體現出辯證唯物主義特色的詩論，也要學習他實事求是的批評態度。

註1：龍泉明〈抗戰詩歌理論發展述評〉，《文學評論叢刊》第26輯，中國社會科學出版社1985年5月第1版。

註2：《論文學教育》，上海文化工作社，1950年5月第1版。

註3：〈馬凡陀的山歌〉，《論文學教育》。

註4：〈詩人的聲音——論方敬的《雨景》和《聲音》〉，《詩的藝術》，重慶開明書店1943年12月初版。

註5、6、7、9、10、15、16、17：〈論新詩的內容與形式〉，同註4。

註8、13：原載1948年3月15日香港《中國詩壇》第1期《最前哨》，又載《人世間》第2卷第4期（1948年3月20日出版）。

註11：《詩的藝術》。

註12：〈論卞之琳的《十年詩草》〉，《詩的藝術》。

註14：〈十四行集·序〉，《十四行集》，文化生活出版社1949年1月初版。

註18：方敬〈《李廣田文學評論選》序〉，《李廣田文學評論選》，雲南人民出版社1983年6月第1版。

註18、20：〈讀文藝批評〉，《文藝書簡》，上海開明書店1949年5月第1版。

註21、22：〈《詩的藝術》序〉，《詩的藝術》。

阿壠

　　詩人阿壠，原名陳守梅、陳亦門，又名文祥，先後用過 SM、亦門、人仆、聖門、魏本仁等筆名。一九四二年，桂林希望社出版過他的抒情詩集《無弦琴》。在中國現代詩歌理論批評史上，毫無疑問，他又是寫作詩論最多的一位詩論家。他從一九三九年在西安寫下第一篇詩論〈《他死在第二次》片論〉起，到一九四九年十月新中國成立為止的短短十年間，先後寫下了七十篇詩論，一九五〇年底集成三冊《詩與現實》，翌年十一月由五十年代出版社出版。建國前夕，他還出版過詩論專著《人和詩》(1)。建國初，他出版了詩論專著《詩是什麼》(2)。這些詩論專著加起來有一百四十萬字。可見阿壠在新詩理論批評園地裏默默地、堅持不懈地辛勤耕耘著。

　　雖然收入三冊《詩與現實》中的七十篇詩論中的絕大多數篇章，由於作者是「從一個現象與一個本質，或從一個側面或一個角度，從一個對象或一個論題，而片言隻語地寫出我所有的現實感受，一鱗半爪地勾畫那當時的文化風貌的」(3)，因而許多篇章雖然題作「片論」，然而從整體來看，阿壠在他的詩論裏差不多涉及到詩歌理論的所有問題。而全書的中心論題，正如作者所說，只不過一個，即「關於詩，——或者關於人生和政治」(4)。

　　詩的本質特徵是什麼？古今中外的詩論家們對於詩歌的這一核心問題，都有過十分精闢的論述。中國唐代大詩人白居易說：「大凡人之感於事，則必動於情，然後興於嗟嘆，發於吟詠，而形於歌詩矣。」(5)宋代詩論家嚴羽說：「詩者，吟詠性情也。」(6)英國十九世紀湖畔詩人華茲華斯也認為：「一切好詩都是強烈情感的自然流露。」(7)

這些論述，都揭示了詩歌的本質特徵。阿壠在一系列詩論中也反覆申述了詩歌的這一本質特徵。他指出：「詩是抒情的」[8]，「是強的、大的、高的、深的情感」[9]，「是人類感情的烈火，有輻射的熱，有傳達的熱，有對流的熱」[10]。他並且將詩歌的這一本質特徵貫通到詩歌的創作、賞鑒、批評的全部過程中。

人們歷來在談論文藝的特徵時總是說，文藝的特徵是形象地反映生活，這當然是不錯的，因為它將文藝與哲學、科學區別了開來。但是作為文學樣式之一的詩，僅僅說它形象地反映生活是否就夠了呢？而且正像阿壠指出的那樣，像初唐詩人陳子昂的〈登幽州臺歌〉根本就沒有形象，但它卻是一首好詩。阿壠認為：「詩是詩人以情緒底突擊由他自己直接向讀者呈出的。」[11]因此，詩與小說、戲劇以及報告文學等敘事類的文學樣式不同，它並不要求塑造典型環境中的典型性格，並不要求形象的完成。阿壠認為，在抒情詩中，典型人物就是詩人自己。因此，他認為詩歌的感情，「應該就是『典型環境』中的典型感情」[12]。那麼，什麼樣的感情才是典型環境中的典型感情呢？阿壠的如下一段話，大體上可以作它的註釋：「要誠摯的感情，不要虛浮的感情；要健康的感情，而不要疾病的感情；要充沛的感情，而不要貧弱的感情；而且要大眾的感情，而不要小我的感情！」[13]也就是要求詩的感情能反映一定歷史時期人民大眾的誠摯、健康、充沛的感情。指出抒情詩中的典型人物就是詩人自己、提出詩人要培養「典型環境中的典型感情」，這些都是阿壠的創見，體現了阿壠詩論的獨創性。

正因為阿壠重視詩歌的抒情本質，因而當有人提出放逐抒情時，他就指出這種說法的錯誤。一九三九年，詩人徐遲在〈抒情的放逐〉一文中認為，範圍廣大、程度猛烈的抗日戰爭，「再三再四地逼死了我們的抒情的興致」，轟炸「炸死了抒情」，因此「如果現在還抱住了抒情小唱而不肯放手，這個詩人將是近代詩的罪人」。他的結論是：抒情對當時中國的新詩來說，「反是破壞的」，因此新詩應當放逐抒情[14]。阿壠對此提出了異議，他認為，一首詩當然要有思想，但是，詩裏的

思想「是被情緒所滲透了的」、「溶解到了情緒之中去的」[15]。因此，他認為如果以為抒情會破壞新詩而放逐抒情，結果等於放棄了「陣地」和「國土」，「喪失了憑藉它而進行我們的戰鬥的必要的空間」。他認為，「缺乏了真情也就缺乏了實感的，那不是詩」。詩一旦游離了強烈的感情，「那絕不可能有震撼人底魂魄的強力，就得不到滿足精神的饑渴的效果」[16]。因此，他在《人和詩》一書中明確指出：「『抒情的放逐』的說法，不過是取消詩的。」阿壠正是堅持詩的抒情本質得出這一結論的。

正因為詩歌是抒情的，並且應當抒發典型環境中的典型感情，所以他提出了詩人的修養問題，認為詩人應當具有「高大的靈魂和闊大的情感」[17]。他認為：「修養首先就在完成人，沒有最好的詩人，那是不會突然就有了最好的詩的。」[18]那麼，詩人怎樣加強自身的思想和人格的修養？詩人又如何去「完成人」？俄國偉大的文學批評家別林斯基說：「任何偉大的詩人所以偉大，是因為他的痛苦和幸福都深深紮根於社會和歷史的土壤，他從而成為社會、時代以及人類的代表和喉舌。」[19]阿壠則說：「僅僅在技巧上打算的，失去了人的時候詩也失去了」，因此，詩人首先要考慮「怎樣在生活上付出得多，然後在裏面取到得多；怎樣擴大生活力到現實活動中去，怎樣提高人格到世界理想去，去更多也更深地和人民和歷史結合」[20]。這是抓住了詩人修養的關鍵問題的，因此至今還有著現實意義。

詩與時代、現實、人生的關係，是阿壠在三冊《詩與現實》中集中討論的問題。概括說來，阿壠認為，詩與時代、現實、人生有著密不可分的關係，詩是時代、現實、人生的反映，詩應當反映時代精神，推動時代、現實、人生的前進。

抗戰時期的詩壇上，大多數詩人用詩篇來反映民族的苦難，譜寫人民抗日的英雄樂章，使詩成為時代的號角，傳達人民的心聲。但是，也有少數詩人躲在象牙塔裡，抒寫一己的悲歡。在理論上，他們主張詩要遠離現實。路易士（本名路逾，一九四九年到臺灣、美國後用筆

名紀弦）就曾說：「詩之存在的理由，在其自身，而無關乎什麼社會的需要，人生的需要。」[21]並一概否定那些革命的、進步的詩人自覺地為革命、為大眾創作的詩篇，認為「那些硬說是應社會，人生的需要而產生了的所謂詩，如『普羅詩』，如『大眾詩』之類，概屬文學以下」[22]。阿壠則認為，遠離現實、人生，是「小資產階級底逃遁」[23]。他指出：「沒有內容的詩當然不是藝術。」[24]因此，他批評卞之琳《十年詩草》中〈斷章〉、〈魚化石〉等「把態度悠然從生活引開」[25]，遠離時代、現實、人生的詩篇，而讚美綠原、冀汸、化鐵、魯藜、孫鈿等詩人反是反映時代、抒寫現實、謳歌人生的詩篇。他要求新詩的內容健康、真實、豐富、充實[26]，做到個人的內容和歷史的內容或者社會的內容渾然融合成為一體[27]。也就是說，詩人應當跳出抒寫一己悲歡的狹小圈子，從而反映時代與社會。

詩人要創作出好詩，除了要堅持反映時代、抒寫現實、謳歌人生之外，在創作過程中，首先碰到的一個問題，便是處理內容與形式的關係。是堅持形式為內容服務，形式促進內容的表達，還是搞形式至上，為了形式，不惜犧牲內容呢？阿壠認為，形式是「被決定於內容的」[28]，因此，他提出「要控制形式，不要顛倒給形式所控制」[29]，也就是形式應當有助於內容的表現。

詩行如何排列，是一個形式問題。阿壠認為，詩行的排列具有力的排列和美的排列這樣兩重的性質。所謂力的排列，以詩底內在的旋律為本質，而決定採用某一種形式，使詩的血肉浮雕一般地凸現出來。所謂美的排列，有的呈現音節的美，屬於聽覺的和諧；有的表現為行列的美，屬於視覺的參差。在這兩者之中，阿壠從形式服務於內容的總體觀點出發，認為以力的排列為主，而「美的排列之終極，也在求那內在的旋律表達底鮮麗婉轉」[30]。他認為力的排列「從內容發展，而又反作用於內容，使旋律加強、深沉」，而美的排列「屬於修辭的，僅僅形式本身的，使調子嫵媚繽紛的」[31]。這就正確地闡明了在排列問題上如何處理形式與內容的關係。但是，有些詩人在處理詩行排列

時，僅僅著眼於美的排列，而不考慮力的排列，結果影響了內容的表達。對此，阿壠曾提出批評。他在《人與詩》一書中曾列舉《中國新詩》第一集《時間與旗》中鄭敏的一首十四行詩〈求知〉，其第一節和第二節的第一句如下：

> 沒有一條路比這更望不見盡頭，
>
> 有的疲倦了，長眠在路邊的松樹下，
>
> 那些壯年和兒童繼續走著，朝向
>
> 呵，什麼地方？是果園？是荒塚？還是一個透
>
> 過薄霧的容貌，是神的，還是人自己的容貌？

鄭敏為了使第一節的一、四兩句押韻，不惜將「透過」一詞拆開。其結果，雖然讀起來押韻了，但語言被弄得支離破碎了。阿壠批評說：「她為了行列的『美』，反而只有破壞了情緒的美，也就破壞了詩本身，弄得這樣零亂而破碎了。」這一批評切中肯綮，有力地說明了在詩行的排列上，形式應當服從於內容，美的排列應當服從於力的排列。

語言是詩歌形式的一個重要因素。從詩的本質特徵出發，阿壠認為：「詩底語言，必須是飽含情緒及飽含思想的語言。」[32]從內容決定形式的原則出發，阿壠認為「不是辭藻決定詩，是意境以及氣氛決定了命辭遣字」[33]。因此，他指出用字造句並不是魔術，也絕不是文字遊戲，因而傳統的試帖詩、回文詩、禁體詩、詩鐘也就絕不是詩。

四十年代，有些詩人曾經提倡方言詩，嘗試用方言寫詩。阿壠不以為然，他認為：「方言這一語言是一種原始的語言，蕪雜而又粗糙，絕不直接就是詩的語言，也絕非一寫到紙上來就成詩而色香皆備、情文並茂的。」[34]對於處於礦藏狀態的方言，阿壠主張將它提煉、提高，從而豐富詩的語言。阿壠的這一觀點，是非常正確的。

阿壠指出方言的缺點，提倡創造語言，但他並不排斥方言，也並非無原則地反對古人語言和外來語。他指出：詩人應當「在歷史的縱方向線上」，「揚棄地接受一部分古文字」；在地方和國際的橫斷面上，

「辯證地採用著若干方言和外來語言」，而創造語言，目的也是為了準確、鮮明、生動地反映現代生活[35]。因此，他反對七拼八湊、五光十色、搔首弄姿、興妖作怪的語言，而要求詩的語言的富有感染力、簡潔和蘊蓄[36]。

韻律也是詩歌重要的外在形式之一。古今中外的詩論家對詩歌韻律的重要性有過許多論述。美國十九世紀詩論家愛倫‧坡在《詩的原理》中說：「音樂通過它的格律、節奏和韻的種種方式，成為詩中的如此重大的契機，以致拒絕了它，便不明智──音樂是如此重要的一個附屬物，誰要謝絕了它的幫助，誰就簡直是愚蠢；所以我現在毫不猶豫地堅持它的重要性。也許正是在音樂中，詩的感情才被激動，從而使靈魂的鬥爭最最逼近那個巨大目標──神聖美的創造。」[37]阿壟也是將韻律作為詩的內容的附屬物來看待的。阿壟指出「聲音和節奏構成音樂」，而「音樂所依附的，主要的是情感而並非樂音」[38]，而且「節奏或者韻律，是從一切事物運動而來」[39]，因此，如果向脫離了生活的東西，即脫離了運動的音符和曲譜提出音樂性，必然會導致形式主義。對於詩來說，我們不能離開了內容去追求韻律和節奏。他說：「對於詩的要求，在內部的完成，而不是外面的華美。力的旋律在內，由整個情緒所包含的各個因數之間的排列組成，形成的調子底多種多樣的強、弱、快、慢」[40]，也就是由詩的內容決定它的節奏和韻律。

如前所述，阿壟主張詩歌必須反映時代精神，推動時代、現實、人生的前進。他在評論一首詩時，首先也是看它是否反映了時代精神、反映了現實人生。一九四三年八月，阿壟在重慶寫了詩論〈我們今天需要政治內容，不是技巧〉，認為抗戰初期的新詩，由於詩人們具有巨大的政治感受力，因此詩中充滿了革命熱情，情調高昂，鼓舞人心。可是到抗戰中期，新詩已經消然退潮。這是因為詩人對時代脈搏感覺不敏銳、不強烈、不深沉。阿壟注重新詩的政治內容，但他並不是要每一個詩人都去寫重大的政治事件。他將政治內容作了十分寬泛的理解。他指出：「所謂政治內容，不論直接以詩搏擊政治事態、政治要求

也好；或者，通過一種情緒，表達了它底日常樣相、感激或衝動，諸如此類，都是可以的。」因此注重詩歌的政治內容，並不是要求詩歌成為政治的簡單傳聲筒，因而不會縮小詩歌的抒情天地。

詩歌與小說、散文、戲劇不同，它在反映現實生活、抒寫個人感情時，有它自己獨特的藝術表現手法。它需要通過豐富的想像，創造情景交融的境界。而當詩人被豐富多彩的現實生活所激動，產生強烈的創作衝動時，又常常會有靈感襲來，使詩人詩思有如泉湧。阿壠經過深入鑽研，對想像、境界、靈感的本質特徵提出了自己的看法。

想像在詩歌創作中有著十分重要的地位。德國的斯太爾夫人說：「詩人善於重建物質世界和精神世界的統一；詩人的想像成為聯絡兩者的紐帶。」[41]法國十八世紀唯物主義哲學家、文學家、啟蒙主義運動的重要代表狄德羅說：「想像是人們追憶形象的機能」，「沒有它，人既不能成為詩人，也不能成為哲學家、有思想的人，一個有理性的生物、一個真正的人」[42]。英國十九世紀浪漫主義詩人雪萊說：「詩可以解作『想像的表現』」[43]。想像既然這樣重要，那麼，它又是依靠什麼來展開的呢？在詩歌創作中，它又有什麼作用呢？想像不是胡思亂想，想像的翅膀在現實生活的基礎上展開。阿壠指出：「在心理學上，想像是經驗的，是若干事物通過感覺所生的印象在新的情況之中對於某一新事物的關係在一定的聯繫律上的再組織，也常常就是一種變化」，而且這種經驗的再組織「突破經驗而成創造」[44]。這一論述，言簡意賅，正確地揭示了想像的基礎和它的本質。

阿壠不但揭示了想像的基礎和本質，而且闡明了想像的作用，認為它「突入詩去，作為情感的酵母，於是展開了詩的意境，即境界」[45]。意境，或者境界，這是中國傳統的詩文創作和鑒賞中一個極為重要的審美標準。詩人在生活中由感覺引起感情衝動，又由感情激起想像，而想像一方面以外物為依據，另一方面又以內心為主宰，這樣，必然達到「情」和「景」的交融、「思」和「物」的統一，從而達

到如同唐代司空圖所提出的「思與境偕」的詩歌審美極致[46]，也就是形成意境。

近代王國維在劉勰「意象」說和司空圖「思與境偕」說的基礎上，提出了詩的「意境」（境界）說，要求詩歌達到「意與境渾」的境地。他的境界說在理論上超過了劉勰的「意象」說、司空圖的「思與境偕」說、嚴羽的「興趣」說和王士禎的「神韻」說，是中國古典詩論的重要發展。但是，他把境界分為有我之境與無我之境。《人間詞話》說：「無我之境，人唯於靜中得之。有我之境，於由動之靜時得之。」王國維所謂有我、無我，是就審美靜觀過程中客體包含的主觀性（現實的「我」）成分多少而言的。他的「境界」說雖然有不少合理的成分，但就其實質來說，卻是唯心的。

阿壠吸取了王國維「境界」說的合理部分，揚棄了它的唯心主義因素。阿壠認為，所謂境界，就是生活。他說：「假使生活可以說是酒底釀料，境界，那麼就是最醇的酒了。排除了生活的渣滓，澄清了生活的雜質，一種人底生活力量迫入到了裏面而又從那裏面被提高了出來，得到了這類醇化之物，達到一種詩的完成。」因此，「境界不過是從人昇華的生活情致而已」正因為境界離不開生活，因此，阿壠認為：「所謂無我之境，是不可能有的。境界既有生活裏面，人也當然就在裏面了。」[47]阿壠抓住生活這一「境界」的核心問題，確是抓住了境界的本質的。這就破除了王國維罩在境界上的唯心主義帷幕，給境界作出了唯物主義的解釋。

阿壠堅持生活產生靈感的觀點。他認為，靈感是在深厚的生活條件之下的「對於生活的適度的刺激的靈魂底震動，精神底燃燒，人類同有的熱情與藝術必具的組織力底噴湧，像電，像火，像泉」[48]。靈感是一種感發，「對於生活的搏鬥強，向生活的祈求大，從生活所得的感受也就強和大。有強的、大的感受，才有強的、大的感發」[49]。歷來認為，靈感的存在形態總是爆發式的。阿壠則認為，靈感除了如同電光石火、瞬息即逝的那種存在形態外，「也有蘊蓄的狀態，積儲的狀

態，而且還有持續的狀態」，也就是既有「頃刻的」，「也有非頃刻而緩燃的」⁽⁵⁰⁾。這是阿壟的獨特見解，體現了他的詩論的獨創性。

阿壟還探討了詩歌的賞鑒和批評問題。詩歌要發揮社會效果，一定要通過讀者的賞鑒，用詩中熾熱的感情去點燃讀者的心靈，從而淨化讀者的心靈。而詩的好壞，也只有放到群眾中去才能真正地得到鑒別。詩人也只有將詩篇交給群眾去賞鑒，才能知道群眾喜歡什麼、不喜歡什麼。所以讀者的詩歌賞鑒活動，又反過來促進詩人的創作。詩的創作和賞鑒，是一種雙向對流的精神活動。因此，詩歌的賞鑒批評問題，也是詩歌理論應當研究的問題。在現代詩論史上，對詩的賞鑒和批評研究得很少，因此，儘管阿壟對詩的賞鑒和批評的研究還不夠深入，但是在詩論園地裏，顯示了開拓的意義。

文藝賞鑒的本質特徵是什麼？朱光潛曾經把文藝欣賞者對欣賞對象的態度分為旁觀者和分享者兩類，認為「『旁觀者』置身局外，『分享者』往往容易失去我和物之間的距離」。阿壟指出，朱光潛之所以認為有一類鑒賞者是「旁觀者」，是因為他把文藝鑒賞看作「形相的直覺」。阿壟則認為，「賞鑒絕不是直覺」。而「要認識相同，感情相同，和感覺相同」，總之要「心的接近」。因此他認為「賞鑒是一種同感」。他具體分析說：「通過詩，詩人把握了時代精神底發言權，配合了人民戰爭底進行曲，而吐露了在賞鑒者底思想和感情中那原來就有的而且原來就要求有所吐露的詩的東西，賞鑒者才感激於自己底情緒底解放，或者從詩發現了礦藏狀態的自己以及創造了新的自己，在精神被鼓舞的場合感到喜悅，在生活力量被提高的場合感到莊嚴。」⁽⁵¹⁾阿壟強調同感是賞鑒的前提與基礎，確是抓住了詩歌賞鑒的本質特徵。一九○七年，魯迅在〈摩羅詩力說〉中指出：「蓋詩人者，攖人心者也。凡人之心，無不有詩，如詩人作詩，詩不為詩人獨有，凡一讀其詩，心即會解者，即無不自有詩人之詩。無之何以能解？唯有而未能言，詩人為之語，則握撥一彈，心弦立應，其聲徹於心府，令有情皆舉其首，如睹曉日，益為之美偉強力高尚發揚，而污濁之平和，以之將破。

平和之破，人道蒸也。」三十年代，魯迅進一步明確指出：「文學雖有普遍性，但因讀者的體驗的不同而有變化，讀者倘沒有類似的體驗，它也就失去了效力。」[52]阿壠的論述和魯迅的話同樣揭示了詩歌賞鑒的內在基礎。當然，讀者的內在思想和感情是由其所處的社會地位和長期的生活道路形成的。因此阿壠說：「社會隸屬、生活性格和心理作用決定賞鑒」，並且明確地說：「前二者是主要的，後面是偶然的。」賞鑒既是以讀者和詩人相同的感情為基礎，因此賞鑒必然「不是辭藻的咀嚼，意象的玩弄」，而是「思想的渡口靈魂的橋樑」，詩歌賞鑒的最終結果必然是思想境界的昇華和靈魂的淨化。阿壠用十分精煉的語言精辟地指出：「思想要彼此光顧，感情要互相燃燒，人格要交通，精神要對流。」[53]阿壠的話應當視為揭示了詩賞鑒的普遍規律。

如果說詩歌賞鑒是讀者憑藉和詩篇大致相近、相同的思想感情，閱讀詩篇後產生的感情認識、初步的藝術感受和審美愉悅，那麼，詩歌批評則是在賞鑒的基礎上，運用一定的政治標準和藝術標準，對詩篇作出理智的評判。所以阿壠說：「賞鑒，假使說那是由於時代精神的共鳴，批評，那麼，卻應該作為我們這一代底靈魂的校閱。」因此，詩歌批評從欣賞開始，「它是處於一個更高的水平，著眼於藝術價值底社會效果而不限於個人感受的」[54]。

阿壠論詩歌批評的第一個貢獻是指出詩歌批評要重視社會效果。阿壠認為，詩歌批評應當達到這樣的社會效果：批評家「以他底靈魂為火焰，以詩為燃燒，從而爆發或者激起人民底靈魂底燃燒」。正是基於對詩歌批評社會效果的充分認識，所以阿壠認為詩歌批評是靈魂和人格的校閱。那麼，詩歌批評要發生激起燃燒人民靈魂這樣巨大的社會效果的關鍵又何在？阿壠認為，關鍵在詩歌批評家要有「優秀的靈魂」，「巨大的靈魂，社會地深沉和廣博的，歷史地理想和遠見的巨大靈魂」[55]。只有這樣的靈魂，才能像炮彈的信管一樣，去激起人民的、時代的、社會的燃燒。

　　阿壟論詩歌批評的第二個貢獻是強調詩歌批評要做到「社會學和美學底完整和美滿的結合(56)。在中國新詩批評史上，有的詩歌批評偏重於社會學的批評，重視作品的思想內容而忽視作品的藝術技巧；有的詩歌批評偏重於美學的批評，重視作品的藝術技巧而忽視作品的思想內容，很少有社會學和美學的批評完整、美滿結合的詩歌批評。新時期的詩歌批評，應當既注重作品的思想內容，又注重作品的藝術技巧，朝著阿壟將近四十年前提出的詩歌批評的目標前進，努力做到社會學的批評和美學的批評的完善、美滿的結合。

　　當然，阿壟的詩論也有不少偏頗和不足之處。首先，阿壟由於強調了詩的政治內容，因而對詩的技巧重視不夠。他批評抗戰時期的部分詩「遠離了政治」，認為詩是時代的代言人，詩要有政治內容，這是對的。但他認為「詩不是技巧」，詩人沒有必要向杜甫等古典詩人學習技巧，這無疑是失之偏頗的。其次，在具體新詩的評論上，如對宗白華的〈流雲〉、對馬凡陀（袁水拍）的〈馬凡陀山歌〉等作品的評論，不恰當地加以貶抑；在對詩論專著的評論上，也有評價不妥的地方。如李廣田的《詩的藝術》一書，探討新詩的藝術形式，講求新詩的章法與句法、格式與韻法、用字與意象等藝術技巧，阿壟不確當地批評李廣田為形式主義者；朱自清在〈新詩雜話〉中提出詩要注重格律，要求押韻和上口，要求隱喻，要求某種哲理，阿壟就認為朱自清「在形式主義中間徘徊」(57)。這些評論，都是失之偏頗的。最後，阿壟詩論的語言比較晦澀，表達得不夠明白顯豁。阿壟自我批評說：「自己的詩論從論點到語言，還有迂遠和晦澀的大毛病。」(58)這是由於阿壟的詩論大多寫於國民黨反動派統治下的黑暗年代，反動的書報檢查制度使詩論家沒有言論自由，只能通過比較陰晦曲折的語言來表達。但是，瑕不掩瑜。阿壟的詩論儘管有上述的偏頗和不足之處，並不影響他的詩論在中國現代詩論史上的地位和價值。

註1、12、13：《人和詩》，上海書報、雜誌聯合發行所 1949 年 6 月發行。

註2：《詩是什麼》，上海新文藝出版社 1954 年出版。

註3、4、58：《詩與現實・後記》，見第三分冊。

註5：《策林六十九》，《四部叢刊》本《白氏長慶集》卷四十八。

註6：《滄浪詩話・詩辨》。

註7：《抒情歌謠集・序言》，轉引自《十九世紀英國詩人論集》，人民文學出版社 1984 年 7 月初版。

註8、23：〈詩片論〉，見《詩與現實》第二分冊。

註9：〈形象片論〉，見《詩與現實》第一分冊。

註10、17、30：〈箭頭指向〉，同註9。

註11：〈形象片論〉，同註9。

註14：香港《頂點》第 1 卷第 1 期，1939 年 7 月 10 日出版。

註15、32、33、34、35、36：〈語言片論〉，見《詩與現實》第一分冊。

註16：〈理智片論〉，同註15，第二分冊。

註18、20：〈修養片論〉，同註15，第二分冊。

註19：轉引自《外國名家談詩》12 頁，薛菲編譯，浙江人民出版社 1986 年 5 月第一版。

註21、22：路易士〈論詩的存在的理由〉，《詩領土》第 1 號，1944 年 3 月，上海出版。

註24、25：〈內容一論〉，《詩與現實》第二分冊。

註26：〈內容二論〉，同註24。

註27：〈內容別論〉，同註24。

註28：〈形式片論〉同註24，第一分冊。

註31：〈排列片論〉，同註24。

註37：《西方文論選》下冊 500-501 頁，上海譯文出版社 1979 年 11 月第 1 版。

註38：〈「音樂性」片論〉，《詩與現實》第一分冊。

註39：〈「音樂性」再論〉，同註38。

註40：〈節奏片論〉，同註38。

註41：同註19，106-107 頁。

註42：〈詩辨〉，《西方文論選》下卷，51 頁。

註43：同註19，108 頁。

註44、45：〈想像片論〉，《詩與現實》，第二分冊。

註46：《詩品》。

註47：〈境界片論〉，同註44。

註48、49、50：〈靈感片論〉，《詩與現實》，第二分冊。

註51、53：〈賞鑒片論〉，同註48。

註52：〈看書瑣記〉，《魯迅全集》第 5 卷 531 頁，人民文學出版社 1981 年版。

註54、55、56：〈批評片論〉，《詩與現實》，第二分冊。

註57：〈形式主義片論〉同註54。

唐湜

　　在四十年代，尤其是抗戰勝利後到新中國成立前的四、五年時間裏，生活在國統區的辛笛、陳敬容、杜遠燮、杭約赫（曹辛之）、鄭敏、唐祈、唐湜、袁可嘉、穆旦等九位年輕詩人，在繼承中國古典詩歌和新詩優秀傳統的基礎上，吸收西方現代派詩歌的某些表現手法，在新詩的園地裏辛勤地耕耘著、探索著，逐步形成了詩歌美學觀點大體相同、詩風大致相似的新詩流派。一九八一年，江蘇人民出版社出版了這九位詩人四十年代的詩選《九葉集》，所以近年人們將這一新詩流派稱作「九葉」詩派。

　　在九葉詩派中，唐湜、袁可嘉當年不但熱情地寫作風格獨特的詩篇，還積極地撰寫詩歌理論批評文章，成為體現九葉詩派詩歌美學主張的詩論家。建國前夕，唐湜曾將自己發表在《詩創造》、《中國新詩》等刊物上的詩歌理論批評文章編成《意度集》，後於一九五〇年春天由平原社出版。

　　唐湜的詩論較多地受到西方現代派詩論的影響，抗戰勝利前後，他在浙江大學外文系學習的時候，開始接觸歐美現代派艾略特等人的詩作與詩論，這對他的詩論產生了不小的影響。

　　現代派是從十九世紀末直到今天西方國家裏一大批不同於傳統的浪漫主義和現實主義文學的流派總稱。這一流派認為文學是自我的表現，這一流派的作家對於處在資本主義晚期的社會現實感到懷疑和失望，資產階級世界觀又使他們看不到社會的出路，因此他們的作品充滿了虛無主義色彩和消極悲觀情調。他們的文藝觀和詩歌觀深受德國

唯心主義哲學家叔本華唯意志論和匈牙利唯心主義哲學家克羅齊的直覺主義以及奧地利精神病學家佛洛伊德的精神分析學說的影響。

在中國新詩史上，繼二十年代以李金髮為代表的象徵派之後，在三十年代初期逐步形成了現代派。現代派詩人借鑒法國象徵派、美國意象派的表現手法和繼承晚唐溫庭筠、李商隱一派「純粹的詩」，抒寫感傷、頹唐的情懷，詩風晦澀難懂。抗日戰爭爆發後，現代派詩人再也無法安坐在象牙塔裏創作晦澀的詩篇了，他們中不少人投身於抗日的洪流，詩風起了很大的變化，現代派也漸趨衰落。

由於具體的歷史條件不同與詩人所接受的文藝薰陶的不同等原因，九葉派接受歐美現代派並非重蹈二十年代李金髮的老路，也與三十年代的現代派不同。李金髮對於詩歌觀念的更新缺乏主體況意識，因此他對於法國象徵派詩歌吸收力強而消化力弱。三十年代的現代派詩人在借鑒歐美象徵派、意象派詩歌時也沒有樹立起明確的主體意識。而作為九葉詩派的理論家，唐湜的情況則不同。客觀上，他有二、三十年代象徵派、現代派模擬歐美現代派而造成的詩風晦澀朦朧、缺乏時代感的教訓可供吸取。在抗戰炮火中成長的四十年代新詩比起二、三十年代的新詩來，思想和藝術都有很大的進步，其經驗足供學習。而新詩現實主義傳統的陶冶和強烈的時代責任感，使他確立了詩歌觀念更新的主體意識。

這種詩歌觀念更新的主體意識使他不滿「五四」以來直抒胸臆的浪漫主義傳統，也期望新詩的現實主義表現手法更加豐富。因此，他肯定朱自清在〈詩與建國〉一文中提出的「我們也需要中國詩的現代化，新詩的現代化」的主張[1]。他在評論辛笛的詩集《手掌集》的文章裏更從總結三十年代以來新詩學習歐美現代派的經驗教訓的角度指出：「到目前為止，中國的新詩至少還是一個使人焦慮的問題。一方面要設法繼承中國傳統（活著的生活，活著的人與風格的傳統，如艾略特所解釋的），繼承傳統的中國氣派與精神，一方面又要設法接受最進步的世界新傳統，這絕不是『中學為體，西學為用』論者所能解決得

了的問題，一切都有待於詩創作的實踐，從馮至、戴望舒，到漢園三詩人與辛笛先生，從艾青、田間到綠原對新詩天地都曾有所開闢，儘管各方面差距是那麼大，甚至似乎是無法超越的，各有各的功績，我們不能執一而偏廢，但也有一個共同的要求，要求嚴肅與真摯，洋場才子的逢場作戲與遺老遺少的賦詩應酬的時代過去了，未來是一個莊嚴的時代，一切詩人必得忠誠於時代，忠誠於自己的藝術良心。」[2]於是，他呼喚：「詩的新生代要求著自然的與自覺的現代化運動的合流與開展。」[3]然而現代化並非意味著全盤西化。強烈的時代責任感使九葉派在借鑒歐美現代派某些表現手法創作的詩篇閃耀著強烈的時代氣息，翻滾著現實生活的波濤。也正是這個根本原因，使唐湜摒棄了照搬照抄西方詩論的文學教條主義，建立了以現實主義為核心，而又借鑒西方現代派某些表現手法的詩論。當然，由於歷史條件和詩論家思想認識上的限制，在他的詩論中，還有一些欠妥之處。

歐美現代派認為文藝是文藝家主觀心靈的產物，而不是客觀現實的反映。艾略特曾為自己的著名長詩〈荒原〉作過一個註解。這個註解引了他在英國學哲學時的導師勃萊特萊的如下一般話：「我的外表的官感同我的思想感情一樣，完全屬於我個人。在任何情況下，我的經驗只能落到我自己的圈子裏，這圈子同外界是隔絕的，而且到處情形都一樣，所以每個領域同其周圍都是不通氣的。一句話，若把一個靈魂視為一種存在，那麼，對每一個靈魂來說，整個世界都是特殊的且是個人的。」[4]既然人們的意識同客觀的外界隔絕，那麼，他們在理論上倡導詩歌封閉在表現自我潛意識的狹小天地裏也是十分必然的了。

唐湜由於面對動盪不定的時代，確立了強烈的時代責任感，又從新詩傳統的薰陶中接受了現實主義精神的陶冶，這就使他的詩論注重反映現實生活。他認為：「文藝是從現實裏湧現出來的。」[5]他在談到文藝作品的風格時說，風格離不開社會生活，「詩必須在那土地裏深入地植下自己的根，才能有繁花碩果的希望」。不僅如此，詩人的根在生

活的土地上紮得越深，詩的花果的質量越好也越多。因此他指出：「這根的生長與花果的質量上的成長是成比例。」[6]他確立了新詩必須反映現實生活的觀點以後，就以此作為衡量詩作的一條重要標準。他指出唐祈自一九四六年起視野有了轉變，開始「走向嚴重的時代」，肯定他的詩〈挖煤工作〉是「一部生活的小史詩」，而〈時間的焦慮〉裏有「中國目前現實狀貌的最好的抒寫」[7]。他也肯定詩人莫洛「走進了親切的群眾」，從而創作了健康、真實地反映現實生活的詩篇[8]。正因為他認為新詩必須反映現實生活，因此他在為《中國新詩》第一集《時間與旗》所寫的代序〈我們的呼喚〉中熱情地呼喚詩人「到曠野去，到人民的搏鬥裏，到誠摯的生活裏去」。他滿腔熱情地表示：「我們都是人民生活裏的一員，我們渴望能虔敬地擁抱真實的生活」，「呼喚並回應時代的聲音」[9]。詩論家強烈的時代責任感給他的詩論帶來明顯的革命現實主義色彩。

唐湜重視詩歌反映現實生活，但他認為：「生活的直接揭露在藝術上實在並無意義。」這是因為，如果「沒有相當的心理距離，迫人的現實往往不能給寫成很好的作品」，「只有在生活經驗沉入潛意識的底層，受了潛移默化的風化作用，去蕪存精，而以自然的意象或比喻的化妝姿態，浮現於意識流中時，浮淺的生活經驗才能變成有深厚的暗示力的文學經驗」[10]。因此他反對照搬生活，提倡結合詩人的強烈感受來反映生活。他要求詩人「正視一切痛楚的呼喊與絕望的掙扎，給出一種深厚的心理與社會生活的交錯意義的悲劇式的演出」，做到「人的精神生活與由之凸現的社會生活的深刻的剖析與堅決而辯證的統一」，「要求自內向外，由近及遠，推己及人地面對生活，向生活的深沉地半意識或非意識處搏鬥向前，開創豐厚的雄渾的新天地」。他從要求結合詩人的深刻感受、反映現實生活的詩歌創作美學原則出發，批評當時新詩創作中「千篇一律的文字技巧與浮薄表象的社會現實，甚至以新聞主義式的革命故事為能事」，「窮困萬狀厭倦無力的敘述與蛇足似的教訓」等種種不良傾向，指出其目的不過是為了「要求一時的

虛浮的功效」和「以口號的『現實』為藉口逃避生活的現實」⁽¹¹⁾。由
此可見，唐湜既注重詩歌的鼓舞作用，又反對空洞的說教；既要求表
現時注入詩人深切的感受，但又要求表現上的客觀性。自覺地超越現
實，「入神於眾多的人生光景，任意象自由地遨遊」⁽¹²⁾。這就是唐湜
詩歌美學的核心與追求的詩美境界。

　　詩歌創作要實現對現實的超越，必須規避刻板地描摹現實圖景，
著意提煉和淨化感情，並通過意象、把感覺經驗傳達給讀者的想像。
美國當代詩學教授坡林認為：「意象是引起生動經驗檢有效的手段，詩
人用以傳達感情並暗示思想，當然也是使讀者心中能重現詩人感情
的，所以它是詩人最寶貴的素材。」⁽¹³⁾唐湜注重詩歌創造意象，在借
鑒歐美意象派意象理論的基礎上，對詩歌意象理論有所發展。英美意
象派詩歌的代表人物艾茲拉·路密斯·龐德對詩歌意象曾經下過一個
定義：「一個意象是在剎那時間裏呈現理智和情感的複合物的東
西。」⁽¹⁴⁾英國意象派詩人弗林特提出了意象派的三條原則，其中第一
條是：「直接處理『事物』，無論是主觀的，還是客觀的。」⁽¹⁵⁾這就是
說，意象派接受了這一理論觀點。他認為：「現代的詩與十九世紀的詩
不同，它是自覺的，它是思想與情感的交互表現，甚至是思想的感性
的表現，多少帶有一點智的成分。」⁽¹⁶⁾也就是要求創造形式與思想「凝
合」的意象，將思想感性化、感情物象化，借助飽蘊詩情的意象來抒
情，並且將感情的抒發「擴張震度至於無極」⁽¹⁷⁾。因此他認為「虛心
而意象環生」可以用來說明詩人的創作。這裏所謂「虛心」，唐湜解釋
說，是指「自我感情的一點在質上的提高與純化」。他認為，只是充滿
了自我的直接的傾訴的詩，不過是一種「無知的貪婪的表現」。而如果
「只時時記起自我的存在」，就「不能深沉地與意象一一貼切而凝合」。
因此，「詩人得犧牲自我意識的膨脹」⁽¹⁸⁾。唐湜從感情應該找到客觀
對應物的詩歌美學要求出發，批評辛笛創作《手掌集》時由於思想流
沒有全部蛻化為意象流，因而詩集中一部分詩作「許多直接抒說的場
合都成了枯燥的說教」⁽¹⁹⁾。他提出《手掌集》中〈航〉的結尾：「將

生命的茫茫／脫卸於茫茫的煙水」，由於運用直接抒情的方法，因而藝術上無力；〈警句〉的結句：「嗚呼！中國／愛你的人何止四萬萬／你到底要不要進步？」因「急於申訴」而造成了「難堪的表現」，而〈手掌〉一詩由於「急於表現」，因此「意象還沒有完全成熟」[20]。他也不滿於抗戰勝利後許多詩人「在自然而單純的抒情裏演唱日常的生活」的直接抒情的寫法[21]。他批評杭約赫最初的一些詩作在寫作時對於「自然情緒的鬱結」，只想一呈為快，因而筆致匆匆，意象沒有形成，結果「真實的詩流產，哀怨的抑情與從南人的纖弱氣質出發的激情成了混亂的詩緒」[22]。唐湜反對直接抒情，並非要詩人去記錄生活的現象。這是因為，社會生活只有通過詩人富有個人特色的觀照、審視和獨特的藝術創造，才能形成富有獨特的藝術光彩的詩篇。唐湜指出：「一般出發於特殊，也歸結於特殊，因而必須通過個人的特殊的真摯氣質，個人的特殊的生活風格，歷史才能留下深沉的足音。」「沒有個人的人性的光彩，歷史的映現是不可思議的。」唐湜認為，藝術並不是歷史本身，它不必一定敘述浮薄的事實與表象的生活，它要求在更高的本質上表現時代的精神風格。因而他指出：「當歷史的陽光通過個人的人性的三棱鏡而映照、凝定時，藝術才有了真實的躍動的生命。」[23]因此他曾批評四十年代有些詩人「追求空虛的蒼白的外在現象的依附」[24]，其結果是由於缺乏鮮明的抒情的個性而顯得蒼白寡味，從而也就缺乏感人的藝術力量。

在唐湜之前，徐遲曾經提倡放逐抒情[25]。唐湜反對直接抒情與徐遲提倡放逐抒情不是一回事。他是針對當時詩壇上有些詩篇空洞的呼喊而提倡注重意象、反對直接抒情的。

唐湜在借鑒歐美意象派詩論的基礎上，對詩歌的意象理論有所發展。

一是詩歌意象的質量問題。他認為詩歌的意象在質方面要純淨，內涵要「明確而切合」。他說：「在最好最純淨的詩裏面，除了無纖塵的意象之外，不應再有別的游離的渣滓。」[26]所謂意象的純淨，實際

上就是詩人感情的純淨，從而使意象蘊含的詩情明朗而不晦澀游離。他要求意象的量多而且不斷更新。他認為意象的量的外延可以「伸展到無限，隨著時間的變化而變化，不斷地以新血輪代替舊細胞」[27]。這就要求詩人永遠和現實生活保持密切的聯繫，不斷擴展生活視野，從而使意象時時更新。

二是詩歌意象的發展階段問題。他認為，與認識上由感而知而行相適應，意象也有它自身發展的三個階段：由潛意識作用產生、由靈魂出發的直覺的意象；由意識作用產生的、「由心智出發的思想的意象」；由「思想突破直覺」產生的自覺的意象[28]。提出的意象發展三階段說，是一個創見，體現了年輕的詩論家勇於探索的精神。但在這探索過程中，明顯留有佛洛伊德精神分析學說和克羅齊直覺說的影響。

現代派文藝思潮以奧地利精神病學佛洛伊德的精神分析學說作為自己的理論基礎。佛洛伊德在前期把人的精神生活分為意識和無意識兩個大部分。他認為在人的精神生活中，起決定作用的是無意識。而無意識又分為潛意識和前意識兩個部分。潛意識包括人的原始衝動和各種本能。佛洛伊德應用他的精神分析學說來解釋文藝創作，認為文藝創作是「無意識」的表現。歐美現代派受到佛洛伊德的影響，排斥理性，認為文藝是「潛意識」即無意識的表現。

唐湜在歐美現代派文藝創作是無意識的表現的理論影響下，也認為詩的意象是「從潛意識的深淵裏躍起時一種生命本能與生命衝擊力的表現」、「潛意識的自然作用的成果」[29]。按照佛洛伊德的理論，潛意識心理活動是不可能被人們的知覺所感知的。既然潛意識心理活動是不能感知的東西，那麼又怎麼可能被作為思維工具的語言表達出來呢！由此可知，佛洛伊德關於人類意識的理論存在著不可克服的內在矛盾。從唐湜關於詩歌意象形成原因的分析來看，他的詩論一定程度上受到了佛洛伊德精神分析學說的影響。當然，唐湜一方面講意象是「潛意識的自然作用的結果」，另一方面又講意象「必須經過詩人的自覺的照耀」，認為意象是「潛意識通往意識流的橋樑，潛意識的力量通

過了意識的媒介而奔湧前去，意識的理性的光也照耀了潛意識的深沉，給予以解放的歡欣」[30]。從這些地方，可以看出唐湜力圖給意象正確解釋所作出的努力。

唐湜主張通過鮮明的自我感覺的具體意象來抒寫詩人感情。他認為：「外部世界在變化著，人們的感情也隨之在變化，每一個時代必須用自己獨特的方式來表達它的感情。」[31]因此唐湜注重詩的個性化。他認為藝術作品應該「是一個主觀的有個性的創造」，「好的作品往往是作者自我人格與個性的自然或自覺的表現」[32]。他在〈詩的新生代〉、〈手掌集〉、〈嚴肅的星辰們〉等詩評文章中，詳盡地分析了穆旦、杜運燮、綠原、辛笛、唐湜、莫洛、陳敬容、杭約赫等詩人獨特的抒情個性。

西方意象派提倡自由詩，但是他們注重節奏，反對在詩中運用陳腐的詞語和格律。他們認為：「每一種書卷氣太濃的寫法，每一個學究氣的詞，都在消磨掉讀者的耐性，消磨掉對你的真誠的感覺。」[33]認為自由詩是「一種建築在節奏上的詩」，因此節奏是「技巧中最重要的特點」[34]。因而重視節奏而摒棄韻律。一九一七年一月，英國意象派詩人弗蘭克‧斯圖爾特‧弗林特在一封非正式的信中說：「許多的情感，在勉力塞進規律的拘束衣的過程中遭到扼殺，徹底消失了。」[35]他並且為拘束衣作了如下註腳：「許多所謂的詩只是或多或少地聰明和成功的拘束衣的合身，也就是說，拘束衣常常成了詩。」[36]唐湜也認為：「詩應該有內在意象相適應的內在旋律與內在聲音組織的自然發展，卻不必有外在的腳韻的人工的點綴。」[37]從這裏也可以看出西方意象派詩論對他的詩論的影響。

獨特的個人風格的形式，標誌著作家的成熟。因此，文學創作的理想境界是在作品中形成個人獨特的風格。唐湜詩論除意象論之外，另一個重要內容是風格論。唐湜認為，文藝作品的風格是在一定的社會、歷史條件下形成的，「風格的變化和發展與社會生活的變化與發展是不可分離的」。他結合具體的社會條件說：「大抵在社會生活動盪或

變革的時代，文藝風格自然會走向崇高與質樸的方向；當社會生活稍稍安定時或沉滯時，隨之而來的必是深思者的沉靜與柔和的風格。而在社會變革完成，社會生活趨向於向上的平穩的發展時，滿懷希望的雄建的精神風格也必走向圓滿的成熟。」唐湜的這一分析，揭示了社會條件對風格的制約關係。因此他要求詩人「從心裏把握著歷史時代的精神風格」。那麼，什麼是歷史時代的精神風格呢？他認為歷史時代的精神風格是「那時代裏主導的社會階層的意識形態的精神風格」[38]。用今天的話來說，那就是時代精神。這無疑是非常正確的。

布封說：「風格就是人格。」風格既離不開具體的社會歷史條件的制約，又與人格密不可分。唐湜指出：「藝術的風格也正是藝術家人格的風采，它不僅只是外在閃爍，而且更是內在的光耀。」[39]風格不僅體現在作品的語言、節奏等外在形式方面，更主要的體現在內在的思想感情方面。而且，風格的形成是由於詩作的思想感情與藝術形式的切合無間。所以唐湜說，風格的形成是由於「內外無間的透明的『混沌』」[40]。也就是內容與形式，即質與文「二者相互表現就能呈現出一個生命與藝術的和諧」[41]，最終形成獨特的風格。

唐湜還論述了風格的發展過程。他認為風格可以與認識論上的三階段——「由感而知而行」相互適應。他指出：「風格發展的開始是崇高的感情風格。」這一階段是對文字的超越，詩人的感情流體現了「人性充實的『我境』」。這裏的「我境」就是王國維在《人間詞話》中所說的「有我之境」。它是指詩人融情入景，景物著上詩人的感情色彩。所以王國維說：「以我觀物，故物皆著我之色彩。」接著，詩人的理智超越了情感，「突破了平庸的常識的水平面，奔向了生命的崇高的理想」，這就是思想風格階段。唐湜稱這一階段為「化境」。所謂「化境」，是指詩人的精神與物象融會貫通而形成的藝術上的很高的境界。唐湜認為，詩人一旦進入「化境」之後，「體貼他所擁抱的物象，孕育著他們」，心靈化入物象，思想的觸覺與人性的自覺漸漸伸入了物象的內涵的深淵與外延的遠洋，於是心虛而意象環生，詩人的人格也就更沉摯

地映現於意象之環間。唐湜認為,風格發展的第三階段是在思想風格
體現了宇宙意志與詩人情思的大交融。這一階段,詩人歷盡人與物的
心情意態、悲歡離合,看遍宇宙間的真實生涯,於是進入「神與物遊」
的境界。唐湜〈論風格〉中所引劉勰《文心雕龍‧神思》篇中的「神
與物遊」一語,現代《文心雕龍》研究家黃侃認為是指內心與外境相
接相得的境界。因此,這是詩文創作的最高境界。唐湜所說風格發展
的第二、第三階段——「化境」、「神境」階段,事實上很難區分。不
過唐湜強調的是,在神境階段,詩人歷盡人與物的心情意態,情思與
物象渾然凝合,可見他在「化境」之外,又提出「神境」,正是為了使
詩意詩境既超越現實,而又更深刻地反映現實。唐湜不但熟悉西方現
代派詩論,而且從他的〈論風格〉等論文來看,他對中國古代劉勰的
《文心雕龍》、司空圖的《詩品》等詩文理論著作相當熟悉。例如上述
他的詩歌風格發展三階段論,很可能受到唐代《詩格》一書詩歌創作
有物境、情境、意境的「三境」說的影響。雖然這一「三境」說純從
創作經驗直接概括出來,不像唐湜詩歌風格三階段論那樣有理論色
彩,但是「詩有三境」說至少為唐湜的風格三階段論提供了語言資料。
從中可見唐湜鑽研中國古代詩文理論的功力,也反映了他為實現新詩
理論的民族化所作的努力。

　　唐湜的詩歌理論批評文章寫作上有他自己的特色。他刻意追求用
抒情散文的寫法來寫詩歌評論,對詩篇作欣賞式的解說,這樣,使他
的詩評文章感情色彩強烈,文采斐然。他上世紀八、九十年代的許多
詩評文章保持並發展了這一特色。讀他的詩評文章,既加深了對所評
詩篇的理解,又會受到藝術上的享受。詩歌評論如何避免從概念到概
念、枯燥無味的弊病,唐湜的詩評文章提供了較為成功的經驗,值得
今天的詩評工作者借鑒和學習。

註1：《新詩話》，作家書屋1947年12月第1版。

註2、10、12、17、19、20：〈《手掌集》〉，《詩創造》第9輯《豐饒的平原》，1948年3月。

註3：〈詩的新生代〉，《新創造》第8輯《祝壽歌》，1948年2月。

註4、5：〈鄭敏的《靜夜裏的祈禱》〉，《意度集》，平原社1950年3月版。

註6、38、39、40、41：〈論風格〉，《中國新詩》第1集《時間與旗》，1948年6月。

註7、8、18、19、22、23：〈嚴肅的昨辰們〉，《詩創造》第11輯（詩論專號），1948年6月。

註9：《中國新詩》第1集《時間與旗》，1948年6月。

註11：〈論《中國新詩》〉，《華美晚報》1948年9月13日第3版。

註13：《怎樣欣賞英美詩歌》44頁，北京出版社1985年5月第1版。

註14：〈意象主義的幾「不」〉，《意象派詩選》，龔小龍譯，灕江出版社1986年8月第1版。

註15：〈意象主義〉同註14。

註16、26、27、28、29、30：〈論意象〉，《春秋》第5卷第6期，1948年11月。

註21：〈搏求者穆旦〉，《意度集》。

註24：〈論意象的凝定〉，1948年《大公報》副刊《文藝》。

註25：〈抒情的放逐〉，《頂點》第1期，1939年7月。

註31、32：〈路翎《求愛者》〉，《意度集》。

註33：〈關於意象主義的通信‧艾茲拉‧龐德致哈莉特‧芒羅的信〉，《意象派詩選》。

註34：〈《意象主義詩人（1916）》序〉，同註33。

註35、36：〈弗林特致J.C.先生的信〉，同註33。

註37：〈佩弦先生的《新詩雜話》〉，署名陳洛（唐湜的筆名之一），《中國新詩》第4集《生命被審判》，1948年9月。

袁可嘉

　　在「九葉」派詩人中，袁可嘉雖然就詩作的數量來說，比起其他八位來要少一些，但他對這一流派的形成與發展，對中國新詩的現代化，有著獨特的貢獻，那就是他在一九四六年冬到一九四八年底，在北京大學當助教的時候，曾先後在天津和上海的《大公報》副刊《星期文藝》、天津的《益世報》副刊《文學週報》和上海的《文學雜誌》、《詩創造》、《中國新詩》等報刊上發表了三十篇左右、約十萬字的詩論，介紹西方現代派詩論，批評當時新詩存在的弊病，提倡新詩現代化，提出了比較系統的現實主義寫現代派相結合的詩論，和唐湜一起，成為代表「九葉」派理論主張的詩論家。

　　袁可嘉在英美新批評派的先驅瑞恰慈、艾略特的文學本體論的影響下，提出了詩歌必須「返回本體」的理論主張。

　　瑞恰慈認為，詩中描寫的情緒與情緒本身是有區別的，「吐露真實的陳述，非是詩人的職務」，他把詩中的陳述稱為「偽陳述」，並且主張詩歌「脫去信仰的羈絆」[1]。艾略特則認為：「誠實的批評和敏感的鑒賞都不指向詩人，而是指向詩。」[2]因此，他們注重研究音韻、格律、文體、意象等文學作品的本體因素。

　　袁可嘉在上述文學本體論的影響下，提出了詩要「返回本體」的主張。他指出，應當注意詩人的情緒與詩的情緒，抽象信仰與感覺信仰，邏輯本文與詩本文，人生現實與詩現實，生活經驗與詩的經驗，具體行動與象徵行動等等的區別，認為注意這些方面的區別，「目的不在使詩孤立絕緣，而在使它獨立配合，不在窒息詩，而在喚它返回本體，重獲新生」[3]。

　　袁可嘉主張詩歌返回主體，目的是為了強調詩歌的自身價值。他認為中國四十年代的詩壇存在著對於詩與激情、詩與信仰、詩與行動、詩與民間語言及日常語言、詩與意義、詩與生活等種種迷信。他指出，由於存在對於感情的迷信，因此詩人們熱衷於激情的直接傾吐，詩作出現了感情的量的過度，亦即「感傷」的不良傾向和口號化、公式化的流弊[4]；對於詩與信仰的迷信，導致不少詩人「把政治信仰塞在幾個短句裏」，雖然簡捷，但由於這種政治信仰不是「發自生活的核心」，沒能消融在詩人的心神活動中，因此很難有說服讀者的效力[5]；誇大了詩的功能，認為詩能引起直接行動，結果是歪曲了詩，「取消了詩的本質意義」[6]；民間語言與日常語言儲藏半富，彈性大、變化多，因此恰當地運用民間語言與日常語言，能收到生動、戲劇意味濃的藝術效果，但如果毫無保留地採用各地民間語言，就會形成割據的地方文學，而詩的「散文化」是詩的一種特殊結構，一旦過了頭，詩就會淪為散文[7]；詩的意義「存在於全體的結構所最終獲致的效果裏」，「而非觀念的詩化」，因此必須根據詩的特點來傳達意義[8]；詩的經驗來自生活經驗，但不等於生活經驗，它不僅是原有生活經驗的提高、推廣、加深，而且常常是許多不同經驗的綜合與結晶。詩人綜合經驗的大小，決定於經驗範圍的廣狹、深淺，更決定於吸收和消化經驗的能力。詩人要廣泛吸收經驗，就應當注意宇宙造化、人生百相，運用各種感官對現實、歷史、未來、自然、生命去感覺和思索[9]。由於這種種對詩的迷信的存在，詩人們在創作中就有意無意地忽視了詩的特點和創作規律，也就減弱了詩的自身價值。

　　袁可嘉指出：「無論哪一類對於詩的迷信，都起於有同一稱謂的價值觀念在不同的價值體系實質的混淆。」[10]因此，必須重視分清各種不同價值體系的界限，也就是要注意詩歌與政治、宗教、倫理、科學等各種價值體系的區別。以詩與政治的關係來說，它們分屬於不同的價值體系，因此袁可喜指出：「絕對肯定詩與政治的平行密切聯繫，但絕對否定二者之間有任何從屬關係。」[11]如果將它們之間的關係理解

為從屬關係，那麼在創作指導思想上，就會不恰當地要求詩歌直接配合政治，成為現行政治的附屬物，創作時就會無視詩歌的特點，結果就會失去詩歌的自身價值，也就是失去了詩歌自身。當然，這樣說並不是主張詩歌擺脫政治。所以袁可嘉指出，如果有人存在詩歌「擺脫任何政治生活影響的意念」，就會「自陷於池魚離水的虛幻祈求，及遭到一旦實現後必隨之而來的窒息的威脅，且實無異於縮小自己的感情半徑，減少生活的意義，降低生命的價值」⁽¹²⁾，因而也會降低詩的價值。因此，袁可嘉堅持詩歌的自身價值和獨立地位，目的是為了提高詩人認識詩歌的獨特價值和特殊的藝術創造規律。毫無疑問，這對於克服詩歌創作中的概念化、標語口號化是有幫助的。

近現代中國社會是一個半封建半殖民的社會，時代賦予中國人民推翻帝國主義、封建主義和官僚資本主義三座大山的歷史任務。在這樣的時代背景和歷史條件下，新詩在它的發展過程中，逐漸形成現實主義主潮。三、四十年代，左翼作家在馬克思主義影響下，逐步形成了文學為階級鬥爭服務的觀點。由此可見，這一詩歌理論主張的形成，是由它特定的時代、歷史條件決定的，在它指導下創作的詩篇，在反映現實鬥爭、喚醒人民覺悟、鼓舞人民鬥志、揭露舊社會的黑暗和國內外敵人的兇殘方面，無疑發揮了很大作用。但是，由於強調詩歌是階級鬥爭的工具，要為現實政治服務，就難免忽視了詩歌的本質特點和詩歌創作的特殊規律，其結果是導致詩作的概念化、標語口號化。

袁可嘉認為，四十年代詩壇上由於存在上述種種對詩的迷信，從而忽視了詩的本質特點，導致了詩歌創作的種種流弊。

他在〈新詩戲劇化〉一文中指出，當時新詩存在兩種弊病：「說明意志的最後都成為說教的，表現情感的則淪為感傷的，二者都只是自我描寫，都不足以說服讀者或感動他人」。在〈詩與主題〉一文中，他也揭示了當時新詩病態的三種主要類型：政治感傷、過分依賴感覺和以詩為觀念的不合身的衣架而造成的抽象思維，認為「僅憑主題——無論是政治觀念，纖維感覺或抽象思維，都不足以贏得詩的效果」。

　　袁可嘉指出的上述新詩的種種流弊，在四十年代的不少詩作中，的確不同程度地存在著。這些流弊的存在，有種種原因，而最主要的原因是忽視了詩歌的獨特藝術個性。袁可嘉指出：「各種不同的藝術類別除必然分擔一般藝術的共同性以外，還必須有獨特的個性」，「詩歌作為藝術也自有其特定的要求，詩作者必先滿足這些內在的先天的必要條件」。如果根本否認詩藝的特質或不當地貶低它的作用意義，那麼，「其作品之不成為作品既在意中，其對人生價值的推廣加深更是空中樓閣，百分之百騙人欺己的自我期許」[13]。因此，要克服這些流弊，有助於詩人正視和克服詩歌創作中的存在問題，從而提高新詩創作的藝術質量。

　　袁可嘉四十年代詩論的中心議題是新詩現代化，也就是「新傳統的尋求」。瑞恰慈認為，詩歌創作「最重視及嚮往之的是最大量的意識活動的獲得」[14]。袁可嘉在瑞恰慈這一理論主張的影響下，提出了詩歌創作應堅持綜合傳統的理論主張，也就是以「現代人的感覺形式去把握現代詩的特質──象徵的，玄學的，現實的綜合傳統」[15]。在〈新詩現代化〉一文中，他對這個新傳統的三個方面──象徵、玄學、現實分別作了解釋：「現實表現於對當前世界人生的緊密把握，象徵表現於暗示含蓄，玄學則表現於敏感多思，感情、意志的強烈結合及機智的不時流露。」

　　他認為，為了達到現代詩的綜合性，即實現新詩的現代化，詩人應當採用間接引發的方法，依靠多種因素，諸如意象、節奏、思想、感覺、文字的明面與影面、聯想、記憶等的適度配合，而反對叫囂、怒號的刺激方法，因而某種特定意義的規定，如詩與道德、詩與宣傳、詩與享樂等要求，違背了詩歌創作的綜合傳統，導致意識活動的狹窄[16]。

　　袁可嘉以現代詩綜合傳統的要求來對照新詩，認為當時有不少新詩不是綜合，而是混合。他在〈綜合與混合──真假藝術底分野〉一文中，從各個角度比較詳盡地分析了現代詩的綜合性與當時新詩的混合的區別，認為綜合與混合由於作法不同，效果也就截然相反，綜合

是內生的，混合是外附的。就以他在文中分析的兩者在社會意義的表現及其效果的不同來說，他認為綜合的詩篇重在諸種意義的融合無間中把社會意義表現出來，從有機配合取得雄渾力量，使某種意義得有高度表現，並獲得最大量的意識活動，而混合的詩篇把社會意義硬塞進去，結果是這種塞進去的意義與其他構成作品的因素混而不合，甚至以部分放逐全體，只能獲得最小量的意識活動。他指出，兩者雖然都追求作品的社會意義，但綜合的作者注意開掘自我意識，因此在社會性裏仍具有強烈的個性，混合的作者在反映社會群體意識時抹煞自我意識，結果導致個性的喪失。

為了在新詩創作中貫徹這一綜合傳統，袁可嘉主張「表現上的客觀性與間接性」[17]。毫無疑問，這一主張的提出，與他接受西方現代詩論影響有密切的關係。

十九世紀中葉，法國象徵派的先驅波特賴爾反對浪漫主義直抒胸臆的寫法，主張在詩歌創作中為主觀情思尋找客觀對應物。這一主張的哲學基礎是瑞典神祕主義哲學家安曼努爾·史威登堡的「對應論」。史威登堡認為在自然界萬物之間存在著神祕的相互對應關係，在可見的事物和不可見的事物之間有互相契合的情況[18]。波特賴爾根據這一「對應論」，認為人的內心活動與外在的事物景象中間存在契合與對應的關係。意象派先驅艾茲拉·龐德也主張詩歌「不帶說教」，「按照我所見的事物來描繪」[19]。現代派詩人艾略特認為「詩不是放縱情感，而是逃避情感；不是表現個性，而是逃避個性」。為此，他認為詩歌表現情感的唯一方法「就是找到『客觀關聯物』」[20]，也就是為表現的情感找到適當的媒介，而那些作為媒介的客觀關聯物也就賦予情感以形式。

為了使詩歌達到表現上的客觀性與間接性，根據西方現代派為主觀情思尋找客觀對應物、關聯物的理論主張，袁可嘉在〈新詩現代化的再分析──技術諸平面的透視〉一文中提出了「以與思想感覺相當的具體事物來代替貌似坦白而實圖掩飾的直接說明」的要求，也就是

要求「以相當的外界景物為自己情思下個定義」，從而「間接的標明情緒的性質」。他在〈新詩現代化〉一文也提出，詩歌創作應當「盡量避免直截了當的正面陳訴而以相當的外界事物寄託作者的意志與情感」。此外，他認為感覺敏銳、內心生活豐富的詩人在任何特定時空內的感覺發展必多曲折變易，而不可能呈現直接運動的狀態。因此，他於間接性外，還要求詩歌藝術表現上的迂迴性、暗示性[21]。

其次，他要求詩歌運用意象比喻的特殊構造法則，也就是要求詩人發現表現極不相關而實質有類似的事物的意象或比喻，正確地、忠實地、有效地表現自己的情緒。

再次，他要求詩人通過想像邏輯來結構詩篇，反對用概念邏輯來組織全詩。所謂想像邏輯，就是「詩情經過連續意象所得的演變的邏輯」。袁可嘉認為，詩人在想像邏輯的指導下，能夠「集結表現不同而實際可能產生合力作用的種種經驗，使詩篇意義擴大，加深，增重」。

最後，他要求詩人對文字採用新的使用方法，從而使詩篇獲得並增加彈性與韌性[22]。

針對新詩存在的概念化、標語口號化的弊病，袁可嘉提倡詩歌表現上的客觀性與間接性，有助於克服直白淺露的不良傾向，豐富詩歌的藝術表現手法、提高詩歌的藝術質量。

在主張詩歌表現上的客觀性與間接性的同時，袁可嘉還主張詩歌反映生活，要求詩人「對現實人生的緊密把握」[23]，並指出在新詩現代化的理論原則中就含有「絕對肯定詩應包含，應解釋，應反映人生現實性」的意思[24]。他之所以提倡新詩戲劇化，也是由於詩劇能充分表現「現代詩人的綜合意識內涵的強烈的社會意義」[25]。但是，他認為詩歌要反映現實生活，詩人在面對現實時，要有「不可或缺的透視或距離，使它有象徵的功用，不至粘於現實世界，而產生過度的現實寫法」[26]。

袁可嘉的上述詩論主張，既受到中國新詩現實主義傳統的影響，又受到西方現代派詩歌理論的影響。這一帶有他個人特色的現實主義

與現代派相結合的詩論主張，反映了他在詩論建設方面的開放意識和探求精神。

西方現代派詩論強調詩歌只表現主觀世界，不主張詩歌去描繪客觀現實。波特賴爾認為詩歌應該「表現的是更為真實的東西，即只在另一個世界才是充分真實的東西」[27]，就是表現主觀世界。中國二、三十年代的象徵派、現代派受了西方現代派詩歌表現主觀世界理論的影響，將詩歌看作只是表現內心夢幻的玩意，因而背棄了現實主義的坦途。袁可嘉雖然受到了西方現代派詩論較大的影響，但由於他政治上關心國家的命運和人民的疾苦，能直面國統區黑暗的現實；思想認識上並不把新詩現代化理解為與新詩西洋化同義，指出「絕無理由把『現代化』與『西洋化』混而為一」[28]；藝術上接受了新詩現實主義優良傳統的影響。艾青在《中國新詩六十年》中就曾指出「九葉」派「接受了新詩的現實主義傳統」[29]。

袁可嘉反對新詩西洋化，但他又不盲目排外，在摒棄西方現代派唯心主義理論主張的同時，又注意借鑒他們的表現技巧。

西方現代派強調表現，否定模仿和描寫，主張通過客觀對應物間接展現詩人的內心活動和某種感情、情緒和意識。袁可嘉捨棄西方現代派崇拜直覺、反對理性的神祕主義，借鑒了這一派注重含蓄蘊藉、反對直白淺露的理論主張，針對當時國內詩壇不少詩作存在標語口號化的現狀，反對詩歌抒情時感情的「量的過度」即「感傷」的傾向，主張詩歌不要粘著於現實，認為詩歌應當運用「極度的擴展與極度的濃縮」[30]的方法，在藝術上臻於間接性、迂迴性、暗示性的勝境，從而避免自我宣傳和自我描寫，使詩篇走向深沉雋永。

袁可嘉的上述理論主張和「九葉」派詩人的創作實踐，為中國新詩如何借鑒西方現代派詩論和詩歌藝術作出了有益的探索和嘗試，既豐富了中國新詩的理論寶庫，又為新詩創作提供了不少寶貴的經驗。

袁可嘉四十年代的詩論也有失之偏頗之處。一是不恰當地主張超階級的抽象的人的立場。作者指出當時「人民文學」的弊病，對於廣

大詩人認識詩歌的本質特點、重視詩歌的藝術規律是有幫助的，但由於他對「人民文學」的理論和創作缺乏全面的認識和理解，因而對它的評價不免顯得不夠全面，沒有看到它在新詩史上的重大意義和它們在思想上、藝術上所取得的成就。因此他提出：「在服役於人民的原則下我們必須堅持人的立場，生命的立場；在不歧視政治的作用下，我們必須堅持文學的立場，藝術的立場。」[31]這裏既反映了作者服役於人民的原則和不歧視政治的作用這樣革命的、進步的一面，又反映了作者當時思想認識模糊的一面。認為在那樣階級鬥爭尖銳的年代裏會有抽象的人的立場，這樣的認識和主張當然是錯誤的。

二是認為晦澀不是詩的缺點。他說：「詩篇只有真假好壞之分，晦澀與否應該在衡量上不起作用，也即是說，作品能懂性的大小，或相對讀者人數的多少，應不決定作品品質的高低。」[32]他又認為晦澀來自詩人想像的本質，詩的想像必然多少帶點晦澀，因此晦澀「不是予詩惡評的根據」[33]。袁可嘉的這一看法，無疑受了西方現代派的影響。例如魏爾侖主張「模糊和明晰在詩中互相結合」[34]。艾略特注重詩歌「想像的邏輯」，在創作中把「解釋性、連貫性的東西，即鏈條上的環節」砍掉[35]。這樣，勢必造成詩篇的晦澀難懂。而詩一晦澀，無疑會減弱藝術感染力。

袁可嘉上世紀四十年代的詩論雖有上述不足之處，但他對新詩現代化所作的辛勤探索、提出的許多詩論主張，並進而通過「九葉」派詩人的創作實踐，開闢了新詩創作的許多新途徑、豐富了新詩的藝術經驗、促進了新詩的現代化。對於當代詩論建設和詩歌創作，袁可嘉上世紀四十年代的詩論，也仍然具有一定的價值。

註 1：分別見瑞恰慈的《科學與詩》80 頁、60 頁及 87 頁，伊人譯，北平華嚴書店 1929 年出版。

註 2、20：轉引自張隆溪《二十世紀西方文論述評》，生活‧讀書‧新知三聯書店 1986 年 7 月第 1 版。

註 3、4、5、6、7、8、9、10：〈對於詩的迷信〉，《文藝雜誌》第 2 卷 11 期，
　　　1948 年 4 月。

註 11、12、13、24：〈新詩現代化——新詩傳統的尋求〉，1947 年 3 月 30 日
　　　天津《大公報》副刊《星期文藝》。

註 14、16：轉引自〈綜合與混合——真假藝術底分野〉，1947 年 4 月 13 日天
　　　津《大公報》副刊《星期文藝》。

註 15、23：〈現代英詩的特質〉，《文學雜誌》第 2 卷 12 期，1948 年 5 月。

註 17、25、26、28、33：〈新詩戲劇化〉，1948 年 6 月《詩創造》第 12 期。

註 18：參見孫玉石《中國初期意象派詩歌研究》44 頁，北京大學出版社 1983
　　　年 8 月第 1 版。

註 19：《意象派詩選》第 7 頁，裘小龍譯，灕江出版社 1986 年 8 月初版。

註 21、22、30：〈新詩現代化的再分析——技術諸平面的透視〉，1947 年 5 月
　　　18 日天津《大公報》副刊《星期文藝》。

註 27：轉引自陳慧《西方現代派文學簡論》46 頁，花山文藝出版社 1985 年 3
　　　月第 1 版。

註 29：《艾青談詩》第 24 頁，花城出版社 1982 年 5 月第 1 版。

註 31：〈「人的文學」與「人民的文學」〉，1947 年 7 月 6 日天津《大公報》
　　　副刊《星期文藝》。

註 32：〈批評漫步——並論詩與生活〉，1947 年 6 月 8 日天津《大公報》副
　　　刊《星期文藝》。

註 34：同註 27，49 頁。

註 35：同註 27，58 頁。

附錄　中國現代新詩研究專著目錄

1. 《三葉集》，田漢、宗白華、郭沫若，1920 年 5 月，亞東圖書館。

2. 《白話詩研究集》，謝楚楨，1921 年春，北京大學出版部。

3. 《《冬夜》《草兒》評論》，聞一多、梁實秋，1922 年 11 月，清華大學文學社。

4. 《新詩概說》，胡懷琛，1923 年 2 月，商務印書館。

5. 《嘗試集批評與討論》，胡懷琛編，1923 年，泰東書局。

6. 《日本的詩歌》（小說月報叢刊），周作人等著，1924 年 11 月，商務印書館。

7. 《詩學討論集》，胡懷琛編，1924 年，曉星書局。

8. 《西洋詩學淺說》（百科小叢書），王希和，1924 年，商務印書館。

9. 《詩學原理》，王希和，1924 年，商務印書館。

10 《新詩作法講義》，孫俍工，1925 年 8 月，商務印書館。

11. 《白話詩研究》，聞野鶴（聞宥），1925 年 9 月，上海梁溪圖書館。

12. 《詩歌原理》（新中國文庫），汪靜之，1927 年 8 月，商務印書館。

13. 《白話文談及白話詩談》，胡懷琛，1927 年，廣益書局。

14. 《火與肉》，邵洵美，1928 年 3 月，上海金屋書店。

15. 《詩歌原理 ABC》（ABC 叢書），傅東華，1928 年 9 月，上海 ABC 叢書社。

16. 《歌謠論集》，鍾敬文，1928 年 10 月，北新書局。

17. 《中國新詩壇的昨日今日和明日》，草川未雨（即張秀中），1929 年 5 月北平海音書局。

18. 《新詩和新詩人》，馮瘦菊，1929 年 6 月，大東書局。

19. 《小詩研究》，胡懷琛，1929 年 6 月，商務印書館。

20. 《詩歌與批評》（新中國文藝叢書），傅東華編，1932 年 8 月，新中國書局。

21. 《白話詩作法講話》，丘玉麟，1930 年 2 月，開明出版部。

22.《詩的作法》，胡懷琛，1931 年 5 月，上海世界書局。

23.《詩歌概論》，俞念遠，1932 年 12 月，上海漢文正楷印書局。

24.《中國詩人》，沈聖時，1933 年 11 月，光明書局。

25.《詩的歌與誦》，俞平伯，1934 年 7 月，北平國立清華大學出版事務所（作為清華學校 9 卷 3 期單行本油印發行）。

26.《新詩歌的創作方法》（天馬叢書），石靈，1935 年 9 月天馬書店。

27.《中國詩的新途徑》，朱右白，1936 年，商務印書館。

28.《詩與真》，梁宗岱，1935 年 2 月，商務印書館。

29.《現代詩歌論文選》上下冊，洪球（江嶽浪）編，1936 年 6 月，上海仿古書店。

30.《平凡集》，穆木天，1936 年，新鍾書局。

31.《詩與真二集》，梁宗岱，1937 年，商務印書館。

32.《現代中國詩壇》，蒲風，1938 年 3 月，詩歌出版社。

33.《抗戰詩歌講話》，蒲風，1938 年 4 月。

34.《怎樣學習詩歌》，穆木天，1938 年 9 月，詩歌出版社，生活書店。

35.《詩的本質》，杜蘅之，1940 年 9 月，長沙商務印書館。

36.《新舊詩論戰》，陳光編，1940 年 11 月，桂林生活書店。

37.《民族詩歌論集》，盧冀野，1940 年 12 月，國民圖書出版社。

38.《現代詩家評》，朱湘，1941 年 1 月，三通書局。

39.《詩論》，艾青，1941 年 9 月，桂林三戶圖書社。

40.《詩歌朗誦手冊》，徐遲，1942 年 7 月，桂林集美書店。

41.《詩心》（詩論創作叢書），鍾敬文，1942 年 8 月，桂林詩創作社。

42.《新詩辨草》，王亞平，1942 年，重慶出版。

44.《詩論》，朱光潛，1942 年，重慶國民圖書出版社。

45.《文藝新論》，郭沫若、茅盾等著，1943 年 1 月，成都莽原出自版社。

46.《我的詩生活》（學習生活小叢書），臧克家，1943 年 1 月，重慶學習出版社。

47.《詩的藝術》（開明文學新刊），李廣田，1943 年 12 月，重慶開明書店。

48.《新詩源》，王亞平等，1943 年，江西贛縣中華正氣出版社。

49. 《論詩》，黃藥眠，1944 年 5 月，桂林遠方書店。

　　註：此書後改名《戰鬥者的詩人》，1947 年 10 月，大連遠方書店。

50. 《談新詩》（藝文叢書），馮文炳，1944 年 11 月，北平新民印書館。

51. 《詩論集》，羅鐵鷹，1944 年，緬甸警鐘書店。

52. 《新詩寫作指導》，任蒼廠，1944 年，成都科學書店。

53. 《語體詩歌史話》（詩焦點叢書），李岳南，1945 年 6 月，拔提書店。

54. 《人的花朵》，呂熒，1945 年，重慶大星印刷社。

55. 《新詩話》（兩間文藝），任鈞，1946 年 6 月，新中國出版社

56. 《永遠結不成的果實》（個人寫詩自述），王亞平，1946 年 8 月，文通書局。

57. 《新詩的理論基礎》，祝實明，1947 年 5 月，商務印書館。

58. 《論詩短札》，胡風等，1947 年 6 月，耕耘出版社。

59. 《新詩雜話》，朱自清，1947 年 12 月，作家書屋。

60. 《詩歌的欣賞與創作》，韓北屏，1947 年，香港出版。

61. 《詩與鬥爭》，呂劍，1948 年 1 月，香港新民主出版社。

62. 《論雅俗共賞》，朱自清，1948 年 5 月，上海觀察社。

63. 《詩的研究》，朱志泰，1948 年 6 月，中華書局人。

64. 《和詩》，阿壠，1949 年 6 月，上海書報・雜誌聯合發行所。

65. 《意度集》，唐湜，1950 年 3 月，平原社。

66. 《論《王貴與李香香》》，周辜編，1950 年 7 月，上海雜誌公司。

67. 《「孩子與詩人」》，苗得雨、玉華，1950 年 7 月，新華書店華東總分店。

68. 《詩歌雜論》，林林，1950 年 8 月，廣州人間書屋。

69. 《詩歌論文選集》（上），李尤白、田奇，1950 年，新華書店西北總分店。

70. 《詩的理論與批評》，勞辛，1950 年 11 月，上海正風出版社。

71. 《詩與現實》（一、二、三冊），亦門（阿壠），1951 年 11 月，五十年代出版社。

《中國現代詩論四十家》跋

　　早在讀中學的時候，我就愛上了詩歌，並且學著塗鴉，陸續寫下不少習作。也許是敝帚自珍，還鄭重其事地將它們裝訂成兩冊，分別題上《剪影集》、《微痕集》的名字。論其詩藝，自然是十分幼稚的。因而從未向報刊投過一回詩稿。──這已經是十分遙遠的往事了。如果不是要為本書寫跋語，平常絕少想到這一類「陳芝麻爛赤豆」。

　　因為愛上了詩歌，連帶著也喜歡閱讀和摘抄詩論、購買詩論專著。記得詩論家馮中一先生的《詩歌漫談》、《詩歌的欣賞與創作》二書，我就曾作過比較詳細的讀書筆記。其中一部分卡片，至今還珍藏著。摘錄之外，就是買書。五十年代後期、六十年代初，我先後從新書店、舊書店買到艾青的《詩論》、任鈞的《新詩話》、何其芳的《關於寫詩和讀詩》、袁水拍的《詩論集》、勞辛的《詩的理論與批評》等詩歌理論專著。外國詩論專著，給我留下印象最深的是前蘇聯詩論家伊薩柯夫斯基的《談詩的技巧》，買到後不止一遍地閱讀它。這些書，我都珍藏至今。現在提這些往事，無非是想說明，我就是從這些中外詩論家的著作中得到滋養、獲得了關於詩學的基本知識的。

　　歲月像奔馳的列車一般在顛簸中度過。一九八〇年，是我從事中學語文教學工作的第十八個年頭。那一年初夏，中國社會科學院及各地社會科學院公開從社會上招考研究人員。我在此之前的將近二十年時間裏，基本上從未中斷過對魯迅著作的學習和鑽研，也發表過若干篇魯迅研究文章。於是，我報考了魯迅研究專業的助理研究員。經考試合格，翌年一月，調入上海社會科學院文學研究所，從事現代文學研究工作。開頭兩年多，參加室裏的集體項目──上海「孤島」文學

的研究。其後，又因工作需要，有兩年左右的時間，從事過一項與文
學研究無關的工作。待到一九八五年，所領導要求每個研究人員制訂
科研規劃。這時候，摯友古遠清教授已大體完成了《中國當代詩論五
十家》一書的寫作。（此書於一九八六年九月由重慶出版社出版）我就
根據自己多年來現代詩論資料的積累，決定寫作一本評論中國現代詩
論家的著作。我平常比較關心當代詩壇的創作與理論批評，深感現代
新詩史上許多詩歌現象（包括創作、批評與理論論爭），在當代詩壇不
同程度地又重複出現。評論現代詩論家，科學地、實事求是地評論現
代新詩理論批評史上的一些重要的理論論爭，可以以史為鑒，既有助
於促進當代新詩沿著健康的道路發展，也有助於推動當代新詩美學
建設。

　　在寫作之前，我先做了如下兩項工作，一是初步理清中國現代詩
論的發展脈絡，二是編制「中國現代新詩研究著作目錄」。這後一項工
作，是從未有人做過的。經過一段時間的查找，初步編成包含七十種
著作一份目錄，這就是本書的附錄。

　　本書評論的四十位位現代詩論家，只有三分之一左右的詩論家在
一九一九年至一九四九年這通常所說的現代這一歷史階段出版過詩論
專著，而他們也還有不少詩論文章發表在各種報刊上。其餘三分之二
左右的詩論家，他們過去沒有出版過詩論專著（《沫若詩話》、《聞一多
論新詩》、《胡風論詩》、《論新詩現代化》等書是近年才出版的），他們
的詩論文章全都散見於各種報刊。這就給我寫作本書帶來了很大的困
難。在一九八五年到一九八八年那幾年裏，我常常跑上海圖書館、徐
家匯藏書樓、復旦大學圖書館，或抄下整篇詩論文章，或摘錄其中的
主要觀點。幾年時間，抄錄的詩論材料估計有四、五十萬字。青年詩
論家鄒建軍戲稱我是「黃浦江頭苦辨詩」，多少有點神似。

　　中國現代新詩理論批評史上，並非只有這四十位詩論家。我在搜
集詩論資料的過程中，除搜集了寫入本書的四十位詩論家的詩論外，
還曾搜集過胡懷琛、康白情、汪靜之、陸志韋、沈從文、鍾敬文、馮

雪峰、馮至、田間、袁勃、柳倩、孫毓棠、羅念生、葉公超、林庚、祝實明、路易士、何其芳、呂亮耕、臧雲遠、高蘭、胡危舟、袁水拍、呂劍、勞辛等人的詩論資料，並且有的還寫出了評論初稿。但考慮到有的詩論家，如林庚、勞辛、袁水拍，古遠清先生在《中國當代詩論五十家》一書中評論他們的當代詩論時，對他們建國前的詩論已一併有所論及，故本書也就不再加以評論；有的詩論家，他們的詩論在當時的影響不大；有的詩論家的詩論材料，一時難以搜集齊全，也就難以全面地加以評論，只得割愛了。這是必須加以說明的。

話說回來，光靠我一個人苦苦搜集、思索，要寫成本書是有困難的。我之所以能寫成本書，是與許多前輩詩人、詩論家的幫助分不開的。在寫作過程中，臧克家先生時常來信勉勵我。書稿寫成後，又應我的請求，不但熱情地為之作序，而且欣然揮毫題寫書名，為本書增光添彩。臧老這種獎掖後進的精神，我當永遠銘記在心。任鈞先生親筆覆信回答我向他請教的現代詩歌理論論爭的有關問題。一九八六年四月在濟南「臧克家學術討論會」期間，當我向吳奔星先生請教如何寫好本書時，他指出，梁實秋的文藝觀點固然有許多錯誤，但他的詩論有可取之處。我就是根據吳先生的指點，在書中寫上了梁實秋這一家。唐湜先生的《意義集》，我在上海各圖書館遍尋未得。當我冒昧投書給他時，他不但及時寄來了這本書，還將他寫於建國前、沒有編入《意度集》的幾篇重要詩論文章的複印件以掛號寄給我。袁可嘉先生的詩論，我雖然在徐家彙藏書樓收藏的上海《大公報》《星期文藝》、《文學雜誌》、《詩創造》、《中國新詩》上讀到了不少，並且做了摘錄，但他當年發表在天津《益世報》《文學週刊》以及別的一些報刊上的詩論，我無法讀到。他在接到我的求援信時，就從已經編成、尚未出版、收集他四十年代後期詩論的《論新詩現代化》一書中複印了一部分寄我。前輩詩人羅泅、田地、野谷、羊翬等先生也對本書的撰寫與出版予以極大的錦注。對於這些前輩詩人、詩論家的指導、幫助與關注，我在這裏，向他們表示由衷的感謝。

　　在當前出版社講究經濟效益、學術著作出版難的情況下，重慶出版社慨然出版這本估計讀者不會很多、肯定要賠錢的學術著作，這生動地體現了該社「不做出版商、要做出版家」的氣魄與風度。對於重慶出版社對本書出版的大力支持，作為本書的作者，我的感激之情，是莫可言狀的。

　　中年詩論家古遠清先生熱情地鼓勵我寫成本書，重慶圖書館歷史資料部曾健戎先生為我複印徐遲《詩歌朗誦手冊》中的部分篇章，並遠道寄給我。在這裏，我也向他們表示由衷的感謝。總之，向所有關心、鼓勵、幫助我寫成本書的前輩們、同行們、同事們、朋友們表示誠摯的謝意。

　　本書一定存在著不少缺點和錯誤，我誠懇地期待著詩人、詩論家、現代文學研究家和廣大的讀者們批評指正。

一九八九年七月二十六日跋於上海寓所

新版（《中國現代詩論三十家》）後記

從一九八一年一月到二〇〇一年二月，整整二十年，我在上海社會科學院文學研究所從事中國現代文學研究，主要從事魯迅研究與中國現代新詩理論批評史研究。在魯迅研究方面，我於一九九七年由國際文化出版公司出版了論文集《魯迅散論》。在中國現代新詩理論批評史研究方面，我於一九九一年一月、二〇〇二年八月先後由重慶出版社、上海學林出版社出版了專著《中國現代詩論四十家》（重慶出版社一九九七年七月出版了該書第二版）、《中國現代新詩理論批評史》。

承著名中國現代文學研究家、海外華文文學研究家欽鴻教授熱情推薦、介紹，臺灣學者蔡登山先生慨然接納出版這本《中國現代詩論三十家》，在此，我謹向欽鴻、蔡登山二位先生表示誠摯的感謝！

這本《中國現代詩論三十家》是將《中國現代詩論四十家》一書刪去王統照、宗白華、徐志摩、張秀中、王獨清、楊騷、石靈、王亞平、蕭三、徐遲等十家而成的。這次出版臺灣版，除刪去上述十家外，只是訂正了一、二版中的少數錯字和修改了原書的個別文句，其餘一仍其舊。

本書一定有不少缺點和錯誤，我熱忱歡迎臺灣廣大詩人、詩論家、現代文學研究家和廣大讀者批評指正。

二〇〇九年三月六日於上海寓所

國家圖書館出版品預行編目

中國現代詩論三十家 / 潘頌德著. -- 一版. --
臺北市：秀威資訊科技, 2009.12
　　面， 　公分. -- (語言文學類；PG0309)
BOD 版
ISBN 978-986-221-348-3 (平裝)

1.新詩　2.中國詩　3.詩評

820.9108　　　　　　　　　　　98021237

語言文學類　PG0309

中國現代詩論三十家

作　　　者 / 潘頌德
主　　　編 / 蔡登山
發 行 人 / 宋政坤
執行編輯 / 詹靚秋
圖文排版 / 黃莉珊
封面設計 / 蕭玉蘋
數位轉譯 / 徐真玉　沈裕閔
圖書銷售 / 林怡君
法律顧問 / 毛國樑　律師
出版印製 / 秀威資訊科技股份有限公司
　　　　　　台北市內湖區瑞光路 583 巷 25 號 1 樓
　　　　　　電話：02-2657-9211　　　傳真：02-2657-9106
　　　　　　E-mail：service@showwe.com.tw
經 銷 商 / 紅螞蟻圖書有限公司
　　　　　　台北市內湖區舊宗路二段 121 巷 28、32 號 4 樓
　　　　　　電話：02-2795-3656　　　傳真：02-2795-4100
　　　　　　http://www.e-redant.com

2009 年 12 月 BOD 一版
定價：400 元

讀　者　回　函　卡

感謝您購買本書，為提升服務品質，煩請填寫以下問卷，收到您的寶貴意見後，我們會仔細收藏記錄並回贈紀念品，謝謝！

1.您購買的書名：_____

2.您從何得知本書的消息？

　□網路書店　□部落格　□資料庫搜尋　□書訊　□電子報　□書店

　□平面媒體　□ 朋友推薦　□網站推薦 □其他_____

3.您對本書的評價：(請填代號　1.非常滿意 2.滿意 3.尚可 4.再改進)

　封面設計____　版面編排____　內容____　文/譯筆____　價格____

4.讀完書後您覺得：

　□很有收獲　□有收獲　□收獲不多　□沒收獲

5.您會推薦本書給朋友嗎？

　□會　□不會，為什麼？_____

6.其他寶貴的意見：_____

　_____

　_____

　_____

讀者基本資料

姓名：_____　年齡：_____　性別：□女 □男

聯絡電話：_____　E-mail：_____

地址：_____

學歷：□高中(含)以下　　□高中　　□專科學校　　□大學

　　　□研究所(含)以上 □其他_____

職業：□製造業 □金融業 □資訊業 □軍警 □傳播業 □自由業

　　　□服務業 □公務員 □教職　□學生 □其他_____

秀威與 BOD

BOD（Books On Demand）是數位出版的大趨勢，秀威資訊率先運用 POD 數位印刷設備來生產書籍，並提供作者全程數位出版服務，致使書籍產銷零庫存，知識傳承不絕版，目前已開闢以下書系：

一、BOD 學術著作—專業論述的閱讀延伸
二、BOD 個人著作—分享生命的心路歷程
三、BOD 旅遊著作—個人深度旅遊文學創作
四、BOD 大陸學者—大陸專業學者學術出版
五、POD 獨家經銷—數位產製的代發行書籍

BOD 秀威網路書店：www.showwe.com.tw
政府出版品網路書店：www.govbooks.com.tw

永不絕版的故事·自己寫·永不休止的音符·自己唱